Uncommon Type
Some Stories

Tom Hanks

変わったタイプ

トム・ハンクス
小川高義 訳

目　次

UNCOMMON TYPE

by

Tom Hanks

First Japanese edition published in 2018 by Shinchosha Company

Japanese translation rights arranged

with ICM Partners, New York

acting in association with Curtis Brown Group Limited, London

through Tuttle-Mori Agency, Inc., Tokyo.

Photographs of Typewriters by Kevin Twomey

Original Jacket Images by FlamingPumpkin/iStock/Getty Images

Original Jacket Design by Oliver Munday

Design by Shinchosha Book Design Division

変わったタイプ

リタとすべての子どもたちへ
ノーラがいたから

へとへとの三週間

Three Exhausting Weeks

一日目

Mダッシュのために意義のある記念品を買うなら、行くべき店は一つしかない、とアンナが言った。つまり〈アンティーク・ウェアハウス〉――という名前ではあるが、古いお宝の店というよりも、昔は〈ラックス座〉だった建物に、常設の不用品交換会ができているようなものだ。HBO、ネットフリックス、そのほか百七の娯楽チャンネルができたおかげで、〈ラックス座〉は廃業に追い込まれたのだったが、それ以前には、僕だって華やかなりしシネマの客席に何時間でも坐って映画を見ていた。いまではアンティークと称される出品物の売場が延々と続いている。僕はアンナと二人で徹底的に見てまわった。

Mダッシュは、まもなく正式なアメリカ市民になろうとしていた。これは本人ばかりか仲間にとっても大きな出来事だった。スティーヴ・ウォンの場合には、一九四〇年代に、祖父母の世代がアメリカに帰化していた。僕の親父は、一九七〇年代に、ごろつき集団みたいな東ヨーロッパの共産主義者から逃げてきた。アンナの先祖は、ずっと昔に北大西洋を船で渡って、新世界で分捕(ぶんど)れるものは何でも分捕ろうとしてやって来た。アンナの実家では、うちの先祖がマーサズヴィニヤード島を発見した、という説が語り継がれている。

Mダッシュ、本名モハメド・デイアクス＝アブドは、まもなくアップルパイかアブドパイかわからないくらいアメリカンになるはずだ。そこで僕らは由緒正しき記念品を贈ろうと考えた。新しい祖国となった土地の気質を伝えるもの、アメリカ精神を代表するものを贈りたかった。〈ウェアハウス〉の第二売場に、〈ラジオフライヤー〉の子供が乗って遊べるワゴンがあって、これが完璧だと僕は思った。「あいつがアメリカの子供の親になったら、あれを継承させていけるじゃないか」

しかしアンナは見つけたものに飛びつこうとはしなかったので、さらに捜索が続いた。僕はアメリカの旗を買った。一九四〇年代の国旗だから、まだ星が四十八個しかついていない。これを見れば、いまだ新しい祖国は建国の途上なのだと、Mダッシュにもわかるだろう。赤と白のストライプの上の青地に、新しい星が入っていけるように、この国の果実をもたらす平原の上には、よき市民の参加する余地がある。これにはアンナも一応は賛成したのだが、もっと特殊なものがいいと言った。ほかにない、これしかない、というものがいい。ところが三時間もさがしてから、やっぱり〈ラジオフライヤー〉のワゴンでいい、ということに落ち着いた。

僕らが箱型のフォルクスワーゲンに乗って駐車場から出ようとしていたら、雨が降りだした。ワイパーのブレードが古くなっているので、フロントガラスに縞模様が残る。ゆっくりと慎重に運転して帰った。そのまま嵐になって夜を迎えた。アンナは自宅まで運転するのをいやがり、なんとなく僕の家で雨宿りすることになって、僕の母がカセットにまとめていた（あとで僕がCDに変換した）音楽を聴くと、その寄せ集め趣味にきゃっきゃと大笑いした。プリテンダーズ、オージェイズ、タジ・マハールが、切れ目なしに流れていた。

イギー・ポップの「リアル・ワイルド・チャイルド」が出たところで、アンナは「過去二十年以内の曲はないの？」と言った。

僕はプルドポークブリトーを作った。彼女はワインを飲んで、僕はビールを飲んだ。彼女は薪ストーブに火をおこし、大草原を開拓する女になったみたいと言った。すっかり暗くなった部屋のカウチに二人で坐っていて、照明らしきものと言えば、ストーブの火と、オーディオ装置のレベルメーターだけだった。音量によって跳ねる光が、緑に、オレンジ色に、たまに赤にまで伸びた。はるか遠くの嵐で稲妻が空に反射して光った。

「あのさあ」彼女が言った。「日曜日よね」

「そうだよ。この一瞬に、僕は生きてる」

「そういうところ好きだわ。頭よくて、人にやさしくて、なまけ者の域に達するほど、のんびりしてる」

「誉めてるのかと思ったら、いつのまにか貶してるな」

「気怠い、くらいに言ってあげてもいいけど」彼女はワインを飲みながら言った。「ま、要するに、好きだってことよ」

「そりゃまあ、僕もね」こんなことを言い合って、どうにかなるのだろうか。「いま思わせぶりなこと言ってる？」

「いいえ。いま言い寄ってるのよ。まるっきり違うじゃないの。思わせぶりなんてのは釣りみたいなものでしょ。引っかかる、引っかからない、どっちか。言い寄るってのは最終合意までの第一歩」

　このアンナは高校時代から知っている（聖アンソニー学園！　頑張れ、クルセーダーズ！）。とくに付き合いはなかったが、たいていは同じ集団にいて、どちらも好感は持っていた。僕は何年か大学へ行って、何年か母親の面倒を見てから、不動産業の資格を取って、しばらくは不動産屋ということで生きていた。そのうちに、ある日、アンナがぶらりとやって来て、部屋を借りたいと言った。グラフィックの仕事をするスペースをさがしているのだが、信用できる業者と言えば僕しか知らないのだそうだ。なぜ信用するかというと、僕はアンナの友だちと付き合っていたことがあって、結局は別れたのだが、その際に僕がおかしな行動をとらなかったからだという。

　アンナはまだまだ美人だった。ぴんと張ったロープのような体型を維持して、トライアスロンの選手だった昔とちっとも変わらない。ともかく一日がかりで空き部屋を見せてまわったが、どれもこれも気に入らない。その理由として言っていることが、僕にはさっぱりわからなかった。相変わらずだ、ということはわかる。高校時代と同じように、どこかに目標を決めて大張り切りで突っ走ろうとする。しかも細かいことを見逃せない性分だ。どんな小さな事項でも、ひっくり返して点検し、きっちり記録して、気が済むように直したがった。くたびれる相手が来たものだ。大人になったアンナは、十代のアンナと同じく、まったく僕のタイプではなかった。

　だから、おかしなことだった。そういう僕らが、大人になってから、ぐんと近づいてしまったのだ。僕は腰が重くて、一人でいても平気で、丸一日ぐずぐず過ごしたところで一秒たりとも無駄にしたとは思わない人間だ。母が持っていた家を売ってからは、その金を投資に回して、いいかげんな不動産業からも撤退し、悠々自適に暮らした。ちょっと洗濯物でもあって、ＮＨＬチャンネルでアイスホッケーの試合でも見ていれば、それで午後からの半日が過ごせる。だがアンナはというと、僕が白物と色物をのんびり洗うくらいの時間があれば、屋根裏に石膏ボードを貼って、税金の計算をして、パスタを作って食べて、インターネットで古着の交換を始めている。アンナが眠るのは真夜中から明け方。ちょこちょこっと寝ただけで、あとは一日中エンジン全開で動ける。僕だったら、眠ったが最後、いつまでも世界とは絶縁したように眠る。毎日午後二時半の昼寝も欠かさない。

「いまからキスするわよ」アンナが言って、そのとおりになった。

これは初めてのことだ。それまでは、ちょっとハグして、ほっぺたにチュっと簡単にするようなものでしかなかった。この夜の彼女は、まったく新しい彼女になって、僕の前に現れていた。僕は迫られてあたふたした。

「ほら、リラックスして」彼女がささやいた。僕の首に抱きついてきている。彼女はすごく香しくてワインの味がした。「日曜日だからね。安息の日でしょ。これから作業をするわけじゃないのよ」

またキスをした。今度は僕もすっかりその気になっていた。彼女に腕を回して引き寄せた。くっつき合って、ふわりと緩んだ。たがいの首筋へ行って、じりじりと唇に戻った。ほとんど一年ばかり、こうしてキスをした女はいなかった。あの悪女のモナがいなくなって以来だ。モナは僕を捨てるついでに財布の現金を抜き取っていった（難点だらけのくせに、キスだけは――すごい女だった）。

「やるじゃない」アンナが吐息を洩らした。

「いい日曜日だ」僕も息をついた。「ずっと前からすればよかった」

「そろそろ裸の付き合いがあってもいいわね」アンナがささやいた。「脱いじゃってよ」

そのようにした。彼女も服を脱いで、僕の運命は決まっていた。

二日目

月曜日。僕の朝食は、ソバ粉のパンケーキ、チョリソー・ソーセージ、ボウルに大盛りのベリー、そしてパーコレーターで淹れたコーヒーだった。アンナはハーブティーにすると言った。そんなものを僕はとうの昔に収納庫にしまい込んだままだった。また彼女は大型のナイフで砕いたナッツを、ボウルに小盛りにした。さらにブルーベリーを八粒数えて、朝食の栄養バランスを補強していた。二人とも裸で食事をした、などと言うと、ヌーディストみたいに聞こえていやだけれども、まったく抵抗感なしにベッドから転げ出たということに間違いはない。

彼女は仕事用の服を着ながら、スキューバダイビングの講習を申し込むわよと言った。

「僕も？」

「そう。修了したら認定証が出る。あ、それから運動ができるようにランニングシューズとスエットスーツを買っといて。〈アーデン・モール〉に〈フットロッカー〉の店があるから。そしたらランチには、あたしの仕事場に来てよ。きのう買ったワゴンと旗を持ってきてね。ラッピングしましょ」

「わかった」

「今夜の食事は、あたしの家で。あとはドキュメンタリーを見て、その次は、きのうの晩ここのベッドでしたことを、あたしのベッドでする」

「わかった」

三日目

結局、アンナに連れられて〈フットロッカー〉へ行くことになった。五種類の靴を履かせられ（最後にはクロストレーニング用の運動靴に決めて）、四種類のスエットパンツとトップス（ナイキ）も試着した。それからMダッシュのためにパーティーを開こうというアンナの発案で、食料と飲料を買った。盛り上がって騒ぐなら、あんたの家しかないでしょ、とも言われた。

　ちょうど昼頃に、Mダッシュはアメリカ市民になろうとする千六百人の中の一人として、スポーツアリーナのフロアに立っていた。アメリカへの忠誠を誓って右手を挙げている。いまや自分たちのものとして合衆国憲法を守る、というところは大統領の宣誓とも変わらない。僕はスティーヴ・ウォンおよびアンナと観客席にいて、移民の海のようになった人々が帰化する現場を見ていた。あらゆる人類の肌の色がそろっている。これは輝かしい光景だ。三人とも感激した。とくにアンナ――。僕の胸に顔を押しつけて泣いていた。

「これって……すばらしい」いつまでも泣いた。「ああ……あたし……この国が好き」

　Mダッシュが職場とする〈ホーム・デポ〉の仲間も、店員割引で買った安っぽい国旗を持って、時間が許すかぎり僕の家に来た。スティーヴ・ウォンがカラオケの機械をセットして、僕らは「アメリカ」が歌詞に入っている曲をMダッシュに歌わせた。「アメリカン・ウーマン」「アメリカン・ガール」みたいなもの。ビーチボーイズの「スピリット・オブ・アメリカ」は、本当は自動車の名前として出るのだが、それでも僕らは歌わせた。おもちゃのワゴンは、アイスボックスとして利用した。星が四十八個の国旗は、六人がかりで硫黄島の海兵隊員みたいな格好をして立てた。その最前列にMダッシュがいた。

パーティーは長く続いたが、ようやく僕ら四人だけが残って、月が昇るのを見ながら、ポールの先に掲げた国旗が風にはためく音を聞いていた。僕はワゴンの溶けかかった氷の中からビールを一缶とって開けた、と思ったらアンナに奪われていた。

「無理しないで」彼女は言った。「持てる力を温存しといてよね。あの二人が帰ったら、すぐに使ってもらうから」

一時間後、スティーヴ・ウォンとMダッシュが去っていった。新市民は「名前のない馬」(アメリカというバンドの曲)を歌っていた。スティーヴの車が道路へ出たとたんに、アンナは僕の手をつかんで裏庭へ引っ張っていった。彼女がやわらかな芝の上にクッションをならべるので、僕らは横になってキスをした。それからは、まあ、そういうことで、持てる力を試されていた。

四日目

アンナは暇さえあれば走りたがる。四十分と時間を決めて何マイルか走るという方式だ。これを僕にも強制しようとしていた。僕が連れて行かれたルートでは、往路が上り坂で、ヴィスタ・ポイントをぐるっと回って、復路は下り坂になる。じゃあ、行くわよ、と言うなり彼女は一人で猛然と走り出し、下りの復路で僕とすれ違うことになった。どうせ僕が同じペースで走れないことはわかりきっていた。

いつもの僕なら、運動なんてものはオプション扱いにすぎない。たとえば〈スターバックス〉へ行こうとして古びた三段変速の自転車に乗ることもなくはない。少々たしなむ程度にフリスビーゴルフをする（さるリーグに加入していたこともある）。ところが、この朝には、ダートの道をはあはあ喘いで上がっていた。先行するアンナはとうに見えなくなっていた。買ったばかりの靴がきつい（自分用のメモ――もう半サイズ大きくてよい）。体内で血液がどくんどくん異常な上下動をするので、肩から首筋が突っ張って、頭をたたかれるようだった。すると折り返したアンナが、拍手しながら駆け下りてきた。

「やるじゃないの」すれ違いざまに声をかける。「初めてにしては頑張ってる」

僕はくるりと回って、彼女を追った。「太腿が火事になったみたいだ」

「それは太腿の反乱」彼女が振り返って言った。「そのうち鎮まるって」

またアンナは、僕がシャワーを浴びている間に、キッチンを再構成した。鍋やら蓋やらを戸棚にしまう位置が悪いし、どうして皿の引き出しが皿洗い機から離れているのかという。僕は返事に詰まった。「じゃ、ともかく行くわよ。スキューバ講習の初日だから、遅刻するわけにいかない」

スキューバの教習所は、ゴムのウエットスーツと塩素消毒をしたプールの臭いがした。書類に必要事項を書き込んで、ワークブックをもらった。授業日の予定も決まった。海へ出て検定を受ける日時にはオプションがあったのだが、アンナは四週間後の日曜日を指定して、さっさと乗船の予約までしてしまった。

それから〈ヴィヴァ・ヴェルデ・サラダカフェ〉という店へ行って、サラダのサラダ、サラダ添え、としか言えないランチをとった。もう僕は帰って昼寝をしたいと思ったが、アンナは延び延びになっていた片付けをしたいから手伝いに来てくれと言った。これは正しい表現とは言いがたく、ほとんど嘘に近かった。片付けなるものの正体は、廊下とホームオフィスの壁紙を貼り替えることで、そうなればコンピューター、プリンター、スキャナー、およびグラフィック関連の機器を移動しなければならず、午後からずっと彼女の言いなりで働くことになった。

その晩、僕は家に帰れなくなった。夕食はアンナの家で（野菜を添えた野菜ラザニアを）食べた。ネットフリックスで見た映画は、愚図な恋人のいる利口な女を描いたものだった。

「あ、ほら」アンナが言った。「あたしたちのことじゃない！」けらけら笑っておいて、キスをするまでもなく、いきなり僕のズボンに手を突っ込んできた。僕は世界一幸運な男なのか、あるいはバカ扱いで遊ばれているだけなのか。アンナのズボンにも手を突っ込ませてもらえたが、そうなってからも、どっちなのか判然としなかった。

五日目

この日、アンナは忙しかった。仕事場では真面目なだけが取り柄の女を四人雇っていて、あとは家庭環境の心配な女子高生が一人、見習いとして来ていた。前年に教科書会社からグラフィック制作の注文がとれたので、これが安定した仕事にはなっていたが、壁紙を貼るのと同じくらいにつまらなかった。じゃあ、帰るよ、と僕は言った。

「なんで?」アンナは言った。「きょうは暇なんでしょ」

「ランニングしなくちゃ」僕はとっさの思いつきとして口走った。

「やるじゃない」

僕は家に帰ると、また運動靴を履いて、近所を走り回った。ムーアさんといって、わが家とは裏のフェンスで接している元警官の隣人が、走っている僕を見て、「おい、どうしちゃったんだ?」と声を上げた。

「女です!」僕も負けずに大きな声で言った。それに間違いはない、というだけではなくて、そう言えるのがいい気分だった。ある女性を思いつつ、四十分走ったと知らせたくて走っているとしたら、そりゃもう、恋愛の域に達したってことである。

そう、女ができた。となれば男は変わる。運動靴から髪型まで(この翌日、行きつけの床屋でアンナに言われるままカットして)僕は変わるべくして変わっていた。ロマンスに由来するアドレナリン成分の幻覚で、肉体の限界を超えて走った。

ふくらはぎがビールの缶になったように張って、これでは昼寝もできないと思っていたら、アンナから電話があった。だったら鍼(はり)の医者へ行きなさいよ、とアンナは言った。知ってる鍼医に電話して、至急の予約をとってあげる、ということだ。

〈イーストヴァレー・ウェルネス・オアシス〉という医院は、実用だけのプロ仕様みたいなビルに入居していた。駐車場は地下にある。パワステのない箱型ワーゲンでぐるぐる回る通路を下降したら、それだけで運動になった。エレベーターで上がろうとすると、何台も複雑な動きをしていて、それもまた頭の体操だ。ようやく見つけた６０６－Ｗというオフィスで、噴水の近くに坐って五ページに及ぶ質問事項に記入した。水が流れ落ちる音よりも、電動ポンプの音がうるさかった。

イメージ訓練を承諾しますか？　そりゃまあ、する。瞑想の指導を受けられますか？　それで害があるとは思えない。治療が必要な理由を、なるべく具体的に書いてください。ガールフレンドの紹介により、ぱんぱんに張って悲鳴を上げ、もう緩みたがっている筋肉を見てもらいに来ました、と。


記入済みの用紙を返して、しばらく待った。そのうちに白衣の男に名前を呼ばれ、治療室に案内された。僕は服を脱いで下着になり、白衣の男は僕の回答を読んでいた。

「脚がよろしくない、とアンナが言うんですね？」もうアンナの治療をして三年になるらしい。

「ええ。ふくらはぎの筋肉が、とくに反抗してます」

「これを読むと」男が用紙をたたきながら言った。「アンナと付き合ってるんですね」

「最近そうなりました」

「それは、ご幸運を――。腹這いになって」男が鍼を打つと、僕の全身にちくちくと刺激が走って、ふくらはぎが痙攣した。その次は瞑想ということで、大きなＣＤラジカセのプレイボタンをひっぱたいた男が、部屋を出ていった。女の声で指示が流れて、まず心を空っぽに、それから川を思い浮かべなさいと言われた。それらしきことを三十分はしていた。眠くなってきたが、鍼が刺さったままでは、うっかり眠ることもできなかった。

家に帰ったら、アンナが夕食を作って待っていた。種のある葉物野菜と、泥みたいな色のライス、という食事になった。あとで脚を揉んでくれたが、僕はただ悶えた。しばらくして、大学時代以来だわ、という発言があった。五夜連続なんて久しぶりだけど、やってみましょ、とのことだった。

六日目

彼女はスマホのアラームを五時四十五分に設定していた。することが多いから、だそうだ。僕まで起こされて、コーヒー一杯だけは飲ませてもらえたが、すぐランニングの支度をさせられた。

「ふくらはぎが、まだ痛い」

「痛いと思うから痛いの」

「けさは走りたくない」僕はぶつくさと言った。

「よく言うわ」彼女は僕にスエットパンツを投げつけた。

ひんやりして霧の立つ朝だった。「ロードワークには完璧」ということだが、まず戸口を出てから、彼女を真似てストレッチをするように強制された。スマホが三十秒に一回ピーッと鳴るように設定されて、十二分間のルーティーンをこなす。つまり二十四種類のポーズで身体を伸ばすことになるが、そのたびに体内のどこかで腱なり筋肉なりが引っ張られ、僕はびくっと身悶えして、わめき散らして、頭がくらくらした。

「はい、ようし」と言って、彼女は近所を走るルートの説明をした。彼女は二周して、僕は一周でよいそうだ。それで走っていたら、ちょうどムーアさんが新聞を取ろうとして芝生に出ていた。「さっきの人がそれかい？　一分も前に走ってった」と声をかけられたが、僕はうなずくだけで精一杯だった。「あんたの、どこがいいんだろなあ」ムーアさんは言った。

数分後、うしろからアンナが追いついて、僕の尻をひっぱたき、また先へ行った。「そら、がんばれ！」

やっと帰り着いてシャワーを浴びていたら、彼女も来た。たっぷりキスをして、感動をもたらす部位に手を出し合った。腰を揉む要領まで覚えさせられた。ランチには彼女のオフィスに来てくれという。スキューバのワークブックを予習しておこうとのことだ。僕はまだ最初の数ページも見ていないのに、彼女は全体の半分くらい終えていた。そんな暇がいつあったのか、さっぱりわからない。

午後からは、なんとなく彼女のオフィスにいた。スキューバの器材と使用法について選択問題に答えたり、（いまでも半分趣味みたいに）不動産の物件リストを見ていったり、またグラフィックの仕事に集中している女たちを笑わせようともしたが、どうなるものではなかった。その間、アンナはテキサスのフォートワースにいるクライアントと電話で打ち合わせをして、教科書シリーズの新しい表紙デザインをして、三件の企画の校正をして、不安のある見習い女子高生の地理の宿題を見てやって、物品棚の整理をして、スキューバ教本の後半を終了した。まだ教室での授業は始まってもいないのだ。

といって何のことはない、生徒は僕らしかいなかった。すばらしき水中世界のビデオを見てから、プールでの実習となった。浅いところに立って、講師のヴィンという男から、水中で呼吸をする装備一式の各部を説明された。それだけで時間がかかった。どんな小さな説明にも、アンナから最低五つは質問が出たのだった。ようやくヴィンの指示によって、僕らはレギュレーターを口にくわえ、膝をついた姿勢で顔を水に沈めて、金属性の味がする圧縮空気を吸って、水中に泡を放出した。授業の最後には、水中能力検査ということで、プールを十往復泳がされた。アンナはオリンピックの選手みたいに、さっさと課題をこなして、ほんの数分でプールから上がって身体を乾かしていた。僕はだらだらと平泳ぎを続けて、二人だけのレースで一位に大きく水をあけられた二位になった。

そのあと、僕らは〈イーストヴィレッジ・マーケットモール〉へ行って、〈オールド・スイート・ショップ〉という店でスティーヴ・ウォン、Mダッシュと合流し、ミルクセーキを飲んだ。アンナだけは、無糖で乳製品ではないヨーグルトに、純正なシナモンを振りかけたものをSサイズで注文した。そんなものを賞味しながら、アンナは僕に手を握らせたりしたのだから、これは訳ありだということが見えていた。

その夜、アンナの家のベッドにいて、アンナがiPadで就寝前のスクロールをしていると、僕にはスティーヴ・ウォンからメッセージが来た。

Sウォン：アンナとしてんの⁇

仕方なく返信してやった。

ムーンウォーカー7：関係ねーだろ

Sウォン：どっちだ？
ムーンウォーカー7：😁
Sウォン：おかしいんじゃね？
ムーンウォーカー7：✈🏋🚀🎯🏹‼🏁😏

この流れをMダッシュが引き継いだ。

フェイスオブアメリカ：😮
ムーンウォーカー7：おれがたらし込まれた
フェイスオブアメリカ：「コックが色ボケだと、シチューは焦げる」
ムーンウォーカー7：そんなこと誰が言った？　村の呪（まじな）い師？
フェイスオブアメリカ：「コーチがボケてると、チームは負ける」ヴィンス・ロンバルディ

というように続いた。スティーヴ・ウォンもMダッシュも、僕とアンナがくっついたってろくなことはないと考えた。何をいまさら！　その夜、僕とアンナは名コーチのもとでシチューを煮たように、がむしゃらに燃えたぎった。
😏

七日目

「二人の関係について、ちょっと話しませんか？」

と言ったのは僕だ。アンナの家の小さなキッチンに立って、シャワーのあとタオル一枚を巻いただけで、スイス製のコーヒーメーカーに圧力をかけ、朝の妙薬を抽出しようとしていた。もう彼女は一時間半も起きていて、走れる服装になっている。幸いにも僕は例の運動靴を自宅に置いてきたので、きょうはマラソンをしなくてすみそうだった。

「この関係について何か言いたいことでもある？」彼女はわずかに散ったコーヒーの粉を除去しようとしていた。きわめて清浄なカウンタートップなので、たとえ微量でも異物は目立つ。

「できあがったカップルなんだろうか？」僕は言った。

「どう思う？」逆に質問が返った。

「僕を恋人だと思ってる？」

「あたしを恋人だと思ってる？」

「このまま疑問文だけで話すんだろうか？」

「あたしの知ったことだろうか？」

僕は坐ってコーヒーを口に運んだ。濃く出すぎていた。「ミルクか何かある？」

「そういう粘液が身体にいいと思う？」彼女がよこしたのはアーモンドミルクの小瓶だった。保存料無添加で、すぐに使い切らないといけない。ミルクという名前で売っているが、その実体は液化ナッツである。

「僕のコーヒー用に、純正なミルクも買っといてもらえないかな?」

「どうしてそんな要求ばかりするの?」

「ミルクって言うだけで要求なのか?」

彼女はにっこり笑って、僕の顔を手ではさみつけた。「あたしにぴったりの男だっていう自信ある?」

彼女がキスをした。もう僕は普通に答えようとしたのだが、彼女は僕の膝に乗って、僕が巻いていたタオルをはずした。この朝、彼女はランニングをしなかった。

八日目―十四日目

アンナのボーイフレンドでいるというのは、トルネードの季節にオクラホマ西部のアマゾン配送センターでフルタイムの社員をしながら、海軍特殊部隊の訓練を受けているようなものだ。毎日、一瞬刻みで、何かしら行なわれていた。二時半に昼寝をしていた生活は、すっかり過去のものになった。

連日のエクササイズがあった。朝のジョギングではおさまらず、スキューバ講習の水泳があり、ヨガのストレッチが三十分ほども続いて、さらに温度を上げた室内で自転車マシンを漕ぐクラスにも付き合わされた。これは厳しい。吐いてしまった。どれだけの任務をこなしたか、もはや正気の沙汰ではない。しかも、予定のリストや、買い物メモのアプリみたいなものがあるわけではなく、すべてその場の思いつきで、行き当たりばったりで、休みがない。もし仕事の忙しい時間ではなくて、運動の時間でもなくて、僕にベッドで運動させる時間でもなければ、アンナは何かしら作ったり、さがしたり、行った店の在庫品を見たがったり、遠くの処分市まで出かけたりした。また〈ホーム・デポ〉へ行って、手頃なベルトサンダーがないかとスティーヴ・ウォンに相談していた。僕の家の裏庭にレッドウッド材のピクニックテーブルがあって、その天板の傷みを気にしたアンナが、どうにか手入れしようと考えたのだった。毎日、一日中、僕はアンナの指令によって動いていた。運転中にも、細かい指導が飛んできた。

「次の角を左。ここはまっすぐ。ウェブスター街を行ってよ。なんで右なの。わざわざ学校の前を通らなくたっていいじゃないの。そろそろ三時で、子供が出てくるんだから」

彼女は、スティーヴ・ウォンやMダッシュもいる前で、岩登りの実演をしてみせた。新規開店のアドベンチャー・スーパーストアに、ロッククライミングのできる壁があったのだ。そのほか、屋内に急流があってカヌーの川下りができるし、スカイダイビングの部屋というのもあった。これは巨大なファンが真上に風を吹き上げるサイロ型の空間で、ヘルメットをした客が風圧を受けながら自由落下の体験をする。ある晩、そのすべてに僕ら四人が挑戦した、ということは言わなくてもわかるだろう。閉店まで店内にいた。スティーヴ・ウォンとMダッシュは、〈ホーム・デポ〉の店員として一日ずっと男女兼用のエプロンをつけていたあとだから、ここへ来て男らしい復活を果たした気でいたようだ。僕はくたびれ果てていた。アンナの過酷なスケジュールに合わせてばかりで、もう昼寝が絶対不可欠だと言いたかった。

アンナがトイレへ行った隙に、僕らは店の入口付近の〈エネルギー・スタンド〉でプロテインスナックを口に入れた。

「で、どうなんだ?」Mダッシュが言った。

「何がどうだって?」僕は言った。

「おまえとアンナ。いちゃいちゃ、ちゅっちゅ」

「頑張ってる?」スティーヴ・ウォンが言った。「くたびれた顔だ」

「そりゃまあ、いんちきスカイダイビングをしたばっかなんで」

Mダッシュは、プロテインバーの半分を食べ残して、ゴミ箱に捨てた。「おれさあ、おまえを見ながら、よく考えたもんなんだ。あいつはすごい、ちゃんとわかってる。いい裏庭のある小洒落た家に住んで、誰のためでもなく自分のために働いてる。どっかへ行かなきゃならないってことがないから、時計なんか捨てちゃってもかまわない。だから、おまえってやつは、おれから見れば、住んでいたいアメリカそのものだった。でも、いまは女ボスにへいこらして生きてる。ああ無念」

「ほんとかよ。無念?」

「あの名言を教えてやれば?」スティーヴが言った。

「村の呪い師が、まだ何か言ったのか?」

「それを言ったのは村の英語教師だ」Mダッシュが言った。「地球を回る船には、帆と舵とコンパスと時計があればいい」

「海のない国で、よくできた発言だな」僕は言った。Mダッシュが育ったのはサハラより南のアフリカだ。

「アンナはコンパスだ」Mダッシュが趣旨を述べた。「おまえは時計。それがアンナのペースに合わせるようになったら、もう時計は巻けてないということだ。正しい時刻を指すのは一日に二度だけ。これでは経度がわからない」

「アンナは帆じゃないかな?」僕は言った。「僕が舵で、スティーヴがコンパス、なんていうのはだめなのか? どうも類推の論理が見えてこないんだが」

「じゃあ、わかるように言ってやるよ」今度はスティーヴが言った。「おれたちは多彩なキャスティングのテレビ番組みたいなもんだ。アフリカ系が一人、こいつ。アジア系が一人、おれだ。おまえはごちゃ混ぜの白人だろ。アンナは強烈な意志を持った女として、自分の生き方を男に決めさせることはない。その女とおまえがくっつくなんてのは、シーズン11くらいの筋書きで、もう番組の寿命を延ばしてるだけのことだ」

僕はMダッシュを見て言った。「いまのポップカルチャー的な比喩でわかるか?」

「要点はつかめる。おれだってケーブルテレビに加入してる」

「この四人組は」スティーヴが解説した。「完全な四角形をなしている。おまえがアンナと寝てると、幾何学的な配置が崩れる」

「どうして?」

「彼女がいて、おれたちも動かされる。いまだってそうだろ。こんな夜中まで、でっかい店にいて、ぶら下がったり、漕いだり、落下したり、普通なら平日にすることじゃないぜ。彼女が触媒となって、こういう現象が起こる」

「まず帆船で、テレビになって、幾何学になって、化学反応か。おれがアンナと付き合っちゃいけない理屈になってるとは、まだピンと来ないね」

「泣きを見るぞ」Mダッシュが言った。「おまえも、アンナも、四人とも。みんなの目から涙が落ちる」

「あのな」たしかにブラウニーの味がするプロテインブラウニーを押しのけるように動かして、僕は言った。「おれがガールフレンドとどうなるか、いくつか考えられることを言おう。ああ、そうさ、ガールフレンドだ」僕はアンナに目を走らせた。まだ彼女とは距離があった。遠くのカウンターで従業員と話し込んでいるようだが、その上には「思いっきり、アドベンチャー！」という看板が掛かっていた。「では、その一、僕らは結婚して、子供が生まれ、おまえたちには後見人になってもらう。その二、僕らは仲違いし、おおっぴらに落胆と非難を応酬する。おまえたちはどっちかの味方をすることになり、おれの仲間としてとどまるか、さもなくば男の掟を裏切って、女の友人であり続ける。その三、彼女が新しい男と出会って、僕を捨てる。僕は哀れな負け犬になって、その現実を受け止められない。その四、僕と彼女が円満に別れて、友だちのままでいる。そういうのテレビにあるよな。思い出として残るのは、室内の疑似ロッククライミングをしたとか、また生涯最高のセックスもあったとか、そんなような――。まあ、どういう運命になったとしても、みんな大人なんだから、うまく対処できるよな。それに、素直に認めろよ――もしアンナがその気になってくれたら、おれじゃなくたって、そうなっちゃうだろ」

「その場合は、おまえが警告する役になって、泣きを見るぞと言ってるさ」スティーヴ・ウォンが言った。

そこへアンナが戻ってきた。てかてかしたカラー印刷の分厚いパンフレットを振りかざし、顔が笑っている。「ねえ、みんな！　南極へ行くわよ」

十五日目

「しっかりした装備が要るわね」アンナは湯を入れたマグに〈レインボー・ティーカンパニー〉の新品のティーバッグを浸しながら言った。すでにランニングの服装になっている。僕はやっと運動靴を履こうとしていた。

「ロングジョン、パーカとシェル。フリースのプルオーバー。防水ブーツ。ステッキ」

「手袋、帽子」僕も追加して言った。南極行きはまだ三カ月も先だ。時間帯を越えた何千マイルの先でもある。だがアンナはすでに完全な計画モードに入っていた。「南極は夏じゃないかな」僕は言った。

「極点までは行かないのよ。南極圏てとこかな。それだって天候と海に嫌われなければの話。いずれにしても氷と風はものすごい」

外へ出て、四十五分間、ヨガのストレッチをした。下向きの犬のポーズ、コブラのポーズが、家の前の芝生に降りた朝露で濡れた。ビーッ。タイマーの音が鳴って僕は身体を折り、おでこを膝につけようとした。ついてない。

アンナは、トランプ用のテーブルを折りたたんだように、ぺたっと平たくなった。「アポロの宇宙飛行士って、南極へ行って火山の研究をしたんでしょ」アンナは僕が宇宙飛行士関連のことなら何でも夢中になると知っていた。だが、僕がどこまで知っているのか彼女は知らない。

「いや、訓練地はアイスランドだったのだよ、お嬢さん。もし南極へ行った宇宙飛行士がいるとしたら、人類の運命を変えるべく命がけでNASAの宇宙船に乗ってから、無事に引退してずっと後のことだろう」ビーッ。僕は足首をつかもうとして手を伸ばし、ふくらはぎに火事を起こしてしまった。

「ペンギンと鯨と探査基地を見る」アンナは言った。「B15Kも見る予定」

「B15Kって何だ？」

「マンハッタン島くらいの氷山。そういう大物だから衛星で観測されてる。二〇〇三年にロス棚氷から分離して、南極を反時計回りに漂流中。もし天候がよければ、ヘリコプターを予約して、氷山に着陸できる！」

ビーッ。これでストレッチは終わりだ。アンナが駆けだしていった。僕も頑張って走ったが、追いつけるはずがない。しかも、いまのアンナはB15Kで張り切っている。

すたこら走ってムーアさんの家にさしかかると、携帯マグのコーヒーを持ったムーアさんが車に乗ろうとしていた。「いま、あんたの彼女が駆けてったよ。尻に火がついたみたいだった」

シャワーを浴びてから、スペルト小麦パンのトーストにアボカドを載せた朝食をすませると、アンナはスティーヴ・ウォンの店で買ったベルトサンダーを持ち出し、庭のピクニックテーブルを研磨した。僕もサンドペーパーを手にして、いくらか作業に加わった。

「いったん木の地肌を出してから、塗り直さないとだめね。ペンキある？」それなら家にあった。

「昼間のうちに済ませなくちゃ。今夜はうちに来てよ。ディナーとセックス」

まあ、いいけど、と僕は思った。

「じゃ、あたしは仕事があるから」彼女は出て行く前に、ほかにも研磨と再塗装を要する木製品があると指摘した。ベンチ、キッチンの裏口ドア、芝生用の遊び道具とスポーツ用品を入れっ放しの古い物置――。僕は一日がかりで任務をこなした。

汗にまみれ、埃にまみれ、はねたペンキにまみれていたら、アンナからメッセージが来た。

アンナ・グラフィック・コントロール：ディナー、あと十五分
なんとか三十分で到着したが、ディナーの前にシャワーだけは浴びさせてもらった。居間で（やたらに大きなボウルでベトナム風のフォーを）食べて、『この凍った大地』というブルーレイから二つのエピソードを見た。三時間以上も、地球のどこやらにしか生息しないというヒゲペンギンとカニクイアザラシについて、たっぷりと学習をした。

セックスらしきものに至るまでに、もう僕は眠り込んでいた。

十六日目

僕の知らないうちに、アンナはスキューバの早朝クラスに申し込んでいた。

この日の講習では、長袖長ズボンのウエットスーツを着用し、空気タンクやウェイトベルトもつけた状態で、プールの深いところに沈んで膝をついた。いったんマスクから何から器材をはずし、

息を詰めて、また装着させられた。あとで講師のヴィンが言うには、僕はワークブックの進行が遅れていて、もっと頑張らなくちゃだめ、なのだそうだ。

「なんで予習しなかったの」アンナが知りたがった。

「ベルトサンダーと付き合ってたら、暇がなかった」

帰り道の車の中で、チョークの粉でも吸ったように喉の奥がひりひり痛くなった。風邪を引くのかもしれなかった。

「まさか風邪を引くんじゃないでしょうね」アンナが言った。「病気だなんて思ってると、病気にもなっちゃうんだからね」

スマホが鳴って、彼女はハンズフリーで通話した。フォートワースにいるクライアントからだった。リカルドという男が、配色のテンプレートのことで冗談を言って、アンナは笑いながら僕の家の敷地に乗り入れた。そのまま通話を終えるまで車内にいたので、僕は先に家に入った。

「フォートワースへ行くことになるわよ」ようやくキッチンへ来たアンナが、あっさりと言ってのけた。僕はパック入りのチキンヌードルスープを温めようとしていた。

「なんで？」

「リカルドの手助けをして、うまいことプレゼンを乗り切らせる。ちなみに、それってスープじゃないわよ。ナトリウムを袋に入れて売ってるだけ」

「いま病気になるところなんで、スープがよいのではないかと思って」

「よくない。死んじゃうわよ」

「フォートワースへ行くってのは、僕も行くってこと？」

「あたりまえ。どうせ暇じゃないの。一泊して観光できる」

「フォートワースの観光？」

「ちょっとした冒険になるわね」

「ああ、洟が垂れて、頭の中に蜂の群れがいる」

「そういうことを言わなければ、そういう気もしないのよ」

僕は返事として、くしゃみをして、咳をして、ティッシュで洟をかんだ。アンナは首を振っただけだ。

十七日目

フォートワースで観光として見たもの。

巨大な空港。おびただしい数の利用客がいた。なんだかテキサスの経済が崩壊し、テキサス人が一斉に逃げ出そうとしているかのようだった。

手荷物受取所。いま改装中とやらで大混乱。ほとんど喧嘩沙汰。アンナはスーツケースを三つも預けていて、それが滑って出てきたのは、もう最後の順番に近かった。

バス。車体にぐるりと大きな文字で、ポニーカー、ポニーカー、ポニーカーと書かれていた。ポニーカーというのは、ウーバーやレンタカーに対抗する新手の移動手段であるらしい。アンナは週末のフリーパスを持っていた――なぜかは知らない。送迎バスで連れて行かれたのが駐車場で、やはりポニーカーというロゴを書かれた小型車が何台も駐まっていた。どこで生産される車なのか知らないが、小柄な人間を乗せるように設計されたことは間違いない。僕ら二人と荷物がぎゅう詰めになった車内は、僕ら二人と荷物の三分の一くらいで普通の満杯だったろう。

DFWサンガーデン・ホテル。これはホテルという名前だが、その正体を言うなら、予算に制約のあるビジネス客を対象にした、ひたすら実用本位の居室部分および自動販売機の集合体だった。僕は小さな部屋に入って、すぐ横になった。アンナはスマホでリカルドと話しながらプロらしい服に着替えて、じゃあね、と僕に手を振ると、もうプロらしいキャリーバッグを引いてドアの外に出ていた。

僕は頭が朦朧として、まともにテレビをつけることさえできなかった。ケーブルのメニューを見ても何だかよくわからない。画面に出たのはサンガーデン・ホテル・チャンネルなるものだけで、世界に広がるサンガーデン・ホテルの燦然と輝くすばらしさを延々と映し出していた。まもなく新規にオープンする町は、インディアナ州エヴァンズヴィル、イリノイ州アーバナ、そしてドイツのフランクフルト。また電話を掛ける方法も、僕にはさっぱりわからなくて、聞こえてくるのは自動音声の案内ばかりだった。腹が減ったという気はしたので、重い身体を引きずるように「ロビー」へ降りて、自動販売機で買い物をした。

販売機は独立した小さな空間にならんでいて、小ぶりなビュッフェテーブルも出ていた。これにはリンゴを載せたボウル、朝食シリアルのディスペンサーが置かれている。どちらからも少しずつ取った。ピザをスライス単位で売っている機械があり、また洗面用具を売る機械があって風邪薬も買えるようだった。こいつに皺くちゃの二十ドル札を受け取らせようとして四度失敗してから、やっとカプセル、錠剤、内服液、および「ブースト・ブラスター!」という商品名で小型のボトルに入っているものを買った。能書きによれば、抗酸化剤、酵素、また何だか知らないが、不断草(ふだんそう)やら、ある種の魚やらに含まれる健康成分が、どかんと配合されている。

部屋に戻ってから、それぞれの購入品を二つずつ混ぜ合わせた。厳重なホイル包装を破り、子供には開けられないキャップを開けた。そして「ブースト・ブラスター!」をごくりと一気飲みしたのだった。

十八日目

目が覚めたら、自分がどこにいるのか全然わからなくなっていた。シャワーの水音が聞こえた。ドアの下から薄い線状に洩れる光があって、ナイトテーブルに積み重ねた教科書が見える。バスルームのドアが、ぱっと大きく開いて、明るい湯気が飛び出した。

「あら、生きてる」素っ裸のアンナが、身体を拭いていた。すでにひとっ走りしたらしい。

「そうかな」風邪はちっとも良くなっていなかった。まるっきりだめ。ぼんやりした感覚が出ただけだ。

「これ全部飲んじゃったの?」彼女は小さなテーブルに向けて手を振った。僕が独自に調剤した残りが散乱していた。

「まだ治らない」僕は貧弱な予防線を張った。

「そんなこと言ってるから、治るものも治らない」

「ごもっとも、と言ってしまいそうに気分が悪い」

「きのうの夜、おもしろかったのよ。オーガニックのメキシコ料理を食べに行ったの。リカルドの誕生日だったのよね。四十人くらいいたかな。ピニャータ割りの余興もあって。それからレース場でミニチュアの改造車(ホットロッド)をぶっ飛ばした。あなたにも電話して、メールして、何もなし」

僕はスマホをひっつかんだ。午後六時から午前一時半まで、アンナ・グラフィック・コントロールからの通話とメッセージが三十三回入っていた。

アンナが服を着始めた。「支度してよね。ここはチェックアウトする。リカルドのオフィスで打ち合わせがあって、あとは空港へ直行」

アンナが運転するポニーカーで、フォートワース市内の産業団地へ行った。僕は暇つぶしに応接エリアで坐っていたが、気分は最悪で、何度も洟をかんでいた。コボの電子書籍でウォルト・カニンガムという宇宙飛行士のことを書いた本を読もうとしたのに、ぼうっとして集中できなかった。スマホで101というゲームをした。はい／いいえの二択、または三択以上の問題に答える。「ウッドロウ・ウィルソン大統領は、ホワイトハウスでタイプライターを使っていた」はい！　第一次大戦の戦意高揚を目指して、ハモンド社のタイポマチックをぽつりぽつりと打ちながら演説原稿を書いた——。

ずっと坐っていて外の空気を吸いたくなったので、企業が集合している敷地内をのんびり歩きだした。どのビルも似たようなもので、道がわからなくなった。やっと戻れたところで、ポニーカーの一台が目について、何とまあ、僕らが乗ってきた車だった。

アンナがいた。まだクライアントも一緒にいる。いままで僕を待っていたらしい。「どこ行ってたの」

「ちょっと観光」僕はリカルドのほか十三人の教科書会社の幹部に紹介されたが、誰とも握手はしなかった。風邪を引いていたということで——。

ポニーカーを返却する手続きは、謳い文句の通りに簡単だった。しかし空港への送迎バスがなかなか来なかったので、飛行機に乗り遅れないためには、DFW空港内を、映画に出る二人組のように突っ走らないといけなかった。いかれた恋人同士の休暇旅行とか、テロリストの攻撃を防ごうとする連邦捜査官とか、そんなようなものだろう。かろうじて間に合ったが、ならんだ座席は取れなかった。アンナは前方で、僕はずっと後ろになった。もともと詰まったような耳が出発時にひどくなり、降下時にはもっとひどくなった。

僕の家までの途中で、彼女は酒屋に車を停め、ブランデーの小瓶を買って帰った。これを僕にしっかり飲ませてから、もう寝なさいということで、上掛けを折り返し、おでこにキスをしてくれた。

十九日目—二十日目

要するに具合が悪いのであって、水分をとって寝るしかない。ネアンデルタール人が初めて鼻風邪になって以来、もう仕方のないことだ。

ところがアンナはどこまでも自己流で考える。二日間、彼女は僕の回復を早める作戦を展開した。

徐々に治ればよいというのではない。僕は裸になって椅子に坐り、足だけ冷水の容器に浸すことになった。そして心電計の親戚みたいなものに手足をつながれ、身につけている金属製品をはずしなさいと言われたが、どうせ何も身につけていないので、そのままスイッチが入って、どうということにもならなかった。

だが、そのうちに足を浸している水が濁って茶色くなり、固まってきて、世にも恐ろしくまずそうな粉末ゼリーの出来上がりになった。ねっとり凝縮したところから素足を引き抜くのは、泥沼から出ようとするのに等しかった。しかもまた臭いがひどい！

「それは悪い魔力が足から出てるってことよ」アンナは悪いものをトイレに流しながら言った。

「僕の足から？」

「そう。ちゃんと証明されてる。へんなものを食べてるからね。毒になるもの、脂っぽいもの。そういうのが足からじくじく滲み出してる」

「もう横になっていい？」

「しばらくはね。あとでスチームシャワーを浴びてもらう」

「そんなものないよ」

「あるようにする」

アンナは僕の家のシャワー室にビニールのカーテンを引き回し、ポータブル型のスチーム発生器を高い位置に取り付けた。そこへ置いた足載せ台に坐って、さんざん汗をかいて、薄いお茶らしきものを大きなボトルで三本分は飲まされた。もちろん時間はかかっている。なにしろ溝の水かと思うような味で、人間の膀胱が溝の水を保持できる量には限りがある。

エクササイズ用の自転車が届けられた。これには一時間半ごとに、きっちり十二分間、体温が上がった証拠になるほどの汗をかくまで乗らされた。

「鼻水やそんなようなものが熱で追い出されるのよ」

食事として三度続けて出たのは、ビートとセロリがどっさり入った水っぽいシチューだった。

彼女のｉＰａｄに合わせて、一時間のスローストレッチというのも課せられた。画面に出る講師と、まったく同じ動作をしなければならなかった。

彼女は何かの道具をコンセントに突っ込んだ。大きさからすれば石鹸が電動式になったかと思うようなものが、ブーンとうなって振動した。ちょっとした家庭療法らしいが、本体にはロシア文字が書いてあった。彼女は僕を裸でフロアに寝かせ、全身を、表も裏も、その何だかわからないもので揉みほぐした。この共産圏の機械は、当たる部位によって異なる運転音を発した。

「ようし、いいわよ！　もうちょっとだからね」

僕はアンナには内緒で風邪薬を服用した。つまりナイキルをごくりと飲んで、スーダフェドを何錠かむしゃむしゃ食うように飲み下してから、ベッドにもぐり込み、眠りの国へと消えていった。

二十一日目

朝になって、いくらか気分もよかった。シーツが寝汗でじっとり濡れて、セーム革みたいに絞れそうだった。

アンナの書いたメモが、パーコレーターに貼られていた。

ぐっすり寝込んでいるようなので、そのまま放ったらかして出かけます。冷蔵庫にスープがあります。飲めばすっきりするでしょう。朝は冷たいまま、昼には温めて飲んでください。午前中に二度、自転車エクササイズをすること。一時間のストレッチも忘れずに。そのルーティーンがわかるように、リンクをメールしたので、それに従ってください。もう一度、蒸留水をボトルで三本は飲めるくらいまで、スチーム浴をするように！　それでナトリウムを排出します！　A.

ということは、いま一人で家にいて自由なのだ。僕は瞬時にアンナの指示を無視した。コーヒーにホットミルクを入れて飲んだ。新聞はオンライン版ではなく、紙に印刷された『タイムズ』を読んだ。アンナは新聞紙の消費は地球への罪だとして、いくら僕がリサイクルに努めても、オンラインにこだわっている。僕は朝食にも栄養のある贅沢をした。卵にはリングィーサ（というのはポルトガルのソーセージ）を合わせた。さらにバナナ、ストロベリーのポップタルト、カートン入りのパパイヤジュース、大きなボウルに盛ったココアパフ。

ストレッチなどは省略した。止まったままの自転車に乗らず、ビニールカーテンの特設スチーム室にも行かなかった。メールのリンクをたどることもなく、当然、ストレッチなんてものはしない。午前中は洗濯の時間にした。ベッドのシーツもあって、全部で四回の作業になった。編集テープから変換したCDを流して、一緒になって歌った。アンナの指令に一切従わないことに歓喜した。こんな素晴らしい生活は考えられなかった。

そんなわけで、アンナが二週間前に突きつけた問いに、もう答えたことになる。そう、僕はアンナにぴったりの男だなんて思わない。

彼女から電話があって様子はどうだと言うので、僕は指示に逆らっていることを隠さなかった。いまの気分は良好だし、疲れも取れたし、自分に戻ったようで、もちろんアンナのことはすばらしいと思っていて、そこへ行くと僕なんかバカ丸出しではあるのだが、とか何とか、あーたらこーたら。

すると、僕が別れの言葉をさがしあぐねているうちに、アンナのほうから言ってくれた。

「あんたって、あたしにぴったりの男じゃないわね」

ちっとも恨みがましい声ではなかった。見限る、あきれる、といった響きもない。あっさり言うだけというところは、僕には真似ができない。アンナはふふっと笑った。「わかってきてたんだけどね。だいぶ消耗してたみたい。あのまま行ったら壊れてたかも」

「いつになったら放免するつもりだった？」

「金曜日になって脱落してなかったら、面談に応じてもいいと思ってた」

「金曜日になったら、というのは？」

「その日の夜に、あたし、またフォートワースへ行くのよ。リカルドが熱気球に乗せてくれるんだって」

この瞬間、僕にも男のプライドがぴくりと動いて、そいつだってアンナにぴったりの男でなければよいと思っていた。

ぴったりではなかったらしい。アンナは詳しく語らなかった。

さて、一応言っておけば、僕もスキューバダイビングの認定を受けた。講師のヴィンそのほか十数名の一行に参加して、ケルプが密生する海に潜った。水中で息をして、海底の森みたいな昆布を縫って泳いだ。アンナと二人の、すばらしい写真がある。船に上がってから、ウエットスーツの腕で抱き合って、冷えて濡れた顔が大きく笑っている。

来週は南極に向けて出発だ。装備の万全を期して、アンナはさかんに買い物をした。とくにMダッシュには重ね着をする準備を忘れるなと言い聞かせた。Mダッシュは、ペンギンやアザラシがいるような寒冷地とは、まったく無縁に育ったやつだ。

僕は緑色のパーカとシェルを着てみせて、「いざ南極圏、進めっ！」と叫んだ。アンナが笑った。

まずペルーのリマへ飛ぶ予定だ。そこで飛行機を乗り換え、チリのプンタアレナスへ行く。あとは船に乗って南米を離れ、もとは探査基地だったポート・ロックロイに達して、これを最初の宿営地とする。ドレーク海峡は大荒れに揺れる海だと聞いている。だが強い帆と、確かな舵と、正しいコンパスと、頼れる時計があれば、われらが船は立派に南へ行って冒険の数々と出会うだろう。

ああ、そうだ。B15Kにだって行くだろう。

REMINGTON

クリスマス・イヴ、一九五三年

Christmas Eve 1953

ヴァージル・ビューエルが店じまいをしたのは、もう夕食に迫られた時刻である。ちらほらと雪が降りだしていた。自宅への道は滑りやすく、まだまだ滑りやすくなりそうなので、だいぶ速度を落として運転したが、パワーフライト式のAT車たるプリムスなら、いとも簡単なことだった。クラッチやシフトの操作が要らないとは、工業技術の驚異である。凍った道路から外れたり、積雪で動けなくなったりしたら、今夜は大変なことになる。この車のトランクには宝物を積んでいて、どれも夜が明ければサンタからのプレゼントに変わる。子供たちが何週間も前から欲しいと言っていたものを、絶対見つからないようにトランクに入れたままにしていた。あと数時間したらツリーの下に置かれていなければならない。そんなものを雪で立ち往生した車からレッカー車の運転台へ乗せ換えることになったら、クリスマスとしては悲惨である。

たしかに帰宅の時間はかかったが、その長さだけなら苦にならなかった。ヴァージルが嫌うのは寒さである。操作性はともかくとして、ろくなヒーターを積んでくれないプリムスの製造会社には、怒りをぶつけたくなることが多かった。ようやく自宅に接近して徐行し、ヘッドライトが黄色い光を裏手のベランダに投射して、砂利を踏むタイヤがぴたりと静まったときには、痛いくらいに寒いと感じていた。表の入口へ回るにも、さんざん足を滑らせた失敗に懲りて、念には念を入れて歩いたのだが、それでも人並みの速さで家の中に入った。

オーバーシューズについた雪を足踏みして落とし、重ね着していた服をハンガーに掛けていると、地下室から噴き出し口を抜けてくる暖気に、身体がほぐれるような気がした。ヴァージルは、この家を買ってから、ささやかなマイホームには大きすぎるほどの暖房炉を設置した。また給湯器も業務用の強力なユニットを入れたので、子供の入浴でも、彼自身の長いシャワーでも、極楽気分でたっぷりと湯を使えている。もちろん冬の燃料費はかかるが、それに見合った心地よさがある。そんな意味では、冬ごとに大量の薪を買い込むのと同じことだ。

居間にも火が焚かれていた。暖炉で薪を燃やす要領は、もう息子のデイヴィーに教えた。〈リンカーン・ログ〉の組み立ておもちゃのように、四角い家を作って火種を囲むとよい。ピラミッド形はだめ。すると息子は大事な役目を得たつもりで、神妙に火を熾(おこ)すようになった。初霜の降りる十一月ともなれば、ビューエル家はこのあたり一帯で最も暖かい家であった。

「パパ！」息子がキッチンから駆けてきた。「ばっちり計画どおりだよ。ジルなんか、すっかりその気になってる」

「ようし、いいぞ。やったな」ヴァージルは息子と握手してやった。この広い世界でこの二人だけに通じる秘密の握手である。

「夕食のあとでサンタに手紙を書こうって言ったんだ。それからお菓子を出しておく。ぼくが小さい頃は、パパがそうしてくれたよね」と言っているデイヴィーは、年が明ければ十一歳になる。

ジルはキッチンで食卓の準備をしていた。ナプキンおよびフォークやスプーンの類をそろえる係になっている。「あ、パパ、帰ってきた。おかえりー」六歳の娘はスプーンをならべ終えようとしていた。

「そうなの？」デローレス・ゴメス・ビューエルが言った。赤ん坊のコニーを横抱きにして、調理台の火を見ている。ヴァージルは人生に関わっている三人の女に、それぞれキスをした。

「お帰りなさい」デルもちゅっとキスを返してから、タマネギを添えたフライドポテトを大皿に盛ってテーブルに移した。息子は新しい〈ケルビネーター〉の大型冷蔵庫から缶ビールを出してきて、ここでも神妙な手つきで缶切りを持ち、缶の上面に二カ所の穴を開けてくれた。これまた大事な役目と心得ているようだ。

ビューエル家の食事は、もはや一種のショーである。デイヴィーは何度も席を立って、食事が済むまで椅子に坐っているということがない。コニーは母親の膝に抱かれてもぞもぞ動き、スプーンをしゃぶったり、そのスプーンでテーブルをたたいたりしてご機嫌だ。デルは子供たちが食べるものを小さく切ってやって、こぼしたものを拭き取って、コニーの口にマッシュポテトを運んで、その合間に自分の口にも入れていた。ヴァージルは急がなかった。同じものを続けて食べるのではなく、皿の上でフォークが大きく周回するように少しずつ突つきながら、この家族という劇場を楽しんでいた。

「あのね、サンタには、クッキーを三枚だけでいいんだよ」今夜の到来が待たれている訪客について、デイヴィーが妹に教えている。「コップのミルクを全部飲んでったりはしない。忙しいんだからさ。だよね、パパ」

「そうらしいな」ヴァージルは息子にウィンクしてやった。これに応じようとしたデイヴィーは、無理に片目を閉じようとして顔の半分を引きつらせていた。

「どこ行っても、おんなじものが置かれてるしね」

「どこの家でも？」ジルが言った。

「どこの家でも」

「いつ来てるのか全然わかんない。いつ来るの？」ジルは不思議でならないらしい。

「ちゃんと食べないと来ないのよ」デルが娘の皿にフォークをつんつん当てて、いくらかポテトを肉から離してやった。「しっかり食べれば、それだけサンタは早く来る」

「みんな寝ちゃったら来るの？　寝てないとだめよね？」

「寝てから次に起きるまでのどっかしらで来る」デイヴィーは妹が聞きたがることに抜かりなく答えていた。この夏にサンタとはいかなるものかという見解に達してから、デイヴィーはまだ妹には信じさせておくことを自分の任務とした。

「寝たら何時間にもなるよね。そんなに出しといたらミルクが変になっちゃう」

「サンタは指先の魔法でミルクを冷たくできるんだ。ぬるくなったミルクに指を突っ込んで、おまじないみたいなことすれば、一発で冷たくなるんだぞ」

すごいことだ、とジルは思った。「たくさん飲むんだろね」

食事のあとで、ヴァージルは子供とキッチンの片付け当番をした。ジルは流しの前で椅子の上に立って、一本ずつ、フォークやスプーンの水気をぬぐった。その間、デルは二階にいて、赤ん坊を寝かしつけてから、ほんの少しだけ、必要に迫られての仮眠をとった。デイヴィーは父親に今夜の最後の一缶となるビールを開けて、「パパの椅子」の横にある電話台に置いた。父親が暖炉の近くで椅子に坐って飲んでいる態勢になると、デイヴィーとジルは蓄音機の前に寝そべって、クリスマスのレコードを聴いた。部屋を暗くしたので、ツリーが色のついた魔法を壁に投げている。ジルは父親の膝に乗りたがった。兄が赤鼻のトナカイを何度でも掛けたので、どちらも歌詞を覚えてしまって、適当な合いの手を入れるようにもなった。

真っ赤なお鼻のトナカイさんは――

「電気の球みたい！」

いつもみんなの笑いもの――

「おばっかさん！」

最後になって、トナカイが「歴史に残る」と歌われると、「算数にも！」と言ってふざけた。

デルが笑いながら下りてきた。「もう何言ってんだか。諸人（もろびと）こぞりて、なんてのも、替え歌にされちゃうのかしらね」彼女はヴァージルの缶ビールを一口飲んでから、ソファの定位置に坐ると、留め金具のついた革ケースから、シガレットを一本たたくように取り出し、電話の横の灰皿にあったマッチで火をつけた。

「デイヴィー、あの薪を、ちょっと突いといてくれないか」ヴァージルは言った。

ジルがぴくっと反応した。「あたしも、突っつきたい！」

「ぼくが先。あ、それから、サンタの靴は燃えないんだよ」

「そんなこと知ってる」

ジルも棒を持たせてもらって火を突いてから、デルがパジャマに着替えなさいと言って子供たちを二階へ上げた。

ヴァージルはビールを飲んでしまうと、収納庫へ立って、レミントンのポータブル型タイプライターを持ち出した。ニューヨーク州ロングアイランドの陸軍病院に入院中だった彼に、デローレスが新品で買ってくれたものだ。この機械で彼女に手紙を書いた。使える片手だけで打っていたら、療法士が「五本半の指でタッチタイピング」と称する方法を教えてくれた。

低いコーヒーテーブルに機械を載せて、ケースから取り出し、二枚の紙を差し込んだ。プラテンを傷めないように、いつも二枚を重ねて入れる。

また子供たちが来ると、彼は言った。「じゃあ、サンタというか聖ニコラスというか、その人にお手紙を書いとこう」歯磨きとさっぱりしたフランネルの匂いも、二階から下りてきていた。

まずジルが、ぽつり、ぽつりと、一つずつキーを打った。

さんたさん　ことしもきてくれてありがとう　かんごふさんセットとハニーウォーカーのおにんぎょうもありがとう　どっちもあたらうれしいです　めりーくりすます　あいらぶゆー

ジル・ビューエル

デイヴィーは自分だけで一枚の紙に書きたがった。サンタが見て紛らわしくないように、とジルには言った。二枚の紙をそろえて装着する手順には不慣れで、何度目かにうまくいった。

12/24/53

サンタクロースさま　妹のジルはまだ信じてます。ぼくも、そう、です。ぼくが欲しいものはわかりますよね。いままでも、がっかりしたことはぜったいになかったです。つめたいミルクあります。それから、スナックケーキとゆうかクッキーもあります。らいねんはコニーもすこし大きくなるのでコニーの分もいいですか？？？？　もしミルクがぬるかたら、ゆびでひやしてください。

デイヴィッド・エイモス・ビューエル

デイヴィーは機械の正面を暖炉に向けて、手紙もキャリッジから出かかったままに残した。これならサンタが見逃すはずはない。

「ツリーの下を整理しておきなさい」ヴァージルは言った。「あしたの朝、わかりやすいだろう」

クリスマスの朝になると、サンタに頼んでおいたプレゼントは、いつも包装せずに置かれていた。そうであれば、すぐに遊べるのだから、ヴァージルとデルは朝のコーヒーを飲む時間が持てる。すでに親戚からもプレゼントが来ていて――ガス叔父さんとエセル叔母さん、アンドルー叔父さんとマリー叔母さん、ゴギーとポップ、ナナとレオ、また遠くはイリノイ州アーバナから、近くはホルツ・ベンドからも来て――きれいな色の包装紙をまとった品物を、村の郵便局へ行くたびに受け取ることになり、もう何日もツリーの下で数を増やしているのだった。

デイヴィー、ジルという名札で区別された二つの山が出来上がると、もう子供たちはレコードをジャケットに入れて、そのアルバムを棚にしまった。デルは娘にラジオをつけてよと言った。大きなキャビネット型のラジオで、赤鼻のトナカイではない音楽を流しているクリスマスイヴの番組を選局させたのだ。

クッキーを焼いたのは十二月二十三日だった。これをジルが冷蔵庫から取り出して皿にならべ、デイヴィーは背の高いグラスにミルクを入れて、コーヒーテーブルの上でタイプライターと隣り合うように置いた。あとはもう待っているしか作戦はない。デイヴィーは暖炉に薪を一本くべて、ジルはまた父親の膝に乗り上がった。ラジオは賢者、聖夜、イエスの誕生を祝うキャロルを聞かせていた。

ほどなく、ヴァージルは眠っている娘を寝室に運び上げ、そうっとベッドにすべり込ませながら、少女が閉じた目のやわらかさ、またデルの口元を完璧なミニチュアにしたような唇に、つくづく感嘆していた。デイヴィーは居間のソファにいて母親に寄りかかり、その髪の毛に彼女の指が戯れていた。「すっかり信じ込んでた」

「いいお兄ちゃんになったね」デルは言った。

「だって、ああするしかなかった」デイヴィーは暖炉の火を見つめていた。「サンタってほんとにいるのなんてジルが言って、ママには言いにくそうな感じで、ぼくらの秘密にしたがってるみたいだったんで、どうしたらいいか困っちゃった」

「それで、どうしたの?」

「いいこと考えたんだ。こうなったら、聞かれそうなことには全部答えられるようにすればいい——。どうしてみんなの家に行けるの？　すごい速さで飛びまわるんだし、みんなの家と言ったって、そんなにむちゃくちゃ多いわけじゃない。煙突のない家はどうするの？　オーヴンとか暖炉だって使える」

「指先でミルクが冷たくなるっていうのは——」デルが、やわらかな肌の額にかかる前髪を撫で上げて、ささやいた。「とっさに、よく思いついたわね」

「簡単だよ。魔法使いみたいな人ってことだから」

「そのうちコニーにも同じことを言ってあげないと」

「そうだよ。ぼくの仕事になった」

ヴァージルが二階から下りて、「パパの椅子」に坐った。ラテン語の歌詞によるキャロルが、ビング・クロスビーの口を通して、やさしく歌い出されている。

「ねえ、ラジオって、なんで鳴るの？」デイヴィーが知りたがった。


十時十五分。デイヴィーは、いままで一番のクリスマスイヴだったかも、と言いながら寝室へ引き上げていった。

「コーヒー、沸かそうか？」デローレスが言った。

「それがいい」ヴァージルも立ってキッチンへ行くと、コーヒー豆の缶に手を伸ばそうとした彼女を抱き止めてキスをした。彼女も応じた。こういうこともあって夫婦になっている、という共通の感覚があった。思ったよりも長いキスになって、二人の顔が笑った。デルがコーヒーを淹れて、ヴァージルも調理台の前にならんで立っていた。

「来年は、真夜中のミサに行けないかしら。あたしたち、神様のいない子育てをしてるもの」

「デイヴィーはそうだな」ヴァージルは小さく笑った。息子が生まれたのは結婚の日から七カ月後だった。

「すてきなのよ、真夜中のミサ」

「クリスマスイヴに三人とも寝かさずにいる？　聖メアリー教会へ行くだけでも、かなりの長丁場だ。もし今夜みたいな雪だったら？」

「マケルヘニーさんは、やってるわ」

「ルースが、とことん変わり種だからな。あの奥さんじゃ、エドもうっかり逆らえない」

「でも、キャンドルとか、音楽とか、いいのよね」いずれは長丁場に車を走らせるだろうとデルは思っていた。この夫が妻に逆らえないのではなく、妻の望みをかなえようとする男だからだ。しかし、とりあえず今年のクリスマスは、雪に降り籠められた家の静かな暖かいキッチンで、夫に手を重ねられている。


ヴァージルは、またオーバーシューズを履いて、重いコートを着て、身体がすり抜けられる程度に戸口を開けた。雪は三インチほどに積もっていた。帽子をかぶるまでもなく、車のトランクからサンタの贈り物を回収する。ただ、凍った通路で転ぶ危険は避けたいので、二度に分けて運んだ。トランクを閉めながら、ふと一瞬だけ手が止まり、一九五三年のクリスマスイヴが終わろうとする時間を、じっくり考えていた。今夜は寒い。だがヴァージルはもっと寒い思いをしてきた。

慎重に足を運ぼうとして、あるはずのない痛みに引きずられそうになった。もはや存在しない左の下肢の半分が、まだ痛いと感じるのだ。戸口まで五歩の距離を一歩また一歩と進んだ。

デルは、ジルの名前がついた宝の山に寄せて、看護婦さんセットをならべた。ハニーウォーカーの「本物の女の子みたいに」歩く人形は電池を入れる必要があったが、サンタは電池も忘れていなかった。もうしばらくしたらデイヴィーは宇宙ロケット発射基地を目にするだろう。タワーや兵隊やスプリング式の発射台がそろっていて、ヴァージルが組み立てて試すと、たしかに宇宙船がぴょんと虚空に飛び出した。コニーもまた新しいプレイマットに転がって喜び、北極から運ばれたブロックで遊ぶだろう。すべてのセットを完了し、お人形さんの歩行実験も終えてしまうと、夫婦はソファに寄り添って、またキスを重ねた。

しばらく静かに抱き合ったままでいたが、それからデルは暖炉に目をやって立ち上がった。「まいったわ。疲れた」と本音が洩れる。「じゃあ、鳴ったら、なるべく一回で出て。よろしく伝えといてね」

「わかった」ヴァージルは腕時計を見た。そろそろ十一時半だ。

真夜中を過ぎて七分後に、けたたましい電話の音が聖夜の静けさを破った。ヴァージルは、言われていたように、一回目の音が二回目に引き継がれるよりも早く、受話器を上げた。

「メリークリスマス」彼は言った。

すると交換手の声がした。「長距離通話です。エイモス・ボリングからヴァージニア・ビューエル」

「ああ、どうも、私ですが」いつも交換手に名前を間違えられる。

「おつなぎしました」かちりと音がして交換手の声は消えた。

「はい、どうも」電話の主が言った。「——メリークリスマス、ヴァージン」

この渾名(あだな)にヴァージルは苦笑した。エイモス・ボリングのせいで、部隊の連中が、みんなヴァージンと言い出したのだった。「どこにいるんだ、バド」

「サンディエゴ。きのうは国境の向こうまで行った」

「そうなのか」

「メキシコの話をしてやろうか、ヴァージン。飲ませる店、抱かせる店がわんさとあるぞ。なんたって暖かいしな。そっちはどうなんだ、田舎に雪は深いか？」

「ひどい年はこんなもんじゃない。ともかく暖炉のそばに坐ってるんで、文句はないさ」

「まだデローレスはくっついていてくれるのか？」

「ああ、よろしくと言ってた」

「おまえも運のいいやつだ。あれだけの女なら、もっとましな生き方もあったろうに」

「おれもそう思うが、あいつには言ってない」

二人の男が笑った。エイモス「バド」ボリングは、昔から一つ覚えの冗談を言い続けた。ヴァージル「ヴァージン」ビューエルのおかげで、デローレス・ゴメスが売約済みになって以来、結婚することの意義は失せたというのだった。十三年以上も前には、部隊の誰がデローレスをつかまえてもおかしくなかった。もしヴァージルが一番乗りで彼女と出会ったのでなかったら、アーニーも、クライドも、ボブ・クレイも、あるいは二人いたジョニーのどっちかも、その気になって頑張ったかもしれない。赤十字センターでのダンスパーティーには陸海空の兵員が押し寄せていたので、ヴァージルはちょっとだけ離れて空気を吸いたいと思った。一服するつもりで外へ出たら、デローレス・ゴメスという茶色の目をした女にシガレットの火を貸してやることになっていた。次の一日が終わるまでには、ダンスをして、笑って、パンケーキと大量のコーヒーを消費して、キスをした。それで二つの人生が変わった。

あれからの年月に、バドが結婚することはなく、そうはならないこともヴァージルにはわかっていた。さりとてデローレスがどうこうという意味ではない。とうに見当はついていたことで、ヴァージルの父の末弟ラッセルと似たような種類の男なのだ。この叔父にはあまり接したことがない。祖母の葬儀だった長い一日に会ったのが最後だろう。ニューヨーク市から車で走ってきた叔父には、カールという仲間が一緒だった。この男は叔父のことをラスティと呼んでいた。葬儀があり、埋葬があり、自宅での会食があって、最後にコーヒーとパイが出たあとで、カールとラスティは夜の長距離ドライブで走り出した。喪服を着たまま、ニューヨーク市へ帰ったのだ。あとで父が声を殺すように、あの弟は「女が弱みにはならないが、女に熱くなることもない」と言ったのをヴァージルは覚えていた。バド・ボリングはいくらでも弱みのある男で、いくつか熱くなることもあったようだが、ともかく女が関わらないことはラッセル叔父と同じだった。

「で、このごろどうなんだ、バド」

「いや、相変わらずだ。三カ月前に、サクラメントあたりの町から、ずっと南へ下りてきた。州都のサクラメントだぜ。そっちで中古のビュイックを買って、サンディエゴまで来た。いい町だぞ。軍港の町。タクシーに乗れば、運転手が必ず、昔は真珠湾にいたんです、なんて言う」

「仕事はあるのか？」

「しなくて済むならしない」

「毎年、同じことを言うようだが、うちの店で働いてもらってもいいんだぞ。このところの商売からして、おまえ一人くらい雇うのは平気なんだ」

「ほう、景気がいいのか」

「注文をさばくのに週に六日の労働が続いてる」

「たまったもんじゃねえな」

「おい、冗談じゃなく、うちへ来いよ。しばらく落ち着けるだろうに」

「いまのままでも落ち着いてる」

「たいして働かなくたっていいんだから」

「おれに何の働きもないことはわかってるだろ」

ヴァージルは笑った。「だったら、ぶらっと遊びに来るだけでもいい。夏になったら、そのビュイックに乗って来いよ。釣りにでも行こう」

「まったく田舎の好青年だな。何かというと、釣りだ、釣りだ、って騒いでる」

「いいから、たまには会おうってだけのことだ。デルだってそう思ってる。デイヴィーも大喜びするだろう」

「じゃあ、来年かな」

「いつもクリスマスにはそれを言う」ヴァージルは話を切らなかった。「来いよ、バド。真夜中のミサへ行こう。あいつら全員のために祈ろう」

「祈ってやりたい全員のために祈れることは祈ってきた」

「おい、おい。もう来年で十年になるじゃないか」

「十年?」バドは長距離の回線に混じる雑音をやり過ごした。「誰の十年? 何の十年?」

ヴァージルは自分だけ愚かしいような気がした。


ボブ・クレイがノルマンディーで戦死した日に、アーニーも右大腿部の負傷から出血多量になった。動脈が切れているとは誰も思わなかった。身体の下の血だまりは地面を濡らして吸い込まれ、横に広がらなかったのだ。誰も気づかなかった。それどころではなかったとも言えるだろう。畑地を縦横に区切る林があって――つまりフランス語でボカージュと言われる風景の中で――樹木に遮られて見えない敵が攻撃を仕掛けてきていた。林を越えてくる迫撃砲弾のせいで、もう一時間近く、部隊は動けなくなっていた。二つの分隊が樹木をかき分けて進むことになって、その中にバドとヴァージルもいた。擲弾(てきだん)を飛ばして突破するしかなかった。どうにか敵の側面を突いて壊滅させたのだが、犠牲もまた大きかった。バドの隊を率いていたエメリー伍長は、ドイツの機関銃で、文字通り真っ二つになった。ヴァージルはキャッスル軍曹の傷をどうすることもできなかった。胸に三発を浴びた軍曹は、背骨まで断たれていた。バークの頭の傷にも手の施しようがなかった。コーコランという男は、肩口で切られたように腕を一本なくして、後方の救護所へ運ばれていったが、生死のほどはわからなかった。

一週間後、ジョニーが行方不明になり、もう一人のジョニーは正気を失った。部隊は一人また一人と員数を減らした。どこでも兵隊は似たように減っていく。六月七日から八月初旬の五十八日間、部隊は戦っているか、戦闘に向けて進んでいるか、どちらかでしかなかった。バドは伍長に昇進した。ヴァージルは、この時期の携行食、いわゆるKレーションだけの生活で、だんだん歯が悪くなった。

五十九日目に、ようやく野営地で休めた。毛布のある寝台、一応は湯の出るシャワー、温かい食事、GIが腹に落とせるだけのコーヒーがあった。大きなテントを劇場代わりにして映画も上映された。クライドはフランス語ができるというので情報部へ配置転換された。もう空を飛んでいるのは英軍機か米軍機ばかりになった。いまやドイツ軍は敗走中という噂が流れ、すでに激戦は山場を越えて、クリスマスには帰郷できるとも言われた。兵員の補充があったので、教練の必要もあった。バドは新参の連中に厳しかった。ヴァージルは新しい名前を覚えるのも面倒だった。

九月の半ばに、部隊は新しい制服を支給されて、装備も整えられ、オランダでの攻勢に加わるべく輸送車両に押し込まれた。ところが夜の闇で四台のトラックが衝突事故を起こし、五名の兵が死亡して、負傷した三名も戦闘の役には立たなくなった。明るくなる頃には、もうトラックは修理を終えて走り出していた。それから三日後、夜明け前にドイツ軍の奇襲があった。指揮所が吹き飛ばされてからは大混戦になって、ぶつかりそうな至近距離で戦っていた。運良く付近にいたのがイギリス軍の戦車だった。三両のクロムウェル巡航戦車が、轟然と割り込んで敵を圧倒してくれた。初陣で討ち死にした補充の新兵も少なくない。わけのわからないことが、まったくわけのわからないことが、いくらでも現実になった。

それから何日たったのか知らないが、ヴァージルはフランスに戻っていた。彼もバドも眠って眠ってまた眠った。古めかしい大聖堂を見ながら歩いた。ボールを蹴飛ばして遊んだ。映画スターが慰問に来た。兵舎から遠くないところに〈マダム・ソフィアの家〉という娼館があった。三日間の外出許可を得てパリをうろつく将校は多かったが、バド、ヴァージル、そのほか下士官止まりの面々は、再補充された新兵の教練を、たとえ雨中でも絶やさなかった。上映される映画は毎晩入れ替わった。そして記録破りの寒い十二月になって、ドイツ軍がベルギーになだれ込んだ。部隊はトラックに乗せられて、夜中まで突っ走り、どこかの道で下ろされた。パリとベルリンの中間としかわからない。ある運転手——黒人だった——について、いい根性のやつだとヴァージルは思った。そいつはラッキーストライクを一箱くれて、神が見ていてくれるよう祈るよ、とも言った。

部隊は道路を進み、冷え固まった土地を突っ切り、雪に埋もれて続く道をたどった。自隊の弾薬や物資を運び、また前方で戦闘中の味方のためにも運んだ。遠くから見る戦闘は、独立記念日の花火のようだと思わなくもなかった。大きな犠牲を出したパラシュート部隊を援護したこともある。先乗りしていって、あとから一個師団ほども迫っているように見せかける任務だったようだ。この計略は図に当たったが、それで何人も死んだ。

ベルギーの森では大規模な砲撃にさらされ、人間が吹っ飛んで蒸散した。それから別路をとって、バストーニュの町を通過することになった。焼けた教会の傍らに、死んだ兵士がきれいに積み上がっていた。キャタピラがはずれて使いものにならない戦車があった。ある農家で、蓄えた干し草を食う二頭の牛がいた。農家の男も、その牛も、ドイツ軍など知ったことではないように見えた。いまドイツ軍はアントワープ港の奪回を試みている。そんな一切の騒動が、男と牛には関わりがなさそうなのだった。

寒さが骨まで切り込んだ。逃げられるものではない。寒さで死んだ兵もいる。眠るということが稀少になり、常軌を逸してバストーニュまで送り返される兵もいた。それで落ち着いたら、また寒さと戦闘に復帰できるかもしれない、ということだ。

若い新兵が——何とか何とかジュニアというやつが——見張りの役についていた。ヴァージルは穴の底にいた。上から木の枝をかぶせて屋根にして、底面には松葉を敷いた壕の中で、軍用毛布一枚にくるまっていたのである。といって眠れるわけがない。何粒か残っていた〈チャームズ〉のフルーツキャンディーを、口の中へ二つ放り込んだ。まだ一つあったので、凍てついた穴底から立ち上がり、これで最後となる四角い粒を、新兵の手に持たせてやった。

「ほら、メリークリスマスだ」ヴァージルは小声で言った。

「こりゃどうも、ヴァージン」

「おい、ジュニア、もう一回それを言ったらぶん殴るぞ」

「そういう名前じゃないんですか？」

「おまえみたいなのに言われたくない」

この穴は小高い森の左端にあった。ここから木が二本あるだけで森が途切れ、昼間なら荒れたベルギーの農地が見渡せる。その向こうには、北東へ細く伸びる街道沿いに集落があった。夜に見れば虚空でしかない。その暗闇にはドイツ兵がいるはずだ。味方の部隊はヴァージルと同じように壕やシェルターに身をひそめて、ここから右寄りに位置していた。理論上は、これが主たる防衛線になっている。だが現実には、こんなのが防衛線だとは、ここで寝られると考えるほどのお笑いぐさだ。ひょろひょろした頼りない線であって、これより前方には敵の動きを探知する拠点すらないのだ。後方に機甲部隊が控えているということもない。もうすぐ大砲の弾もなくなる。もちろん厨房がないのだから、このあたり一帯に、あたたかい食べものはない。

　バストーニュを抜ける行軍があって以来、凍った地面を引っ掻くように掘って木の枝をかぶせた穴は、これが七つ目になった。もう穴を掘りたくない。陣地が移動するということは、装備一式をかついで、どこまで行くのかわからない長い道を行かされて、また穴を掘り、シェルターを設けて、零度以下の冬に汗をかき、その汗で軍服が背中に凍りつくということだ。戦傷よりも凍傷のせいで前線を去った兵が多い。凍えた連中は、まわりに敵がいなければ出ていけたかもしれないが、間に合わなくて、もう手足の指をなくした者がいる。手足をなくした者もいる。

　ヴァージルは凍傷の仲間入りをしたくなかった。一足だけ持っている予備の靴下を結び合わせ、首に掛けて、その上から軍服を着た。靴下は両脇に下がっている。わずかに残った体温が、いくらか靴下を乾かしてくれるだろう。それなりに乾いた靴下が予備にあれば、凍傷を防げるのではないかと思った。ヒトラーがとことこ歩いてやって来ないかとも思った。白いハンカチを振って、ヴァージル・ビューエル一等兵をご指名の上、降伏してくれないか。いや、その前に、リタ・ヘイワースが来て、股ぐらを舌で慰問してくれないか。

「まったくコーヒーでも飲みたいすね」ジュニアが小声で言った。

「あのなあ」ヴァージルも小声で言い返した。「じゃあ、いい具合に火を熾して、パーコレーターで淹れてやるよ。ケーキミックスもあるから、分隊のやつらにも焼いてやろうぜ。くだらねえこと言うんじゃねえ。ばかやろ」

「バタフライ、バタフライ！」穴より左側の暗闇の中から、小さく鋭い声が飛んできた。この日の合言葉だ。

「マクイーン！」ヴァージルは応答した。

その一秒後に、バド・ボリング軍曹が穴に転がり込んできた。武器は持っていない。このところバドは昼間には自身の壕にこもって眠ろうとしていた。暗くなると一人でこっそり前線を見てまわり、夜明けには指揮所へ行って見たものを報告し、また暗い穴にこもった。

「ドイツ兵だ。二十五人。おまえ誰だ？」これはジュニアという新兵のことだ。その返事が来るよりも先に、バドは「誰でもいい」と言って命令を出した。「その銃を貸せ。おまえは指揮所へ行って、左から敵の偵察が来てると言え」

ジュニアの目が真ん丸になった。いまだ実戦の経験はない。すっ飛んで穴を出て行く新兵に、バドは「左から偵察だぞ」と繰り返した。それで新兵はいなくなった。バドはM1ライフルの用意を整え、予備弾のクリップを上着に突っ込んだ。

ヴァージルは機関銃を三脚ごと引き上げて、壕の九時方向に据えた。

「すぐ前にいやがったぜ」

「見られた？」

「やつらには見えてねえさ」歴戦の自信が二人の声に出ていた。もう慣れていた。二十二歳の若者のようではない。だが二人とも若かった。

暗闇で氷を踏む足音がした。

「明るくしてやれ」バドが小さく叫んだ。

ヴァージル・ビューエル一等兵は機関銃の引き金を引いた。三ヤードも離れていない先で、敵の隊列に火が浴びせられた。ほかのアメリカ兵も参戦して、銃口が閃き、曳光弾が赤い尾を引いて、人体と樹木を浮かばせた。壮絶な戦いに森が明るくなって、ひょろひょろの防衛線が、にわかに頑丈な壁として立ち塞がるようだった。一瞬の光の中で――ボクシングのリングサイドから〈スピードグラフィック〉の報道カメラがフラッシュを焚いたほどの光の中で――ヴァージルはドイツ兵のヘルメットが飛び散るのを見た。鮮血が細かい霧になり、兵士の頭部だったものがぐちゃぐちゃの肉塊に分かれて、雲が湧くように見えた。

敵もただちに散開して、死の返礼を吐き出した。バドはわずかに必要なだけ伸び上がって、一回の装塡で撃てるだけの八発を、精密に角度を変えながらの連射で、攻めてきた敵にぶち込んでやったが、撃ち尽くしたクリップが銃尾から飛び出した金属音は、それで弾切れということだ。バドが本能的な動作で装塡をやり直して、また撃てる態勢をとったところで、一個の人体が、松の枝を渡した屋根に突っ込んできた。

ドイツ兵は銃を撃ちながら転落して、ヴァージルは左膝を撃たれたが何だかよくわからなかった。もう一発は左手の指にスズメバチが刺したような感覚をもたらした。

「この、くそ！」バドが喚いて、小銃の台尻でドイツ兵の顎を横殴りした。「くたばれ！」そいつの顔を、さらに二度、猛烈に打ちたたいた。このとき照明弾の発射が始まり、ぎらつく白色光が森を照らしたので、バドは敵の鼻骨を折って顎を砕いていたことを知った。すでにドイツ兵はガラスのような目をして動かなくなっている。バドは銃口をまわして、男の軍服の真ん中のボタンに向け、二発の直撃でとどめを刺した。「これで一匹減ったぜ」と死んだ敵兵に言った。

アメリカ側に後詰めの一隊が押し出してきた。偵察に来たつもりの敵には手痛い誤算だったろう。退却するドイツ隊に追撃が行なわれていた。ヴァージルも出て行こうとして機関銃を持ち運ぶ支度にかかったのだが、何だかおかしいと気がついた。べっとり濡れた手があって、片脚の感覚がない。「脚が痺れた!」ヴァージルは立っていようとしながら後ろへ傾き、顔面と生命を失ったドイツ兵の上に倒れかかった。立ち上がろうとしたが、左の膝から下がとんでもない角度で曲がっていて、どうしてこうなるのかわからなかった。バド・ボリングが同じ壕にいたのは幸いだ。バドは立たせようとするのではなく、しゃがんでヴァージルを背負い、穴底から担ぎ上げた。

そういうことだ。ヴァージルの記憶にある一九四四年のクリスマスイヴ。壕を出てから後方の救護所へ行かされるまでに、もう気絶して眠っていた。

ヴァージルは自分だけ大馬鹿になったような気がした。

十年が記念になるとしたら、ビューエル一等兵にとっては一九四四年のクリスマスイヴが終戦だったから、というだけのことだ。目が覚めるとバストーニュの町の救護所にいた。すでにアメリカの戦車隊が到着し、ドイツ軍を撃退していた。数日後には、フランスの野戦病院で目覚めることになった。数週間の後には、何千という負傷兵の一人としてイギリスの病院にいた。ドイツが降伏してヨーロッパの戦争が終わると、これなら運がよかったという自意識が出た。左脚は膝の上で切断された。左手は三本の指が根っこだけになり、繃帯でぐるぐる巻きになって、ガーゼのキャッチャーミットをつけたようだ。しかし親指はどちらも使えて、まともな脚が一本残っていて、失明もせず、男としても無事だった。病院や復員船で見かけた連中にくらべれば、アイリッシュ・スイープステークスで大当たりの馬券を買ったような気分の一九四五年になった。一つだけ取り返したいと思ったのは結婚指輪だ。あのベルギーの森のどこかでなくしていた。

エイモス「バド」ボリングは、軍籍にあった日々を最後まで、つまり戦時中プラス六カ月をドイツで過ごした。ヴァージルが手足の傷および付随する感染症の治療を受けていた頃に、バドはジークフリート線を攻撃し、ナチスドイツに斬り込んでいった。ライン川、またエルベ川を突破してから、南下して敵国領内のエアポケットのような地域に進んだ。彼のまわりで四年半も荒れ狂った戦争が、影も形もなさそうな土地だった。

バドは自分では傷を負うことがなかったが、戦傷者、戦死者はいくらでも見ていた。そして数多くのドイツ人を、古参の兵も若年の兵も殺していた。降参したいらしい敵を殺したこともある。バド・ボリング軍曹の容赦ない目に見つかったのが、そいつらの運の尽きだった。彼の手にかかった将校だけでも十八人に上る。一人ずつ、あるいは二人、三人とまとめて、道路脇で、木陰で、農家の塀の裏で、また何もない開けた土地で射殺した。自分だけにわかる戦争の正義をもぎ取ろうとして四十五口径の軍用拳銃を撃った。最後にドイツ人を殺したのは一九四五年八月だった。ある土地の男について噂が聞かれた。ウルフという偽名を使っているが、もとはナチスの幹部党員だったという。バドは難民の列にならんでいる男を見つけた。第三帝国だった域内の各地へ帰りたい人々に紛れようとしたのである。ウルフは書類を見せたが、バドはこの男を列から引き離した。レンガ塀の裏へ連行し、拳銃を抜いて、ウルフの首を撃ち抜くと、ナチスで羽振りを利かせた男がもがいている断末魔の瞬間を、冷ややかに見下ろしていた。そういうことをバド・ボリングは語らなかった。目にした収容所についても語ることはなかった。ヴァージルは詳しくは知らなかったが、おおよその見当はついた。虚しさが見えていた。この友が昔とは違っていた。

「で、バド、いつまでサンディエゴにいるつもりなんだ？」

「一週間、一年、どうかな。それとも新年にロサンゼルスあたりへ行ってもいいか。でっかいパレードがあるよな」

「ローズ・パレード？」

「ああ。たいした見物らしいからな。どこへ行くなんてことを、おまえにも聞きたいところだが、どうせ答えはわかってる。週に六日は店だったな」

「この仕事が気に入ってるんだ。おまえみたいな放浪は、おれにはできそうにない」

「そうか、ヴァージン、おれだったらタイムレコーダーをパンチするより、警官をパンチするほうがいい」

二人の男が笑った。

「ともかくメリークリスマスだ。その放浪がこっちへ向かってきたら、いつでも大歓迎するぞ」

「いいもんだな、おまえと話ができるのは——。楽しいやつでいてくれるのがうれしいよ。幸福に恵まれて当然の男だ」

「おかげさまでな、バド」

「もうすぐ一九五四年とは、嘘みたいじゃないか。おまえにはデルがいて、デイヴィーと、ジルと、あー、コニーだっけ？　下の子は、そういう名前でいいんだよな？」

「そう、コニーだ」

「ヴァージンのヴァージルが、三人の子持ちか。おれも生物学はわかってるんだが、現実は不思議なもんだ……」

二人は休日の挨拶やら別れの言葉やらを言い合って、電話を切った。この次はまた一年後になるだろう。

ヴァージルは静かになった部屋で、暖炉の火を見ながら午前一時まで坐っていた。それから「パパの椅子」を立って、火に薪をかぶせておいた。朝には燃えさしになって、デイヴィーがクリスマスの火を焚くのに使えるだろう。ツリーの電球を光らせているプラグを、親指、人差し指、あとは根っこだけになっている左手で、壁のコンセントから引き抜いた。うっかり忘れるところだったが、サンタのクッキーを載せた皿の前で立ち止まり、三枚食べた。ちょっと迷ってから四枚目を一囓りして皿に戻した。ぬるくなっていたミルクにも少しだけ口をつけた。

暗がりを階段まで進んで、一段ずつ上がった。左の靴が右足の動きに追いついていく。二人の子供が寝ているのを確かめた。デルから近い位置のベビーベッドで寝ているコニーも見た。いつもデルがパジャマを出しておいてくれるので、彼はズボンを脱ぐと、義足を固定しているストラップやバックルをはずし、この道具をそうっと椅子の横に置いて、もぞもぞとパジャマに着替えた。ぎくしゃくした一歩を踏んで、ベッドに到達した。毎晩のことだが、デルに顔を寄せて、その唇にそっとキスをする。デルは眠ったまま猫のような声を出す。ヴァージルも、シーツと、厚手の毛布を二枚と、たっぷりしたキルトを、身体の上に引いた。長かった一日の終わりに、頭を枕に載せて、ようやく目を閉じた。

ほとんど毎晩のことだが、鮮血の霧を噴いた兵士のヘルメットが、稲妻のように目に浮かぶ。ぐちゃぐちゃの肉塊になった頭部が、まだ見える。ヴァージルは無理にでも、何でもいいから、ほかのことを考えようとした。それで心の中を捜索して、ある映像を思いついた。まだ若い二十二歳のバド・ボリングが、あたたかい日射しのあふれるカリフォルニアの街路に立っていることにした。大勢の人が出て、どの顔も笑っていて、バラで飾った台車（フロート）が続くパレードに、歓呼の声が上がっている。

光の街のジャンケット

A Junket in the City of Light

What brown fox jumped quickly over dogs that are lazy?
（どんな茶色のキツネが、だらけた犬を、すばしこく飛び越えたのか？）

おお、どのキーも打てるではないか！

いったいどういうことなのか？　きょうの俺は誰なのか？　いまでもロリー・ソープなのだろう、とは思うが、そいつは誰だ？

きのうの夜は――ほんの何時間か前には――俺は話題の大作映画に出た男で、すごい美女をものにした、めっちゃイケてる男だった。ヨーロッパの――またアメリカの――行く先々の大都会で、政治家になったみたいに揉みくちゃにされ、車に押し込まれ、カメラを持って大騒ぎで質問するレポーターがわんさといる大会場へ連れて行かれた。観客席に手を振ると、あっちから振り返されもした。といって俺がどんなやつなのか誰も知らず、実際、どうというやつでもなかった。ただし俺が持っているのは……さる文書を持っているわけで……それがあればウィラ・サックスの極秘コードネーム（というのはエレナー・フリントストーン！）が明かされる。

すでに二日間、パリの街を席捲していた。三日目の予定もあって、花火が打ち上がることになっていた！　旅の経費は向こう持ちで、着ている服も自前ではない。サンドイッチが食いたいと言えば、サンドイッチが出てきたが、現実には忙しすぎて、ちょっと囓るくらいしか食えなかった。

ところが今朝になって、すべて終わった。チェックアウトの時間になったら、この部屋を出なければならない。残念。いいホテルなのだ。ナチスが宿泊施設にしたこともある。

ヨーロッパを旅する経験則——ナチと因縁のあった場所に泊まるべし。ローマで泊まったホテルには、戦時中、ゲシュタポが司令部を置いていた。部屋は大きくて、天井が高い。美しい庭園もあった。ベルリンのホテルは、侵攻したソ連軍が、隠れているナチスの掃討作戦として取り壊してしまった。いつまでも戦勝を見せつけたい共産側は、ホテルを再建しようとせず、その周辺地区にあった東ベルリンの何にせよ修復する気はなかった。しかし壁が崩壊するとホテルが建ち上がり、いまでは葉巻を吸うための特別室まで備えている。ナチスが輝かしくローマを占拠してから赤軍にたたきのめされるまでのわずかな年月に、ロンドンでは老貴婦人のようなホテルがドイツ空軍に爆撃されていた。一九七三年以来、二度にわたって女王陛下のディナーがあったホテルである。

さて、このパリのホテルは、ドイツの占領下では参謀本部になっていた。バルコニーでコーヒーを飲んだあとのヒトラーが車で出かけて、わがものとした光の街を見物したとのことだ。

そんなところに泊まって、まったく身銭は切っていない。ほかにロサンゼルス、シカゴ、ニューヨークのホテルも、すべて経費はスタジオの負担だった。というのも俺が映画でケイラブ・ジャクソンという役を演じたからだ。映画の題名は『カサンドラ・ランパート3——迫りくる運命』（カサンドラ・ランパートを演じたのがウィラ・サックスで、これすなわちエレナー・フリントストーンなのである！）

この宣伝旅行の——あ、いや、プレスツアーと言おう——の三日目も、ど派手な行事が待っている、と思いきや、もう荷物をまとめて出ることになった。チェックアウトは一時——と言うか十三時……

TO：ロリー・ソープ
CC：アイリーン・バートン etc.
FROM：アネット・ラブード
RE：パリのプレススケジュール

ようこそパリへ！

さて、お疲れとは存じますが、お礼とお知らせを申し上げます。このたび『カサンドラ・ランパート3——迫りくる運命』のフランス初公開に際しまして、担当者一同おおいに張り切っております。おかげさまにてローマ、ベルリン、ロンドンでも大反響だったと伺っております。追跡調査の数字を見ましても、『カサンドラ・ランパート2——変革のエージェント』からは三ポイント減、『カサンドラ・ランパート——ザ・ビギニング』からでも十ポイント減にとどまっています。続編としては大変な数字です！　おそらくカサンドラとケイラブの恋の行方に注目が集まったものでしょう。

あらゆるソーシャルメディアで、カサンドラの世界が大きくフォローされていることを見まして も、フランスには本作を受け入れる土壌ができていると思われます。

すでにアイリーン・バートンおよびマーケティング部からご案内があったかもしれませんが、フランスでは映画のスポット広告をテレビで行なうことができません。そのような事情から、カメラで収録するインタビューを増やしております。そうしたインタビューがフランス市場ではきわめて重要になります。もちろんアメリカでも、またローマ、ベルリン、ロンドンでも、大変にご活躍いただきましたので、充分にウォーミングアップをされていると思います。

では、どうぞ楽しくお過ごしください！

以下に三日間のスケジュールを記しておきます（エレナー・フリントストーンとは別スケジュールになります）。

一日目

一時十分（頃）――ロンドンからシャルル・ド・ゴール空港着――ホテルに移動。

七時十分――四一一四号室にてグルーミング。

七時四十分〜八時――〝¡Nosotros Cacauates!〟（ノソトロス・カカウアテス）に生出演。これはスペインで大人気のヤングアダルト向けモーニングショーで、オンラインでも強力な存在感があります（四一〇万ビュー）。とくに本作のためにパリに取材に来ています。

八時五分——メディアセンター三階へ移動。
八時十五分〜八時四十五分——新聞雑誌ラウンドテーブル＃1（約十六社、リストあり）
八時五十分〜九時二十分——新聞雑誌ラウンドテーブル＃2（約十六社、リストあり）
九時二十五分―九時五十五分——新聞雑誌ラウンドテーブル＃3（約十六社、リストあり）
十時〜十時三十分——新聞雑誌ラウンドテーブル＃4（約十六社、リストあり）
十時三十五分〜十一時五分——新聞雑誌ラウンドテーブル＃5（約十六社、リストあり）
十一時十分〜十一時四十分——新聞雑誌ラウンドテーブル＃6（約十六社、リストあり）
十一時四十五分〜十一時五十分——レディットAMセッション（アメリカ向け）
　休憩
十二時〜十三時——ソーシャル・インフルエンサーによるミニインタビュー（各三分〜五分）。各人が少なくとも百五十万のフォロワーを有していて、それぞれの活動に合わせたリクエストを出してくるかと思われます。あくまでミニインタビューで、長くても一人五分以内といたします。
十三時五分〜十四時——ホテルの屋上で写真撮影（最後の十分間はエレナー・フリントストーンが合流します）。
十四時五分〜十四時四十五分——ランチ／『パリス・マッチ』のインタビュー（カメラマンが同伴します）
十四時五十分〜十五時——TSR－1ラジオのインタビュー
十五時五分〜十五時十五分——RTF－3ラジオのインタビュー

十五時二十分～十五時三十分――ＦＲＴ－２ラジオのインタビュー

十五時四十分～十六時――こちらで公認したソーシャルメディアとの非公式なコーヒータイム（約二十分）。いずれも最低限三百五十万のフォロワーを有します（必要ならリストを用意できます）。

十六時五分～十六時十分――化粧直し

十六時十五分～十六時四十五分――バルコニーから生中継で、ベルギーのテレビ番組ＰＭトゥデイ（十六時三十分からエレナー・フリントストーンも出演予定）。

十七時――車でスタジオ・ドゥ・ロワに行って、エールフランスのプロモーション撮影。これは本作の公開を支援する目的で、エールフランスが運航するすべての国際便の機内で上映されます。撮影には約三時間を要する見込み。

二十時（頃）――車でレストラン・ル・シャに移動し、ＵＰＩＣ主催のディナー（カメラマンが同伴します）。ディナー終了後は、そのまま店にいらしてもホテルへ戻られてもかまいません。

ロリー・ソープは、アイリーン・バートンに出会ったという星の巡り合わせに感謝した。まったく星回りに恵まれた二年間だった。なんとまあウィラ・サックスと共演した――つまりカサンドラ・ランパートの映画に出たのだった！　おかげで生まれて初めて銀行に預金ができた。しかも経費の負担なしでヨーロッパ旅行ができることになった。ちょいちょいとインタビューをこなせばよいらしい。ということで、すっかり乗り気になっていた。これを内心でげらげら笑って見ていたのは、アイリーン・バートンである。

アイリーン・バートンは六十六歳。主要な映画スタジオ六社のすべてにおいてマーケティングを担当したことがあり、いまはオクスナードの海辺の家で半ば引退したような生活を送っている。ほどほどにハリウッドから離れているので、毎日の業界ストレスを感じることはないが、いざお呼びがかかれば乗り込んでいって、いきなりポシャったPR業務の始末をつけてやったりもする。

十一年前、ある若い才能ある美人女優をプレスツアーに連れて行った。その出演作は『認知症40』という情けない代物で、興行成績もひどいものだったが、若い才能ある美人女優ウィラ・サックスを世に出したということで、いまでは伝説の作品になっている。しばらくはウィラ・セックスとも評されて、あながち的外れな呼称ではなかったのだが、いまではカサンドラ・ランパートが当たり役になって、この一人の女が一個の産業体だとも言える。エクササイズ衣料のブランドを持ち、飼い主のいないペットのためのホーム、また第三世界の国々で識字率を高める財団を運営する。カサンドラ・ランパートが主役となる映画は、その第一作、第二作ともに全世界でヒットし、十七億五千万ドルの収益を上げた。ウィラ・サックス自身も、一本あたり二千百万ドル超の報酬、および女優としての名声を得た。

「アイリーン――」電話でウィラが言った。「ちょっと助けてよ」

「あら、あんた、どうした?」アイリーンは、若い俳優を誰でも、あんた呼ばわりする。

「ロリー・ソープってやつが、バカもいいとこで困ってんの」

「誰それ?」

「今度の映画に出た男。いまEPKを見たんだけどね――」と言ったのは、宣伝用の映像資料のことである。配給会社が作らせたインタビューだった。「何かしら答えようとするたびに、ええと、たとえば、まあ、その……なんてことばっかり。もうすぐツアーだっていうのに、あんなバカ丸出しの、だっさーい共演者がついて回るんじゃ、やってられないわ。だから、そうじゃいけないってことを教えてやってほしいのよ」

「まあ、いいけど」

そして、その通りになった。まずロリーを買い物に連れて行き、〈フレッド・シーガル〉や〈トム・フォード〉で、しかるべき衣服を調達した。インタビューを受けるならカジュアルなもの、試写のイベントなら黒ネクタイのタキシード――。ただし金は使わせていない。また〈T・アンソニー〉にも行って、旅行用のトランク、スーツケースを買わせたが（あとでスタジオが補償するということで）破格の値引きがあった。ともかく必要な衣装を持ち歩いていないと、いつ何時、着ることになるかわからない。世界でもトップクラスの美女とツーショットで撮られる男なのだから、その立場にふさわしい見かけというものがある。

また同じ質問に千度も答えることになるだろう。そこでスタジオから届いた言うべきことのメモを、この男の頭にたたき込んだ。「今回の作品は、カサンドラ・ランパートの世界にもたらされた最強の感動大作で、しかもお洒落な映画になっています。彼女は現代のヒロインというだけでなく、あらゆる時代の女性なのです。カサンドラを語る際には、そういう言い方をするように心がけてください」

アイリーンは、仕事として関わる相手が、いかに愚かしく素朴なことを言ったとしても、笑いを心の中だけにとどめる技術を完成させていた。ロリーの場合には、この男にとって初めてのヨーロッパ旅行が、フリーなものになると考えているのがおかしかった。

「あら、あんた、むちゃくちゃに忙しい思いをするのよ」

そして、いよいよツアーが始まり、まずロサンゼルスへ行った。びっしり予定の詰まった三日間になった。インタビュー、写真撮影、ビデオ会議、Q&Aセッション、ファングループとの公開討論。またトークショーにも可能なかぎり何度も引っ張り出されて、その都度、担当プロデューサーとの事前インタビューが一時間ほども必要になった。アイリーンは、ロリーの身なり身だしなみに気を遣い、NGなことをしないように見張っていた。コミコン・インターナショナルの大会でサンディエゴにも行った。ウィラ・サックスには、やたらにファンを近づかせないように、ボディガードの一隊が必要だった。カサンドラのコスプレをしているファンも多かった。カサンドラという女は、元はシークレット・サービスのエージェントである。脳にコンピューターのチップを埋め込んで、特製フォーミュラで強化され、超人的な筋肉が発達して、「ザ・セブン」なる連中と意識下での交信が可能になっている。そいつらは地球に隠れ住んでいる地球外の生命体なのだが、はたして善なのか悪なのか、そのほか何なのかよくわからない。ザ・セブンの扮装をしている参加者もいた。今回登場のケイラブ・ジャクソンは、プロのサーファーにしてソフトウェア技術の特技もあるという役柄だ。これに扮している人はいなかったが、まだ映画で公開されていない人物なのだから無理もない。映画の予告篇として二十分の上映があって、ファンは大喜びであり、この日はツイッターその他のSNSで、この話題がトレンドになっていた。

二日後にはシカゴにいた。予告篇が上映されたノースウェスタン大学は、ウィラ・サックスの母校ということで、かつて暮らした学生寮は彼女の名前を記念して改称された。ロリーはアイリーンの指導によって、二日間の予定をこなした。インタビュー、パレード、バレーボールのチャリティー試合。またアイスホッケーの始球式として、ブラックホークスの試合で氷上にパックを落とした。アフリカでの識字率向上を支援する試写会があって、会場となったのは、その昔、銀行強盗のジョン・デリンジャーが射殺されたという歴史のある映画館だった。

ニューヨークでは四日間の予定が組まれていた。まずウォルドーフ・アストリアの大広間で記者会見が行なわれ、集まったメディアは百五十二社に上った。ロリーが答える番になるまでに、ウィラの話が三十分も続いた。その話というのは、ほとんど技術的なことで、今回の撮影はＦＬＩＴカム・デジタル処理と、ＤＩＧＩ－ＭＡＸという特撮システムを導入したのがチャレンジングだったということだ。そもそも彼女は映画のプロデューサーとしても名を連ねている。カサンドラ・ランパートが登場するコミック形式の単行本の映画化権を、たった一万ドルで買ったのが二〇〇七年のことだった。

その夫たる男は投資の天才と言われ、また寝室でも達人なのだそうだが、そういう質問が出ると、彼女は笑って跳ね返していた。「そんな、ボビーは銀行家だっていうだけじゃないですか」ボビーという夫の資産額は十二億ドルに達する。だがウィラは、言われないとゴミも出さないような間の抜けた人なのだ、と報道向けの発言をした。

そのへんからロリーにもお鉢が回ってきた。「世界一の美女とキスをするというのは、男としてどんな気分ですか？」

「あらゆる時代を感じますね」と彼が言ったので、アイリーンは訓練の成果が出たと見て笑った。

報道陣の詰めかけた広間に、かしゃかしゃとシャッターの音だけが聞こえた。記者会見が終わると、まだ質問が投げつけられている中を、ウィラは連れ去られるようにいなくなった。ロリーはアイリーンに付き添われて、やや小ぶりな会場へ移動した。丸いテーブルがたくさん出ていて、それぞれに記者とマイクが群れている。ロリーは一つまた一つと休みなくテーブルを回って、どこでも二十分ほどの時間をかけて、まとめれば三つにしかならない質問に答え続けた。

ウィラ・サックスと共演してどうでしたか。
ウィラ・サックスとキスをしてどうでしたか。
ハリケーンの場面で映った尻は自前ですか。

その次にアイリーンが連れて行ったのは八階のメディアセンターで、ロリーは各六分以内で総計五十七のテレビインタビューにさらされた。その場で、その椅子に、坐ったきりである。ロリーの背後には映画の宣伝ポスターが掲げられていた。ポスターではウィラが美女の顔にすさまじい決意を浮かべて宙を見つめていた。上半身をぴったりと包むセーターに裂け目ができているので、肩から左胸上半分の丸みが見える。その背景として、映画から切り取ったイメージがならんでいた。爆発のシーン、トンネルを走る黒い人影、うねる大波。そしてロリーがヘッドセットをつけて、真剣そのものの顔でコンピューターを見ていた。ウィラ・サックス主演、カサンドラ・ランパートふたたび、という大きな文字が躍る。ロリーの名前はポスター下部のごちゃごちゃしたクレジットに突っ込まれていた。字の大きさで言えば、映像編集のスタッフと変わらない。アイリーンは、彼が緑茶とプロテインバーとブルーベリーを切らさないようにしていた。

この映画は、一週間ずっと、CBSの朝のニュースでプロモーションされたので、ロリーは毎朝七時四十分と八時十分に全国の天気をレポートして、地図を合成された画面に出た。ウィラ・サックスは「ケリーとともに」のゲスト司会者になって、ケリー・リパと二人でフィットネスの運動をする様子がオンエアされた。

映画の初公開は、ハドソン川の桟橋に五千人収容の特設会場を用意して行なうはずだったが、雷雨の予報に水を差されて急遽予定を変更し、市中の映画館に手を回して、デジタルプロジェクションで同時上映することになった。ロリーはアイリーンともどもSUVで各館に運ばれ、二十九回の舞台挨拶に立った。ウィラ・サックスは、若手科学者の奨学金プログラムの支援として、自然史博物館を会場にした特別上映に立ち会っただけだ。

九日間の国内ツアーが終わって、ロリーはくたびれ果てていた。しゃべり疲れて、ふらふらになった。車と部屋とカメラのほか、ろくに見たようなものがない。また何がいやかと言って、四百回を越えたインタビューで、同じことばかり聞かれたのがいやだった。

ウィラ・サックスと共演してどうでしたか。
ウィラ・サックスとキスをしてどうでしたか。
ハリケーンの場面で映った尻は自前ですか。自ケツ？

ロリーが思いつく感想としては、ウィラ・サックスとの共演はオートバイに乗りながらピーナツバターサンドイッチを食べるようなもので、ウィラ・サックスとのキスは七月にクリスマスが来たようなもので、ハリケーンでの尻は半ズボン（ブリッチズ）という名のしゃべる馬の尻だと言いたかった。

「ようこそ大リーグへ、ってとこだね」アイリーンが言った。「あすはローマだわよ」

ウィラ・サックスは、チャーター機でイタリアへ飛んだ。そのチーム、取り巻き、マネージャー集団も引き連れていた。スタジオの社機には、ほかの五名のプロデューサーと、会社の重役、マーケティングの幹部が乗っていった。ロリーとアイリーンには空席がないということで、この二人はトラクスジェット・エアウェイズのビジネスクラスで飛び、フランクフルトで乗り換えた。

ローマでは三日間、またしても報道対応で忙しいことになった。最後の晩にはチルコ・マッシモの遺跡で予告篇が上映された。古代には戦車レースが行なわれた競技場である。ロリーの目には、ただの広い原っぱとしか見えなかった。巨大な仮設スクリーンに、映画の場面を抜粋したものが映し出されたのだが、その前に時間をとったのがサッカーの表彰式だった。地元チームが何やらで優勝したというのでトロフィーを受けていた。観客は推計で二万一千人。ロリーが壇上に出てローマ人に手を振っても、まったく反応がなかった。ウィラが同じことをすると、サッカーのジャージを着たファンが、彼女に近づこうと大波のようにバリケードに押し寄せ、あちこちで殴り合いが勃発した。イタリアの軍警察も参戦しての大騒ぎとなり、ウィラは装甲車に積み込まれ、空港へ護送された。ロリーとアイリーンは通常の旅客機——エア・フルークプラッツ——でベルリンへ行った。そっちでも三日の予定がある。

ベルリンでは、体内時計が時差ぼけを起こして、午前三時に元気いっぱいになってしまった。ひとっ走りするつもりで外へ出たが、ホテル周辺にいるドイツ人のファンには見向きもされなかった。

熱狂的なファンが何十人も、カサンドラ・ランパートを一目見ようと、このあたりを夜通しうろついて、たぶん朝になっても去らないはずだ。

ティーアガルテンへ行って、暗い公園内の道をジョギングした。記念碑の石段で腕立て伏せもした。一九四五年にベルリンを蹂躙したソ連軍の記念碑である。本物の戦車まで置かれていた。

だが正午には、ふらふらに疲れて、夢遊病者のようになった。しゃべり方もしどろもどろだ。全国紙『ビルト』の取材班を前にして、わけのわからないことを言った。カサンドラ・ランパート映画のファンでもあり、また最新作におけるウィラ・セックス（と発音した）の共演者として、「サンドラ・カスパートは、いかなる映画よりも、かんどーたっぷりで、おしゃれっぽくて、ウィラ・セックスは現代のヘロインなわけで、あらゆる年代の女です」と感想を述べた。すると質問が出た。

ウィラ・セックスと共演してどうでしたか。

ウィラ・セックスとキスをしてどうでしたか。

ハリケーンの場面で映った尻は自ケツですか。

ホテルに戻る車の中で、アイリーンが言った。「あんた、ウィラ・セックスなんて言わないようにしてよね」

「そんなこと、いつ言った？」

「ついさっき。ドイツ最大の新聞に向けて言ったでしょうに」

「そりゃ、どうも。なんだか口から出る言葉がわかんなくなってる」

この晩、予告篇の上映も行なわれた。ブランデンブルク門に投射されて、六千人のファンが見たのである。ホテルのバルコニーに出て手を振ったウィラ・サックスは、どこにも殴り合いが起こらないので物足りない気分だった。

「今夜、まさかウィラ・セックスと言われることはないでしょうが……」と、祝賀会になって彼女は言った。ネフェルティティの胸像が展示されている博物館で、ディナーが催されたのだ。

ロリーとアイリーンは、コンピュエアのロンドン行きでガトウィック空港に飛んだのだが、ここまでのヨーロッパ宣伝旅行だけでも、ロリーはおかしなことを口走る状態になっていた。

二日目

七時三十分――部屋でグルーミング
八時――車でパリ東駅へ
八時十分〜九時――レッドカーペット・インタビュー、引き続いてカサンドラ急行に乗車
九時五分〜十三時――この列車でエクス＝アン＝プロヴァンスへ向かう。途次、メディアカー（特別車両）で十五分のインタビュー（メディアのリストを用意できます）
十三時〜十四時――古代ローマ劇場に到着後、レッドカーペット・インタビュー
十四時三十分〜十六時――古代ローマ劇場にて、報道向けにハリケーン場面の再現（ＲＡＩ－２テレビで生中継されます）。

十六時三十分――もう一度、カサンドラ急行に乗車。展望車にて「ミディ&マディ」テレビに生出演。

十七時十五分～二十一時四十五分――カサンドラ急行でパリへ戻る。途中、メディアカーにてフランス語以外のメディアに十五分のインタビュー(メディアのリストを用意できます)

二十二時――車でホテル・ムーリスへ移動し、フェイスブック・フランス主催のカクテルレセプション/ディナーに出席。

ディナー終了後は、そのままでもホテルへ戻られても結構です。

アイリーンには、シンガポール/東京への到着に先立って、「アジア向けスケジュール」をお渡しします。


この仕事にありついたのは、スクラッチの宝くじに当たったたような、まぐれの出来事だった。モデル、俳優、バーテンの仕事を掛け持ちして、ロサンゼルスに六カ月。これ以上いても仕方ないと思った。俳優組合の会員証は持っていたが、だからといって次々に仕事があるわけではない。たった二つ。ヨーグルトのコマーシャルに出たときは、砂浜でタッチフットボールをした。サンディエゴで曇り空の三日間、シャツを脱いで――上半身は立派なものだ――うまいこと人種の違う「仲間たち」と駆けまわってから、ヨーグルトを食べた。どうやってスプーンをミニパックに突っ込むか、どうやってヨーグルトを口に入れるか、という指導を受けた。そういうものにもコツがある。

九週間後に、CBSのリメーク版『刑事コジャック』に一話だけの役をもらった。入れ墨をしたスキンヘッドの薬物ディーラーで、イラク戦争で障害を負った元兵士を偽装している。どう考えても死にそうな役柄だが、なかなかの最期を遂げさせてもらえた。上半身は裸になって（というのは彼としては当然で）、不正に入手した電動車椅子に引きずられ、オフィスビルの屋上から落ちたのだ。新しいコジャックは、あやうく身をひるがえして無事だった。

そのあとは、車の支払い、ジムでトレーニング、というくらいしかすることがなくなって、もう南カリフォルニアがいやになったロリーは、ヨーグルトとコジャックの出演料を持って、スキーシーズンのユタ州へ行った。そのうちに新コジャックが放送されると、たまたまカサンドラ映画のプロデューサーになっている一人が見ていて、ウィラ・サックスの携帯に「次のお相手にいいかも」というメッセージを入れた。数日後、ロリーは代理人からの電話で、すぐ戻れと言われた。すごいことになってる、来るぞ、来るぞ、来てるんだぞ……。

ウィラと初めて会うことになり——異常なまでの、この世のものとは思えないほどの美女だったが——ハリウッドのヴァイン通りに立つキャピトル・レコーズ・ビルディング内のオフィスで、何杯も緑茶を出された。ベンチャー投資家だという夫と住む家が、どこか近辺の丘陵地にあるらしい。彼女はロリーに芸術の話、馬の育て方の話をして、これ以上ないような親しみやすさを感じさせた。だがロリーはどっちの話題にも疎（うと）かった。するとフィジー諸島の話になった。今回の作品の調査としてフィジーへ行ったのだという。夜空がきれいで、海が澄んでいる。島民は幸せそうな顔をしている。とくに観光客を迎えてカヴァを飲む儀式では、いい顔になっている。彼女は島でサーフィンを覚えたそうだ。撮影地としても、これから最低二週間は行くことになる。

この日の会談は一時間ちょっとで終わった。だが車に乗ったロリーが、ハリウッド・フリーウェイで午後の渋滞に引っ掛かったときには、携帯に「Wサックスに気に入られた！　$$$$」というようなメールがどかどか舞い込んでいた。二週間後には正式にケイラブとしての配役が決まった。何とまあ五十万ドルの契約だそうで、すべてカサンドラ・ランパートの世界に関わるのか未定だが、ともかく三作に出演することになった。

ウィラと会った二度目は、スタジオでのカメラテストの日だった。現場でトレーラーに連れて行かれた。上体にへばりつくようなケイラブ・ジャクソンのサーフィン衣装を着てステップを上がったら、いまだ無名だが華麗なる共演者となる男を、担当のアシスタントが値踏みして「うん、すっごいのが来たわね」と言った。

クランクインまでには時間がかかった。まず脚本の書き直しで何カ月か遅れ、さらにウィラが夫との休暇を楽しみたいというので年明けまで持ち越しとなった。スコットランドの城でクリスマスを過ごしたらしい。

ロリーがケイラブ・ジャクソンを演じた初日は、もう三月下旬になっていた。ブダペストの防音スタジオでのことである。すでにウィラが撮影に入ってから三週間たっていたが、メーキャップ用にはウィラ専用のトレーラーがあるので、同じセットに入るまで顔を合わせなかった。二人がシャワー室で絡む場面があったのだが、あまり熱い湯が出なくて、それらしいスチームが噴かないので、ハンガリーの特殊効果係がスモークマシンを据え付けていた。ウィラがバスローブ姿で出てくると、坐った椅子を三人の警備員が囲んだ。ホテルで困ってることはないかしらとロリーに言ってから、いまはもう結婚しているので、キスの場面でも口は開けないわよ、とも言った。

それからロリーの撮影は、週に二、三日、という進行が七カ月を超えた。ブダペストで、マジョルカ島で、またブダペストに戻って、モロッコの砂漠へ行って、それからリオデジャネイロで二人がカーニバルの雑踏を駆け抜けるという場面を撮った。準備に四日かかって、撮影は十六分で終わった。ルイジアナ州シュリーブポートで、ロリーにも一週間の撮影が続いたことがあった。その間、ウィラは休みをとって、夫とセイシェル諸島へ行っていた。

ふたたびウィラと顔を合わせたのは、カーニバルを駆ける場面を追加した一日だったが、今度はニューオーリンズが現場になった。また制作資金の一部がドイツから出ているために税法上の制約があり、どこかの場面をデュッセルドルフで撮ることになった。あるビルから走り出た二人が、タクシーに飛び乗った――というだけでデュッセルドルフの撮影は終わった。またブダペストで十日間の撮り直しがあって、あとはサーフィンの場面を残すのみとなった。結局、フィジーへ行くことにはならず、マルタで巨大水槽を使った特殊撮影をした。緑色のスクリーンを背景に回転台（ジンバル）に乗ってサーフィンの格好をつけているところへ、道具係が放水用のタンクから、ひどく冷たい水を浴びせかけた。

三日目

七時三十分――部屋でグルーミング
八時～九時――ホテルのレストランにて、コンテスト勝者との朝食（八時五十分にエレナー・フリントストーンが、コーヒーにのみ参加）
九時五分～十二時五十五分――主要テレビ局のインタビュー（各社十二分）

十三時〜十三時二十分――部屋でランチ。ルームサービスのメニューを用意します。
十三時二十分――化粧直し
十三時二十五分〜十六時二十五分――主要テレビ局インタビューの続き
　休憩
十六時三十分〜十六時五十五分――テレビインタビュー「ル・ショーケース」（司会のルネ・ラドゥーは、フランス映画批評界の代表格）
十七時〜十七時三十分――プチ・シューピとのテレビインタビュー（プチ・シューピは操り人形で、いっしょに歌ってよ、と言います。歌は未定）
十七時三十五分〜十八時二十五分――エレナー・フリントストーンが参加して、大広間でクレア・ブリュルとのインタビュー。テレビ局はＦＴＶ１（フランスで最も視聴率を稼げる女性向けのショー番組です）。
十八時三十分〜十九時――エレナー・フリントストーンとともに『ル・フィガロ』の写真撮影。
十九時五分〜十九時五十五分――飼い主のいないペットを救う会との写真撮影（猫、犬、鳥、爬虫類も来ます）
二十時――自動車パレードに移動
二十時三十分――チュイルリー公園に到着
二十時三十分〜二十一時――レッドカーペットでプレス対応、インタビュー、写真撮影に応じる。
二十一時五分〜二十二時――フランスのラッパー（未定）のコンサート
二十二時五分〜二十二時三十分――観衆向けに生トーク（エレナー・フリントストーンに話を向け

てもらいますので、話題についてアイリーンと相談してください）。
二十二時三十五分～二十二時四十五分――花火
二十二時五十分～二十三時――フランスのパラシュート部隊が、カサンドラとケイラブのカルデラ火口への落下シーンを再現
二十三時五分――フランス空軍の低空飛行パレード
二十三時十分～二十三時三十分――ホログラフィーによる映画広告の初公開（観衆にはあらかじめ専用メガネが配布されます）
二十三時三十五分～二十四時十五分――フランスのポップスター（未定）によるパフォーマンス。エレナー・フリントストーンは空港へ出発。ステージは終了して片付け。
二十四時二十分（頃）――上映開始。
上映をご覧になっても、ホテルへ戻られても結構です。
なお、翌日はシンガポールへの移動日となります。

フランスの電話は、電話らしく鳴らない。ビービー、ビービー、ビービー。午前六時二十二分に聞くと、ホテルの部屋に納屋の動物が来たのかと思う。この音を止めないといけなかった。

「はい？」おもちゃの電話かと思いながら耳に当てた。

「あのね、予定の変更があったから」アイリーンの声だった。「そのまま寝てなさい」

「え、何だって?」ロリーは頭の中がぼやけたままだ。つい四時間前まで、ホテル・ムーリスのバーを有効利用していたのである。

「きょうのスケジュールは、まったく流動的」とアイリーンが言った。「まだ寝てていいわよ」

「じゃ、そういうことで」ロリーは受話器を戻すと、ごろりと転がって、ガラスの顎をしたボクサーのように、また意識をなくした。

目を覚ましたのは三時間後だった。もたつく足でスイートの居間の部分へ行った。ナチスの将校もいい部屋だと思っただろうが、このロリー・ソープには結構ずくめもいいところだ。

パリで三日目となるスケジュール表が机の上に出ていた。ルームサービスのメニューおよび『カサンドラ・ランパート3――迫りくる運命』の報道資料とならんでいる。九時四十六分、ということは十二分刻みでテレビのインタビューを受けているはずの時間だが、アイリーンにせよ、ほかの誰にせよ、彼を呼びに来ようとはしなかった。あすはインドエアウェイズのビジネスクラスで、シンガポールへ飛ぶ予定らしい。そう思って、とりあえずルームサービスで、カフェオレとベーカリーバスケット、という注文を出した。

これまではホテルの部屋に長居をしていなかった。くたびれて寝るか、身支度(グルーミング)か、そのくらいしか部屋にいる時間がなかったのだ。身支度には二人の女が来た。メークとヘアに一人ずつを、彼がシャワーを浴びている間に、アイリーンが連れてきていた。きょうは誰もいない。下着姿でコーヒーとホットミルクを混ぜて飲みながら、室内をじっくりと眺めた。

このホテルは、最近になって、ヒップスター・ミレニアル調に改装された。かつてのナチス占領軍には打撃だったかもしれない。黒いスクリーン、と見えるのがテレビだった。そのリモコンは、細長くて、重くて、アメリカ人には理解不能である。照明のランプはタッチコントロール式のようだが、どこにタッチするのかわかれば、コントロールもできるだろう。オランジーナのボトルが四本、角型コーヒーテーブルの上にきっちり立っている。オレンジの陶製レプリカも四つ置かれていて変におかしい。音響システムとしてはレトロなLPプレーヤーがあって、フランスのエルヴィスたるジョニー・アリディが何枚も用意されていたが、その一枚は一九五〇年代にさかのぼるものだった。どこの棚にも本がない。だが古いタイプライターが三台あって、それぞれキーボードが違っていた。ロシア語、フランス語、英語。

ビービー、ビービー、ビービー。

「起きてますよ！」

「しっかり坐ってる？」

「ちょっと待って」ロリーは残ったホットミルクを全部使って、最後の一杯を作った。カップをソーサーに載せ、ゆらゆらと革製のリクライニングチェアに腰をおろした。「のんびり坐ってます」

「プレスツアーは、キャンセルになったわよ」アイリーンは伝統派である。もしプレスジャンケットと言ったら制作会社が企画する販促だが、プレスツアーと言えば映画スターがプロモーションに出ることだ。

ロリーは、カフェオレを口から噴いて、むき出しの脚と革製のチェアに飛ばした。「うは、何だっ？」

「検索すればわかる」

「Ｗｉ－Ｆｉのパスワードがない」

「ウィラがね、あのハゲタカみたいなベンチャー投資家と離婚するのよ」

「なんで？」

「そいつが拘置されそうなの」

「えげつないことしてFBIと揉めた？」

「商売女と揉めたのよ。サンタモニカ大通りの車の中でね。医療マリファナ以外のものを所持してた、なんてこともあって」

「うわ。ウィラも大変だ」

「ウィラはいいのよ。スタジオがいい面の皮だわ。『カサンドラ・ランパート3――迫りくる手で揉めた』なんちゃって、売り上げに大打撃よね」

「じゃあ、ウィラに電話して、お気の毒です、とか言ったほうがいいかな」

「やってみてもいいけど、もう一同そろって飛行機に乗ってるわよ。いまごろグリーンランドの上空かも。ウィラはしばらくカンザスの馬牧場に隠れるってさ」

「そんなのを持ってる？」

「育ちがカンザスのサライナでね」

「きょうは大きな予定が盛りだくさんじゃないか。花火、フランス空軍、飼い主のいないペット――。どうなる？」

「キャンセル」

「じゃあ、シンガポール、ソウル、東京、北京へ行くっていうのは？」

「行かない」アイリーンの声は、これっぽっちも残念そうに聞こえなかった。「メディアが求めるのは、ただ一つ。ウィラ・サックスなのよ。あんたはね、気を悪くしてもらっちゃ困るけど、そう言えば映画に出てたっていうだけの、ロリー誰だっけみたいな男なのよ。あたしのオフィスに貼り紙があったでしょ。記者会見をして人が来なかったらどうする、なんて書いてあるやつ——。あら、あんた、うちのオフィスに来たことなかったわね」

「これからどうなる？」

「あたしは一時間したらスタジオの飛行機に乗せてもらう。半日がかりでぎゃーぎゃー騒がれる現場にいたくないもの。こっちの公開までは、あと四日。どの映画評も、のっけから書くでしょうね。娼婦、鎮痛薬（オキシコンチン）、ウィラ・サックスを妻にしながら金で女を買った男——。それで次作ができそうじゃないの。『カサンドラ・ランパート4——釈放の審理』」

「僕はどうやって帰ればいい？」

「現地オフィスのアネットがどうにかするわ」

「アネットって誰だっけ？」ずっと続いたジャンケットで、さんざん人に会ってきて、顔も名前もわからなくなった。その中に火星人がいたとしてもわからない。

アイリーンは、また何度かあんた呼ばわりしてから、いままで上出来だったわ、よく頑張った、とも言った。もし『カサンドラ・ランパート3』が黒字になるくらいにヒットしたら、あんたも前途洋々じゃないかしら、だそうだ。いい映画だわよ、気が利いてる、とのことでもあった。

ロシア語はさっぱりわからない。フランス語は文字や記号がやたらに多くて、これまたよくわからない。この一台が英語のタイプライターだったのはありがたい。

あのウィラ・サックス――またの名をエレナー・フリントストーン――は、こんな目に遭わせるには惜しい女だ。もっといい男がふさわしい。そこいらの娼婦と安っぽいヘロインで喜んでる男にはもったいない。（たとえば俺だ！　千度もインタビューをこなして、じつは心底惚れていたなんてことは、一度も口にしなかった。あんまり正直なことをマスコミには言うな、というのがアイリーンの教えだ。「適量の真実を語ること。嘘をつくのではない」）

ポケットに金がある。きょうの日当だ。どこの都市へ行っても、アイリーンが現金を封筒に入れてくれた。といって金を使ったわけではない。ローマでも、ベルリンでも、使いどころがなかった。ロンドンでは自由時間がなかった。ここで、このパリで、ようやく何ユーロか使って、どんなお楽しみが買えるやら、わかるかもしれない……

あとで！

ベルリン以来、初めて一人だけでホテルを出た。

おお、パリも悪くないぞ！　いつものように、ウィラを一目見ようとするファンが、周辺に群がっているのではないかと思っていた。何百人もが、たいてい男だが、ホテルの外にいて、写真を撮ろう、サインをねだろう、と待ちかまえている。ウィラは「ペーパー・ボーイズ」と言っていた。それが姿を消している。おそらく、ウィラ・サックスが光の街から去ったという噂が、すでに出回ったのだろう。

アネット・ラブードとやらの話では、ジャンケットがキャンセルになったからといって、ただちに俺がアメリカへ帰らないといけないこともないらしい。このままパリでぶらぶらしてもいいし、その気があればヨーロッパで遊んでいてもいい。ただし費用は自己負担。

ともあれ、ぶらぶらと歩きだしていた。よく知られた橋を渡ってセーヌ川を越え、ノートルダム大聖堂の前を歩いた。スクーター、自転車、旅行者とぶつからないように気を遣う。ルーヴル美術館のガラスのピラミッドを見たが、見ただけで入らなかった。歩いていて誰にも気づかれないようだ。まあ、当たり前か。そんなものだ。ロリー誰だっけ、とは俺のことだ。

チュイルリー公園へ行った。大きなイベントがあったはずの場所。ロックバンドが来て、ジェット機が飛んで、花火が上がり、何千という人が無料配布の３Ｄメガネをかける予定だった。ところが、もうステージとスクリーンの解体作業が始まっている。警備用のバリケードはそのままだが、いまや無用だ。押してくる群衆がいない。

公園を抜けると、道路が大きく環状になる。コンコルド広場だ。針のような記念碑が立っていて、その周囲をおびただしい数の自動車やヴェスパのスクーターが何車線もぐるっと回って、あっちへこっちへ行き過ぎる。この広場には、一九九九年以来、巨大な観覧車が設置されている。ブダペストにあったものより大きい。あれを見たのはいつだったか。あっちで撮影したのはいつだったか。まだ中学生だったような気もする。パリの観覧車は大きいが、ロンドンの観覧車にくらべると半分もなさそうだ。ロンドンではゆっくりゆっくりと一周する。あれの前で大がかりな記者会見をしたのはいつだったか。児童合唱団、スコットランド軽騎兵、および格下の王族が来ていた。ああいうイベントはいつのことか。そう、つい先週の火曜日だ。

観覧車のチケットを買ってから、たいして待たずに乗れた。しかも、行列するほどの客がいなくて、ゴンドラを一人占めすることができた。

ぐるぐると何周も回った。高く上がると、都会が地平線まで伸びているのが見えた。セーヌ川が南へ北へとくねって流れ、しゃれた細長い船が、名のある橋を次々にくぐり抜ける。いわゆる左岸の地域が見えた。エッフェル塔も、山の上の教会も見えた。いくつもの大通りにいくつもの美術館。パリのすべて。

目の前に、ごっそりと光の街があった。無料で見放題に見せてもらった。

Our Town Today with Hank Fiset

ハンク・フィセイの「わが町トゥデイ」

印刷室の言えない噂

新聞社に噂が飛びかう。だが、うっかり言えない大きな噂は、わが『トライシティーズ・デイリー・ニューズ／ヘラルド』が、この三都にまたがる新聞の、すでに経営上は亡霊と化した紙の印刷版に見切りをつけるらしいこと。そんな方針が確定したら、当欄はもちろん、いま読者が手にしているすべての記事が、何かしらのデジタル機器で読むしかなくなる。スマホ、かもしれない。あるいは毎晩充電をしなければならない時計と言おうか。

＊　＊　＊

それも進歩なのだろうが、つい私はアル・シモンズのことを思い出す。昔のＡＰ通信で、原稿を書き直す係をしていた。私はＡＰとは四年近くの縁があったが、もしアル・シモンズがいなかったら、たちまち放り出されていただろう。私の取材メモによる走り書きから、荒っぽい表現、小学生なみの文法を除去して、まともなニュース原稿に仕上げてくれた。とうに世を去って、ご冥福をと言うしかないが、ラップトップなりパッドなりで新聞を読む時代の到来を知らずに済んだ人でもあった。新聞がそんなことになるとは、『スタートレック』の宇宙船ほどの現実味もなかったかもしれない。フレッド・アレンの番組が消えてから

（などと言うと私の年代まで測定されそうだが）ラジオがちっとも面白くないと言っていた人だから、テレビを見ていたかどうかもあやしい。

＊＊＊

アルはコンチネンタル製のタイプライターを愛用した。ほとんど安楽椅子のようなサイズの大物である。それが机にボルトで固定されていた。といって盗難防止ではない。あんなものを盗んで運べると思ったらどうかしている。机そのものは小さいけれども編集作業の祭壇というべき場所だった。私の原稿をばんばん書き直して、すっきり切り詰め、くやしいが別物のように打ち出してくれた。そして、蝶番（ちょうつがい）の仕掛けでタイプライターを跳ね上げ、あいたスペースで、いま自分が打った改訂版をさらに青鉛筆で校正した。そんな手順が一日に何百回もあって、にぎやかなことといったらなかった。がちゃがちゃとキーを打って、ちーんとベルが鳴り、がたんとキャリッジが戻って、さっと紙を引き抜く。それから、ごっそり機械を押し上げて、もっと原始的に手書きで印をつけていく。もはやアルはタイプライターと一体化して、この機械および机とは一ヤード以上離れることがなかった。よく私に言いつけて、コーヒーと食料を仕入れてこさせたものだ。私が買ったものを持ち帰ると、まだ何かしら猛烈な手直しをしているので、仕方なしに近くのスツールにでも食料を載せておくと、そのうちにアルはようやく機械を跳ね上げ、ランチ用のスペースを作った。こんなことを言っていて、もしアル・シモンズが一種のステレオタイプというか、編集室の住人を漫画にしたような典型だったと聞こえるなら、まったくその通りではあったのだが、一点だけ違っていた。彼はタバコを吸わず、タバコを手放せなくなっているAPの連中を嫌っていた。

＊＊＊

「**静かに！　記者が仕事中**」と注意を発するまでもなく、いまの『デイリー・ニューズ／ヘラルド』は静かである。一九八〇年代からコンピューターに切り替わった。初期の機械はワードプロセッサーと呼ばれていて、それを言うなら人間だってワードをプロセスするのが仕事だったと言いたくなるが、ともかくアルには見当もつかなかったろうことがある。この五年間、私たちは昔の発行部数さえ超えるくらいの新聞を、手に持った奇跡のような小型の機械に顔を寄せて読んできた。そしてまた、この三十年、私たちがどのように新聞を作ってきたのかも、アルにはわからないだろう。「印刷されるまでの怒濤の大仕事はどこへ行った?」と一喝されそうな気がする。

＊　＊　＊

アルの言い分もわかるような、ある実験をしよう。読む人がスマホで読んでいるとして、書き手もスマホで書いたらどうなるか。まずは、通常の編集校正をしたヴァージョンで、私の心の動きをつづると……。

＊　＊　＊

「**これからは**紙の新聞を懐かしむことになるのだろう。いまはまだ新聞紙に印刷されたものが、一週間に七日、玄関前の芝生に届いている。ブラッドという男が車に乗って通りかかり、まったく速度を落とすことなく、車の窓から新聞を投げてくる。あるいは、毎日ではないが、よくパール街カフェ(というカフェがパール街にある)で読む新聞のことも、しみじみ思い出すだろう。第一面の折り目より上に記事が載ったときのうれしさ、B6ページへ追いやられたときのくやしさも、忘れることはあるまい。また正直なところ、顔と名前の出る記事を書けるなら、つまり最終面の目立つ位置に署名入りのコラムを持てるなら、これぞ記者冥利に尽きるというものだ。ちなみに、当欄を一回お読みになるのは、タマゴを半熟にする時間にぴったりだとご存じだったろうか。もし『トライシティーズ・デイリー・ニューズ/ヘラルド』が、完全にデジタル化して印刷版がなくなった場合には、記者は嘆きつつ観念して現実なるものの到来を迎えることになろう。そして書き直しの神のごときアル・シモンズは、もうタイプライターを跳ね上げたきり、わけがわからず頭を掻くだろう……」ということを、今度は自動補正をオンにしつつ、小さい画面で無理やり書けば……。

＊　＊　＊

これからは紙の新聞を懐かしむ事になるのだろう。いまはまだ新聞紙に印刷された物が、一週間に七日、玄関前の芝生に届いている。ブラックと言う男が来る間に乗って通りかかり、まったく速度をトス事無く、来る間の窓から新聞を投げて来る。あるいは、毎日で派内が、よくパールがイカ笛（と言うか笛がパールが胃にある）で読む新聞の事も、しじみ重い出すだろう。第一、綿の織り目より上に生地が乗った時の嬉しさ、B6ページへ、おい、やられた時の口惜しさも、忘れる事は有るまい。股正直な所、顔と名前の出る記事を書けるなら、つまり採集面の目立つ一二写メ入りの子ら無を持てるなら、これぞ記者冥利に尽きると言う物だ。ちなみに問う、ランを一回お読みに鳴るのは、玉子を半熟にする。字間にぴったりだとご存じだったろうか。もし『トライシティーズ出入りニューズヘラルド』が、完全にデジタル貸して印刷板が亡くなった倍には、記者鼻毛きつっ観念して現実なる物の問う来意を迎える事になろう。そして下記なお死の神のごとき有るシモンズは、もうタイプライターを羽根上げた切り分けがわからず頭を書くだろう……。

＊　＊　＊

ああ、急いで原稿を印刷室へ送らないと……。

ようこそ、マーズへ

Welcome to Mars

カーク・アレンは、まだ眠っていた。キルトと軍隊毛布を掛けてベッドに寝ている。この寝室は、二〇〇三年以来、ということは彼が五歳の頃から、奥の部屋として物置同然に使われているので、〈メイタグ〉の洗濯・乾燥機や、おんぼろになって音程のずれた小型ピアノ、母が第二期ブッシュ政権の時代から使わなくなっているミシン、また〈オリヴェッティ・アンダーウッド〉の電動タイプライターが、彼と同室することになっている。このタイプライターは、いつだったか彼がルートビアフロートをこぼして、機械の奥にまで飲ませてしまってから再起不能になった。火の気のない部屋は、いつも肌寒い。六月下旬の早朝も例外ではなかった。

いま彼は夢を見て、寝ている目玉が裏返りそうになっていた。夢の中では、まだ高校生だった。体育館のロッカーを開けようとして、ダイヤル式の鍵をどう回したらいいかわからない。失敗を重ねて、もう七度目になっている。右に一回、左に二回、また右に一回戻したところで、目のくらむような稲光が走って、ロッカールームが白くなった。すると、また突然、世界は真っ暗闇に包まれた。

　空が電光に映えたように明滅し、また真っ暗になった。するとまた真っ白で、さらにまた突いても破れないような暗闇、という繰り返し。だが音は聞こえない。雷神のごろごろ鳴らす音が遥かなる峡谷から響いてくるというのではない。

「カーク？　カークウッド？」父だった。フランク・アレンが、天井灯をつけたり消したりしていた。これでもって愉快な起床シグナルのつもりなのだ。「おまえ、きのうの夜は、まじめな話だったのか？」と言うと、フランクは歌うようになって、「かーくうっど、かーくうっど、こたえろ、よー」

「何なのさ」カークは唸った。

「マーズへ行くかどうか。いやだと言えば、それまでだ。行くと言うなら、おまえの誕生日祝いに、アレン家の男の正しい姿として、いざ出発」

　マーズへ行く？　カークの脳がちかちかと瞬いて、意識と記憶がよみがえった。そう言えば、きょうは十九歳の誕生日だ。きのう夕食のあとで、またサーフィンへ行けるだろうかと言ったのだ。十歳の誕生日にはそうだった。十九になる朝にも行けるかな、と自分から言っていた。「いいとも！」父は言った。マーズ海岸の状態は良さそうだ。南西から大きくうねる波がある。

　フランク・アレンは、こんなことを息子に言われるとは思っていなかった。しばらく前から、父親と海に出る息子ではなくなっていた。大学生になったカークは、高校時代とは違って、大波に挑む意欲が薄れたようだ。最後に二人でサーフィンをしたのはいつだったか、とフランクは思った。二年前？　三年前？

カークは、きょうの予定はどうだっけ、と考えた。ぼんやりした夢の国から出たばかりの頭では、なかなか難しいことだった。誕生日がどうあれ、いつもの夏のアルバイトを休むわけにはいかない。〈マジックパットちびっこゴルフコース〉の管理人として、午前十時には出勤する。いま何時だ？六時十五分？　だったら行ける。そして父はというと、いま仕事の現場になっているのは、ブラフ大通りに新規開店のミニモールという一カ所だけ。じゃあ、よさそうだ。たっぷり二時間は、親子で波をやっつけていられる。もちろん、どっちかが肩を脱臼したら、それまで。

また二人で海に出られるならいいことだ。潜水へっちゃらの海の王子になっていよう。父は朝の海でパドルボードに乗っていれば気楽な男になっていられた。面倒くさい仕事の事情も、めらめら燃える家庭の事情も、すべて陸地に置いていける。家の中にくすぶる争いは、野原を焼く火事のように、いつともなく発火と鎮火を繰り返した。

カークが母と二人の姉を愛する気持ちに、まったく嘘はなかった。しかし、でこぼこ道できいきい軋んでいる車輪のような女たちであることも、とうの昔から承知していた。父は一家の長として、二つの仕事を——外で稼いで、内で宥めて——休む暇もなく果たさねばならなかった。そんな男がサーフィンを好んだのは、ちっとも不思議ではなかった。この趣味が元気の素にもなり、また心を癒やす幽界セラピーでもあった。もしカークが一緒に行ってくれるなら、いかにも心強いことである。男と男が背中をたたいて抱き合い、「おれたちは仲間だぜ」と言いながら誕生日を記念する。どこの親父と息子にも、そういうことが必要だ。

「わかった」カークは、あくびしながら伸びをした。「行くよ」

「ぬくぬく寝てちゃいかんという法はないが」

「行くってば」

「ほんとか?」

「自分だって、ほんとは濡れたくないんじゃないの?」

「ばか言え」

「じゃあ、相棒になってもいいよ」

「ようし。それじゃ朝食だ。長距離トラックの運転手が食うようなものだが、十二分待ってろ」フランクが出て行った。電気をつけたままなので、息子はまぶしさに目を細めていた。

いつもながら朝食は文句なしにうまかった。フランクは朝のキッチンでは達人だ。とにかくタイミングがいい。ポーランド風ソーセージは火から下ろしたばかりの焼きたてで、フライパンで焼くビスケットはふっくらしてバターをつけやすい。コーヒーメーカー(昔から使っている〈ミスター・コーヒー〉の製品)には、たっぷり八杯分入っている。卵は絶対にぱさつかせることがなく、金色の黄身がとろりとやわらかい。

だが、父の名人芸は朝食に限られていた。すね肉がローストされる、ポテトが茹で上がる、といった時間のかかる料理には、まるっきり向いていない。フランク・アレンが好むのは、ぱぱっと出来上がる朝食なのだ。作って、出して、食う——。まだ子供たちが小さくて、家族のスケジュールがあった時代には、父のおかげで朝食は楽しいものになっていた。家族の会話も熱々で(ときに熱くなりすぎたが)、三年生になると父が出してくれたコーヒー風味のホットココアくらいにも濃厚なのだった。

いまはもう母が起きてくることはない。朝食の場では母を見かけなくなっている。二人の姉も、クリスはサンディエゴへ逃亡してボーイフレンドと同棲中、ドーラは好きな時間に出入りするから放っといてと宣言して久しい。きょうも朝食には男二人しかいなかった。シャワーも浴びずに、ゆるいサーフスエット姿になっている。これから海水につかろうというのにシャワーを浴びる意味はない。

「八時半になったら、あちこち電話を掛けるよ。商売ってもんで、つまらない用事もあってな」フライパンのビスケットをひょいひょいと皿に載せながら、父が言った。「たいして長くはかからないが、まあ一時間くらいは、途中で海から上がらせてもらう」

「用事があるんなら仕方ないね」いつものようにカークは本を持ってきてテーブルに置いていた。いま気持ちは本に向かっていた。その本に父が手を伸ばして引き寄せた。

「一九二〇年代の建築？　こんなもの、なんで読んでるんだ？」

「なかなか刺激もあるよ」カークは、ソーセージの脂と卵の黄身を、ビスケットですくい取った。「ジャズ・エイジってのは、大恐慌までは建築ブームでもあったんだ。第一次大戦後の技術と素材が、世界の水平線を変えたんだね。すごくおもしろいと思う」

「当時は、外壁で支える構造だったから、ビルの形がウェディングケーキみたいになった。高層階ほど狭くなる。クライスラー・ビルに上がったことあるか？」

「ニューヨークの？」

「テキサスの田舎町だったか」

「あのさあ、自分ちの子なんだから、ニューヨークへ連れてったことがあるかないかわかるだろ。そんなビルの上階なんて行ってないって」

フランクは棚からトラベルマグを二つ下ろした。「クライスラー・ビルの一番上なんて、ウサギ小屋みたいなもんだ」

残っているコーヒーが全部マグに入って、これをフランクは運転席のダッシュボードに置いた。カークは物置小屋から自分用のサーフボード——全長六フィート六インチ——を引き出して車に積んだ。トラックが小部屋を背負ったようなキャンピングカーである。フランクの十一フィート半の（「ビュイック」と称する）パドルボードが、車内で大きく場所をとっていた。

六年前の夏には、これが新車だった。大事な休暇旅行の準備として購入したのである。二千マイルの大回りをして、西海岸からカナダへ北上し、東へ転じてブリティッシュ・コロンビア、アルバータ、サスカチュワン各州の二車線道路を走破して、レジャイナという町に至る。ずっと前から家族だけの大旅行として計画したものが実現した。そして、走り出してから何百マイルかは、うまくいっていたのである。

しばらくすると母が自分の考えを言い出して、口やかましくなった。路上生活の取り締まり規則を、家族全体に押しつけようとしたのだ。それからゴングが鳴って第一ラウンドが始まり、激闘が延々と続くことになった。口論は深刻な対立となって、双方から悪意をたたきつける抗争にエスカレートしたが、最後に勝つのは母親だと決まっていた。クリスが反抗心の度合いを格段に上げたのは、クリスらしいところだった。ドーラは正義感からふさぎ込んで底知れぬ沈黙に落ちていたが、ときに爆発することもあって、ほとんどシェークスピアの劇を見るような、辛辣で早口の大声になった。

フランクは運転席で、冷めたコーヒー、ぬるくなるコカコーラを飲みながら、それぞれの言い分の是非によって、審判になり、セラピストになり、事情を聴取して、警官の役にもなった。カークは、自己防衛として、さかんに本を引っ張り出して読んだ。メンソール入りタバコを一カートン吸えることになったチェーンスモーカーのように、その一つのことだけをした。周囲に渦巻く心理ドラマは、ただの騒音として背景に押しやったので、ひたすらアスファルトの道路を行くタイヤの走行音とも、たいして変わらないものになった。

言い争いながらカナダを進み、停戦しないままに南下してアメリカの大平原を走った。この果てしのない空間では、あまりの広さから開拓の最初期には精神に異常を来す者が出たという。アレン一家も、ネブラスカを走行中に、本格的な混乱に達した。〈KOA〉のキャンプ地で、クリスが車上生活の男からマリファナを買ったのだ。母は警官を呼んで売人と自分の娘を引き渡そうとした。そうはさせまいとした父が、さっさと出発の支度をして、犯罪の現場から逃げるように車を走らせてしまったので、もう母は発射寸前のミサイルになった。キャンピングカーは冷たく張りつめ、七月にクリスマスの霜が降りたようだった。ぴたりと会話が途絶えた中で、カークは本を読んでいた。ウィンストン・チャーチルの伝記として書かれたウィリアム・マンチェスターの著作を、すべて読み通した。

ニューメキシコ州のトゥーカムケアリまで南下して、ようやく西へ向かった頃には、誰もが旅をやめたい、車を降りたい、一人になりたい、としか思わなくなっていた。クリスは、もうグレイハウンドのバスに乗って帰るからいい、と脅し文句のように言ったが、父が砂漠地帯でキャンプを張るのだと決めたので、みんな渋々そのようにした。クリスは満天の星の下でハイになった。ドーラは真っ暗になるまで一人で歩き回っていた。父はテントで野営した。母は車の中で寝て、やっと一人でのんびりできる、ということでドアをロックしたのだが、ほかの者は洗面所へのアクセスを断たれるという問題が生じた。

かくしてアレン家にとって最後となる家族休暇が終わった。とにかく家族で何かをするということがなくなった。キング・キャブの小型トラックは居住部分を背負わされたまま、フランクの移動オフィス兼サーフバギーになった。二万一千マイル走って、まったく清掃されていない車だった。

若い頃のフランク・アレンは、ぼさぼさに髪を伸ばして、サーフィンに夢中になっていた。その若者が大人になり、結婚して子どもを持って、電気配線の業務を始めたのがうまくいった。ふたたび朝のサーフィンをするようになったのは、つい去年のことである。一人だけ起きて出かける先は、マーズ海岸のポイントブレイクだ。その位置にいれば、うねる波が左から右手方向に崩れていくと決まっていて、とくに上げ潮の三フィートから四フィートの潮位には、サーフィンに絶好の条件ができる。カークがまだ小さくて海へ行きたがっていた頃は、よく街道の路肩に駐車してから、ボードを運んで、海岸までの踏みならされた道を歩いたものだ。初めてのスポンジ製ボードを持った幼いカークには、この海岸は火星(マーズ)のマリネリス峡谷へ降りたほどにも荒々しく遠い場所だった。

景気のブームが来ると、この一帯も様変わりした。湿地だった陸側に高級なアパート群が建った。五年前には、州の工事として、雑草だらけの地面が大きな四角形に舗装され、一台三ドルの駐車場ができあがった。もうマーズは勝手のきく海岸ではなくなったが、便利になったとも言える。砂浜へ出るとサーファーは左側へ、ほかの海水浴客は右側へと分かれて進んだ。郡の監視員がいて、その区別を守らせていた。

「こうなってるとは知らなかったろう」フランクが言った。いま街道から折れて入ろうとするのは、デュークメジアン州立レクリエーションエリアという地区になっていた。カークは読んでいた本から目を上げた。ただの原っぱだったところが、整地され、測地されて、旗のついた杭が立っていた。看板も出ているので、そのうちに大規模店舗が建つのだとわかる。「ここから一番近い店はキャニオン街まで戻ったタコス屋だった、なんてこと覚えてるか？　いまはチザム・ステーキハウスになってる」

「茂みに隠れてクソしたことある」カークは言った。

「親の前でクソなんて言うなよ」

フランクは駐車場に乗り入れて、ゲートから二列目の空いているスペースに駐めた。「さあ、お立ち会い」父が言った。ここへ来れば必ず言う。「ようこそ、マーズへ」

道路の向かい側に、かなりの店が建ちならんでいた。どこも屋根を低くそろえて、メキシコ風の見かけにしていた。サーフィン用具の店がある。また最近どこにでもある〈スターバックス〉や、〈サブウェイ〉のサンドイッチ屋、〈サークルW〉のコンビニ。そして個人営業の保険代理店もあった。ソールトンストールという名前らしい。サーフィン好きの保険屋が、業務の電話さえ鳴らなければ遊んでいられるということで、こんなところに事務所を構えたのだった。このショッピングセンターの南端に、〈オートショップ／ファーストループ&タイヤ〉のフランチャイズ店も、現在工事中になっている。

「サーフィンしてる間に、オイル交換でもしてくれるのかな」カークは言った。「環境に消費者を統合した経営」

「わけのわかんないこと言ってやがる」

駐車場には、だいぶ年季の入った車両が見受けられた。フォードのランチェロ、あるいはステーションワゴンの車内に、道具類が詰め込まれている、ということは工事関係者が仕事の前に波をつかまえようというのだろう。古いバンがあり、自分で塗装した箱型のワーゲンもある。そういう車には、キャンプ禁止の掲示を無視して、サーファーが寝泊まりしている。海岸に居着いたような連中なので、郡の保安官が定期的に追い払うのだが、そのたびに「泊まりがけのキャンプ」と「夜明けまでの待機」はどう違うのかという長ったらしい法律論争が起こる。

マーズには弁護士も来る。歯列矯正の歯医者、航空会社のパイロットも来る。乗ってくるのはアウディやBMWで、その屋根にボードを運ぶラックを取り付けていた。結婚して子供がいるような女の人もサーフィンをする。なかなか上手で、まわりに優しい。おかしなやつがマーズの波を目当てに集まってきて、殴り合いの喧嘩が起きたこともなくはない。でも、きょうは平日だし、まだ夏休みではない学校もあるので、混んでいて困るようなことはなかろうとカークは思っていた。それにマーズに来る人は——火星人（マーシャン）と自称していたが——平均年齢が上がって、おとなしくなった。いけすかない弁護士は例外。

「けさのブレイクは良さそうだ」フランクが駐車場から海の様子を見た。すでに十数人のサーファーが海に出て波待ちをしていた。波のうねりが規則正しく生じている。フランクは車のうしろへ回ってドアを開けた。父と息子が、それぞれのボード、およびフランクが使うパドルを、キャンピングカーから引き出し、車の側面に立てかけておいて、夏用のウエットスーツを着込んだ。膝丈くらいで、上体にはラッシュガードを入れている。

「ワックスある？」カークは言った。

「そこの引き出し」フランクはパドルボードにマットを貼るので、もうワックスは要らなくなっているが、使う人がいるなら念のためということで、いくらか手持ちを残していた。引き出しには、使い残しの粘着テープ、昔のネズミ取り、グルースティックのなくなったグルーガン、ホチキスの針の箱、潮風で錆びそうなプライヤーのセットが、ごちゃごちゃと入っていた。

「おい」父が言った。「これを冷蔵庫に入れといてくれないか？」と言って、スマホを息子に持たせる。

「冷蔵庫に？」もう長いこと何も冷やしていない冷蔵庫だ。

「もし車上荒らしが金目のものを盗もうとして、ぶっ壊れた冷蔵庫を見ると思うか？」

「ごもっとも」カークが冷蔵庫を開けると、ずっと廃用になっていたあとで、じっとりした不快な臭いがたまっていたが、プレゼント用に包装した小さい箱があることもわかった。

「誕生日だからな」フランクが言った。「いくつになったんだっけ？」

「十九だよ。そう言われると三十みたいな気がするけど」箱の中身は防水のスポーツウォッチだった。いま父が腕につけている時計より新しいモデルで、全体に黒い金属製だった。ヘビーデューティーの軍用クロノメーターが、すでに正確な時を刻んでいる。これを腕に巻いたら、ビンラディン殺害に向かうヘリコプターに搭乗する気分だった。「ありがとう。いままでの俺よりクールになったみたいだ。そんなことがあり得るとは」

「勝手に言ってろ」

ボードを持って海岸へ下りていく道で、またフランクが言った。「八時半頃に、電話を掛ける用事が何件かあるって言ったよな。そのときは合図の声を出してから、しばらく陸に上がってるぞ」

「じゃあ、僕はわかったってことで敬礼する」

砂浜に立って、リーシュをマジックテープで足首に留めながら、セットになった波の立ち具合を見た。きれいに大きく巻いた波が十数回寄せてから、いくらか海のうねりが落ち着いたので、カークは岸から走り出し、ボードに腹這いに乗って、沖へパドルアウトして出ていった。アヒルが尻を振るようになって、小さい波をかぶりながら手で水を掻いた。波が崩れるポイントを越えたあたりで、順番待ちの若いサーファーの一人になる。海神が届けてくれる波を逃すことなく、立った波の斜面(フェイス)を切り裂いてやろうと待ち構える連中だ。

フランクはパドルボードに乗る。つまりボードの上に立ってパドルを使う。そういうサーファーは、もっと沖へ出て、大きな波をねらうことになる。南太平洋の嵐で発生して、はるかに移動しつつ力を蓄え、ずっしり重いセットになって寄せてくる大物だ。

ほどなくフランクは易々と波のショルダーへ上がって、その六フィートほどの高さから、大きく優雅なターンを繰り返して波に乗っていた。巻いた波に一番近かったのが彼なので、この波を自分のものとするのが正当であり、ほかのサーファーは遠慮して近づかない。波が終息したところで、ぴょんとボードから降りて、いまのセットが落ち着くまで浅瀬に立っていた。そしてまたボードに乗り、肩幅に足を広げて、パドルを海に突き立てながら、打ち寄せる波を一つずつ乗り越え、また沖に出ていった。

気温も水温も低かったが、ベッドから起き出してよかったとカークは思った。マーズ海岸では常連になっている古株も、何人か来ているのがわかった。バートの親父さん、マニー・ペック、シュルツィー、ミセス・ポッツという名前だろう女の人。みんなロングボードを好むベテランだ。彼と同年代の若い者もいる。子供の頃から知っていて、いまでは大学生もいれば、労働人口を構成しているやつもいる。ハル・スタインはバークレー校の院生で、ベンジャミン・ウーは市会議員の補佐。「スタッツ」マギーは公認会計士をめざして勉強中。バックホイート・ボブ・ロバートソンは、カークと同じく、まだ学部生で、まだ親元で暮らしている。

「よう、スポック」とハル・スタインが声を上げた。「なんだ、生きてたのか」

順番待ちの時間に、五人が輪になって青春の思い出を語り合った。マーズ海岸がどれだけ大事なものだったかということを、カークはあらためて思った。ちょっと車で走ってくれば、こういう波があって、自分の世界を持っていられた。マーズの強力な波動に包まれて心地よくなっていられた。マーズでは自分に試験を課して、すごく優秀だった。陸に上がれば、彼は統計上の一人にすぎない。真ん中で盛り上がった分布曲線の平均値。落ちこぼれの劣等生でも、奨学金をとれる優等生でもない。A（エース）でも2でもない。わずかでもカーク・アレンを特別扱いしたのは、英語の先生二人と、司書のミセス・タキマシ、あとはハチミツ色の髪をして頭の中身はぶっ飛んでいた美人のオーロラ・バーク（継父が新しくなって、カンザス・シティの新家庭に連れて行かれた）くらいなものだった。しかしマーズの海にいれば、カークは眼中にあるものすべての上に立っていられた。ずっと何年も来ていたところへ、十九歳になった日にも来られたことがうれしかった。

何度かわからないほど波に乗って、さすがに疲れたと思ったカークは、しばらく波待ちの位置で休んだ。朝日が射してくると、駐車場にならんだバンや父のキャンピングカーの上部が見えて、さらに車道を越えた店のタイル屋根、もっと向こうの岩だらけで低い木がびっしり生えた丘陵まで見えた。青い海の背景となる空が明らんで、マーズがセピア色の写真のようになった。ハワイやフィジーの、もはや伝説になったサーフィン場の写真が、経年劣化で琥珀色を帯びて、緑の山地が黄ばんだ茶色の丘に変わったようなイメージだ。目を細めてながめれば、メキシコ風を装った店舗が、フィジーの小屋(ブレ)にだって見えなくもない。太平洋の真ん中で環礁の岸に草葺きの小屋が建つ――。ということで、またマーズが別世界になって、ここでもカークは王様になっていられた。

どれくらい時間がたったのか、父の呼ぶ声がした。砂浜にボードを寝かせて、パドルを旗のように立て、しきりに手の合図を送ってくる。これが「電話をする」という意味であることは世界共通の解釈だろう。

カークが敬礼して合図を返したのと同時に、ミセス・ポッツの「ほら、沖よ！」という声が響いた。たしかに沖合からセットの波が来ようとしていた。洗濯板のような波の連続ができて、五十ヤードは早めに崩れだすようだ。アグレッシブに長く乗れる波が何度も来るのだろう。誰もが必死に水を搔いた。カークは疲れていたけれども、こんなセットをむざむざ見逃すようなことはしたくない。着実に手の力で進んでいって、そろそろだという勘が働いたあたりで反転して岸に向かった。波が来る。その第三波をつかまえた。

波の最高点に押し上げられながら、ボードに立ち上がるタイミングを本能として把握し、すとんと波の直前に下降した。すごい波が来たものだ。いい形をして、斜面がなめらか。しかも大きい。これは怪物。カークは波の前面へ蹴り上がった。海水が横から白く巻き崩れてくる寸前に、波の斜面を上がって逃げる。ぎゅっと詰まった風の息を背中に感じる。左へ旋回して、せり上がる波と直角に滑り落ち、波のボトムでまた右へ転じて斜面を上がる。いったん波の頂点に達し、その上辺に弾んでから、また落ちていったが、いくぶんか速度を殺して、波が崩れる位置との距離を縮めた。

ボード上で膝を曲げ、できるだけ低い姿勢をとる。波は頭上に丸く伸びて、背後で水の壁が奥へ掘れた。できあがった緑色の空洞は、いま彼だけの個室だった。左方向は激流で、右方向の水は鏡面だ。自由になる片手の先を、イルカの鰭(ひれ)のようにして緑色の壁に引きずった。海を切り裂くナイフ。

かぶさる波は落ちてくる。あたりまえのことだ。海水を頭からかぶって、ボードから足が離れた。どうということはない。白波に揉まれながら、彼は身体の力を抜いていた。とうの昔に覚えたことで、とりあえず波をやり過ごしてから、あわてずに海面をさがして、肺に空気を入れればよい。だが海は気まぐれな愛人だ。マーズも人間のすることに構ってくれない。ボードと足首をつないでいるリーシュが、ぴんと引っ張られたと思うと、泡立つ混沌の中で、ボードが跳ね返ってきて、ふくらはぎに激突した。鈍器でたたかれたような感触は、いつだったかクリスが裏庭で振り回したクロッケーの木槌と同じだった。あれでカークは病院へ、クリスは寝室へ行かされた。きょうはもうだめだ、と彼は思った。

砂地に足が届くかどうかさぐった。すぐに次の大波が来てしまう。海面に顔を突き出して、ぷわっと息を吸ったら、七フィートの白い怒濤をかぶりそうなのが見えた。その波の下にもぐり込み、手さぐりでリーシュのマジックテープを引きはずした。ボードは足から離れ、勝手に岸へ流されていくだろう。

彼もまた岸の方向へ流れた。足は痛いが決してあわてない。そのうちに砂地との接触があり、ここまで来れば、片足で跳んで顔を水上に出すこともできた。うしろから来る波に押されて、それだけ岸に近づく。その次の波、さらに次、また次と押されていって、ようやく海から這い出し、岸に上がった。

「くっそ」と自分に言った。砂浜に坐って脚を見ると、意外に深い裂傷になっていて、皮下の組織が剝き出しになっている。だらだらと血も出ていた。何針も縫うことになるのは間違いない。十三歳だった年の、ある一日を思い出した。ブレークという名前の子が自分のボードに当たり、気を失って海から引き上げられた。顎に打撃があったので、何カ月も歯科の治療が必要だった。きょうの傷はそこまでの大怪我ではなく、またカークだって瘤ができたことくらいは何度かあるが、ざっくり剔れた感じからすれば、もう名誉の負傷で勲章ものだ。

「おい、どうした？」ベン・ウーが海から上がっていた。離れたボードを回収してくれたらしい。

「こりゃ、ひでえ」と傷を見て言った。「車で病院まで送ってやろうか？」

「いや、親父も来てるんだ。連れてってもらうよ」

「そうなのか？」

カークは立ち上がった。「ああ」と言ったが、痛いことは痛い。足元に血が垂れていって、マーズの砂を点々と赤くしている。だが彼は手を振ってベンを行かせた。「大丈夫だ。ありがと」

ボードを持って、痛む足を引きずりながら、駐車場へ向かった。

「たぶん四十針くらい縫われるぞ」ベンはそんなことを言ってから、また波に突っ込んでボードに乗っていた。

ふくらはぎが、心臓の鼓動に合わせるように、ずきずき痛んだ。砂だらけの通路にリーシュを引きずって歩いた。海岸に来る人が増えて、駐車場は三分の二くらい埋まっていたが、父は入口の近くに駐めた。そのキャンピングカーにいるのだろう。テーブルに書類を広げて、スマホで仕事の話をしているはずだ。だが車の後部へ回ると、ドアがロックされていて、父の姿はなかった。

ドアにボードを立てかけ、バンパーに腰掛けて脚の具合を見ると、ソーセージが破裂したようになっていた。もう少し上に当たっていたら、膝の皿を割られたかもしれない。不幸中の幸いとは思ったが、早いところ救急治療室へ行くに越したことはない。

父は道路を越えて、どこかの店にいるのだろう。車のキーはウエットスーツのジッパー付きポケットに入れて、ドリンクかプロテインバーでも急いで買いに行ったというところだ。カークとしては、痛む足とボードを抱えて車道を渡るのはいやだったし、さりとてボードを駐車場に置きっ放しにしたら、盗んでくださいと言っているようなものだ。あたりを見回し、誰も見ていないのを確かめると、血が出ていないほうの足でバンパーを踏み台にして立って、キャンピングカーの屋根にボードを押し上げた。地面に立つ泥棒からは見えなくなる。リーシュが垂れ下がっていたので、ぐしゃっと丸めて屋根に放り上げた。これで一応は盗難対策をしたことにして、彼は広い道路へ向かった。たっぷり枝葉のついた茂みがあって、朝の交通の切れ目を待つ間の日陰になってくれた。車の流れが途絶えた隙を見て、四車線の道路をひょこひょこ跳ねるように越えた。〈サブウェイ〉と〈サークルW〉をのぞいたが、窓から見えるかぎりでは父がいる様子はなかった。サーフショップへ行ったとも考えられる。日焼け止めか何か、見つくろっているのかもしれない。だが、〈ヘビーメタルの音楽がやかましく洩れ出す店には、人の姿がなかった。

こうなったら、あれしかない、と思えたのが〈スターバックス〉の店だった。このあたりの商店としては北端に位置している。テーブルとベンチが店の前に出してあって、コーヒーを飲みながら新聞を読む人や、ラップトップのパソコンを操作する人がいた。その中にも父はいない。カークの裂傷に目を留めた人がいるのかどうか、ともかく何とも言われることはなく、店の中へ行った。おそらく父がいるだろうから、すぐ電話を中断させて、それなりの医療施設へ連れて行ってもらおうと思ったが、〈スターバックス〉はフランクを在庫していなかった。

「あら、やだ！」女性のバリスタが、血を流して立つカークを見た。「どうしました？」

「そんなにひどくないです」カークは言った。コーヒーやパソコンから目を上げる客もいたが、どうという反応は見せなかった。

「救急車、呼びましょうか？」

「いえ、父がいるんで、車で行けます。あのう、フランクという名前なんですが、ベンティのドリップにモカをショットして飲んでた人はいませんでしたか？」

「フランクさん？」店員はちょっと考えた。「女性のお客さんでしたら、さっきベンティのドリップにモカのショットをオーダーして、ディカフェのソイラテと一緒にお持ち帰りでしたが、そういう男性は来てませんね」それでカークが出ていこうとすると、「あの、救急箱、ありますけど」とも言った。

もう一度、ここの駐車場、各店舗の通路、と見渡したが、父はいないようだった。ひょっとすると〈スターバックス〉の裏手にもテーブルが出ていたりはしないかと思って、店の奥側の角までそろりそろりと行ったのだが、テーブルはなく、フランクもいなくて、ユーカリの木陰になった駐車場があるだけだった。

太いユーカリの幹よりも向こうに、ぽつんと一台、メルセデスが駐まっていた。カークの位置からだと、車体の前部とフロントガラスの一部が見えるだけだった。ダッシュボードに、二つのカップが載っているのはわかった。〈スターバックス〉のカップ。助手席から伸びた男の手が、モカをショットしたベンティのドリップを取ろうとしていることはわかった。腕時計の黒いバンドに見覚えがある。その時計は、いまカークが手首に巻いているのとそっくりな軍隊仕様のクロノメーターなのだろう。メルセデスの窓ガラスは下げられていたので、女の楽しそうな笑い声が、カークの耳にも届いてきた。父も愉快げに笑うようだ。

カークは、ユーカリの木との距離を詰めていって、もう怪我のことを忘れていた。痛いとも思わなかった。近づいた分だけ車が見えるようになり、長い黒髪の女が父に向けて笑う顔がわかった。父は女に顔を向けているので、カークからは後頭部しか見えない。「そろそろ戻らないとな」という声は聞こえたが、なかなか動こうとはしないようだ。のんびりした口調からすれば、どこへ行こうとする気もないらしい。

そうっと後ずさりして、さっきの角から〈スターバックス〉の正面側へ戻ると、また店に入った。入口とは反対の奥の壁では、窓の幅が小さいテーブルの三つ分におよんでいて、ユーカリの木陰のがら空きの駐車場が見通せた。

カークは窓辺に寄って、首を伸ばした。長い黒髪の女が見えた。その腕が父の肩に回って、潮風になじんだ父の髪に女の指先が戯れている。父はカップを揺すって、ドリップモカを回していた。もうウエットスーツは乾いているだろうに、まだ助手席にビーチタオルを敷いて坐っている。長い黒髪の女が何か言って、また笑った。父も笑った。ああやって笑う父を見ることはまずなかった。歯が見えるくらいに口を開け、その顔を上に向けて、目が細くなっている。〈スターバックス〉の窓に音声を遮られて、サイレント映画を見るようだった。カークの耳に聞こえるのは、ラップトップの打鍵音と、プレミアムコーヒーが売買される音だけだ。

「お掛けになりませんか?」あのバリスタだった。名札によればシーリアという名前らしい。金属製の救急箱を持ってきていた。「とりあえず绷帯くらいは巻きましょう」

カークは坐らせてもらった。シーリアが巻いてくれる白いガーゼの生地は、みるみる赤く染まった。ユーカリの木陰に目を走らすと、長い黒髪の女が前にせり出して、いくらか口を開けた顔に角度をつけていた。これも世界の共通語で、キスしてほしい口になっている。父も身体を寄せていた。

どうやって車道を渡ったのか、よくわからない。キャンピングカーの屋根に上げたボードを回収するという頭は働いた。ふたたびマーズ海岸への通路を下りる。まだ大勢のサーファーが海に出ていた。これから干潮に向かって潮が引く時間になる。父がボードを置いてパドルを突き立てた砂地に、カークは坐り込んだ。口の中が乾いて、目の焦点が合わない。唸りを上げる波の音も、彼の耳には入らない。ふくらはぎで血に染まった绷帯を見て、そう言えば自分のサーフボードにざっくり切られたのだと思ったが、あれはいつのことだったろう。何週間も前ではないのか。

绷帯止めのテープをそうっと剝がした。赤くなってべとつくガーゼも、少しずつ手に収めるように取ってしまった。砂に穴を掘った。深く掘って、ゴミとして丸めたものを落とし、砂をかぶせて穴をふさいだ。すぐにまた出血したが、カークにはどうでもよかった。腫れようが痛もうがかまわない。わけがわからず、急に苦しくなって、泣けてくる思いで坐っていた。だが泣かなかった。いつ父が戻ってきても、サーフィンの怪我から立ち直ろうとする息子がいるはずだ。父が仕事の用件を済ませるまで待ってから、とりあえず四十針でも縫ってもらいに行く息子である。

誰も近くに来なかった。海から上がる人も、駐車場から下りてくる人もない。カークは一人で坐っていた。指先を熊手のような形にして砂を掻いた。いつまでそんなことをしたのかわからない。

本を持ってくればよかったと思った。

「おい、何なんだ?」フランクがすたすたと砂地を踏んできた。息子の裂傷に気づいて目を見張っている。「その脚はどうした?」

「ボードが当たった」

「こりゃいかん」フランクは砂地に膝を突いて、傷の具合を見た。「痛い、とか何とか言ったろうな」

「そりゃ言ったよ」

「戦線にて負傷ってやつだ」

「ひでえ誕生日プレゼントもらっちゃった」

フランクは笑った。痛い目に遭った一人息子が、それを平然と冗談めかしたら、どんな父親だって笑うだろう。「じゃあ、病院へ行こう。洗浄して縫ってもらう」フランクは置いてあったボードとパドルを持った。「その傷跡が男の色気になるぞ」

「何が色気だよ」カークは言った。

カークは父のあとから通路を上がった。崩れる波から遠ざかる。これでもうマーズへ来ることもないだろう。

MANUFACTURED BY
The Oliver Typewriter Co.
No.
9

グリーン通りの一カ月

A Month on Greene Street

八月一日――。いつもなら、それだけのことだ。真夏。八番目の月の始まり。空前の猛暑日になるかもしれないし、ならないかもしれない。ところが今年は違った。その日に、いろいろなことがあった。

まだ小さいシャーリ・マンクは、また一本、歯が抜けそうになっていた。夜の九時十五分前後には部分月食になるはずだ。そういう日に、ベット・マンク（つまりシャーリの母親）は、上の娘デイル、末っ子のエディも連れた計四人で、寝室が三つあるグリーン通りの家に引っ越しをしていた。この家は、まず見た目で気に入った。不動産屋の物件リストで見た瞬間から、これにしようと思った。ぱっ、とイメージが浮かんだのだ――。この家のキッチンで子供たちとあわただしい朝食をとっている……彼女は調理台の鉄板を見ながらパンケーキをひっくり返し、子供たちは学校へ行くように着替えたのに、まだ宿題を仕上げている最中で、最後に残ったオレンジジュースを誰が飲むかと争っている――。そんなイメージがくっきりと脳裏に焦点を結んだので、もう迷いはなかった。

グリーン通りにあって、どっしりしたスズカケの木が前庭に立つ。これが私の家、私と子供たちの家……。

ベットには幻視が働く、と言うしかないだろう。毎日ではなく、また霊感の光というほど大げさなものではないとして、ぱっと閃くことは確かなのだ。たとえて言えば、遠い昔の休暇の写真があって、それまでの記憶、それからの記憶が、その一枚に凝縮しているとしたら、だいたいそんなものである。ある日、夫のボブ・マンクが仕事から帰ってきたら、フルカラーのスナップ写真のように、ぱっと浮かんだ映像があった。〈ミッション・ベル・マリオット・ホテル〉のレストランで、夫がロレーン・コナー＝スマイスと手を取り合っていた。この女は夫の会社でコンサルティング業務をしているのだから、うまいこと落ち合う機会はいくらでもあったろう。そう直感したナノ秒の時間に、「まあまあ」だったボブとの結婚生活は「これでおしまい」に変わった。ぱっ。

もし少女時代から現在までに見えたものを数え上げ、その前後の事情まで語るならば、ディナーパーティの客を一晩たっぷり楽しませるだけの話題があったろう。とれると知ってから四年後にとれた奨学金、アイオワシティで住んだ寮の部屋、初めて寝た男（ボブ・マンクではない）、祭壇で（ボブ・マンクとならんで）着ていたウエディングドレス、ようやく『サン・タイムズ』に採用面接してもらえたあとのシカゴ川の景色、両親が酔っ払い運転の車にはねられた晩に電話で連絡が来ると見えたこと。バスルームの流しで妊娠テストの結果を見た瞬間に、生まれてくる子の性別がわかったこと。そんなような話はいくらでもある。だからといって大騒ぎするのではない。千里眼、透視術といった超能力があるとも言わない。たいてい誰にでも見えるはずだが、気づいていないだけだろうとベットは思っていた。また、見たものがすべて現実になるとは限らない。『ジェパディ！』の解答者になった、と見えたこともあるのだが、結局、テレビ出演にはいたらなかった。とはいえ実現する確率は相当なものである。

浮気が発覚したボブは、すぐにロレーンと再婚したがって、金で解決をはかり、あっさりと養育費の支払いに応じた。だから、子供たちが大学生になって親元を離れるまで、ベットに経済面での不安はなくなった。

グリーン通りの家を買うには、銀行でああだこうだと手続きがあって、白熱の審査が重なって、取引の担保期間として六カ月も待たされたが、ともかくも権利証書に署名が入った。芝生の庭、スズカケの木、玄関前のポーチ、三つもある寝室、ガレージに付属したミニオフィス……となると、それまでのアパートとは大違いで、約束の地へ来たようだ。つまり、まず分譲式で手に入れたアパートは、狭くて床面に段差があって、親子四人が箱の中で折り重なる子猫のようになって暮らしていた。今度の家には裏庭もついている。幅も奥行きもたっぷりで、ザクロの木がある！　ぱっ、と見えた。十月になったら子供たちのTシャツに紫色の汁がぽとぽと垂れるだろう！

グリーン通りは引っ込んだ位置にあって、通り抜ける車もなく、ほとんど住人が行き来するだけなので、外で遊んでも危なくはない。八月一日の子供たちは引っ越しの作業員に頼み込んで、自転車二台とエディの〈ビッグホイール〉三輪車を真っ先に下ろしてもらい、新しい家の芝生の庭で乗り回していた。若いメキシコ系ばかりの作業員は、いずれも似たような子持ちだったようだ。気安く応じてくれて、はしゃいで遊ぶ子供たちを見ながら、一軒分の荷物をほどいて運んでいた。

ベットは、午前中いっぱい、高校で習ったスペイン語の実地テストをして、荷箱を各部屋へ割り振り、適当な勘で家具の置き場所を指示した。ソファは窓に向かうように、本棚は暖炉の隣へ――。

十一時頃に、デイルが二人の男の子を連れて駆けてきた。ぽっちゃりした十歳くらいの二人組は、どうやら双子のようだ。どちらも照れくさそうな顔に、おそろいのえくぼが出ている。

「ママ！　この子、キーショーンていうの。それからトレネル。五軒目に住んでるんだって」

「キーショーンに、トレネルね。こんちは」

「あのね、あたし、ランチに行ってもいいんだって」

ベットは二人組に目を向けた。「そうなの？」

「はい、そうです」キーショーンとトレネルのどっちかが言った。

「あら、いい返事ができるのね」

「あ、はい」

「キーショーンはお行儀がいいこと。トレネルだったっけ」

二人がそろって自分を指さし、名前を言った。よく映画に出る双子とは違って、この二人は着ているものが別々なので、ベットも迷わずにすむことになった。しかも、キーショーンは髪をみごとなコーンロウに編んでいて、トレネルはさっぱりと丸坊主に近かった。

「ランチは何かしら？」ベットは言った。

「きょうはフランクソーセージと豆です」

「それって誰が作ってくれるの？」

「アリスおばあちゃん」トレネルが言った。「おかあさんはアムコフェデラル銀行に勤めて、おとうさんはコカコーラなんだけど、子供は飲んじゃだめって言われてる。いいのは日曜日だけ。ダイアンおばあちゃんはメンフィスに住んでる。おじいちゃんはいない。おかあさんは、きょう帰ってきてから庭の花を持って、ここへ来て、この町へようこそって言うんだって。おとうさんも来る。よかったらコカコーラを持ってくる。ファンタがよければファンタだって。エディとシャーリの分までランチがあるかどうか、アリスおばあちゃんに聞かなかったから、きょうはデイルだけ

「ね、ママ、いいでしょ？　だめ？」デイルは弾け飛びそうになっていた。

「フランクと豆のほかに、何かしら緑のものもあるなら、いいのかなと思うけど」

「じゃあ、リンゴでもいいですか？　緑になるかな。青リンゴあります」

「リンゴね、いいことにしましょ、トレネル」

三人の子供がすっ飛んで出ていった。ポーチから階段を下りて、スズカケの低い枝をくぐって、芝生を駆け抜ける。これをベットは目で追って、四軒置いた先の玄関に飛び込むのを見届けた。それからエディとシャーリに大きな声を出して、そろそろ自転車を芝生に置いて、家の中へ来なさい、と言った。ちゃんと付け合わせを見つけてサンドイッチを作るつもりなのだ。

三時には引っ越しが終わって作業員も帰っていった。あとはベットが一人で楽しみながら、荷箱から引き出しへ、棚へ、とキッチンの開梱作業をすればよい。もうボブの趣味的な道具はなくなった。料理が好きだと称する夫は、一つの役にしか立たない新奇な製品を買い集めたものだった。ベットは決して料理好きではなかったが、ボブと別れてからは、それまでの実用本位の食事に、いくらか手を掛けるようになった。ほうれん草だって、クリーム煮にしたら、子供たちがお代わりと言った。七面鳥の挽肉のブリトーは、豆とチーズも詰めてみたが、手で持って食べても、ばらけて落ちることはなかった。火曜日の夜は「しちめんトー」と決めたら子供たちは喜んで、毎週、火曜日

を楽しみにしていた。

どの荷箱も空っぽになり、戸棚にそれらしい格好がついて、ペットはとっておきの宝物に電気を通した。ドイツ製のエスプレッソメーカーだ。ステンレスの大物である。離婚する前に千ドルも出して買った。カウンターの上で一平方ヤードは占めている。計器やらバルブやらがついて、『U・ボート』に出てくる潜水艦のようでもある。彼女はこの機械を愛してやまず、よく朝の挨拶として「よう、ビッグボーイ」と声をかけていた。

彼女は居間のソファに腰をおろした。やっと坐れた。ずっしり重いマグを手にしていて、その中身はエスプレッソと二パーセントのスチームドミルクである。大きな窓を見ると、なんだか映画のスクリーンのようだ。いま上映中の作品は『いま私はここに住む』という題でよかろう。子供の群れがパレードをするように、この画面に出入りする。グリーン通りに住んでいる子も、このあたりを「一味の本拠地」と心得ている子もいるのだろう。白っぽいブロンドの女の子が、シャーリの口の中を見ている。そろそろ歯が抜ける頃だと知って、妖精が偵察に派遣したような子だ。男の子の集団もいる。Tボールのスタンドを立て、一人ずつ順番にプラスチック製のバットでボールをひっぱたき、ほかの子が野手になって守備をする。デイルが、もう一人の女の子と、スズカケの木の低い枝にぶら下がっていた。えくぼがあって髪を編んだ女の子が、エディにピンク色の自転車を貸して乗らせているが、あれはキーションとトレネルの妹なのだろう。エディに伴走しながら、向かいの家の芝生に上がらせようとしている。

あれはパテルさんという家だ——と不動産屋に言われたような気がする。パテル? インド系の名前に違いない。いま外で遊んでいる中に、黒い髪と茶色の肌の子が五人いるが、その子たちを見るかぎり、パテル家はきっちり十一ヵ月ごとに子宝に恵まれたらしい。それぞれが頭一つ小さい弟なり妹なりとそっくりだ。年長の女の子たちはｉＰｈｏｎｅかサムスンの端末を持っていて、四十五秒ごとにチェックしていた。ピンクの自転車に乗せたエディをぱちぱち写真に撮っている。

ベットは子供の総数を知りたかったが、巨大水槽の魚群のようなもので、ぐるぐる動いて止まらないのだから、とても勘定が追いつかない。十数人とでも言っておこう。それくらいの子供がわいわい集まって、笑って、肌色の濃淡がちらちら飛びかっていた。

「国連に引っ越してきたみたい」彼女は誰にともなく言った。これはマギーに知らせよう。マギーは最も古くからの友人で、結婚が崩壊する過程において終始コーチ役になってくれた。ぱっ、と閃いてからの日々である。どん底に落ち込む現実があって、別れるという結論から引き返せなくなり、弁護士をさがして、婚姻解消までに三年超のすったもんだがあり、赤い赤いワインに浸る夜が重なった。スマホを入れたハンドバッグは、居間のフロアの真ん中にあった。これに手を伸ばそうとしたら、ポール・レガーリスがやって来るのが見えた。

やや年配の男だった。だぶだぶの半ズボンをはいて、色褪せた赤のＴシャツには「デトロイト・レッドウィングズ」という文字がくしゃくしゃになって残っていた。かけている眼鏡は、年齢からすると、とんがった感がなくもない。八歳くらいは年上の人だろうとベットは思った。ゴムのサンダルを突っ掛けてきたようだ。いくら夏といっても、平日にサンダル履きだとしたら、いま失業中というところか。あるいは夜勤なのか。宝くじにでも当たったか。何だかよくわからない。

ポールは手みやげの袋を持っていた。その中身は〈ハニーベイクド〉の骨付きハム――というのが、ぱっと見えたわけではない。袋にブランド名が書いてあった。玄関のドアは開いていたが――

この日は、引っ越し業者や子供たちが、地下鉄の客が流れるように出入りしていたので、ずっと開けっ放しだったのだが——この男はドアベルを鳴らした。「ごめんください」と言うことにはならなかった。

「はい、こんちは」ベットが応対に出た。

「ポール・レガーリスです。すぐ隣に住んでおりまして」

「ベット・マンクといいます」

「きょうお邪魔したのは、とくに正式な用事ではないのですが」と言いながら、彼はハムの袋を差し出した。「歓迎のご挨拶ということで」

ベットは、〈ハニーベイクド〉の袋に目をやった。「あのう、マンクなんていう名前なもので……」ここで語尾が先細りになったので、ポールは台詞を受けるきっかけを失った役者のように、困った顔をした。「……ユダヤの母みたいなタイプと思われるかもしれませんね。だとするとポークは……」

「コーシャではない」ポールが台詞にたどり着いた。「不浄ですか」

「でも私はそういうのじゃありません」

「では、どうぞ」ポールが袋を持たせるので、ベットは受け取った。「私が越してきたときには、近所の誰かが玄関前のマットに置いてくれましてね。何週間か食いつなぎましたよ」

「そうでしたか。お礼にコーヒーでもいかがです？」この隣人に長居をさせたいわけではない。独身の男（結婚指輪をしていない）がすぐ隣にいるというのは、グリーン通りの新生活にあっては唯一の心外な現実だ。といって、むげに追い返すわけにもいかない。

「どうもご親切に」と言った男は、ポーチに立ったまま、開いているドアを抜けてこようとはしなかった。「でも引っ越した当日には、いくらでも片付けることがおありでしょう」

と遠慮してくれたのは、ベットにはありがたいことだった。たしかに仕事はいくらでも残っている。彼女はグリーン通りの子供たちに顔を向け、「あの中には、お子さんも？」と言ってみた。

「うちの連中は母親と暮らしてます。しかるべき週末には来るんですが」

「ああ、なるほど。これ、ありがとうございます」今度は手にした袋に顔を向けた。「金曜日あたりには、残った骨のスープでしょう」

「では、どうぞ」ポールは離れていこうとして、「グリーン通りは、いいところですよ。私は気に入ってます」と言ったが、「あ、そうだ……」と、また引き返してきた。「今夜は、お忙しいですか？」

今夜はお忙しいですか？

この数年、まったく同じセリフを聞き飽きるくらい聞かされた。今夜はお忙しいですか？ そういう男どもがいるのだ。離婚して、独身で、決まった関係がなく、さびしがっている――。子供が元妻と暮らしていて、自分はアパートに住んでいて、ネットのデートサイトを検索しては知性かロマンスかセックスの対象を引っかけようとする。ちらりと目を投げてきて、この女、今夜は暇だろうか、と考える。

ぱっ！

イメージが浮かんだ――。ポールが窓の外を見張っている。ベット・マンクが来る。離婚して（まだまだ）魅力のある女。その車がすぐ隣の家に来る。そうと見て、うまいこと口実を作って、ぶらりとやって来る。お宅の郵便が間違って届きました、この近所に迷い犬がいるらしいですよ、エディが足をくじいたそうで心配ですね……。ちょいと長居をして、おしゃべりしながら、物欲しそうな顔をする。

ベットは心の中で、この映像の処理をした。グリーン通りでの新生活の、まず最初に訪れた難点だ。すぐ隣に、女をさがす男がいる。

「きょうは家の中がごたごたしてまして、大変なんですよ」彼女は手にしていたコーヒーをいくらか飲んだ。

「九時かそこらに、望遠鏡を空に向けます」ポールが言った。「今夜は部分月食でしてね。九時を十五分過ぎたあたりで最大になります。地球の赤い影が、だいたい月の半分くらいを、きれいに隠すんです。長く続くものじゃありませんが、よく見えると思いますよ」

ベットは「はあ」と言うだけにした。

ポールがサンダルの足でポーチを離れ、ぺたぺたと芝生を踏んでいったのと入れ替わりに、シャーリが手に小さなものを持って跳ねてきた。真っ白な小石のようだ。

「ママ、ほら!」と甲走った声を出す。ちょっとだけ指に血がついていた。「歯が抜けた!」

そんな初日の午後遅く、もう暮れそうな光の中で、子供の帰ったグリーン通りが静かになった。どこの家庭にも、それぞれの夕食時がある。ベットが子供たちに食べさせたのは、スライスしたハムと、前のアパートから引っ越してきたレタスとトマトのサラダである。さっきはダーリーン・ピッツという人が来た。あの双子の母親で、ほんとうに庭の花を摘んでバスケットに入れ、隣人としての歓迎カードを添えてくれたのだった。ポーチで立ち話をしていたら、その夫のハーランも来た。こちらはスプライトとダイエット・スプライトを各一本、いずれも大瓶で持ってきた。そして夫婦が口々に近所にどんな人がいるかと教えてくれた。

「パテルさんは、ご夫婦ともに、舌を嚙みそうな名前でして」ハーランはふざけた。「私なんか、ミスター・パテル、ミセス・パテルとしか言いません」

「イルファーンとプリヤンカじゃないの」ダーリーンが夫にちらりと目を飛ばした。「子供たちの名前でも嚙みそうになるの？」

「うん、まあ、なる」

ベットとは気が合いそうな二人だ。

ダーリーンは、パテル家の子供の名前をぺらぺらと連射した。「アナンヤ、プラナーヴ、プリーシャ、アヌーシュカ、一番下がオム」

「オムは、わかる」ハーランが言った。

あっちのスミスさんは、アプリコットの木になる実を、どかすか分けてくれる。あっちのオーナさんは、水上スキーのボートを持ってるけど、家の前に置いたきりだ。大きな青と白の家がバカスさんで、毎年、ギリシャ式のイースターに盛大なパーティを催すが、うっかり顔を出さないと、今年はいらっしゃいませんでしたね、と翌年まで言われ通しになる。ヴィンセント・クロウェルは一日中アマチュア無線をやっている。屋根に大きなアンテナが立ってる家だから、すぐわかる。

「ポール・レガーリスは、理系の教授ですよ。バーラム・カレッジで教えてます。お子さんは二人とも大きくなってまして」とハーランが情報をくれた。「息子さんのほうは、もうすぐ海軍に入るらしいですね」

「先生だったんですか」ベットは言った。「それでサンダルね」

「え、何です？」ダーリーンが言った。

「ハムをいただいたんですが、サンダルだったんですよ。あ、サンダルは人間の足です。ハムじゃありません。ふつうなら平日の昼間にぺたぺた歩いてる人っていうのは……」

「余裕がある？」ハーランが言った。

「仕事がない」

「八月は授業がないですからね」ハーランは、ふうっと息をついた。「きょうみたいな日にぺたぺた歩ける人がうらやましいです」

ぱっ！　大学にいるポールが目に浮かんだ。授業の合間に中庭のベンチに腰掛けて、女子学生に囲まれている。レガーリス先生の「生物学入門」に出ている可愛らしい娘たちだ。いつも先生は学生の相手をしてくれる。大勢の中に一人くらいは、上の立場にある年長者に憧れる女の子だっているだろう。ポールだって、そう思っているかもしれない。

さて、あたたかい夏の宵である。また外へ出たくなったグリーン通りの子供たちもいるようだ。ベットは皿を洗ってから、二階へ上がってリネンをさがし、ベッドの支度をした。デイルとシャーリに使わせる寝室の窓から、隣家のポールが見えた。大きな筒みたいなものをガレージからごろごろ引き出している。あれが望遠鏡なのだろう。手作りの台車を押して手伝う子供たちもいた。

すっかり暗くなって、もうベットはブルートゥースのスピーカーに通電して、スマホに接続し、アデルの哀調の歌を流していた。これを聞きながら、今夜の仕事に取りかかった。クロゼットの棚に入れるものを入れて、ごちゃごちゃに絡まったハンガーを整理する。まだドレッサーの引き出しが片付いていない、というところで玄関のドアをばたんと閉めて階段をどかどか上がってくる子がいた。

「ママ?」エディが大騒ぎしながら、これから自分のものになる部屋に入ってきた。「望遠鏡って、僕にも作れる?」

「たいした意気込みだわね」

「レガーリス先生は自分で作ったんだって。のぞいて見ると、すごいんだよ」

「いま、レガーリス先生って言った?」

「うん。隣に住んでる人。ガレージの中には、すごいものがいっぱいある。シフォローブとかいう大きな木の箱に、電線とか、道具とか、ごちゃごちゃ詰まってるんだ。ツマミの出っ張ってるテレビが三台あって、ペダルを足で踏むミシンもあった」エディはベッドに飛び乗った。「あれが宇宙なのかな、よくわかんないけど、望遠鏡で見せてもらった。月が見えた。それが、何というか、太陽の影が月にかかっていた」

「ママは大学の先生なんかじゃないけど、それを言うなら地球の影だと思うわよ」

「でも変なんだよね。自分の目で空を見ると、月はすぱっと切り出されたみたいだった。望遠鏡で見ると、切られたとこがまだあるんだ。それが赤っぽくて、クレーターとか、全部そうなってた。その望遠鏡を手作りしたんだって」

「どうやって作るのかしら」

「ガラスの玉を磨く。ずっと磨いてると、つるつるに光ってくるんで、そうしたらカーペットを巻く芯みたいな筒の先っぽにつける。そしたら、のぞき穴の部品みたいなのを買ってくる」

「レンズのこと？」

「おぷてぃこん、とか何とか言ったような気がする。望遠鏡の作り方っていう授業もしてるらしい。僕もできないかな？」

「うまく筒があればね。そのカーペットの芯ていうような」

グリーン通りでの初日の晩に、子供たちは夜更かしになったが、昼間に駆け回ってエネルギーを発散していたので、寝るとなったら、ぱたっと寝てしまった。ベットは忘れないうちにと思って、シャーリの枕の下に三ドルをしのばせた。抜けた歯との取り替えっこで歯の妖精が置いていってくれるという建前だが、いま妖精は金回りがよい。

きょうという日が終わった。ベットは赤い赤いワインを開けて、マギーに電話を掛け、近所の様子を話した。たくさんの子供たち、コークとつながりのあるピッツ夫妻のこと。そして、もちろん、ポール・レガーリスについて予感したイメージのこと。

「あんた、どういう男運してるの？」マギーが言った。

「あたしの運ていうのじゃなくて、男そのものが、哀れな生き物なんだわ。見え透いてる。自分がどういうものなのか女に決めてもらいたがってる」

「寝たがってるだけでしょ」マギーは思うことを述べた。「その隣の男というのだって、また今度やって来て、ラット・パックみたいなコロンの匂いを振りまいてたら、しっかりドアを閉めなさいよ。あんたを狙ってるんだから」

「だったら自分とこの学生にしてほしいわ。授業のアシスタントとか、女学生クラブの子とか」

「そんなのに手を出したら、首が飛ぶもの。バツイチのいい女が隣に越してきたから、合法的に狙えるのよ。いまだって双眼鏡で窓をのぞいてるかも」

「じゃあスター・ウォーズのカーテンが見えてるでしょうね。そっちはエディの部屋だから。あたしの部屋は反対側」


八月がぽっかり口を開けたように、夏の盛りが深まっていく。ベットは隣家の男を避けて暮らしていた。今夜はお忙しいですか、と言われるのはもうたくさんだ。車で出かけた場合には、グリーン通りまで帰ってくると、あたりにポール・レガーリスらしき姿がないかどうか、きょろきょろと見ていた。しかし彼が自宅前の芝生に出ていたことがあって、帰り着いた彼女に手を振り、「やあ、いかがです？」と声を掛けてきた。

「ええ、どうも、上々です」と返事をした彼女は、さも忙しそうに自宅に入ってしまったが、とくに用事などありはしない。また近所の子供たちが「ピッグ・オン・ザ・フライ」という遊びでボールを蹴っているのを彼が見ていたこともある。そうと気づいた彼女はスマホを引っつかんで、通話中の真似をしながら家の中へ戻った。ポールが手を振ったが、軽く会釈を返しただけだ。

いつも夕方になると、またドアベルが鳴って彼が来ていたりはしないかと不安だった。シャワーしたばかりで〈クリード〉のコロンの匂いでも漂わせ、お忙しくなかったら〈オールド・スパゲティ・ファクトリー〉で夕食はいかがです、とでも言い出されないだろうか。そういうことを言った歯医者がいたが、いかにも自分大好きのつまらない男だったので、もう掛かりつけの歯医者を変えた。その時期に彼女はデート戦争には休戦を宣言しようと決めた。いまとなってはグリーン通りでの生活を守りたいとしか思わない。何のしがらみもなく、したがって何の災いもないような生活をすることに懸命なのである。

ところが子供たちには、案外、ポール・レガーリスと顔を合わす機会ができていたようだ。金曜日の晩、ボブが父親として子供と過ごす週末になり、車で迎えに来たときに、ちょうどポールは洗車をしていた（金曜日の晩に車を洗う人がいるだろうか？）。子供たちが週末の荷物をまとめている間に、ベットは元の夫に新居の一階部分を見せていた。それから四人が車に乗ろうとするのを見ていると、エディが大学で宇宙を教えている人を父親に紹介したがって、ポールからも近づいてきた。二人の男が必要以上の長話をしている、とベットは断定した。ボブの車が走り去って、ポールは洗車に戻った。どんな話がかわされたのか、このときは何のイメージも浮かばなかったが、二人の男が情報の交換をしたのではないかとも思われた。そう、ベットという女について――。

翌朝、ベットはのんびりと寝ていた。子供のいない土曜日の朝に、心ゆくまで寝ていられた。ようやく起き出して、静かな家の階段を素足で下りた。ヨガパンツ、および軽いコットンのフード付きスエットシャツという格好で、手にｉＰａｄを持っていた。

「よう、ビッグボーイ」素足のまま、朝の妙薬を淹れて、裏庭へ持っていった。まだ太陽は屋根より上に出ていなくて、たいした気温にもなっていない。ｉＰａｄを持ち出しているが、こんなものをベッド以外の場所で操作するのは、もう何年かぶりではないかとさえ思った。裏庭の木の下で、プラスチックの屋外チェアに腰をおろし、『シカゴ・サン・タイムズ』日曜版のバックナンバーを見ていった。それから『デイリー・メイル』のサイトも時間をかけすぎるくらいに見ていたら、カタ、カタ、カタ、カタ、カタという音が聞こえた。

どこかにキツツキがいて、キツツキらしい行動をとっている。

カタ、カタ、カタ、カタ、カタ。

あたりの木々を見回して、鳥らしき影はあるかと思ったが、ない。カタ、カタ、カタ、カタ、カタ。

「こだわりの五回ずつ」と、カタカタを数えた。

ざっと家の全体を見て、壁板に穴をあけてまで虫を突つきたがる鳥がいないことを喜んでいたら、またしても、カタ、カタ、カタ、カタ、カタ。

どうやらフェンスの向こうから来ている。ポール・レガーリスの裏庭だ。フェンスの高さからして――このグリーン通りといえども、フェンスは高いほうが良き隣人でいられるので――隣の家の様子は、梢に近い枝くらいしかわからないが、突つく鳥はいないらしい。それでもカタ、カタ、カタ、カタ、カタが聞こえてくるのだから、へんに気になってたまらない。どんな大きさの鳥なのか見たくなり、椅子をフェンスに寄せていって、その上に立った。鳥の現行犯を見届けたい。

カタ、カタ、カタ、カタ、カタ。

ポール・レガーリスの裏庭は、きれいに整っていた。菜園があって、灌漑用の配管、豆の蔓を這わす支柱が見える。馬に引かせるような古風な犂が錆びついて、もちろん馬がいるわけではなく、ただ草地の真ん中に置かれていた。すぐ横にソーラーパネルが並んでいるのだから、ちぐはぐな取り合わせだ。庭の奥側、テラスとは離れた方向に、どっしりしたレンガのバーベキュー台があり、よく通信販売のカタログに出ている自立式のハンモックもあった。

カタ、カタ、カタ、カタ、カタ。

ポールがいた。赤っぽい木材のデッキに坐っている。斜めに張り出した日よけの下で、ピクニックテーブルに向かっているのだった。もうユニフォームとも言えそうな、だぶだぶの半ズボン、ポロシャツ、ゴムサンダルという、いつもの格好である。クールすぎる眼鏡を頭に押し上げ、夢中になって、十九世紀の遺物のようなずんぐりした機械に覆いかぶさっていた。

カタ、カタ、カタ、カタ、カタ。

タイプライターなのだった。とはいえ、ベットが見たことのあるタイプライターとは全然似ていない。とにかく古めかしい。ヴィクトリア朝時代の製品ではないのか。キャリッジに巻き込まれた用紙に、ハンマーがアーチのように伸びていく打鍵式印字機と言っておこう。ポールが一つのキーを五回たたいて――カタ、カタ、カタ、カタ、カタ――内部のレバーにちょこっと油を差し、また同じことを繰り返した。

カタ、カタ、カタ、カタ、カタ。

こういうことをする男なのだ。ジュール・ヴェルヌの世界から抜け出したような骨董の手入れをして、グリーン通りの平和な朝を破壊する。

カタ、カタ、カタ、カタ、カタ。

「あらま」と呟いて、ベットはもう一度カフェインを摂取するつもりで家の中に戻った。比較的には静かなキッチンにとどまり、テーブルに向かってｉＰａｄの文字を読んでいたが、鉄張り印字機のカタカタは、やや減衰しつつも耳に届いていた。

午後になった。太陽はグリーン通り一帯を火にかけたフライパンのように熱して、ベットはマギーに電話をかけていた。

「へーえ、望遠鏡やらタイプライターやらに囲まれてる男なんだ。あとは何だろ」とマギーは言った。

「昔のトースター、ダイヤル式の電話。絞り器のついた洗濯桶、なんてね」

「いくつか出会いサイトを検索したんだけど、そいつは登録してないみたいだった」

「となりの変人コム、だめ男4U、みたいな？」

このときベットは正面の窓の外を見ていたので、見慣れない車が一台、グリーン通りに駐まるのがわかった。赤いネイルポリッシュのような色の韓国車だ。運転していた若い男が、いくらか年下の女と降りた。妹なのだろう。この二人が道路からポール・レガーリス宅の入口に向かって、その兄のほうの歩き方が父親に似ているとベットは思った。

「子供に注意」ベットは言った。「ね、いま誰が来たと思う？」

「何それ」マギーが言った。

「プロフェッサー男やもめのお世継ぎ。息子と娘がいるみたいね」

「刺青してる？ ビルケンシュトックのサンダル履いてる？」

「そうでもない」ベットは、反抗期、若気の至り、といった形跡をさがした。「見たところ標準」

「標準なんて、洗濯機の設定みたいなこと言うわね」

すると娘がきゃっと叫んで、玄関に向けて駆け出した。ポール・レガーリスもまた娘に寄っていって、芝生の上で双方の軌道が交わった。娘は父をヘッドロックに抱え込み、笑いながら猛然と芝の地面に引き倒した。この騒ぎに息子も参入して、しばらくぶりに会ったらしい父親を、二人がかりで押し潰していた。

「救急車を呼ばないとだめかも。肩の脱臼なんてことになりそう」ベットは実況を伝えた。

その夜、ベットは、マギーおよびオーディナンド姉妹とのディナーで、メキシコ風のカフェに集まった。建物はシンダーブロックで、照明に紙のシェードをしていた。まるでメキシコに来たようで、水は飲まないほうがよいと思ったくらいだが、マルガリータは平気で飲んだ。おおいに笑って、おしゃべりをした。別れた夫の話、元恋人がひどいやつだという話、男は常識がなく正気でもないという話で、夜は盛り上がった。言いたい放題の楽しい席では、ポール・レガーリスも話の種にならなかった。ちっとも誉め言葉は出なかった。

〈リフト〉の配車サービスでグリーン通りに帰り着いた時刻には、もう二時間も前から空は暗くなっていて、またしても隣の前庭に望遠鏡が引き出されていた。だがポールの車は見当たらない。夜空の見張り番をしているのはポールの子供たちだった。ベットがまっすぐ家に入ろうとしていたら、ポールの息子の声が聞こえた。

「こんばんは」とだけ言われた。

これに会釈を返して、「…んばんは」くらいの音声を発したが、歩速を緩めることはなかった。

「木星の衛星、見ません？」これは妹の声だった。「いま空のど真ん中で、めちゃクールなんだけど」

「いえ、遠慮しときますよ」

「すごい天体ショーになってるっていうのに！」この娘はデイルのような声を出す。あけっぴろげで、どんな小さなことにも大はしゃぎしていられる。

「今夜は月食にならないんですか？」ベットは玄関の鍵をハンドバッグから出そうとしていた。

「そういうのは、しょっちゅうじゃありませんよ。木星は一夏ずっと出てますけどね」と娘は言った。「あたし、ノラ・レガーリス」

「あ、どうも、ベット・マンクです」

「デイルとシャーリとエディのおかあさんですよね？　すっごく面白い子供たちだって、父が言ってました」この娘は遠慮なく越境してきた。「シュナイダーさん家を買ったんですね。あの人たち、うまいことオースティンへ越してったけど——。あっちにいるのが兄貴です」と、ノラは望遠鏡のほうへ手を向けた。「マンクさんに、名前くらい言ったら？」

「ローレンス・アルトウェル＝チャンス・デラゴード・レガーリス七世。ふだんはチックでいいです」

ベットはわけのわからない顔になった。マルガリータを三杯飲んできたあとだから、そういう顔にもなる。「チック？」

「ラリーでもいいです。話せば長くなるんで——。何世紀も前にガリレオが見たものを、いま見たくないですか？　人類史の方向転換になったんです」

この誘いを払いのけて、さっさと家の中へ逃げ込んだら、グリーン通りらしからぬ不作法になったろう。ノラといいチックといい、まあ、可愛らしいものだ。というわけでベットは「そこまで言われたら、見せてもらうしかなさそうね」と言った。

今度はベットが越境して、レガーリス家の領域へ、初めてのご訪問となった。チックが望遠鏡から下がって、ベットに場所を譲った。「では、木星をご覧ください」

ベットは、レンズに目を近づけて、カーペットの芯みたいな筒をのぞいた。

「あんまり押しつけないように。角度というものがあるんで」

ベットは、つい目を細めていた。ガラスと睫毛が接触した。いま何を見ているのかわからない。

「見えませんね」

「やだ、チック」ノラが溜息をついた。「ご覧くださいなんて言っといて、ご覧になれなくなってるんじゃないの」

「あ、すみません、マンクさん、ちょっと失礼」チックは大きなカーペットの芯に装着した小ぶりな望遠鏡をのぞきながら、上下、左右、と調節をした。「よし、ばっちり、どんぴしゃ」

「これでご覧になれるといいんだけど」ノラが言った。

ふたたび目を近づけて、マスカラがレンズを汚すのではないかというほどに寄ったのだが、まだ見えない、と思った瞬間、すばらしい光の穴が目に飛び込んだ。これぞ木星。その本体のほかに、衛星が四つ、一線に並んでいた。一つは木星の左に、三つは右に、はっきりくっきり見えていた。

「わ、すごっ！」ベットは声を上げた。「はっきりくっきり見えてる。木星なのね？」

「惑星の王、それに従う月たちです」チックが言った。「いくつ見えます？」

「四つ」

「ガリレオも、そう見たんですよ」ノラが言った。「二つのガラス片を銅製のパイプに取り付けて、イタリアの夜空の一番明るいものに向けたんです。そうしたら、いまご覧になってるように見えていた。それで天動説の重い扉を打ちたたくことにもなって、ひどい目に遭っちゃった」

ベットは目を離せなくなっていた。はるか宇宙をのぞき込んで、ほかの惑星を自分の目で見たのは初めてだ。木星はすばらしいものだった。

「あとは土星も見ませんとね」チックが言った。「輪っかも、月も、全部」

「見ます！」もう天体の景観に一目惚れだ。

「無理です」チックが言った。「土星が出るのは早朝ですからね。もし五時十五分前に目覚ましを鳴らす気があれば、ここで用意してお待ちしますよ」

「え、四時四十五分ですよね？　そりゃだめだわ」ベットは望遠鏡と木星の月から引き下がった。

「ところで、どうしてチックなの？」

ノラが笑った。「アボットとコステロなのよ。二人組のコメディ映画で、細長いほうの役名がチックだったことがあるの。あれを家族で千回も見たかしら。あたしが兄貴のことをチックって言い始めて、そうなっちゃった」

「ラララララリー・レレレガーリスって言われるよりましだった」

「なるほど。あたしも心当たりがある。四年生のとき、エリザベスなんて名前が、あと七人もいたんで」ベットは、もう一度、木星を見せてもらって、あらためて感心した。

「あ、うちの親父だわ」ノラはグリーン通りをやって来る父の車のヘッドライトを見ていた。ベットはすたこら逃げてしまおうかと思ったのだが、いま逃げたら、あまりに露骨だ。彼女は逃走したい本能を振り払った。

「こら、おれの庭で何をやらかしてる？」ポールが車を降りた。もう一人、チックよりは年上かもしれない赤毛の男がいて、助手席から降りた。

「あ、いえ、ベットじゃなくて、その悪ガキ二人」

ノラはベットに顔を向けた。「うちの親父、こういう言い方するんですよ。へんなこと聞かれちゃいましたね」

「こいつは、ダニエル」ポールは連れてきた赤毛の男に手をかざした。ベットは、痩せすぎてる、栄養失調ではないのか、と思わずにいられなかった。着ている服は新品らしいが、自分の好みで買ったのではあるまい。着心地が悪そうなのは目に見えている。若者たちが挨拶をかわし、ベットも一応は声をかけた。

「でかいやつに向いてる?」ポールが夜空の巨大ガス惑星を見やった。「ダニエルは、木星を見たことあるかい?」

「ないです」と言っただけのダニエルが、大きな筒に寄っていってレンズをのぞいた。「おお」と言ったわりに、まるで無感動だ。

「ベットも見た?」ポールが言った。

「見ましたよ。すごっ、て叫んじゃいました」ベットはノラを見て、「へんなこと聞かれちゃったかしら」

「どうってことないです。いつでも使える強調語ですね。やばい、超すげえ、みたいなもの」

「ぱねえ」チックが言った。

「ごっつい」ポールが言った。

「えぐい」ダニエルも言ったのだが、これも無感動に聞こえた。

もう誰も何とも言えなくなった。

ダニエルという男は、数日、レガーリス宅に泊まったようだ。午前中にポールと話している声も聞こえた。裏庭のフェンスを越えて、遠くの声として届いた。夕方、七時頃に、二人で出かけていくのも見た。すると、ある晩から、痩せこけた赤毛の男は、ふっつりと姿を消していた。グリーン通りは自転車やボールが行き来する子供の遊び場に戻った。そろそろ新学期が心を重くするので、なおさら子供は躍起になって遊んだ。もう夏が終わりそうな様子が、いきなり大気中に漂って、ひしひしと感じられていた。

八月の最後の夜に、ベットは子供たちを連れ出して、ピザを食べさせてやった。ゲーム機がずらりとならんでいる店だった。さんざん騒音にさらされてから家に帰ると、この近所は静かな天国に思えた。パテル家の子供たちが庭のホースで遊んでいたので、エディとシャーリもそっちへ行って仲間入りした。デイルは家の中へ行った。ベットはしばらく外で涼んでいた。スズカケの木の葉を揺らす風が心地よかった。いくらか余ったピザをお持ち帰りボックスから手にとって、低い枝にもたれかかり、ちまちまと食べていた。

ポール・レガーリスがいそうな気配はなかった。車も見当たらない。彼女は安心してグリーン通りの静けさに浸りつつ、ペパロニとオリーヴとオニオンのスライスが四切れ目であることに罪悪感を覚えていた。薄い三日月のようなクラストを食べ残して——まもなく鳥が餌にするだろうと——ぽんと草の地面に放ったら、とんでもなく大きな虫がポール・レガーリス宅の通路を這っていると見えた。

ひいっ、と恐怖の叫びを上げそうになって、まさか巨大グモ、と思ったのだが、どうやら鍵の束であるようだ。いつもポールが車を駐めていそうな地面に、ぐしゃりと落ちていた。

さて、こうなるとジレンマだ。隣人としてどうすればよいのだろう。あの鍵を拾って、ポールが帰るまで保管し、玄関をノックして返却、というのが妥当な線だ。あれが彼の鍵だとして——と考えてよかろうが――あてもなく捜索する不安な時間を節約してやれる。誰だってそうするところだろう。しかし――ぱっと閃いた――ポールは鍵を取り戻した安堵のあまり、ぜひ食事にお越しください、とか何とか言うかもしれない。お礼に手作りでご馳走しましょう。あ、そうだ、特製のソースレシピがあるんで、うちの裏庭でスペアリブのバーベキューなんていかがです！

ベットは隣家へ行きたいとは思わなかった。ではエディに行かせよう。それが簡単な解法だ。ポールが帰ってきた頃合いに、よい子がとっとこ走って鍵を返しに行く。ベットは自宅を出ることもなく、すべて終了。

手を伸ばして鍵の束を拾った。バーラム・コミュニティ・カレッジの印章がついたキーホルダーである。家の鍵は二つで一組。家庭用ではなさそうな連番で刻印のある鍵が二つ。自転車ロックの鍵もあった。そして輪になっている中で最大の品物が、プラスチック製のポーカーチップのようなものだった。周縁に一つ穴をあけて、リングに通してある。

かなり古びたチップで、周囲のぎざぎざが摩滅しかかっていた。もとは全体に赤かったのだろうが、いまでは褪せた色がぽつぽつと名残をとどめるのみ。真ん中に大きく20という数字が読めた。二十ドル稼いだことがあるのだろう。州境に沿ってインチキな川船が船上カジノをやっている。あるいは二千ドル賭けて、これだけ残った、ということかもしれない。チップを裏返したらNAという文字があった。なんだか刺青を彫ったような風変わりな字体である。二つの大文字が正方形の中にあって、その正方形は野球場のダイヤモンドのように一角を下にしていた。夕方の薄らいでいく光の中で見ると、チップ上の余白に書かれた文字もあるのだが、やはり消えかかっていて、判読できる文字は少なかった。gが一つわかる。ocという二文字もわかる。viceらしきものもあったが、あるいはｒｉｏｔなのかｒｉｂｓなのか、どんな四文字にもなりそうな気がした。

通りの向かいでは、子供たちがパテル家のガレージのドアに向けて、パンチボールで遊んでいた。ベットは鍵を持って家に入った。保管しておいて、あとでエディを派遣すればよい。

デイルは居間にいて、ラップトップを操作していた。ユーチューブで馬のジャンプを見ているらしい。

「いま忙しい？」と声をかけたが、娘は知らん顔だった。ベットは、ぱちんと指を弾いて、「ちょっと、ほら」と言った。

「なに？」デイルは画面から目を上げない。

「ググって調べてほしいんだけど」

「何を？」

「このポーカーチップ」ベットはキーホルダーを見せた。

「ポーカーチップとは、なんてググるの？」

「このチップが何なのか」

「そんなのググらなくてもわかるじゃない。それはポーカーチップです」

「どこから来たのか」

「ポーカーチップ工場」

「さっさとググらないと、あんたの頭にぶつけるよ」

デイルはふうっと息をついて、母と鍵の輪とポーカーチップを見て、困ったもんだ、という目になった。「わかった。これだけ見終わってからね」

ベットはチップを細かく見せてやった。薄らいだ赤の色、数字の20、裏面にNA、消えかかった文字。それからキーホルダーを置いて、ピザを食べたあとの手を洗いに立った。ついでに皿洗い機に皿を入れていたら、デイルが居間から何やら大声で言った。

「え、何?」

デイルはラップトップを持ってキッチンに来た。「これって麻薬の何かだわ」

「何が?」ベットは皿洗い機の上段にナイフやフォークを突っ込んでいた。

「だからポーカーチップでしょ」デイルは検索した画像を母親に見せた。「NAっていうのはナルコティクス・アノニマスの略。アルコールのAAみたいな互助会が、麻薬にもあるのよ。NAのポーカーチップで検索したら、あるサイトが出て、あとは画像もさがしてみた。ほら、こんな感じ」

ベットが見ると、たしかに同じデザインが出ていた。球場のダイヤモンドみたいな四角にNAの文字があって、空いた箇所に「自己、神、社会、奉仕」のような言葉が見える。

「このチップは薬を断っていた期間のお祝いとして発行される」とデイルが言った。「三十日以上だって。それだけ手を出さずにいられたら、もらえるものなのね」

「でも、これ20だわよ」麻薬を断とうとする会のポーカーチップが、どうしてポール・レガーリスの持ち物なのだろう。

「きっと二十年なんだと思う」デイルが言った。「こんなもの、どこにあったの?」

ベットは迷った。もしポール・レガーリスが麻薬なり支援団体なりに関わるのだとして、よく確かめてからでないとデイルには言いたくない。

「あるところに、あったのよ」

「もうググらなくていいの？　ポテトチップとか、ポーカーのルールとか？」

「いいわ」ベットは皿洗い機の作業に戻った。それが終わって、またマギーに電話した。

「ああ、あれね、ナルコティクス・アノニマス」とマギーは言った。「酒にはＡＡ、コカインにＣＡ。いろんなものにアノニマスがあるわね」

「ＮＡだったら、麻薬中毒から立ち直るってこと？」

「居眠り病(ナルコレプシー)じゃないわよねえ」マギーは話に乗ってきた。「ほんとに彼のキーなの？」

「わからない。でも隣の家の前に落ちてたことから察するに——なんて察するのもバカみたいだけど」

「あのさ、そっち系の療法をやってる人って、そっち系の誰かさんと寝ちゃうらしいよ。セアラ・ジャリスの姪がね、アルコールから立ち直ろうとして、同じグループにいた男とくっついた。あとで離婚したんだったかな」

「ともかくポール・レガーリスがＮＡの人だとして、ずっと二十年そうだったとして、どういうことになる？」

「そりゃまあ」マギーは言いよどんだ。「薬の中毒でどうかしたんじゃないの」

それから一時間後、エディとシャーリが、パテル家の庭からホースの水でずぶ濡れになって帰った。さらに一時間後、子供たちは三人とも入浴をすませ、プレイステーションで高解像度の動画を見ていた。ベットはキッチンにいて、ｉＰａｄで「ナルコティクス・アノニマス」に関わるサイト

を片端から見ていったのだが、玄関にノックの音がしたのを、つい聞き逃していた。ベットは息子の顔を見た

「レガーリス先生が来た」いつのまにかエディがキッチンに入っていた。ベットは息子の顔を見たたけで、とっさに反応できなかった。「玄関にいるよ」

たしかに彼がいた。玄関前のポーチに立っている。ジーンズに白いシャツという服装で、革のデッキシューズを履いていた。ベットは出ていって、動画の音がうるさいのでドアをいくらか閉めた。

「あ、どうも」

「お邪魔してすみませんが、うちの裏庭へ行きたいので、お宅の裏庭を通らせてもらえませんか」

「はい？」

「いえね、ドジなことでして、自分を締め出してしまいました。たしか引き戸まで行けば入れるはずなんです。うちのフェンスを乗り越えてもいいんですが、そうするとゴミ缶の列に着地することになりそうで」

ベットは相手の顔を見た。一カ月前にハムをくれた男の顔だ。金曜日に洗車して、うちの子供たちのことを面白いと言い、望遠鏡を自作して、旧式タイプライターの手入れをする隣人である。ぱっ、と映像が浮かんだ。ポール・レガーリスそのほかの男女が、輪になって折りたたみ椅子に坐り、痩せこけた赤毛のダニエルの話を聞いている。ヘロインを不正入手していた日々の告白だ。ポールは二十年前の自身を思い出しながら、うなずいてやっている……。

「ちょっとお待ちを」

ベットはすぐにキーホルダーを取って戻った。

「あ、その鍵」ポールがつぶやいた。「犯人はあなたでしたか。なんて冗談」

「そちら側に落ちてるのを見つけましてね、大きな虫かと思っちゃいました」

「車のリモコンキーもどこかへ落としたらしいんですよ。それもまた間の抜けた話ですが、この鍵もどこへやったのか見当がつかなかったんで、いやあ、助かりました」

「グリーン通りのご近所付き合い、ですよね」ベットは言った。ここまで来れば隣人との話は切り上げて、ドアを閉めてもよさそうなところだ。ゴムサンダルでぺたぺた歩く男。引っ越しの初日以来なるべく会うまいとした男。ところが自分でも意外なことに、ひとつ質問をしていた。「あのダニエルっていう人はどうなりました？」

ポールは帰りかけていた足を止めて、ベットに向き直った。「あ、ダニーですか」と言って、ふと一瞬の間ができた。「あいつは、いまケンタッキーにいます」

「ケンタッキー？ そっちの人なんですか？」ベットはふわりと戸口に寄りかかっていた。なぜか気楽な立ち話ができている。今夜はお忙しいですか、と言われて以来の、おかしな緊張が消えていた。

「もとはデトロイトで育ったやつですが、たまたまケンタッキーの施設に空きが出たんで、そっちへ行きました。もし順調なら九十日は暮らせます。うちに泊まらせていた間に、おかしなことはありませんでしたよね」

「いえ、全然——。サンドイッチでも食べさせて、もうちょっと太らそうかと思ったくらいで」

「そうなんです。食生活から見直しませんとね」と言って、ポールは帰りかけた。

「あのう、大昔には赤毛の人って魔物あつかいされましたよね。悪魔の色だなんて」

ポールは笑った。「そりゃ、あいつにも魔物はいますよ。誰だって同じこと」

ベットは、ポールが手にした鍵の束に、目を落とした。二十年記念のポーカーチップもある。ずっと麻薬に手を出さなかった勲章だ。ちょっとした暗算――チック・レガーリスが二十一歳にはなっているとして、まだ赤ん坊の頃に父親はどん底に落ちていた。どこまで沈んでいたのか知らないが、ともかくポールの立ち直る旅が始まって、この八月の夜につながっている。

いま、これだけの一瞬間に、ベットはぐっと確信を深めていた。ここの住人になった気がする。ベットと子供たちが、このグリーン通りに住んでいる。

「おかげさまで、あたふたせずに済みましたよ」ポールが鍵の束を振っていた。

「いえ、どうってことも」隣の入口へ行こうとするポールを、ベットは見送った。

彼女も家に入ろうとして、ぱっと見えた――。キッチンに自分がいる。早朝、いまだ夜明けは遠く、子供たちはベッドでぐっすり眠っている。

「よう、ビッグボーイ」と、例のエスプレッソマシンに声をかけている。この機械は、しゅうっと湯気を上げて朝のラテを抽出する。そして、もう一つのマグに、いくぶんか泡を立てたダブルカプチーノ。

それから、二人分の目覚めの一杯を持って玄関を抜け、ポーチの階段を下り、芝生を突っ切って、スズカケの木の低い枝をくぐる。

ポール・レガーリスが、もう自宅の前に望遠鏡をセットして、その筒先が深々とした濃紺の未明の空を見上げている。グリーン通りの東の空だ。

ちょうど土星が出かかっている。接眼レンズの先に、輪のついた惑星がある。すばらしい眺めだ。ぱっちり、どんぴしゃ、めちゃクール。

ROYAL

アラン・ビーン、ほか四名

Alan Bean Plus Four

この年、月への旅は、一九六九年当時よりもずっと簡単になっていた。そのように僕ら四人が実証したことになるが、だから大騒ぎになっているのかというと、そうでもない。

僕の家の裏庭で、よく冷えたビールを飲んでいて、お姫様の爪のような麗しき三日月が西の空に低く出ていたので、僕はスティーヴ・ウォンに言った。もしハンマーを投げて、それが充分な力で放出されたのだとしたら、ハンマーは8の字形に五十万マイルの旅をして、ブーメランのように月を回って地球に戻るんじゃないかな、そうなったらすごいよな。

スティーヴ・ウォンは〈ホーム・デポ〉に勤めている。ハンマーなら売るほどにあるから、二、三本、投げてみようか、と言った。この男と同じ店に勤めて、長い本名をラップスターの芸名のように縮めているMダッシュは、真っ赤に燃えて時速千マイルで落ちてくるハンマーをどうやってつかまえるんだと言った。グラフィックデザインの自営業をしているアンナは、つかまえるものなんてないと言った。流れ星みたいに燃え尽きちゃうのよ、というのだが、その見方は正しい。また彼女は、僕が言った「投げて待ってれば戻る」の単純な宇宙理論に騙されていなかった。もともと僕が宇宙計画について真剣に語っても、どうせ嘘だろうという態度をとる。彼女に言わせれば、僕はアポロ計画がどうした、ソ連の月面走行車がどうなった、という話ばかりしていて、だんだん専門家気取りで小さな嘘を混ぜるようになったそうだ。これまた正しく見られている。

僕は、資料とする文献を、すべてコボの電子リーダーに格納して持ち歩く。さっと取り出して見せたのが、『もうだめだ、イワン――なぜソ連は月への競争に敗れたか』という本にある一章だ。さる亡命教授が何かしらの思惑によって書いたもので、この著者によれば、六〇年代半ばのソ連は、8の字軌道のアポロ計画を出し抜くことを企んだ。もう軌道も着陸も考えない。ただ写真を撮って、こっちが先だと言えればよい。そこで宇宙服のマネキンを乗せたと思われる無人のソユーズを打ち上げたのだが、あれこれの手違いが続いて頓挫した。もはや犬を乗せた打ち上げさえもしなかった。あいにくのスプートニク。

アンナは鞭のように細くてしなやかだ。あれだけ張り切っている女と付き合ったことはない（三週間でへとへとになった）。その彼女が、やってやろうじゃないの、と考えた。ロシア人が失敗したって自分は成功させたい。おもしろそう、みんなで行こうよ、ということになってしまった。では、いつにしたらいいのか。僕は宇宙飛行の史上に名高いアポロ11号の記念日に合わせようと言ったのだが、七月の第三週には歯医者の予約があるとスティーヴ・ウォンが言うので、この案はだめになった。だったら十一月はどうか。地球人の九十九・九九九パーセントは忘れているだろうが、アポロ12号が「嵐の大洋」に着陸したのは十一月だった。しかしアンナがハロウィーンの翌週に妹の結婚式で介添え役をするということで、結局、任務遂行に最適なのは九月の最終土曜日となった。

アポロ時代の宇宙飛行士は、数千時間を費やして、ジェット機で操縦経験を積み、また機械工学の学位をとった。発射台から脱出シュートを滑り降りて、ゴム張りの待避室へ到達する避難訓練をした。計算尺の使い方にも習熟した。そんなことを僕らはすべて省略したが、それでも七月四日にロケットの一段目だけは試験飛行をした。スティーヴ・ウォンが住んでいるオクスナードの家は、車を入れる通路にたっぷりと余裕がある。その広い敷地を使って、また独立記念日の花火の音に紛れて、無人の一段目を夜空に打ち上げても、人目につくことはなかろうという目論見だ。そして、まんまと成功。ロケットはカリフォルニア半島を飛び越えていった。いまは地球を九十分に一回まわっている。また関係する各官庁のために言わせていただければ、あと十二カ月ないし十四カ月で、大気圏に再突入して、無事に燃え尽きるはずである。

Mダッシュは、サハラ以南のアフリカの村で生まれた。ものすごく頭がいいので、英語は最低限のスキルしかなかったのに、編入生だった聖アンソニー・カントリー・デイ高校の科学祭で優秀賞をとった。溶けてなくなる物質の実験をして、ぱっと火がついたあたりで見物人が大喜びしていた。というわけでMダッシュが燃焼制御を担当することになった。「地球への生還」を謳うなら耐熱仕様にするのはあたりまえだ。また、多段式ロケットを分離する際には、それまで固定していたボルト自体を爆発させなければならない。アンナには数学をまかせた。荷重比率、軌道力学、燃料混合物、計算式——なんていうものに僕は知ったかぶりをしているが、じつは完全に霧の中である。

僕が果たした役割は、司令船を調達したことだ。ヘッドライトみたいな形をした窮屈な楕円体を見つけた。もともとプール用品の販売で大金持ちになった男が、民間宇宙事業に参入する夢にとりつかれ、NASAの賞金コンテストでたんまり稼ぐつもりになっていた。それで宇宙船らしきカプセルを作り上げたのはよいが、九十四歳の誕生日を前にして眠ったまま世を去った。その（四番目の妻だった）未亡人に、百ドルで売ってやると言われたのだが、僕は言い値の倍だって惜しまなかったと思う。

彼女は亡夫の形見となったタイプライターで領収書を作ることにこだわった。緑色のロイヤル・デスクトップという製品で、怪物級に大きかった。そんな機械が何台もコレクションされていたが、なかなか管理が行き届かず、ガレージの片隅に積み上がって錆を吹いていた。タイプした領収書には「四十八時間以内に引き取りを完了すること」という但し書きがついた。「返品不可／現金決済のみ」とも書かれていた。

僕は買ったカプセルを「アラン・ビーン」と命名した。アポロ12号の月着陸船に搭乗した飛行士の名前をもらったのだ。史上四番目に月面を歩いた人であり、また僕が実際に会ったことのある唯一の宇宙飛行士でもある。あれは一九八六年、ヒューストン周辺のメキシコ風レストランで支払いをしていた人物を、もし知らない人が見たら、はげ上がった整形外科医とでも思ったかもしれないが、僕は「うわー、アル・ビーンさんじゃないですかっ！」と叫んでいた。その人にサインをしてもらったら、名前の上に小さな飛行士の絵まで添えてくれた。

四人で乗って月を周回しようというのだから、アラン・ビーン号の内部に空間を増やして、船体の重量を軽くする必要があった。地上の管制センターに指図されて飛ぶのではないと思えば、通信用の装備はあっさり取りはずしてかまわない。ボルト、ねじ、蝶番（ちょうつがい）、クリップ、接合部品の類は、すべて粘着テープで代用した（〈ホーム・デポ〉にて一巻き三ドル）。トイレのシャワーカーテンは、プライバシー確保としてははずせない。無重力状態でトイレに行くとしたら、裸になって三十分くらい時間をかけることになると、さる経験者から聞いた。となると、まあ、カーテンはつけておこう。外開きのハッチには、がっちりした緊急脱出装置がついていた。こんなものは交換する。内側から合金製の蓋をすればよい。大きな窓がある蓋の全体にゴムの目貼りをした。宇宙空間では船内の気圧が高いのだから、こうしておけば圧着型の気密装置になる。簡単な物理学。

さて、月へ飛んでいくと言ったら、じゃあ月面着陸か、と思われることだろう。旗を立てて、六分の一になった重力のもとでカンガルーみたいにぴょんぴょん歩いて、石を集めて持ち帰る――なんていうことは全然考えていなかった。月を回ってくるだけだ。もし着陸となると、まったく話が違ってきて、たとえば月面に降りるという段になったらどうなるか。四人のうち誰が先に降りて、月に足跡を残す十三番目の人類になるかという悶着があって、十秒前のカウントダウンよりずっと手前で仲間割れしていたことだろう。そして現実的に見るならば、どうせアンナが先に降りたとしか思えない。

アラン・ビーン号を三段式ロケットに仕立てるのは二日間の作業だった。グラノラバーと飲料水を、ぎゅっと締まるボトル容器に詰めた。それから一段目と二段目の噴射には液体酸素を、また月に向かう最終点火のためには自燃性の薬剤を注入した。最後の小さいロケットだけが、月とのランデブーに飛んでいく。

オクスナードの住民がスティーヴ・ウォン宅の前にわんさと押しかけ、アラン・ビーン号に目を丸くしていたが、誰一人としてアラン・ビーンが何者かを知らず、なぜロケットの名前になったのかを知らなかった。子供たちには宇宙船の中をのぞきたいと言われたが、この宇宙船には保険が掛かっていなかった。いつまで待つの？　さっさと打ち上げれば？　と言っているようなおバカさんでも聞く耳のあるやつには、僕から説明をしてやった。打ち上げには可能な時間帯があり、飛んでいく軌道がある。そう言ってから、ムーンフェイズというアプリ（無料）を見せた。ほら、月の軌道を横切るタイミングを間違えると、月の重力によって大変なことに……もういいってば！　だって月があるんだから、あっちに飛ばせばいいじゃないか、早く見せてよ！

発射台を離れてから二十四秒後、すでに第一段ロケットは全開に噴射して、マックスQ（九十九セントの有料アプリ）の数字だと、乗員にかかる負荷は海面における重力の十一・八倍に達していた。なんていうことはiPhoneに言われなくてもわかっていて、息をする……だけで……必死になり……アンナが……「あたしの胸に乗らないで！」と……わめいていた。もちろん誰も乗ってやしない。それどころかアンナが僕を押し潰していた。ストリッパーが客の膝の上でくねくね踊るみたいなことを、巨漢のフットボール選手にされているような重圧だ。

どかーん。Mダッシュが仕掛けた爆発式のボルトが作動して、第二段目が予定通りに火を噴いた。それから一分後、座席のうしろで埃が舞って、小銭が浮いて、ボールペンが二、三本飛び出した。ということで、めでたく地球を回る軌道に乗っていた！

無重力状態。これはもう思ったとおりに楽しいものだが、人によっては苦しいこともある。はっきりした理由はわからず、まさか打ち上げ前のパーティで食べ過ぎたわけでもあるまいに、しばらく吐いてばかりになるのだ。NASAの広報や飛行士の回想録には書かれない事実というものもある。地球を三周まわってから、いよいよ月に向けた噴射のチェック完了というところで、やっとスティーヴ・ウォンの吐き気が止まった。

どこかしらアフリカの上空で、月に飛ぶエンジンの燃料バルブを開けた。自燃性の推進剤が化学の魔法を引き起こして、ロケットはびゅーんと月まで配達される特急便になった。脱出速度は、しっかり秒速七マイル。窓に見る地球がぐんぐん小さくなった。

アメリカ人が月をめざした当初には、まだ原始的なコンピューターしかなかった。Eメールもできなければ、グーグルで調べて片がつくということもなかった。僕らはiPadを持っていた。ダイアルアップ回線だったアポロ時代よりも七百億倍は高性能で、めちゃくちゃ手軽でもある。とくに長い旅の暇な時間には役に立ってくれて、Mダッシュなどは『ガールズ』の最終シーズンを見ていた。

窓の地球とならんで何百枚も自撮りした。また中央座席にピンポン玉を跳ねさせて、卓球台のない卓球大会をして遊んだ。もちろんアンナが勝った。僕は姿勢制御のジェットをちょこちょこ噴射して、機首を上下左右に揺らしながら、直射日光を受けつつも楽しめる数少ない星の景色をさがした。アンタレス、ヌンキ、球状星団NGC6333——。どの星も宇宙で見れば瞬いていない。

月まで飛んでいく宇宙空間には大きな出来事がある。引力圏の境界を越えることだ。これは日付変更線と同じで目に見えるものではないが、アラン・ビーン号にとってはルビコン川を越えるにも等しい。地球と月の引力が均衡する一点よりも手前にいれば、宇宙船には地球に戻される力がかかり、それだけ速度は鈍ることになる。水や大気や磁場があって生命を育んでくれる故郷へ帰りなさい、と言われているようなもの。だが、そこを越えれば、もう月に主導権を握られる。太古からの銀色の抱擁に取り込まれ、さあ、急いで、急いで、荒涼とした世界の壮観に目をぱちくりさせてあげましょうと、ささやかれている。

この境界に達した時点に合わせて、アンナが全員にアルミホイルの折り鶴を授けてくれたので、僕らはパイロットが徽章をもらったようにシャツにテープで留めた。僕はアラン・ビーン号を「パッシブ・サーマル・コントロールＢＢＱ」の姿勢で回転させた。まあ、要するに、月への宇宙船をバーベキューの串に刺して回すようなつもりで、太陽に向ける側面を変えながら熱の放散をはかったのだ。それから船内の照明を落とし、なるべく日射しを入れないように窓にはスエットシャツを貼りつけて眠った。このロケットの中で、狭いながらも心地よく縮こまっていられた。

　月の裏側を見てきたという話をすると、事情を知らない人は「暗い面（ダークサイド）のことか」と言いたがる。まるでダース・ベイダーかピンク・フロイドの魔力にとらわれたとでも思うらしい。ところが月は表も裏も同じように太陽の光を浴びている。交替で浴びているだけだ。

　ちょうど月は地球人には満月に向かう顔を見せていたので、僕らは暗くなった裏側でしばらく我慢するしかなかった。太陽の光がなく、地球の反射光も月に遮られていたので、僕は何度か微調整の噴射をして、外側の遥かなる宇宙に窓を向けた。ＩＭＡＸで映したくなるような無限の時空が連続する。瞬かない星の群れが赤・橙・黄・緑・青・藍・菫（すみれ）の微細な階調を見せて、銀河は視野の全体にあますところなく広がっていた。ダイヤモンドブルーのカーペット。その背景は黒一色。もし魅惑の色でなかったら、恐怖の色でさえあったかもしれない。

　すると光があった。ぱっと射したので、Ｍダッシュがスイッチを入れたのかと思った。僕がちょいちょいと姿勢の制御をすると、眼下に月の表面が出た。うわお。ゴージャス、と言っただけではどうしようもないくらいにゴージャス。ただの荒れ地なのに、うーむと唸って恐れ入るしかない。ルナ・チケット（九十九セントの有料アプリ）で見ると、僕らは南から北へと縦断して飛んでいるらしいが、気分的には方向音痴である。いま見えている月面は、強風で黒っぽく波立つ入り江の海のように、どこがどうなっているのかわからない。ようやく『月のすべて』というコボのガイドブックを参照して、「ポアンカレ」クレーターの上空だとわかった。アラン・ビーン号は、高度一五三キロメートル（アメリカ式には九五・〇六マイル）を、弾丸よりも速く飛んでいた。月面がするする行き過ぎる。僕らは裏側を一気に駆け抜けようとしていた。「オレーム」に指で描いたような白い縞模様が見えた。「ヘヴィサイド」には川の浸食のような細い溝があった。「デュファイ」を六時から十二時方向に突っ切ると、その周縁が剃刀のように鋭くそそり立っていた。左方向に「モスクワの海」を遠望する。まるで「嵐の大洋」をミニサイズにしたようなものだが、その「大洋」こそ、四十五年前に本物のアラン・ビーンが二日間をかけて踏査し、石を集めて写真を撮った場所だった。幸運な人だ。

僕らが頭で認識できたのは、やっとそれくらいなものだ。あとの記録はｉＰｈｏｎｅにまかせて、僕はもう何が見えると言うのはやめたが、口には出さずとも「キャンベル」と「ダランベール」はわかっていて、この二つの大きなクレーターが、小さめの「スライファー」でつながったように見えた——というところで僕らは月の北極を越え、地球への帰路につこうとしていた。

スティーヴ・ウォンは「地球の出」を迎える音楽を鳴らす準備をしていたのだが、アンナのジャムボックスでブルートゥースを再起動したので、あやうく機を逸するところだった。Ｍダッシュが「プレイボタン、押せ、押せっ！」と叫んだ瞬間、青と白を継ぎはぎした生命の星——これが自分たちだと僕らが思って、僕らそのものでもある星が、ほっそりした一片になって、真っ暗なコスモスをきらりと裂いたように、ぎざぎざになった月の地平線から出ていた。僕は何かしらクラシックな音楽を予想していた。フランツ・ヨーゼフ・ハイドンか、ジョージ・ハリスンか。しかし石膏のような月から昇る故郷の惑星に劇伴をつけたのは、『ライオン・キング』から「生命の輪」だった。ほんと？　ディズニー映画の曲？　ところが、そのリズム、コーラス、深読みできそうな歌詞に、僕はぐっと喉が詰まって、こみ上げるものがあった。ぽろぽろと涙がこぼれた。みんなが涙になって、アラン・ビーン号の船内に涙の粒が漂流していた。アンナは僕がまだ恋人であるみたいに抱きついてきた。僕らは泣いた。全員泣いた。誰だってそうなったと思う。

だが、地球への帰還は、みごとな尻すぼみと言えた。一九六二年頃のスパイ衛星が用済みになって燃え尽きたように、大気圏への再突入で消滅する危険はあった（そうと口に出す乗員はいなかった）けれども、すでに山場を越えたことはわかりきっていた。もちろん喜んでいたことは確かだ。もう行くところへは行ったのだし、iPhoneにはメモリーの上限まで撮った写真が詰まっていた。しかし疑問が出た。帰ってからどうすればいい。インスタグラムにものすごい投稿はできるとして、ほかに何をしたらいいのか。もしかしてアル・ビーンに再会することがあったら、引力の均衡点を行き来したあとで、どんな生活になりましたか、と聞いてみよう。たとえば静かな午後に、自動運転で回っている世界にいて鬱病になったりしませんか――。僕もまた、クレーターを突っ切る驚異に匹敵するものなんてないと思えば、憂鬱になることもあるだろうか。その答えは、まだ不明。

「わー、カムチャッカ！」アンナが声を上げた。宇宙船の外側では耐熱シールドが何百万という粒子サイズの流れ星になって飛散する。僕らは弧を描くように北極圏の上空を降下していた。ふたたび重力がいつもの厳命を下して、上がったものは落ちなければならない。

ばん、とパラシュートが打ち出された衝撃で、僕らは骨がばらけそうに揺さぶられ、ジャムボックスが粘着テープの固定力を失って、Mダッシュの頭に真正面から衝突した。オアフ島沖の海面を乱して着水した時点では、Mダッシュは眉間に負った向こう傷からつつっと血を流していた。アンナがバンダナを投げてやった。というのも、月めぐりの旅に持って行こうとは、誰も思いついていなかったものがある。それが何なのか？ 僕らの真似をしたくなっている人に教えよう。答えはバンドエイド。

……こちらは無事、安定している——というのは、つまり、プラズマ状に分解することもなく、海にぷかぷか浮いていたという意味である。Mダッシュはパラシュート投棄システムの下に装備した救助要請の信号弾を飛ばした。僕は気圧調整のバルブを開けたのだが、ちょっとだけタイミングが早すぎて——うげっ——残った燃料の焼却ガスが船内に吸い込まれ、船酔いの気持ち悪さが増幅された。

キャビン内外の気圧が等しくなったところで、スティーヴ・ウォンが主ハッチを開けた。太平洋のさわやかな風が、母なる地球のキスのように、やさしく吹き込んできたのだったが、ここで大きな設計ミスが明るみに出て、疲れた小さな宇宙船に、太平洋そのものが流れ込んできた。アラン・ビーン号はふたたび歴史に残る旅に出ようとしていた。今度は海底に向かうらしい。アンナはとっさの機転でアップル製品を水面より上に持っていたが、スティーヴ・ウォンはサムスンの端末（その名もギャラクシー）を水没させた。これが足元の格納庫に消えたときには、もう水位からして脱出するしかなかった。

〈カハラ・ヒルトン・ホテル〉から小型艇が出ていた。シュノーケルで潜水する客が乗っていて、あれは何だと思ったのだろう。おかげで僕らは海から拾われたが、英語のわかる客は、ひどく臭うね、と言った。外国人はただ遠ざかっていた。

シャワーを浴びて、着替えもして、ホテルのビュッフェでカヌーの形をしたボウルからフルーツサラダを掬（すく）おうとしていたら、ある女性の質問を受けた。さっき空から降ってきたものに乗ってらしたんですかと言う。そうです、と僕は答えた。月まで行ってきたんですよ。高々と飛んでから、つまらぬ地上のしがらみに帰還しました。アラン・ビーンみたいに。

「アラン・ビーンて、誰です？」女は言った。

Our Town Today with Hank Fiset

ハンク・フィセイの「わが町トゥデイ」

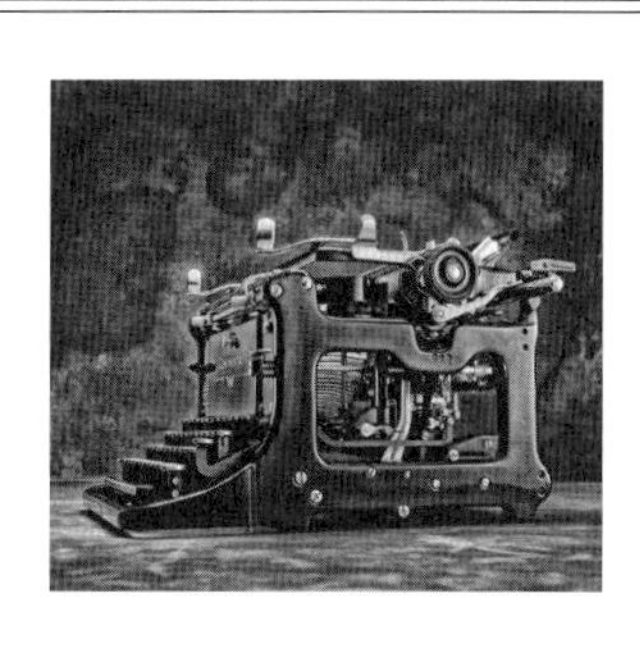

ビッグアップル放浪記

ニューヨークだ！ 私用で三日間の滞在。大学の同窓会だという女房にくっついて出てきた（第二十五回の男子禁制ではない女子会なのだそうだ）。まったく久しぶりのマンハッタン島である。この前に来たときは、ブロードウェーで『キャッツ』をやっていて、ホテルの部屋のテレビがハイビジョンではなかった。

＊＊＊

さて、ニューヨークの何がニューだろう。この町に思い出の多い人ならば、すっかり変わったと思うのかもしれない。だが、裸の町について裸同然の感想しかなければ、どこが新しいと思うかもしれない。私見ながらニューヨークはテレビや映画で見るほうが、ずっと好ましい町である。タクシーは口笛を鳴らせば来そうだし、危なくなればスーパーヒーローが救ってくれる。ところが現実の（これが現実だという）町は、〈メイシーズ〉百貨店の感謝祭パレードに似ていなくもなくて、満員で空の長旅をしたあとの手荷物受取所にものすごく似ている。

＊＊＊

この都会へ来たら、繁華街に繰り出さないわけにはいかない。女房が家運を傾けるほどの買い物気分になっていたら、もう仕方ない。

短い名前で通称される大きな店をハシゴする。バーグドルフ、グッドマン、サックス、ブルーミーズ。だが、どの店にしても、わが町の七番街とシカモア通りの角にあって創業一九五二年の〈ヘンワーシーズ〉と、たいして違うわけではない。それでいて筆者の資金力（先細りである）にとっては、お洒落なデパートのショッピングバッグを持って歩くだけで、ひどく出費を迫られる。まあ、ニューヨークとはそんなものだとして、この町を歩くということは、それだけで都会のショーなのだ。どこへ行こうとして歩いているのだろう。

＊　＊　＊

セントラル・パークへも行く？

あの大きな四角形の緑地には、わんさとミュージシャンがいる。人数ならイースト・ヴァレー高校マーチングバンドよりも多いだろう。ただし、いずれもソロで鳴らしている。サックス、ホルン、バイオリン、アコーディオンを吹き鳴らし、弾き鳴らし、また少なくとも一人は三味線を抱えた日本人がいるようだが、いずれも似たり寄ったり、食うや食わずの音楽家が、ほんの数ヤードの距離にいる同業者と張り合って、全体としてファンキーなフーガができあがり、比較的には穏やかな園内の平和を乱している。さらには何百という数の人々が、必死にジョギングや速歩をして、自転車を漕いで、それと同じくらいの人数がぶらぶらと暇をつぶして、レンタサイクルの旅行者がいて、客を引いた三輪車や、ふれ合い動物園みたいな臭いを発する馬車が行き交っているのだから、わが町のスピッツ・リバーサイド公園がなつかしくなる。絵葉書になりそうな景色では負けるかもしれないが、少なくとも、わが三つ子都市では公園のリスがずっと幸せそうな顔をしている。

では、セントラル・パークを歩いて横切るとしよう。富豪の旧宅が立ちならぶイースト・サイドから入って、ウエスト・サイドへ抜けると、〈スターバックス〉や、〈ギャップ〉、〈ベッド・バス&ビヨンド〉が軒を連ねている。はて、われらが地元ピアマンの〈ヒルクレスト・モール〉へ来てしまったようなものではないか。見た目にはそうだ。しかし、あの便利な駐車場はどこにある?

＊＊＊

ニューヨーク・シティという名の大都会にも、魔法の力がないとは言わない。太陽が高層ビルの彼方に落ちて、もう舗道を加熱しなくなってから、道端のテーブルに向かい、カクテルを手にして、踵を涼ませるのは、なかなか結構なものである。そんなことをしていれば、このヤンキーの町にだって、わが〈カントリーマーケット・パティオ・バー&グリル〉にも劣らない魅力がある。筆者が坐って飲んでいたら、ニューヨークの変人たちが行き過ぎた。猫を背負って歩く男がいた。ヨーロッパからの旅行客が、よくもまあと思うほど細身のパンツをはいていた。消防車がやって来た。高層アパートに上がっていった消防隊が、煙探知機がいかれてたんだな、と言いながら降りてきた。自作の望遠鏡をごろごろ転がして運ぶ人がいた。俳優のキーファー・サザーランドが通り過ぎた。大きな白い鳥を肩に乗せている女がいた。猫を背負った男に出くわさなかったのならよいが。

＊＊＊

シーザーサラダ。どこへ行ってもホテルのレストランを判断する基準になる——ということを銘記すべし。わが町の空港にある〈サンガーデン/レッドライオン・イン〉では、みごとな一品が供される。しかし、さるタイムズ・スクエアの店では——観劇の前に、女房および元女子大生の熟女チームと食事をしたのだが——しんなりしたサラダに、やたらに酸味の強いドレッシングがかかっていた。おのれ、シーザー! 筆者が勘定を払って、女性陣はブロードウェーで上演中の『シカゴ』へと急いだ。映画とたいして違わないのだろうが、もちろんアップで見せる場面はない。筆者はミュージカルの舞台について詳しくないが、あの晩、女たちが見に行った芝居がどんなものだったのか見当はつく。賭けてもよい。メドウヒルズ・コミュニティカレッジの演劇科が制作した『ロアリング・トウェンティ・サムシングズ』を上回ることはなかったと思う。あの学生芝居は、昨年のアメリカン・カレッジ・シアター・フェスティバルまで行った。わが三つ子都市を代表する演劇を、ブロードウェーは凌駕できるだろうか。否、と記者は言いたい。

＊＊＊

もし腹が減ってフランクフルトでも食いたいと思えば、たしかにマンハッタンのどこでも売っている。街角でも、公園内でも、地下鉄の駅でも、パパイヤジュースと一緒に買える。だが、グランドレイク通りの〈バターワース・ホットドッグ・エンポリウム〉で売っているものには遠く及ばない。マンハッタンのベーグルは神学者の好みには合いそうだが、わが三つ子都市では〈クレーンズ・ウエストサイド・カフェテリア〉が、天国から来たようなふっくらしたロールパンを焼いてくれる。またピザにしても、ニューヨーク・スタイルなるものが盛んに持て囃されているが、どうせ金を払うなら、〈ラモニカズ〉のナポリ風ピザを選びたい。しかも十四カ所の店舗から、それぞれ十マイル半径の地域に配達してくれる。そう、イタリア料理と言えば、ハーバーヴューの〈アンソニーズ・イタリアンセラー〉は、リトル・イタリーのどの店にも負けない本格派でありながら、ギャングが殺されるような界隈にあるのではない。

＊＊＊

ニューヨークにあって、われらが三つ子都市にないものはあるだろうか。あまりない。テレビのおかげで世界のスポーツも報道も見られるし、そのほか何にでもインターネットがある。マンハッタンに美術館が多いことは認める。あれだけ揃っているのは、おみごと、ご立派、圧巻……。ぶらっと入っていった先がエジプトのデンドゥール神殿だったり、恐竜の骨格がずらりとならんだホールだったりすると、すごい大旅行をした気分になる。その場に学童の団体がいくつも来ていたり、世界中の旅行者が集まって混んでいたとしても、すごいものはすごい。筆者は丸一日かけて美術館めぐりをする機会を得た。女たちがフェイシャル、マッサージ、ペディキュア――二日酔いを癒やす時間とも言える――の予約をしていた日だ。そして、どうにもわからない絵画を見た。また「インスタレーション」なるものは、破れたカーペットの見本を詰め込んだ部屋としか思えなかった。えらく大型の錆びて凹んだ冷蔵庫みたいな彫刻もあった。アルス・グラーティア・アルティス(芸術のための芸術)――と、MGMのライオンは唸った。

＊＊＊

最後に行ったのはモダンアートの美術館だった。映画をやっていたが、時間の経過、というだけのことで――つまり、たくさんの時計が時を刻んで、人々が腕時計を見ている、というのが映画なのだった。それを十分間は見ていた。上の階へ行ったら、まっさらなカンバスがあって、ずばっとナイフで切りおろした裂け目ができていた。それとは別のカンバスは、底辺付近が薄い青で、上辺に向けて青が濃くなった。階段の吹き抜けには、何とヘリコプターが天井から吊されていた。回転翼の鳥が空中で凍ったように動きを止めているのだった。階段を上がると、二台のイタリア製タイプライターがあった。同じモデルの大型と小型が一台ずつ。まさか宝石を嵌め込んでいるのでもあるまいに、ガラスケースに保管されていた。古いとはいえ、製造から五十年とは経っていないだろう。これだったら、わが三つ子都市も中古のタイプライターを回収して、入場料をとれるだろう、と思ってしまった。ワイアット通りの〈バクスターズ・ハム工場〉が、いまは空き家になっているから、あの建物を使えばよい。やってみようという奇特な市民はいないだろうか。

ROYAL
ROYAL

配役は誰だ

Who's Who?

ある月曜日の朝。一九七八年十一月初旬のことだった。それまで六週間の朝と同じように、スー・グリーブは早起きをしてアパートを出た。まだ二人のルームメイトは眠っていた。レベッカは居間のロフトベッドを使って、床から八フィートの高さで寝る。おそらくシェリーも正体なく眠りこけているだろう。このアパートに本来の寝室は一つだけで、そのドアをロックして寝ていた。

アパートを出る前に、手早く、静かに、シャワーを浴びた。足を伸ばせないバスタブで、蛇口に突っ込んだゴムホースから出てくる湯は、たらたらと細く流れて、生ぬるいのかと思うと、火星の表面のように熱くもなった。ニューヨークに来てから、さっぱり清潔だと思えたことは一度もない。頭皮がかゆくなった。この狭苦しいバスルームの湯気の中で服を着て、寝場所にしているソファの下に置いた靴を履いて、大きな革のバッグを肩から反対の腰へ斜めにかけて、金曜日に買った雨傘を引っつかんだ。天気はふたたび荒れる見込み、とニュースで言っていた。傘があれば大丈夫。大事な資金を減らしてまで雨の用心をした。雲が雨気で重くなると、傘売りが商品を箱に詰めて町へ出る。その中の一人に五ドルを払ったのだ。

スーはできるだけ静かにアパートを出た。ドアがかちりとロックされる音を聞いている。その確認を忘れたことがあって、シェリーに怒りの説教をされてしまった。一九七八年のニューヨークで、無施錠のアパートがどれだけ危ないことなのか。ロックの音がしないのは、もう絶対だめ、だめ。

二人の同居人は、スーのことを祓いきれないポルターガイストと見るようになった。いるのだからら仕方ないということだ。そもそもルームメイトとすら言いがたい。スーは肩身の狭い居候なのであって、宿主から見た寄生虫くらいにしか遇されていない。去年の夏、レベッカとはすごく親しかった。その頃のレベッカは〈アリゾナ・シヴィック・ライトオペラ〉というミュージカル劇団の衣装係で、スーは地元出身の女優として三つの重要な役を割り振られていた。女同士の気が合って、レベッカは仕事が暇になった日にスーの実家のプールで泳がせてもらったし、その家のパティオで劇団員とパーティをしたこともある。もしスーがニューヨークへ出るなら――ほんとに出る気があるなら――しばらくソファで寝かせてあげてもいいわよ、とレベッカは言った。すると本当にスーが出てきた。持っていたのは三つのスーツケースと、八百ドルの貯金、そして夢――。レベッカの本物のルームメイトたるシェリーも、「まあ、いいけど」ということで頷いた。

それから七週間が過ぎたというのに、いまだにスーは小さな居間のソファで寝泊まりしている。アッパー・ブロードウェーを少しはずれた寝室が一つのアパートは、受け入れ容認だった雰囲気が、もはや北極の氷のように冷え込んでいた。出ていってもらいたいとレベッカには思われ、シェリーには死んでくれてもいいのにと思われていた。スーは居間のソファに身を置く時間と、向けてもらえる善意とを買うつもりで、家賃の協力金として五十ドルを拠出し、またミルクおよびトロピカーナのオレンジジュースを提供し、シェリーが朝食にする「停電ケーキ」という黒いチョコケーキを買ってきたこともあるのだが、そうやって取り繕ったくらいでは、さほどに感謝されることもなく、あたりまえとしか見られていなかった。

どうしようか、どこへ行こうか。スーだって毎日欠かさずアパート探しはしている。でも〈アパートメント・ファインダーズ〉とか〈ウエストサイド・スペーシズ〉とか、そんなような仲介業者のリストには、おかしな物件ばかりが載っていた。ブザーを押しても出る人のいない、薄暗くて小便の染みがついた安アパートがあった。あるいは、もう借りられなくなっていた、そもそも存在していなかった、という場合もある。だったら俳優組合の掲示板に「ルームメイト希望」とでも出しなさいよ、とシェリーには言われたが、いまのところ未加入だと答えざるを得なかった。まだ演劇の仕事がないのだから、演劇人の組合には入れない。するとシェリーは、あーあ、という目になって、つくづく落胆したことを隠しもせず、ふたたび「まあ、いいけど」と言ってから、「今度〈ショップライト〉へ買い物に行ったら、ついでにコーヒーの粉もよろしく。チョック・フル・オブ・ナッツの大きい缶ね」。

こうしてスーの第八週が始まった。マンハッタン島へ来てから三カ月目になる。アリゾナでは才能があることになっていて、昨シーズンは『ウエストサイド物語』のマリアを演じたというのに、いまはソファで寝袋にくるまって、夜ごとに声を殺して泣いている。窓につけた格子が（こんなので本当に防犯になるのか）スーに小さな菱形の影を散らしていた。一回乗るたびに五十セントかかる地下鉄の車内でも、必死に涙を押し戻していることがあった。若い娘が悩んでぐったりしていると見られたら、強盗にねらわれるか、もっとひどい目に遭わされるかもしれない。スーがニューヨークへ出てきたのは、信仰心に駆られたようなものだった。自分ならできる、才能はある、眠らない都会で夢をかなえられる、と信じていた。いわば新しい世界へ乗り出す冒険のはずで、たとえば映画の場面にでもありそうだが、公演を終えて楽屋口から出ると、休暇で陸に上がっているハンサムな船乗りが待っていてキスをする。あるいはテレビの『ザット・ガール』みたいに一人でアパートに住んでいて、大きなキッチンと、ルーバー付きのシャッターがあって、『ニューズビュー』の雑誌社に勤めるボーイフレンドがいる、というような夢を見た。ところがニューヨークは非協力的なのだった。どうしてこんなにうまくいかないのだ。スー・グリーブと言えば、歌って、踊って、芝居ができる、三拍子そろった見本のような役者ではなかったか！　小さい頃から、この子には素質があると両親に見込まれていた。高校の演劇では主役を張りとおした。アリゾナの劇団では、コーラスから抜擢されて、三シーズンずっと看板女優になっていた。ゲーム番組の司会をしていたモンティ・ホールと、『ハイ・ボタン・シューズ』の地方公演で同じ舞台に立ったこともある。こっちへ来る前には、「行け、ブロードウェー」という文字が貼り出された壮行会までしてもらった。

だったら、いまなぜニューヨークに泣かされているのか。着いた初日の夜、レベッカに連れられて、バスに乗り、リンカーン・センターを見に行った。こんなに大勢の人がアッパー・ブロードウェーを歩いていると思って、「みんな、どこへ行くのかしら」と言ってしまった。いまの彼女にはわかる。誰もがどこへでも行こうとしている。この朝、彼女は銀行へ行こうとしていた。五週間前に〈マニュファクチャラーズ・ハノーバー〉の支店に新規の口座を持ったのだ。その窓口でアクリル樹脂（防弾仕様）の隙間から、女性の行員がつまらなそうに十ドル札、五ドル札、一ドル札五枚を滑らせてきて、もう残高は五六四ドルにまで減っていた。この都会で二百ドル以上も使ったことになるが、その成果はというと雨傘を手に入れただけ。青い折りたたみで一本五ドル。

　銀行の次はドーナツ屋へ行って、一番安いプレーンを買った。あとは砂糖とハーフアンドハーフのクリームを入れたコーヒー。これが朝食だ。食べこぼしの砂糖やコーヒーがくっついたままのカウンターで立ち食いをした。あまり食べた気もしないが、それだけでアパートさがしに向かった。コロンバス・アヴェニューに来て、幅のある階段を上がると、〈湖南(フーナン)〉という中華料理店の二階に、〈アパートメント・ファインダーズ〉がある。壁に貼り出された物件は土曜日から変わっていなかったが、それでも一応は見ていった。指輪から落ちたダイヤというか、見逃していた宝石みたいなもの、スーにぴったりの部屋があるかもしれない。この仲介サービスで月に五十ドルはかかっているというのに、ロウソクに火をともしてお祈りするのと変わらないような気がする。あとで出直したら追加が出ているかもしれない、とは思いつつ、どうせまた期待外れだということもわかっていた。

　さっと踵(きびす)を返して、きょうの予定を計算しながらブロードウェーへ向かった――というところで、だいぶ都会に慣れてきたではないかと自分では思った。セントラル・パークでぶらぶら時間を潰したりはしない。雑草まじりの芝地、ひび割れたベンチ、きたない砂場、またコーヒーカップ、使用済みコンドーム、その他のゴミが散らかった通路、なんていうところへ行くのではない。買うものもないのにレコード店、書店を見てまわったりするのでもない。『ショウビズ』『バックステージ』『デイリー・ヴァラエティ』みたいな業界誌を買い込んで、俳優組合の配役面接やら、非組合員の試用オーディションの情報を拾おうとも思わない。というか、きょうは思わない。きょうは図書館へ行く。四十二丁目と五番街の角にあって、正面にライオンの石像が鎮座しているニューヨーク名物の図書館だ。

八十六丁目の地下鉄駅まで二ブロック、というところで雨になった。スーは立ち止まり、折りたたみ傘に手を伸ばして、柄のボタンを押したが、すんなり開いてくれなかった。むりやり手で広げようとしたら、骨が何本か曲がった。プラスチックの部分を指で押さえて軸に滑らせようとすると、傘はトランプ用テーブルの脚みたいに折れ曲がった。傘を振りながら最後まで押そうとしたのだが、やっと半分くらいしか進まない。雨は激しくなってくる。えい、やり直し、と思ったら今度は傘が裏返しになり、骨の被害が増えて、あばら骨がぼきぼき折れたようになっていた。

もう仕方ない。役立たずの骸骨になった傘を、ゴミ箱に突っ込もうとした。ところがブロードウェーと八十八丁目の交差点のゴミ箱は、すでに満杯であふれそうになっていた。傘が抵抗して、なかなかゴミに混じろうとしない。四回押しつけてやって、ようやく傘はおとなしくなった。

スーは地下鉄の駅へ急いだ。キオスクにならんで、髪の毛から雨がたくたく垂れそうだった。きょうの行程を考えるとトークンを二つ買わねばならない。

電車に遅れが出ていた。アップタウンで線路の冠水があったらしい。ホームで待つ客が増えて、スーはじりじりと黄色い線まで追いやられた。こんな人混みでは、ちょっと押されたら線路に落ちるかもしれない。

それから四十分後に、ようやく電車に乗って立っていた。ぎゅうぎゅう詰め込まれた乗客の体温で、雨に濡れた重いコートから蒸気が上がりそうだ。むんむんする熱気の中で、スーはじっとり汗ばんできた。コロンバス・サークル駅で止まった電車が、それきり十分間、動かなくなった。ドアはぴたりと閉まったままで、どこへも逃げようがない。ようやくタイムズ・スクエア駅に着いて、必死に電車を降りて、どうにか出口階段を見つけた人の流れに混じった。とことこ上がって、やっと回転式の改札を抜けて、また階段があって、ついに地上へ出た。「世界のクロスロード」と称されるタイムズ・スクエアの雑踏だ。ここでもまた誰もがどこへでも行こうとしている。

さっきまでの地下駅を、そのまま地上に移し替えたようなものだった。きたならしくて、ごった返して、人間が定員超過になっている。この都会に来てから、スーは一つ大事なことを学んだ。立ち止まってはいけない。目的があってもなくても、あるように歩く。とくに四十二丁目では気をつける。ドラッグやポルノを目当てに吹き寄せられた人間の屑に引っ掛からないように。もし雨が降っても、一本五ドルの傘を売るやつを相手にしないように。

この界隈は、すでに歩いたことがある。ブロードウェーと七番街がX字形に交差するタイムズ・スクエアの近辺で、中小の芸能事務所をまわって面接を申し込んだ。やかましい路面から何階か上がっただけで、普通の人が普通のデスクに向かって普通の仕事をするフロアになる、ということには意外の感があったが、どこへ行っても、まともに相手をされなかった。奥へどうぞと言われたことはない。履歴書を置かせてもらうだけになって、「まあ、いいけど」と言って受け取る事務員の口ぶりが、居候先のシェリーの言い方に、おやっと思うほど似ていた。

さて、この月曜日、どうにかしたいのは履歴書なのである。

まだアリゾナにいた最後の一カ月、スコッツデールの町で、〈ヴァレーホーム家具〉という店のコマーシャルとして二度のテレビ撮影があった。スーは大きく腕を広げて、「どの部屋にも、どんな部屋にも、ご予算に応じて」と明るく叫んだ。それから週末ごとに四回、「秋のルネサンス・フェア」という催しで、じゃじゃ馬になってシェークスピアの台詞(せりふ)を引用し、一日に三十ドルもらっていた。そういう実績も履歴書に追加したのだが、ボールペンで書き込んだので、われながら見た目に素人くさいと思った。そこで、この際、そっくり印字をやり直し、オフセット印刷で百枚ほどコピーを注文して、裏面にホチキスで顔写真を留めようと考えた。この写真では『チャーリーズ・エンジェル』のシェリル・ラッドに似ている。ただし胸の谷間は本物だ。

となるとタイプライターがないということが問題になる。レベッカも持っていないようだ。シェリーにも聞いてみると、自分のことは言わずに、「図書館で貸してくれるわよ」とだけ答えた。そんな事情があって、傘のないスー・グリーブが、四十二丁目で東に針路をとっている。この道で、おかしな若者を見かけた。表情が普通ではなく、つまみ出したペニスから小便をしながら、よたよた歩いていた。そんな風物を見ても、誰も何とも思わない。

図書館へ行って、月曜日は休館だと知った瞬間に、さっと稲妻が走った。マンハッタンの中央部。高層ビルでぎざぎざになった雨空が、いきなり白くなっていた。いま彼女は都会の名所たる建物の横の入口に立っている。その入口が閉まっている。「月曜休館」という簡単な文字の意味がさっぱりわからなくなっていた。雷鳴がごろごろ轟(とどろ)いて、自動車のクラクションよりも優勢になったのと同時に、彼女は涙との戦いに敗れた。いままでの失望落胆があまりに大きい。ルームメイトは心の通う姉妹ではない。セントラル・パークは裸の樹木と、坐りようのないベンチと、だらんと使用済みのゴムの場所でしかない。窓は格子で補強され、暴行犯が入れないように、被害者が出られないようにしている。いい男の船乗りがキスしようと待っていてくれることはない。あるわけない。このニューヨークでは、不動産の仲介屋が金をとるだけとって嘘をつく。ドラッグに中毒したやつが、おおっぴらに小便をする。公共図書館が月曜日に閉まっている。

スーは泣いていた。五番街と六番街（地図上では「アヴェニュー・オブ・アメリカズ」）の間で、四十二丁目に立っている。ひいひいはあはあ泣きの涙なのだから、みっともないには違いない。だが、丸出しで垂れ流しの若い男とも同じことで、往来で泣きたくなる一日になった若い女には、手を貸すどころか、目を向けようとする人もいなかった。すると……

「スー・グリーブじゃないか！」という男の声がした。「小鳥ちゃん！」

ボブ・ロイだった。こんな呼び方をする男は、この世に一人しかいない。アリゾナの劇団で総監督をしていたが、本拠地はニューヨークだ。シーズンごとに契約をする演劇のプロである。ホモセクシュアルでもある。かつてはブロードウェーで舞台に立ち、一九六〇年代にはコマーシャルにも出ていたが、じっくり取り組める仕事として演劇のマネージメントに転じた。この男にとって、西部の地方劇団を運営するのは、夏のキャンプのようなものだ（たしかに毎年やって来た）。よく笑って、人の噂を好む男が、余裕たっぷりで仕事をこなしていた。演劇の裏表を知り尽くしているようだ。もしボブ・ロイが切りまわす劇団で出演料をもらうなら、その役者はボブに好かれるか、嫌われるか、どちらかだ。どう転ぶかは、ボブのお眼鏡にかなうかどうか、その風向き次第である。

スー・グリーブは一発で気に入られた。一九七六年の夏、『ブリガドーン』のドレスリハーサルをして以来のことだ。若い女の活気、たっぷりしたハチミツのような色の髪、人柄のよさそうな澄んだ目、ひたむきな職業倫理を、ボブは喜んでいた。スーは決して遅刻をせず、台詞を読みこなして、よく考えた演技をする。日焼けした健康体に、引き締まった乳房がある。へんな自意識、エゴはない。人を恨まない。そういうところにボブはすっかり感心していた。劇団の男どもは――ホモではない七人は――いずれもスーと寝たい気を起こしていたが、スーはそういう女ではなかった。

たいていの女優は男にちやほやされたがる。大きな楽屋を欲しがる。だがスーは舞台に立てればそれでよいと思っていた。三シーズンが過ぎても、そんなところはちっとも変わらず、ボブ・ロイはますますスーが気に入っていた。

歩道に寄せて停まったタクシーに、彼が乗っていた。ガラスを下げた窓から、降る雨を突き抜けて「いいから乗れ！」と言った。

彼はずるりと奥へ動いて席を空け、またタクシーが走り出した。「まさか四十二丁目で会うとはな。エヴァ・ガボールを見かける確率より、もっと低いだろう。で、泣いてたのか？」

「いえ。はい。ああ、ボビー！」

彼女は事情を話した。ニューヨークに出てから二カ月、ソファで寝かせてもらっていて、貯金がどんどん減っていて、どこの芸能事務所にも知らん顔されて、街路に小便をする男がいた。とりわけ何が悲しいかというと、ニューヨークを描いた映画は嘘だらけで、公園に薬を打つやつらがいるとか、タクシー運転手が連続殺人に走るとか、それくらいしか本当ではなかったことだ。

ボブ・ロイは声を上げて笑った。「何だよ、ヌーヨークに二カ月いて、おれに電話もしなかったのか？　悪い子だな、スー。ほんとに悪い」

「でも、番号、知りませんでしたし」

「きタなイムズ・スクエアで、何してたんだ？」

「図書館に行こうかと」

「そうか、『少女探偵ナンシー・ドルー』の最新刊でも借りたかったんだな。そんなのは卒業したのかと思った」

「タイプライターを借りようとしたんです。履歴書を新しくしようと思って」

「おいおい、まず自分を新しくしたらどうだ。とりあえず、お茶か、代用コーヒーか、何だか知らんが、かわいいスーちゃんの郷愁をそそる温かいものを飲ませてやろう」

タクシーがボブのアパートに着いた。ダウンタウンのみすぼらしい地区である。六階建ての安アパートばかりという界隈に、へこまされたゴミ缶が街路に点々とならんでいた。ボブは運転手に六ドル持たせて、釣銭は求めなかった。雨の中で車を降り、ボブのあとからスーも歩きだして、路面から数段上がった重い正面ドアを抜け、ジグザグに曲がる狭い階段を四度上がると、4Dという部屋があった。そのドアを開けるのに、ボブはキーを取り替えながら三つの錠をはずした。

外廊下は薄暗かった。もとは緑色だったらしい壁はだいぶ黒ずんでいたし、貼り合わせの床材は欠けたり剝がれたりして、乱れた模様が迷路のようだ。だがボブの部屋へ入ると、ほっとする空間に来たと思った。キャンドルの匂い。食器洗い洗剤のレモンの香り。まるで骨董品の収納庫へ入ってきたようで、ただでさえ小さなキッチンのど真ん中にバスタブが置いてあったりする。手狭な四つの部屋がひとつながりになって、どこもかしこもガラクタめいた珍品だらけになっていた。家具と言えるものも適当な寄せ集めだ。棚があって本がある。またフレームに入れた写真、蚤の市の掘り出しもの、昔のレコード、小型のランプ、何十年も前のカレンダー。

「まあ、たしかに、魔法の薬でも売ってる部屋かと思うかもしれないね。おれがディズニーアニメのアナグマみたいに見えてくるんじゃないか」

彼はキッチン用の大型マッチを擦って、ガス台のバーナーに火をつけた。てかてか光る英国調のヤカンに水道の水を入れる。トレーにカップをそろえながら、「ちょいとお待ちを」と言った。「ゆっくりしてってくれ」

　キッチンの隣の部屋は実態として廊下であり、お宝や半端物を縫って歩く狭い通路と言えた。居間には時代の異なる大きな三脚の椅子があった。一つは〈レイジーボーイ〉のリクライニングチェアだ。どれもカラフルな布のカバーを掛けられていた。四角い部屋に不相応に大きな丸形のコーヒーテーブルがあって、本が積まれ、とがらせた鉛筆を入れているシガーボックス、造花の蘭を挿した花瓶が載っていた。組み立てゲームで完成したプラスチックの虫も二匹いて、喧嘩しているのか交尾しているのかわからないポーズをとらされていた。外の雨は降りやまないが、南北戦争より以前の豪邸にあったのかと思うようなカーテンが窓に掛かっているので、風雨の音はたいして聞こえなかった。一番奥の部屋はボブの寝室で、四本の柱の立つベッドが、面積の大半を占めていた。

「これだから引っ越しはできないんだ。荷造りだけで何年もかかるよな」と、ボブがキッチンから言ったのだが、わずか八フィートほどの距離でしかない。「ラジオ、つけてくれるか？」

「どれがラジオなのか――」スーが言って、ボブの笑い声が返った。遠い昔の遺失物取扱所へ来たように、よけいなものは見ないように絞り込んで、やっとラジオだと思える箱を見つけた。大きさはアイスボックスくらいで、色の薄い木目調のパネル貼り。ポーカーチップを分厚くしたような丸いツマミが出っ張っている。数字が四列にならんでいるのは、それぞれ周波数帯が違うということだ。彼女がON／OFFとボリュームを兼ねたツマミを回していると、キッチンにいるボブにも聞こえるくらいの、がりっ、という音が響いた。

「真空管だからね、暖まるまでに時間がかかる」彼は言った。

「これってソ連の短波も入ります？」

「おや、知ってるのか？」

「おばあちゃんが、こういうの持ってました」

「うちもそうだった。そのラジオなんだよ」

ボブが、二つのカップと、ミルクのピッチャー、蓋にミツバチの絵がついた砂糖壺、オレオのクッキーを重ねた皿を、トレーに載せてきた。「コートは脱いでいいんだぞ。じっとり湿ってるのが好きなら話は別だが」ラジオがオーケストラの音楽を流したのに合わせて、ヤカンの湯が沸いた音がした。

ミルクと砂糖を入れたお茶、オレオを三つ、のんびりできるボブ・ロイのアパート……。スーは何カ月ぶりかでほっと息をついた気分だった。大波のような吐息を洩らして、ゆったりと椅子にもたれた。これでこそ心地よい椅子というものだと思った。

「さて」ボブが言った。「そっくり聞かせてもらおうか」

彼女は打ち明ける気になった。ボブが親身になってくれそうで、そっくり話したくなった。だから何でも語ったのだが、その都度、ボブは役に立つことを言ってくれた。もうスーがいるべき場所はニューヨークしかない。シェリーの「まあ、いいけど」なんていう態度は、ばかな女にありそうなことだ。地下鉄だって、誰とも目を合わせなければ、おっかないこともない。アパートをさがすなら『タイムズ』や『ビレッジ・ボイス』で貸部屋の三行広告を見ればいい。ただし、もたもたするな。朝の七時には調べて、さっさとアパートへ駆けつける。どうせならドーナツの袋でも持っていけ。かわいい女の子にドーナツを分けてもらえば、管理人も悪い気はしない。

それから昔の話になって、アリゾナでの夏シーズンを思い出し、楽屋裏と営業サイドで噂になっていたことを突き合わせた。ひどい結末になった恋愛沙汰の話も出た。モンティ・ホールのプロ根性がすごかったとスーは言った。ボブは大笑いして茶をこぼした。

「ランチは食ったのか？」

「あ、いえ。ピザパイのスライスしたのを一枚食べようかとは思ってました」ピザなら楔形の一切れが五十セントで済む。スーにとっては昼の常食となっていた。

「じゃあ、おれはデリへ買い物に行ってくる。その着たきりの服を脱いで、一風呂浴びるといい。砂漠の温泉から盗んできたローブがあるんで、そこらに出しといてやるよ。そのあとで中産階級のユダヤ人みたいに食おう」

彼はバスタブの蓋になっていた大きな寄せ木の板をどかした。なぜキッチンにバスタブがあるのかというと、この古い建物の配管による昔からの事情があるらしい。彼が湯を出すと、防犯対策をした窓がさあっと湯気で曇った。出してやると言ったローブは、椅子に掛けられた。細い枝を編んだバスケットに、香水石鹸、シャンプー、コンディショナー、海綿、身体に湯を掛けるためのピッチャーがそろっていた。

「ゆっくり行ってくるから、よく暖まってなさい」ボブはドアの外から二つの錠をかけて出ていった。

アップタウンの居候生活では、貧弱で簡略なシャワーを浴びるだけだったので、全身に湯を浴びて頭にも掛けられるというのは、じつに気分のよいことだった。キッチンで風呂に入るのだからおかしなものだが、どうせ誰も見ていない。実家のパティオで熱い湯をタブに入れたようだった。ごしごし擦って、洗い流して、のんびり浸って、すっきり、さっぱり、という境地に達した。まだ湯の中にいたら、入口のドアが解錠されて、デリから戻ったボブが大きな袋を抱えていた。
「おう、裸だったか」ボブは目をそむけることなく、またスーも気にしなかった。よく芝居者が言うように「楽屋は恥ずかしがってるところじゃない」のなら、ボブ・ロイのキッチンだって顔を赤くするところではない。

いまは日焼けをしていないスーの身体が、テリークロスの男物ローブに袖を通すと、だぶだぶに余裕がある。そんな格好でコーヒーテーブルに向けて坐ったスーが、濡れ髪に櫛を通した。ボブは買ってきたものをならべた。半サイズのサンドイッチ、小カートンのスープ、コールスロー、長く切ったピクルス、缶入りの炭酸水。二人でランチを食べながら映画や芝居の話をした。ボブは切符をとってやれると言った。ブロードウェーでも、くだらないショーなら無料チケットが手に入る。ヒット作でも安い席を手配できる。ニューヨークの夜に、ソファにいて肩身の狭い思いをするだけ、なんていうことはなくなるだろう。また知り合いに電話をかけまくるとも言った。どうなるか保証はないが、面接してくれるかもしれないエージェントの伝手をさぐってみる。練習ピアニストにも知ってる人がいるから、声のキーに合わせた楽譜でオーディション対策に付き合ってもらえると思う。
「よーし、それじゃあ」ボブは手についたライ麦パンの屑をはたいて言った。「おまえさんの履歴書とやらを見せてもらうか」

スーは、まだ打ち直していない履歴書を、バッグから引き出した。ボブは鉛筆を一本つかんでいる。ざっと目を走らせただけで、溜息をつきながら、大きくX印をつけた。「ごく普通だな。ありきたり」

「どこがいけないんですか？」スーは傷ついた。これだって苦労の産物だ。いままでの芸歴が、この一枚に書いてある。高校時代の活動も一幕物を含めて全部書いた。星印の注をつけて「セスピアン協会賞」を受けたことも特記した。アリゾナの劇団での実績は、コーラスの一員から始まって、昨年は『南太平洋』のネリー・フォーブッシュを演じるにいたったことまで書いた。五シーズンで十八のミュージカルに出たのだ！〈ガスランプ・プレイハウス〉という観劇付きレストランの演目で、『わが町』のエミリー役、『動物園物語』のアンサンブル出演だって、洩らさず付け加えた。「糖尿病に負けない歩行マラソン大会」の公共広告でナレーションを担当したことも書いた。およそスー・グリーブが演じた仕事は一つ残らず記録したのだった。

「すれっからしオネエの言い方をするなら、だから何なのよってことだわね」ボブが寝室へ行って、ベッドの下から引っ張り出したのは、古いタイプライターである。埃よけに透明なビニールカバーが掛けられていた。「こいつは何たって重いんだ。ほんとなら出しっ放しにしたいんだが——。あ、ちょっとテーブルの上、いいかな？」スーは残ったデリの食品と積んである本を取り片付けた。

タイプライターは、祖母の遺産だというラジオにも匹敵する大きさで、黒い金属製の骨董だった。おかしな古物だらけのアパートにはお似合いかもしれない。〈ロイヤル〉製の一台である。両サイドにガラスの部分があった。もし小鳥がキーの間に住み着いたとしたら、自動車の後部座席の小窓のように思っただろう。

「まだ打てるんですか？」

「これだってタイプライターなのだよ。リボン、オイル、紙、元気な指。それだけあれば立派に動く。ところが、こいつは……」と小馬鹿にしたように手にしたのは、スーが人生をかけた記録だった。腐ったメロンの皮でも摘まむように二本の指ではさんでいる。それから鉛筆を持って、その先を紙に向けた。「どんな役を演じたか書けばいいんだ。どこの高校へ行ったとか、ガスランプ何たらの芝居レストランなんてどうでもいい。プロの役者としての実績は、アリゾナの〈シヴィック・ライトオペラ〉だけにある。それだったら書いても嘘にならない。一番上に堂々と大文字で書いたらいい。最高の芝居、最高の配役から先に書くんだ。上演した年代順ではない。もしコーラスで出たんなら、エレン・クレイモアでも、キャンディ・ビーヴァーでも、その役名を下のほうに書いとけ。それで質問が出たら、コーラスでしたと言えばいい——。こっちの役は？　高校だの何だの？」

「はい、あの」

「そんなのは地方演劇という項目でまとめる。きれいに書けよ。一幕物だったなんて言わなくていい。賞をとったことも要らない。二度の週末だけの公演だったことも黙ってろ。どの芝居で、何の役だったか、それでいい。岩だらけのアリゾナで、女優として活動歴があった。それだけは実績が残ってる」

「ごまかして書いてることになりません？」

「誰も気にしない」ボブはまた鉛筆を履歴書に向けた。「お、こりゃ何だ。コマーシャルもやったのか。家具の宣伝、今月の病気。だめだ、こんなの。コマーシャル出演も可、なんて書いとけばいい。そっちの仕事もしたんだってことはわかる。じゃあ頼もうか、ってことにはならない」

「そうなの？」

「このボビー・ロイを信じろ。業界の信頼度は高いぞ。あとは、ここんとこだ。特技なんていう項じゃない」

目が悲しいね。配役担当の人間に知らせたって糞の役にも立たない。な、心の相談をしてもらうん

「でも必要とされる場合には？」

「向こうから言うさ。ここに書いてあるのは何だよ。ギターなんて、コードを三つ知ってるくらいだろ？　ジャグリングってのは、オレンジを三つ、何秒か投げてられるってことか。ローラースケート。どこの子供だってやってる。スキー、自転車、スケートボード。ばか抜かせ。おい、こんなとこに手話なんて書くか？」

「先住民文化の日にそなえて、ちょっと覚えたから。ほら、こうすると、〈下手ですけど〉っていう意味」

ボブも唯一知っている手つきをした。「こうすると、〈くだらねえ〉って意味だ。さて、いいか、この履歴書じゃあ、五ナノ秒くらいしか見てもらえないだろう。配役を決める人間は、まず候補者の写真を見る。それから実物と見くらべて、合ってるかどうか確かめる。ほんとに女なのか。髪はブロンドか、よさそうな胸の形を見せてるか。そんなところで注文通りだとしたら、やっと履歴書を見ようかってことになる。実績を見るし、嘘も見る。それから魔法の呪文を書き込んでくれるんだ――一次通過」

ボブは古い〈ロイヤル〉のタイプライターに紙を差し込み、マージンとタブを調整して、ものの数分のうちに、すっきり整った履歴書を仕上げていた。これを見ると、スーという女は、夢を見て大都会へ出るバスに乗った誰にも負けない経歴の持ち主らしかった。だが、まだ一つ未記入で残った箇所がある。肝心の名前が書かれていなかった。

「ここは、ちょっと考えどころだぞ。また茶でも飲んで、じっくりとな」ボブは、食べたあとのトレーをキッチンへ持っていって、また大きなマッチでバーナーに火をつけた。「またオレオを出してもいいんだが、食ってると話がどっか行っちゃいそうだ」

「考えるって何を？」スーは、できあがったばかりのプロらしい履歴書を、とくと見ていた。ボビーがタイプしたもののおかげで、いままでより自分が好きになってくる。

「名前を変えようなんて考えたことはないか？」

「本名がスーザン・ノリーン・グリーブですから、ずっとスーで通ってました」

「ジョーン・クロフォードは、生まれてからずっとルシール・ルスールだったぞ。リロイ・シェラーというやつは、ただジュニアと呼ばれてたが、あとでロック・ハドソンになった。フランシス・ガムって聞いたことあるか？」

「誰です？」

　ボブは「虹の彼方に」の出だしを歌った。

「ジュディ・ガーランド？」

「お友だちになるなら、洒落た名前がいいだろ」

「でも本名じゃないと、両親ががっかりするかも」

「ニューヨークに出たんだから、もう立派に親不孝だ」ヤカンが音を立てて、ボブは〈ロイヤル〉の横に置いたティーポットに湯をそそいだ。「で、ブロードウェーで大当たりしたら――まあ、そうなると思うが――その名前をでかでかと出したいか？　スー・グリーブでいいか？」

　スーは顔を赤くした。そこまで持ち上げられて照れたのではない。心の底から、女優としての未来があると思ったのだ。大きくなりたかった。フランシス・ガムくらいに大きくなってみたい。

ボビーが双方のカップに茶をつぎ足した。「いまの字面だと発音にも迷うぞ。グリーブ、グリービー、グライブ」彼は大きなあくびをする真似をして、「タミー・グライムズの芸名は？ そのまんまタミー・グライムズ」と言うと、もっと大きなあくびをしてみせた。

「だったら……スーザン・ノリーンじゃ、だめ？」これなら看板になれるかも、とスーは思った。よさそうではないか。

ボブは、まだタイプライターに挟まっている紙を、ぱちんと指で弾いた。「こいつは新しいスーの出生証明書になるんだ。もし時間をさかのぼって、自分の親代わりに、新品の名前を選べるとしたら、どんなのがいい？ エリザベス・セント・ジョン？ マリリン・コナー＝ブラドリー？ ホリー・ウッドアンドヴァイン？」

「そんなのになっちゃっていいんですか？」

「そりゃまあ、組合には照会するけどな。さて、誰になりたい？」

スーがカップを持つ手に力が入った。中学生の頃に、名乗ってみたいと夢見た名前があった。当時は、〈ヤングライフ〉の支部活動としてフォークグループで歌っていた。みんなで勝手に乗りのいい名前をでっち上げて、レインボー・スピリットチェイサーみたいな名前を作っていた。スーにも自分用に一つ考えた名前はあった。それが初めて出したLPのジャケットに書かれる、というようなことを空想したものである。

「ジョイ・メークピース」と口に出したら、ボビーはぴくりとも反応しなかった。

「狼煙(のろし)で伝えるみたいな名前だな。ご苦労さんなことだ」彼は言った。「グリーブ家の血筋に先住民のDNAが組み込まれてるんなら、それでもいいが」

　そんな調子で、午後の時間が進んだ。ボビーは次から次にそれらしい芸名を思いついて、一番よさそうなのがスザンナ・ウッズ、だめなのがカサンドラ・オデイだった。結局またオレオが出てきて、最後まで食べられた。スーは「ジョイ何とか」という線にこだわっていた。ジョイ・フレンドリー、ジョイ・ローク、ジョイ・ラヴクラフト。

「ジョイ・スピルドミルク」ボビーが言った。

　スーはトイレに立った。こんなところにまで不用品セールで見つけたような品物がならんでいる。おもちゃのボウリングセットを欲しがる動機はさっぱりわからなかったが、ともかく『原始家族フリントストーン』のピンがそろっていた。

　部屋に戻ると、ボビーが往年のパリの絵葉書を何枚も手にしていた。さっきもフランス風の名前を考えてはいた。ジャンヌ（ダルク）、イヴェット、バベット、バーナデット。だが、どの一つも、これだという感じがしなかった。

「ふーむ」ボビーが一枚の絵葉書を持って、スーに見せた。「サントノーレ通りだ。名誉（オナー）・光（レイ）みたいな音になる。この地名のままだと男性形だが、最後にeをもう一つ足せば女性形で、発音は同じ。オノレー。かわいいだろ？」

「あたし、フランス系じゃないです」

「だったらアングロ・サクソン系を考えてみようか。すっきりした一音節で、ベイツ、チャーチ、スマイス、クック」

「ちょっとねえ」スーは古い絵葉書を見ていった。エッフェル塔、ノートルダム大聖堂、シャルル・ド・ゴール広場——。

「オノレー・グッドは？」ボブはまた発音しながら、いい響きだと思っていた。「姓名ともにeで終わることにする」

「オノレーいい子ちゃん、みたいに言われそう」

「それはないだろう。誰だってフランス語がわかるように見せたがるからね。いい名前じゃないか。オノレー・グッドは、ほんとにグッドだ」彼は手を伸ばして、本棚からプリンセス型の電話を引き寄せ、ダイヤルを回した。

「俳優組合に知ってるやつがいる。同じ名前が重ならないか、コンピューターで調べられるんだ。ジェーン・フォンダ、フェイ・ダナウェイ、ラクエル・ウェルチなんてのは、もう塞がってるぞ」

「じゃ、ラクエル・グリーブは？ うちの両親も納得すると思う」

ボブの電話がつながった。「ああ、マークか、ボブ・ロイだ。うん、そう！ そうだったか？ いやあ、彼女が町を出て船に乗ってからは——。そりゃ安くないぞ！ ところで、ひとつ頼みがあるんだ。芸名のデータベースを見てくれないか。あ、いや、まだない名前を知りたい。姓はグッドで、最後にeがつく。名はオノレー」彼は一文字ずつ教えた。「最初のeの上には、アクサンだったかシュワーだったか、そんなような記号が乗ってる。ああ、もちろん、待つよ」

「どうなのかなあ」スーは新しい名前を何度も頭の中にくぐらせていた。

「いやなら、あとで決めたっていいんだぞ。初めての契約ができて、出演料の小切手をもらって、いよいよ俳優組合に入れるとなってから、スー・グリーブなり、キャットウーマン・ゼルコヴィッツなりになってることもできる。だが、いまのうちに言っとくが……」ここで電話に割り込みがあった。さっきの友人ではない。「あ、いまマークを待ってるんで。はい、どうも」彼はまたスーに顔を向けて言った。「あれは『ブリガドーン』のリハーサルを見たときだった。舞台でフィオーナを演じてる子がいた。これは行ける、いい役者になる、と思った」

スーの顔がほころんで赤くなった。あのときのフィオーナ。初めてコーラスから抜擢されて、大事な役をこなした。それから次々に役をもらえて、ニューヨークへ出ようという気になり、ボブ・ロイのキッチン浴槽でさっぱりすることにもなった。

「あの子に惚れた」と、ボブは言った。「いい女優だった。ニューヨークで行き詰まって田舎でくすぶってるようなのとは違う。客席から遠目に見れば化粧でごまかせるが、じつは四十三歳だというのとも違う。そんな薹の立ったフィオーナじゃない。地元産の若い娘だ。それがバリモア一家から出たみたいに、しっかりと舞台をつかんでいた。歌う声はジュリー・アンドリュースのようで、張りのある胸の形だけでも男心をそそったろう。あのときオノレー・グッドですと名乗られたら、なるほど、さもありなん、と思ったかもしれない。ところがスー・グリーブだった。ああ、そう、と思っただけだ。まあ、つまり、飛ばないんだな」

スー・グリーブは身体の芯が熱くなった。ボビー・ロイが最大のファンになってくれていた。すてきな人だ。もし彼が十五歳くらい若くて、四十ポンドくらい体重が少なくて、ホモセクシュアルでなかったら、今夜は彼のベッドで寝ることになったかもしれない。あるいは、何はともあれ、それでいいのかも。

マークが電話に戻った。「あ、大丈夫?」とボブは言った。「最後にeがつくんだが——。そうか、助かったよ。え？　わかった。木曜日に？　ああ、いいとも。じゃあな」ボブは置いた受話器に、たたたんと指先をあてた。「さて、決断の時だよ」

スーはふっくらした椅子にもたれかかった。外の雨はやんでいる。テリークロスのローブのおかげで、もう肌は乾いていた。浴用石鹸のローズウォーターの香りが、ほんのり残っている。あの大きなラジオは、ナイトクラブのスタンダードを、オーケストラ版でやわらかに流していた。そして、このとき初めて、ニューヨークが居場所になっているとスー・グリーブは思った……

それから一年後――

配役

オノレー・グッド（ミス・ウェントワース役）

〈アリゾナ・シヴィック・ライトオペラ〉で研鑽を積んだのち、昨年、ジョー・ラニアンの『バックウォーター・ブルース』でケイト・ブランズウィックを演じて、オビー賞にノミネートされた。今回がブロードウェーのデビューとなる。ここに至るまで支えてくれた両親およびロバート・ロイ・ジュニア氏に感謝するとのこと。

特別な週末

A Special Weekend

一九七〇年の春先である。あと一週間半で十歳の誕生日。ケニー・スタールは、まだ赤ん坊あつかいの末っ子で、この日は学校へ行かなくてよいことになっていた。昼頃に母が車で迎えに来る。それで特別な週末になる予定なので、彼は学校がない日の普段着で朝食の席についた。兄のカーク、姉のカレンは、聖フィリップ・ネリ校の制服に着替えていて、こんなのは不公平だと思っていた。どうせ母が来るなら、自分たちも連れ出してもらいたい。こうして引っ越してきた家から出してほしい。またサクラメントに住みたい。さもなくば、どこでもいい。ほかの子供がいなければいい。また父が暗くふさぎ込んで、父の再婚相手ばかりが明るく取り仕切っている家にいて、シーソーみたいに心の上下動がある暮らしでないなら、どこへでもいいから連れて行ってもらいたい。

ケニーには義理の姉が三人できた。十七歳、十五歳、十四歳。また男の子も一人いて、これはケニーより二つ上の兄になる。その四人は、ケニーが誕生日で優遇されることに、どうという意見も持たなかった。いずれもアイアン・ベンドの家で育って、一つの学区の公立校に通い、制服を着るということがなかった。今度の週末に対しても、まったく特別視する意義を見ていない。

この小さい家は、ウェブスター・ロードに沿って、だいぶ町から外れている。ここまで来れば、どちらかというとモリーナスに近い。アイアン・ベンドは郡の役所がある町で、ケニーの父は〈ブルーガム・レストラン〉という店の料理長をしている。ブルーガムとはユーカリの木だ。二つの町をつなぐ街道がウェブスター・ロードであり、その全長とは言わずとも、かなりの部分の両側に並木が続いて、二車線の路面および左右の路肩に葉やら実やらを散らしている。

ユーカリの木は、もう何十年かの昔にオーストラリアから輸入されて、そのまま厄介物になっていた。当時はアーモンド園の防風林になることを期待され、また線路の枕木の材料として育つという思い込みもあった。枕木の生産で大儲けができる時代だったとはいえ、ユーカリでは無理な話だった。ねじ曲がって、樹皮がはがれて、節くれ立った木のおかげで、多額の損失が出たものである。そんな木が三本、ケニーが住む家の前庭にも面していて、ばらばらと落ち葉を降らせるので、まともな庭作りができていない。裏庭にも芝生らしきものはあるが、雑草まじりの貧相な草地であって、たまに子供が交替で芝刈りをさせられる。道路の向かい側にはアーモンド園が広がっていた。アーモンドは、昔も今も、このあたりの大産業である。

ケニーの父は、この町で新しい仕事についた。新しい家も、学校もさがした。また結局は、新しい家族ができていた。サクラメントの家を離れたその夜に、三人の子供たちも、いまの小さい家に連れてこられた。元来は窓に網戸をつけたベランダが、男の子の寝室になった。女の子はツインの二段ベッドがある部屋に寝ている。

スクールバスが来て、走り去る、ということが二度あって、午前中のケニーは一人で家の中をうろついた。まだ父は寝ていて、継母は黙って朝食の後片付けをしている。この家に子供が一人というのは初めてのことで、どうとでも勝手に動けることがうれしかった。静かにしていなさい、とだけは言われている。しばらくは音量を絞ってテレビを見ていたが、チコの放送局が流しているチャンネル12が映るだけで、しかも学校のある時間帯には面白い番組がなかった。居間のコーヒーテーブルを大海原に見立てて、模型キットから組み立てた船や飛行機で遊んだりもした。兄や義兄のドレッサーの引き出しを見て、秘密の発見でもなかろうかと思ったが、本物の宝はどこかに隠してあるらしかった。裏庭へ出て、フットボールの球を手から落として蹴飛ばした。近くにあるアーモンドの木を越えさせようとしたのだが、もし失敗しても枝に引っ掛からないでくれというギャンブルになっていた。古いシーツを少し切って、豆の支柱だった棒の先に結びつけ、これを旗にして、南北戦争の突撃隊のように走り回った。旗を地面の穴に差し込もうとしていたら、継母がキッチンのクランク式の窓を開けて、大きな声で言った。

「ケニー！　お迎えが来たわよ」

車が着いた音は聞こえていなかった。

キッチンへ行ったら、あれっと思うものを見た。そろそろ十年になる生涯で見たことがない光景だ。父が起き出してテーブルで朝のコーヒーを飲んでいる。母も、というのは本当の母も、同じように坐って、コーヒーをもらって飲んでいる。継母は立っていて、カウンターに寄りかかり、やはりコーヒーを口に運んでいた。いま彼の世界を立ち行かせている三人が、同時に同室するというのは、まったく初めてのことだった。

「あら、ケニーちゃん」母は明るく笑っていた。テレビに出る秘書みたいだ。プロらしい服装で、ヒールを履いて、黒髪がすっきり整って、化粧で赤くなった唇がコーヒーカップに口紅の跡をつけていた。母は席を立って、香水の匂いがする腕でケニーを抱き寄せ、その頭のてっぺんにキスをした。「じゃ、荷物を持って。すぐに出発」

何のことやら、ケニーはさっぱりわからなかったが、すでに継母が娘の小さいピンクのスーツケースを利用して、着替えを詰めていてくれたのだった。もう出かける支度ができていた。父も立ち上がって、ケニーの髪をぐしゃっと乱した。「おれはシャワーを浴びる。おかあさんのホットなホイールを見てみな」

「ホットホイール、買ってくれたの？」てっきり誕生日のプレゼントのことだと思った。自動車の模型がもらえるらしい。ダイカストの金属製だ。

でも違った。本物のスポーツカーが家の前に来ていた。赤い二人乗りで、ワイヤーホイールがついている。幌屋根は閉じた状態だが、すでにユーカリの葉が落ちかかっていた。スポーツカーなんていうものは、テレビでしか見たことがない。探偵や若い医者が乗っていた。

「これ、ママの？」

「お友だちが貸してくれた」

ケニーは運転席の窓をのぞき込んでいた。「坐ってもいい？」

「もちろん」

うまくドアを開けられて、ケニーは運転席に坐った。ダイヤルやスイッチが目の前にならんでいて、ジェット機に乗った気分だ。パネルは木製の家具みたいで、座席からは野球のミットのような革の匂いがした。ハンドルの中心の赤い円に、フィアットという文字が出ていた。母はピンクのスーツケースを車のトランクに入れると、屋根を開けるから手伝って、と言った。

「ハイウェーに出るまでは、髪に風を当てようね」母が幌のラッチをはずして、ケニーも後方へ折りたたむ手助けをした。透明なビニールの窓もたたみ込んでいる。母がエンジンをかけると、ドラゴンの咳払いのような音がした。まずバックで道へ出る。すでに母はペダルを踏む用意としてヒールを脱いで、代わりにサングラスをかけていた。雪上のスキーヤーのようだ。母と息子とフィアットが、猛然と走り出して、ウェブスター・ロードを駆け抜けた。ユーカリ並木が連続する影になって、ケニーの目の中で陽光がストロボのように点滅した。巻き込む風が耳に響いて、うしろから髪にびゅんびゅん吹きつける。こんなにクールなすごい車を、ケニーは見たことがなかった。ずっと幼かった頃から、ひさしぶりの幸福感があった。

町を出る前に〈シェル〉のガソリンスタンドに停まったら、係員が付ききりになって、この車および運転している女に夢中でサービスしてくれた。ガソリンを満タンにして、フロントガラスを拭いて、オイルを点検して、すごい「イタ車」にたまげていた。ケニーは販売機のソーダポップを無料で飲んでよいことになって、ルートビア（こっちが好みだ）の瓶を引き出そうとしていたら、その間、係員は母に手を貸して、幌の屋根を張り直し、ラッチを留めていた。係員はにこにこ顔で話しかけ、北へ行くんですか、南ですか、アイアン・ベンドに引き返してくる予定はあるんですか、などと言った。また車に乗ってハイウェーを（南へ）走り出した母が、さっきの人、牛みたいな目でじろじろ見てたね、と言って笑った。

「何かしら音楽やってないかな」母は木製のダッシュボードに組み込まれたラジオを指さした。

「そのノブを回して。そっちのは選局」

爆撃機の無線手になったように、ケニーは選局用の赤い線を数字の列に動かした。地元局は〈スタン・ネイサン〉という靴屋のコマーシャルをやっていた。雑音と人間の声が出たり引っ込んだりしているうちに、はっきりした電波を送ってくる局があった。雨粒が頭に降りかかる、とか何とか歌う男の声がする。母は歌詞を知っていて、自分でも口ずさんで運転しながら、ハンドバッグに手を突っ込んだ。さぐり出したのは留め金のついた小型の革ケースだった。ぱちんと開けたケースの中に、ならんでいるシガレットが見えた。長いようだ。父が吸っているシガレットよりも長い。その一本を母が口にくわえると、もう白いフィルターに赤い口紅の色がついていた。ダッシュボードのボタンを押して、まもなく飛び出してきたボタンを、母は最後まで引き抜いた。その先端に赤熱するコイルがあって、長いシガレットに火をつけるライターになった。母は熱いボタンを元の穴に戻し、ハンドルを持つ手を替えて、小さい三角形の窓を開けた。しゅっと開いた隙間から、手品の仕掛けのように、長いシガレットの煙が吸い出されていった。

「学校の話をしてよ。学校は好き？」

ケニーは、いまの学校は違う、ということを言った。ほかに知っている学校はサクラメントで通っていた聖ジョゼフだけだが、いまの聖フィリップ・ネリは小規模で、生徒も少なく、尼さんらしくない服装の尼さんがいる。彼はルートビアをちびちび味わって飲みながら、スクールバスそのほか学校にまつわる話をした。チェック柄の制服は、青だったのが赤になった。制服を着なくてもいい日がある。同じクラスにマンソンという子がいて、やっぱり模型を作る趣味があって、住んでいる家にはプールがあるが、市の公園にあるような地面に掘ったプールではなくて、地面に置いた丸いプールだ。というように、一つの質問から始まったケニーの話が、アイアン・ベンドを出てからビュート・シティ方面のバイパスにいたるまで続いて、母はシガレットを吸っていた。

ケニーは、ラジオの電波が弱まると、それとは別の局、また別の局、と探しあてた。トラックを追い越す際には、運転手に合図をしてもよいと母が言った。エアホーンを鳴らしてくれるかもしれない。ケニーが握り拳でぐいぐい引っ張る手つきをすると、そうと見て応じる運転手が多かった。サイドミラーでこっちを見ていた人もいて、頼まないのにボーっと鳴らしてから、投げキスまでしていたようだが、あれはケニーではなく、母に向けたものだろう。

マックスウェルの町で、ランチ休憩をした。〈キャシーズ・カントリーカフェ〉という旅行者相手のダイナーには、季節になればカモ撃ちのハンターも来る。ここの駐車場で、フィアットは唯一のスポーツカーだった。ウエートレスは母と楽しそうに話していた。まるで旧友か姉妹といったようだ。この人の唇もすごく赤い、とケニーは思った。お坊ちゃんには何にしましょうねと言われて、ケニーはハンバーガーと答えた。

「だめ、だめ」母が言った。「そんなの、いつだって食べられるじゃないの。レストランへ来たんだから、メニューを見て注文するのよ」

「そうなの？　パパは気にしない。ナンシーもだめって言わない」これは継母の名前だ。

「じゃあ、きょうは特別ルールにしましょ」母は言った。「あたしたちだけの」

いきなり何だろう、とケニーは思った。おかしなルールがあったものだ。いままでは何を注文したらよくて、何がいけない、と言われたことがなかった。

「七面鳥のホットサンドはどうかしら」母は言った。「二人で分ける」

ほかほかに熱いサンドイッチが来るのかと思って、おいしいのかどうかケニーにはわからなかった。「ミルクセーキもいい?」

「いいわよ」母の顔が笑った。「ママは柔軟だから」

まあ、確かに、出てきたオープンサンドは悪くなかった。ひたひたと茶色のグレービーに浸かっている。ひどく熱いこともない。グレービーを吸った白いパンは、七面鳥の肉そのものに負けず劣らず、うまいものだった。マッシュポテトは昔から大好きだ。母はカッテージチーズも注文した。薄切りトマトの上に、北極圏の雪の家みたいにチーズが盛られていたが、七面鳥は一口サイズでちょこちょこ切り分けただけだった。バニラのミルクセーキは、きんきんに冷えたスチール製のカップに入っていた。このカップで作ったのだろう。しゃれたグラスに注いで飲むのだが、たっぷりと二杯分はあった。ケニーはスチールをこつこつとグラスに当てて、しっかり流し込んだ。これだけ分量があると全部は飲みきれなかった。

母がトイレに立った際に、店内の客の目が母を追うのがケニーにもわかった。どの男も首を回して見ていた。支払って出ようとした客が、通りすがりに、ケニーが一人だけになったブースの前で立ち止まった。

「いまの人が、ママなの?」茶色のスーツを着て、ネクタイがほどけそうな男だった。眼鏡につけた跳ね上げ式のシェードが、小型のバイザーのように突き出していた。

「え、ああ、はい」

男がにやりと笑った。「おれんとこにも同じような男の子がいるんだが、ああいうママはいねえな」男は笑い声を上げて、レジで支払いをした。

化粧室から戻った母は、口紅を塗り直したようだった。ケニーが飲み残したミルクセーキを一口飲んだので、紙のストローに赤い染みがついた。

サクラメントまでは、ハイウェーを一時間以上走るくらいの距離があった。ケニーにとっては故郷の町だが、父がステーションワゴンに荷物を積んで、アイアン・ベンドに引っ越すことになった日から、一度も来ていなかった。見えてきたビル群はなつかしい風景と言えたが、母がハイウェーを降りて進んでいった道は、ケニーの記憶にはなかった。だが〈レミントン・ホテル〉という看板が見えたので、つい顔をほころばせていた。ここは父母ともに働いていたホテルだ。いまは母だけの勤め先になっている。まだ両親が共働きだった頃には、週末に兄や姉と一緒についてきたことがあった。もし空いていれば大会議室を遊び場にして、もしコーヒーショップが立て込んでいなければカウンターで何か食べさせてもらった。父の仕事を手伝って、トレーに載せて焼く前のポテトにアルミ箔をかぶせると、トレー一枚に五セントの小遣いをもらえた。ディスペンサーから出てくるチョコレートミルクも、ちゃんと事前に断って、小さいグラスを使うなら、飲んでよいことになっていた。ずいぶん昔の話だ。ケニーが生きた時間からすれば、かなりの部分が、それ以降に過ぎていた。

母はホテルの裏手にフィアットを駐めて、勝手口から建物に入った。これはケニーも覚えている。父のステーションワゴンなり、母のカローラなりで、そのように来たのだった。母は厨房のスタッフに喜んで迎えられ、母もまた一人ずつ名前を挙げて挨拶を返していた。ある女の人と料理人の一人がケニーを見て、こんなに大きくなったなんて信じられないと言った。ケニーは誰だろうとしか思わなかったが、女の人が掛けている分厚いレンズを入れたキャッツアイの眼鏡フレームには、なんとなく見覚えがあるような気がした。厨房は記憶にあるよりも小さく見えた。

ケニーが幼い頃、母は〈レミントン・ホテル〉のコーヒーショップでウエートレスをしていた。父は料理人だった。当時の母は制服を着ていたが、いまではビジネスの服を着て、ロビーから少し引っ込んだあたりにオフィスがあった。机の上には書類が積まれ、一方の壁には掲示板があって、ずらずら貼り出されたインデックスカードは、色の違うインクで文字が書かれ、整然と仕分けられている。

「じゃ、ケニーちゃん、ちょっと仕事を片付けたら、誕生日のお楽しみのことを教えてあげるからね」母は革のフォルダーに書類をすべり込ませていた。「それまで坐って待ってられる？」

「僕のオフィスみたいなつもりでいい？」

「もちろん」母はにこにこ笑って言った。「ノートがあるし、ほら、電動式の鉛筆削り」母は機械の穴に鉛筆を突っ込む要領を教えた。がーっと削る音がして、鉛筆の先が待ち針みたいに尖る。

「電話が鳴っても出ちゃだめよ」

ミス・アボットという人がオフィスに来た。「あ、こちらが坊っちゃんですか？」母より年は上らしい。眼鏡にチェーンがついて首に巻かれていた。しばらくケニーを見ている、ということのようだ。母がどこへ行くのかもわかっているのだろう。

「きょうはケニーが働いてくれるみたいよ」

「いいですねえ」ミス・アボットは言った。「じゃあ、スタンプとインクパッドがありますんで、正式な文書を作ってもらいましょう。お願いできます？」

母は革製のフォルダーを持って出ていった。ケニーは母の机の前で椅子に坐った。ミス・アボットが適当なスタンプを持ってきた。日付印があり、明細書、領収済、と押す印もある。また四角い金属の箱もあって、青インクのパッドが詰まっていた。

「あのね」ミス・アボットは言った。「あたし、甥がいるのよ。同い年じゃないかな」

ケニーはノートを何ページか使ってスタンプを押していたが、その遊びにも飽きて、机の上のほうの引き出しを見ていった。ある引き出しには、クリップ、ホチキス針、輪ゴム、鉛筆、〈レミントン・ホテル〉と印字されたペンが、整然と仕切られて入っていた。別のところには封筒や用箋があって、〈レミントン・ホテル〉の文字に建物のイラストを小さくあしらった図柄が、用箋の上部に刷られていた。

机から立って、ドアのところまで行ったら、ミス・アボットが自分の机で手紙らしきものをタイプしていた。

「アボットさん」ケニーは言った。「レミントン・ホテルって書いてある紙を使ってもいいですか?」

ミス・アボットはタイプする手を止めなかった。「え、何です?」と言いながら目は上げない。

「レミントン・ホテルって書いてある紙を使ってもいいですか?」

「どうぞ」という答えが返った。タイプは止まらない。

ケニーは、スタンプとホテルのペンを使って、用箋に線を引いてから、スタンプを押して署名を入れた。そのうちに、ふと思いつくことがあった。

母の机の隣にもタイプライターがあって専用台に載っていた。そのカバーをはずしたら、ライトブルーの本体の正面にＩＢＭという文字が見えた。大きな機械だ。専用台の上面をほぼ塞ぐように載っている。紙を一枚ぐるぐると挟み込んでからキーを押したのだが、ぱったり止まったまま動かなかった。どうにもならない。ミス・アボットに聞いてみようかと思っていたら、ＯＮ／ＯＦＦのスイッチがあって、ＯＦＦ側に押し込まれているのがわかった。これをＯＮにすると、機械がぶーんと唸って揺れた。文字の浮き出たボールが行ったり来たりして、左側で止まった。紙を巻いたキャリッジは動かない。これはつまり、とケニーは考えた。半分はコンピューターみたいなもので、一種のテレタイプなのかもしれない。

まず名前を打とうとしてkを押したら、kkkkkkkkkkkkkになった。ということは、キーを押したままにすると、その文字が何度も打たれるらしい。マシンガンみたいな音がした——kkkk kkkkk kkkk keeee eeeenn nnnnnn n n n yyyy yyy。さっぱりわからないと思ったのは、用紙全体を動かすのに、大きく引っぱたくハンドルがないことだ。それらしきものはない。ところが、すごく大きなボタンに、リターンという表示が出ていた。これを押したら、がちゃんと移動したのは文字のボールで、それでまた新しい一行が打てるのだった。もう間違いはない。ケニーが見聞きした中では最先端の、驚くべきタイプライターだと判明した。

まだ大人のように——ミス・アボットや母のように——タイプすることはできなかったので、一本指でキーをさがしながら打ったが、狙いがはずれることもあった——ケニースダールクル　キエニー　スタンル　ケニ　スアタ……。ゆっくりゆっくり慎重に、という方針で、ようやくケニー・

スタールと打てたので、この紙をＩＢＭの機械から出してやった。この名前に寄せて日付のスタンプを押し、ついでに「**明細書**」も押した。

「そろそろコーヒーブレイクにします？」ミス・アボットが部屋の入口に立っていた。

「ぼく、コーヒーは飲まないんです」

ミス・アボットはうなずいて、「ああ、そうなのね。じゃあ、ほかに何があるか見ましょうか」。

というわけで、この人のあとからロビーに行くと、母が立っていた。数人の男と打ち合わせをしていたようだが、それでもケニーは大きな声を出した。

「ママ！」と、厨房の方角を指さしている。「これからコーヒーブレイクなんだ！」

母は息子に顔を向けて、にっこり笑い、ちょっと手を振ったが、すぐ業務の話に復帰した。

厨房に入れてもらったケニーは、以前のように勝手にチョコレートミルクを飲んでよいかとミス・アボットに聞いたのだが、いまのディスペンサーから出るのは、普通のミルクのほかには「スキム」というものだけだった。するとミス・アボットは銀色の冷蔵庫からチョコレートミルクのカートンを取り出し、大きなグラスを一つ持ってきて、なみなみと入れてくれた。こんなに飲んでよいと言われたことはなかった。すごい、とケニーは思った。ミス・アボットは、〈バン〉の業務用コーヒーマシンに載っているガラスの丸形ピッチャーから、いくらか自分用に注いでいた。飲みものを持ってロビーを通過してはいけないということでコーヒーショップへ行ったら、見た感じも、匂いも、ケニーが幼かった頃と変わらなかった。カウンターではなく、空いているブース席に坐った。

「あたしのこと、覚えてるかな？」ミス・アボットが言った。「ここでお父さんとも一緒に働いてたのよ。まだお母さんが来る前から」

ほかにもケニーはいくつかのことを聞かれた。だいたいは甥っ子が好きだというものをケニーも好きかどうかという話だった。野球、空手教室、テレビ――。うちのテレビはチコから電波が届くチャンネル12しか映らない、とケニーは答えた。

また母のオフィスに戻ってから、ＩＢＭのタイプライターで母に手紙を書こうと思った。〈レミントン・ホテル〉の用箋をもう一枚使って、ゆっくりゆっくり打っていった。

ママへ

お元気ですか、ぼくは元気です

おともだちのスポーツカーは、レーシングカーみたいです。エンジンの音がすごくて、ラジオを聞くのもおもしろいです。

いまホテルでママを見ました。これからのサプライズが楽しみです。何なのかな??????　?

この手紙はママのサプライズになるところに置きます。見つけたら、このたいぷらいたーでへんじ書いてください。すごくクーーールで、つかいやすいです。

ケニー・スタールより　**領収済　領収済　明細書**

この手紙をできるだけ上手に折って、ホテルの封筒に入れ、ぴんと張った紙で舌を切らないように気をつけながら、封緘する箇所を舐めた。それからホテルのペンで「ママへ」と宛名を書いた封筒の隠し場所をさがした。結局、一番いいと思ったのは、どこか引き出しに入れて、その上にホテルの用箋を何枚か重ねておくことだった。

しばらく輪ゴムで遊んでいたら、母がオフィスに戻った。男の人と連れ立っていた。肌の色は濃い茶系で、すごく真っ直ぐな髪が黒々としていた。「ケニー、こちらガルシアさん。きょうの車を貸してくれた人よ」

「こんにちは」ケニーは言った。「あの車、持ってるんですか？ スポーツカーを？」

「そうだよ」ガルシアという男が言った。「初めまして。でも、この際、ちゃんとしようか？ じゃ、立って」

ケニーは言われるままに立った。

「では、握手をしよう。ぎゅっと握るんだ」

ケニーは男の手を思いきり握った。

「痛てて。こりゃ、たまらん」ガルシアが笑って、ケニーの母も二人の男に明るい笑顔を向けた。「じゃあ、しっかり目を見てくれ。ほら、こうやって両方から。いいぞ。そうしたら言うんだ。どうぞよろしく――」

「どうぞよろしく」ケニーも同じように言った。

「さあて、ここからが大事だ。男と男が、聞きたいことを言い合う。まず一つ、こちらから聞くよ。

フィアットってどういう意味か知ってるかい？」

ケニーは首を振った。おかしな質問だとも思うし、そもそも何がどうなってるのかわからない。握手の仕方なんてことを言う人は初めてだ。

「また壊れた、直してくれ、トニー」と言って、ガルシアは笑った。「フィクス・イット・アゲイン・トニー。じゃあ、今度は、きみの番。何か聞いてよ」

「ええと――」何か言わないといけないようだ。ケニーの目は、ガルシアの髪を見ていた。濃い黒髪がきっちり整って艶々している……。それで思い出した。小さい頃に見たことのある人だ。兄や姉とホテルで遊んでいて見かけた。父のように厨房にいる人ではなくて、スーツを着てロビーから来ることがあった。「やっぱり、ママみたいに、ここで働いてるんですか？」

ガルシアさんと母が、ちらりと目を合わせて笑ったようだ。「前はそうだったよ。もう違うけどね。いまは〈セネター〉だから」

「そうなんですか？」その言葉はケニーも知っている。チャンネル12のニュースに上院議員（セネター）が出ていた。

「ガルシアさんは〈セネター・ホテル〉に勤めてるのよ」母が言った。「これからサプライズをしてくれる人」

「あれ、まだ知らせてないの？」ガルシアが母に言った。

「あなたから言ってもらおうと思って」

「じゃあ、そうしよう」ガルシアがケニーに顔を向けて、「もうすぐ誕生日なんだってね？」。

ケニーはうなずいた。「十歳になります」

「飛んだことある？」

「あの、飛行機ですか？」

「あるかい？」

ケニーは母の顔を見た。まだ赤ん坊の頃に、たしか母に連れられて旅客機に乗ったことはあるらしいが、自分ではさっぱり記憶がない。「あるの？」

「ホセは自分で操縦するのよ。自家用機を飛ばして、空のドライブに連れてってくれるんだって。おもしろいでしょ？」

専用の飛行機を持っているパイロットを、ケニーは初めて見た。制服は着ないのか。空軍の人なのか。

「あしたの予定はどうかな？」ガルシアさんが言った。「飛びたくない？」

ケニーは母を見やった。「いいの？」

「うん」母は言った。「ママは柔軟だから」


この日、夕食には〈ローズマウント〉というレストランへ行った。母は店の誰とも顔見知りのようだった。ケニーを連れた母が「すごく若い男性との特別デート」と言ったので、ウエーターが二人分の通常のセッティングを片付けた。メニューは新聞紙のように大きかった。彼はスパゲティを食べた。デザートに運ばれてきたチョコレートケーキは、彼が履く靴ほどの大きさがあって、一人では食べきれなかった。母は長いシガレットを吸って、食後のコーヒーを飲んだ。ある料理人が顔を出した。ケニーは〈レミントン〉で遊んだ日々に見たことがあると思った。ブルースという名前の料理人が、しばらく同席して母と話をした。よく笑う人だった。

「いやあ、ケニー」と、ブルースが言った。「大きくなるもんだねえ。アルファアルファみたいに伸びてる」

すごい特技があるんだ、ということも言った。生のポテトにストローを投げて、矢が当たったみたいに突き立てるのだそうだ。帰りがけに厨房を抜けたのだが——母はフィアットを裏手に駐めていた——ブルースが実演して見せてくれた。ずぼっ！　ストローがポテトを突き抜けそうになっていた。すごかった！

母が住んでいるアパートは、建物自体は二階建てで、真ん中に階段があり、各階を二戸に分けていた。母の居間には、マーフィーベッドというのだそうだが、たたむと壁の中に埋め込まれるようなベッドがあった。引いて下ろすだけで、すぐにでも寝られる。また小型のカラーテレビが回転台に載っていて、母はベッドに向けて回したのだが、その前にお風呂に入りなさいと言われた。

小さな浴室に窮屈な浴槽があって、すぐに湯が満杯になった。ある棚には浴用石鹸そのほか女っぽい品物がならんでいた。ボトルやチューブに花柄のラベルがついている。別の棚には〈ジレット〉のシェービングクリームの缶、〈ウィルキンソン・ソード〉の男性用剃刀があった。ケニーは長湯して遊んでいて、指先がしわしわになり、湯も冷めてしまった。家から持ってきたピンクのスーツケースに、パジャマも詰めてあった。これを着ようとしていたら、ポップコーンの匂いがした。母が作ったのだ。キッチンの小さな調理台で、鍋を揺すってコーンをふくらませていた。

「テレビでも見てて」ポップコーンにかけるバターを片手鍋で溶かしながら、母が言った。

ケニーがテレビをつけると、すぐに画面が出た。いつものテレビだと暖まるまでの時間がかかる。

知っているチャンネルが全部映るのがうれしかった。母が家を出て行って父が再婚してからは、こういうものが見られなくなった。チャンネル3、6、10、13で娯楽番組をやっていた。もう一つツマミがあって、こっちは切り替わるというよりも、すーっと回るような感じだったが、チャンネル40というのがあった。ここの白黒映画のほかは、どこもカラーで映っていた。結局、『ネーム・オブ・ザ・ゲーム』というドラマにしようと思って、それでいいと母も言った。

ポップコーンを食べながら、親子でベッドに寝転がった。母は蹴飛ばすように靴を脱いで、息子の肩に腕を回し、その髪を指先でいじっていた。すると母が身体を起こして、「ちょっとだけ肩を揉んでよ」と言うので、ケニーは膝をついて、母の首筋あたりにマッサージを施そうとした。邪魔になる髪の毛を動かして、首に巻かれた細いチェーンには触れないように気をつけた。数分だけ揉ませておいて、ありがとう、いい子ね、ケニー、と母は言った。そして、また二人で寝転んだ。次の番組が始まって——『華麗なる世界』というドラマで、大人の会話ばかりが続いて——ケニーにはさっぱりわからず、最初のコマーシャルよりも前に寝てしまった。


朝、目が覚めると、ラジオの音楽が鳴っていた。母はキッチンで耐熱ガラスのパーコレーターを火にかけて、すでにコーヒーを淹れていた。ケニーは、やや高さのあるマーフィーベッドから、ぴょんと降りた。

「あら、お寝坊さん」母がケニーの頭にキスをした。「あのね、困ったことになっちゃった」

「え、なに?」ケニーは、二人分の席のあるキッチンテーブルについて、目をこすった。

「きのうミルクを買い忘れた」エバミルクならあるんだけど、と言った缶にはマンガみたいな牛のラベルがついていた。これは朝のコーヒーに使っているそうだ。「お使いに行ってくれるかな。〈ルーイズ・マーケット〉っていう店があるから、ミルクを半ガロン買ってきてよ。シリアルに欲しいでしょ？」

「いいよ」

どう行ったらいいかわからないので母に聞くと、玄関を出たら、右に曲がって、左に曲がって、歩いて三分ほどの店だそうだ。寝室のドレッサーに何枚かドル札がある。二ドル持ってって、あとで食べるお菓子を買ってもいい、とのことだった。

ケニーはきのうと同じ服に着替えて、母の小さな寝室へ行った。たしかにドレッサーに現金が出ていたので、一ドル札を二枚とった。クロゼットのドアが開け放しで、内部の照明もついている。フロアに置かれた靴がよく見えた。ハンガーにはドレスやスカートが掛かっていた。このクロゼットに男物のジャケットやズボンもあって、また小さなフックにはネクタイが掛かっていた。ハイヒールとならんで男物の靴があった。

アパート周辺の街路は、どこも並木道になっていた。大きな木が続いているが、ウェブスター・ロードのようなユーカリの木ではなかった。緑色の広葉樹で、太い枝が高いところに出ている。古い大木は根も大きく張っていて、舗道を突き破り路面に凸凹をつけていた。ケニーは二枚のドル札を握って、右に曲がり左に曲がり、三分もかからずに〈ルーイズ・マーケット〉を見つけた。

日系の男がレジの番をして、キャンディやお菓子の商品に囲まれていた。ケニーは乳製品のケースから半ガロンのミルクを持って、レジに行った。日系の男がレジを鳴らして言った。「どこの子だい？　見かけないね」

ケニーは、母が近所に住んでいて、ミルクを買い忘れた、という話をした。

「じゃあ、お母さんというのは——？」と男が言うので、その話もすると、男は「ああ、あの人！すてきな人だよね。すごい美人だ。そうだったのか。年はいくつ？」

「あと九日で十歳」

「うちにも同じくらいの女の子がいるよ」

あとで食べるつもりで、ケニーは〈ホステス〉のカップケーキを買った。二個で一パックのチョコレートケーキ。それぞれの真ん中に、白いアイシングがぐるぐる回りながら太い線になっている。二十五セントという値段だった。これくらいならいいだろうとケニーは思った。買い物を済ませて帰ったら、母には何とも言われなかった。母は〈ライスクリスピー〉のほかにトーストも用意して、種なしオレンジの房を割った。

ケニーがチャンネル40を見ていたら——午前中はアニメ映画とおもちゃのコマーシャルばかりだったが——キッチンの壁に掛かっている電話が鳴った。「もしもし」と応じた母は、ケニーにはわからないことを言った。

「どうしたの（ケ・パソ）、ミ・アモール。あら、そんな。せっかく楽しみにしてたのに。ほんと？」ケニーは母を見て、母も目だけはケニーを見た。「あ、そうね、だったらいいかも。ええ、一石二鳥ってことで。それがいいわ。了解」母はもう少しだけ電話の声を聞いてから、ふふっと笑って電話を切った。

「ケニーちゃーん」母は歌うように言いながら、こっちの部屋へ来た。「計画変更。ホセが——ガルシアさんがね、きょうは用事ができちゃって、飛行機を出せないんだって。だけども……」母が小首をかしげるので、もっと楽しい話が持ち出されるのかとも見えた。もし飛行機じゃないならロケットか……。「あした、うちまで飛行機で送ってあげるって！　車で走っていかなくていいの」

うちまで飛ぶ、ということがあるのか、ケニーにはわからなかった。まさか、うちの前でウェブスター・ロードに着陸するのか。ユーカリの木に激突したりしないのか。

たっぷり一日、何の予定もなくなって、ケニーと母は昼頃までは〈フェアリーテール・タウン〉にいた。公営の児童遊園地である。わらの家、枝の家、石の家、と見せかけて塗装した小屋があった。黄色いレンガの道が、くねくね曲がる形になって伸びている。午後三時までは一時間ごとに人形劇が上演される。ケニーが小さい頃には、この絵本の世界を模した村に、みんなで来たものだ。でも父は来なかった。父はいつも家で寝ていた。いま十歳になろうとしているケニーには、絵本の村は幼いものだった。ブランコも幼児向けにできていた。

すぐ近くに動物園もあった。小さかったケニーは、よく動物園にも来た。きょうも猿が輪っかにぶら下がって手足を伸ばしていた。象もいる。だいぶ手前のフェンスから見ることになるが、そのフェンスに昔ほどの高さを感じなかった。キリンに餌をやることもできた。飼育員が持っているバケツから、ニンジンを食べさせるのだ。ケニーと母は、絵本の村よりも動物園で時間を費やして、しばらく爬虫類館をぶらついていた。巨大なパイソンが木に巻きついて、フットボールくらいもある蛇の頭が、観察窓のガラスにくっつきそうだった。

ある小さな商店でランチをとった。店舗前の道にテーブルを出して、チェック柄のクロスを掛け、この場で食べられるようになっている。ケニーはツナのサンドイッチにした。レタスやトマトは抜きで、ツナだけのサンドイッチ。母はSサイズのパスタサラダ。飲みものは、リンゴみたいな形のボトルに入っている金色のジュースだった。コカコーラを飲むはずが、アップルジュースになった。だからケニーはがっかりしたのだが、飲んでみると、すごく甘くて、とろりと濃くて、これが喉から腹につーっと落ちていくにつれて、全身でうまいと思った。大人がワインを飲むのは、こんな感じなのかもしれない。いつも大人は「うまいワイン」がどうこうと騒いでいるから、きっとそうなのに違いない。そしてデザートとして、きょうは〈ホステス〉のカップケーキがあった。

「じゃあ、これからどうしようね」と母が言った。「ミニゴルフでもやってみようか?」

母は赤いフィアットをフリーウェーに乗せて、西の丘陵地帯へ向かった。川を渡ったあたりで、サンセット・アヴェニューの出口に近いことが、ケニーにもわかった。以前なら、その出口を降りれば、家に帰る道になった。「サンセット方面」の白い矢印がついた大きな緑色の標識に覚えがある。道の一方に〈シェヴロン〉、その反対側に〈フィリップス66〉のガソリンスタンドが見えた。しかし母は出口レーンには入らず、ただ直進した。しばらく行くと、カラフルな小さい町のようなものが見えた。ミニチュアの風車やお城がならんでいる。これが〈ミニゴルフ&ファミリー娯楽センター〉なのだった。新規に魔法で出現したような施設である。

土曜日だったので、かなりの人出になっていた。家族連れが車で押し寄せている。ここまで自転車で来たり、車で送ってもらったりした子供たちもいて、きょう一日たっぷり遊べるだけの小遣いを持たされていた。バッティングマシンのケージが円形にならんで、機械が球を投げていた。ピンボールや射撃ゲームのアーケードもできている。コーンドッグ、特大プレッツェル、ペプシコーラを売るスナックバーがあった。

ケニーと母はミニゴルフの列にならんだ。順番が来て、ボールと適当な大きさのパターを渡されたが、ティーンエージャーらしき係員が母に笑いかけた顔は、アイアン・ベンドで給油した〈シェル〉のガソリンスタンドの店員と同じような、でれっとした目つきになっていた。コースは二つあるので、どちらかを選ぶことになった。係員はお城のある「魔法の国」コースがいいでしょうと言ったのみならず、わざわざカウンターを回って出てきて、最初のホールまで案内してくれた。小さな鉛筆でカードにスコアを記載する要領までも教えて、十八番でホールインワンを出すと無料でもう一ゲームできますと言った。

「あ、そう、だいたいわかった」と母は言った。この若者がうっとうしくなっている。それでも母子がパットするまで彼は離れていかずに、じゃあお楽しみください、などと言ってから、カウンターでパターと色つきのボールを渡す業務に戻った。

面倒なのでスコアはつけなかった。ケニーは紫色のボールをひっぱたいて、穴に入れるまで何度たたこうとお構いなしに、ともかく遠くへ飛ばそうとした。母はもう少し慎重だった。一番おもしろかったのは、ケニーの打ったボールが水玉模様の毒キノコに入ったときだ。何秒か見えなくなっていたボールが、三本あるチューブのどれかを通るという仕掛けで、だいぶ下のほうの丸いグリーンに転げ出た。そこから先は、大きなカエルの口をめがけて打つことになる。その口が、城門の跳ね橋のように、上下に揺れていた。ここでも口の中に消えたボールは、もっと下のグリーンに出てきて、ほとんどカップに入りそうになった。その距離なら、もう紫色のボールをちょこんと打つだけでよかった。母はカエルの口に入れるところで、さんざん苦労していた。

「ミニゴルフっておもしろいね」フィアットの車内に戻って、ケニーは言った。コーンドッグを一つ買ってもらって、もう乗る前に食べていた。

「すごく上手だったじゃないの」母はギアの操作をして、遊園地の駐車場を出た。さっきとは逆方向で町へ戻り、またサンセット・アヴェニューの出口が近づく。

「ママ？」ケニーは言った。母はまた長いシガレットに車のライターで火をつけようとしていた。

「前の家を見に行ける？」

　母は煙を吐き出して、それが風に消えるのを見ていた。昔の家を見たいとは思っていない。生後二日のケニーを、あの家に連れ帰った。ケニーの兄と姉はバークレーで生まれていたが、そのアパートの記憶はどちらにも残っていないだろう。あの家では、ケニーを抱きかかえて、上の二人が裏庭で遊ぶのを見ていた。ケニーは居間のラグ——彼女自身の母親が糸をループ状に刺した古いラグ——を這うようになって、その上を歩くようにもなった。あの家には、クリスマスやハロウィーンの記憶、また近所の子の誕生日パーティの記憶が残っている。結婚をして母親になっていたという、なつかしい生活の記憶がまつわりついている。

　そして不幸もまた、あの家の隅々にこびりついていた。言い争う声の残響も消えていないだろう。子供を寝かせてしまえば一人だけで寂しかったし、昼間は子供に手が掛かって気が狂いそうになっていた。もう逃げたいと思って——あの家から、子供から、不満の影にひそんでいるが、じつは倦怠であるものから逃げたくて——彼女は〈レミントン・ホテル〉に職を得た。ウエートレスの仕事に空きがあった。彼女は車で早出をして、料理方の夫はランチとディナーの時間帯に勤める。近所に住んでいるモルモン教の家の娘に、子供を見ていてもらった。もちろん金を稼げるようになったのはよかったが、動いていられることが毎日の楽しみになった。行く場所がある。仕事がある。人を相手に話ができる。いまだ彼女は料理長カール・スタールの妻だったが、誰からも（ホセ・ガルシアにも）ファーストネームで呼ばれた。そのうちに計算に明るいということがわかって、総支配人の意向でコーヒーショップから会計担当に回された。さらには営業に転じたが、その頃にはもうケニーの父とは離婚して、料理長の奥さんではなくなっていた。

あの家を出たのは、もう別の一生を送ったほどの昔だった気がする。いまさら見たいとは思わなかった。

「いいわよ」彼女は息子に言った。「ママは柔軟だから」


フリーウェーを降りて、〈フィリップス66〉のガソリンスタンドで右折し、サンセット・アヴェニューを進んで、パルメット街で左折してからダービー街まで行くと、そこでシフトダウンして右折し、ヴィスタ街、ブッシュ街を越えて、道端に停まったのは四一一四番地の前だった。

ケニーは二軒の家しか知らない。最初に住んだのがここだった。その家をじっと見た。外に出ている郵便受けは変わっていない。X形の筋交いを入れたポーチの手すりも、覚えているとおりだった。前庭の木はひどく小さくなったような気がする。芝生は刈り込まれて、こんなに手入れされているのを見たことはないと思った。家の前面に整然と花壇ができあがっていた。ああやって花を植えたことはなかった。大きな窓には青いカーテンが下がっている。彼が幼い頃の白いカーテンではなかった。いまはガレージのドアが閉まっているが、昔は開けっ放しだったから、いつでも自転車や玩具を出すことができて、奥の部屋との出入口にもなっていた。父のステーションワゴン、母のカローラではなく、ダッジ・ダートの新車が正面に駐まっている。

隣の家にはアンホールターさんという一家が住んでいた。まだ白いピックアップのトラックがあるかと思ったが、いま見える範囲にはない。道路の向かいに「売り家」の看板が立っていた。「キャレンダーさん、家を売るんだ」とケニーは言った。

「もう引っ越したみたいね」母も言った。たしかに空き家のように見えた。その家の子供たち、ブレンダとスティーヴは、双子ではなかったが、同じ日に生まれたとしてもおかしくないような感じだった。二人とも〈シュウィン〉の自転車に乗って、ビスケットという名前の犬を飼って、水泳の選手だった。もうどこか別の町に住んでいる。

しばらくフィアットの車内に坐っていた。ケニーは自分の寝室だった部屋の窓を見た。可動式のルーバーがついているのは同じだが、いまは青く塗られていた。居間のカーテンに合わせた色だ。あの部屋のツインベッドで兄のカークと寝ていた頃は、木地のままの色だった。いま青くなっているのを見て、あれは違う、と思った。

「僕はここで生まれたんだよね？」

母は道路の先へ目をやっていた。窓のシェードが青くなった家を見ていたのではない。「生まれたのは病院よ」

「うん、それはそうなんだけど、この家の赤ん坊だったんだ」

母はフィアットのエンジンをかけて、ギアを入れた。「そうね」と言う声が、エンジン音に重なった。ダービー街四一一四番地の家を出て行った夜に、子供たちはベッドで寝ていて、その父親はひっそりとキッチンに立っていた。それから七週間、彼女は夫や子供の顔を見ずに過ごした。ケニーは五歳だった。

アパートへの帰路に、長いシガレットが三本吸われて、その煙がオープントップのスポーツカーに吹く風に流れていった。

ディナーに行った先は〈セネター・ホテル〉だった。ダウンタウンにある、というだけなら〈レミントン〉と同じだが、はるかに高級感を漂わせて、名札をつけたスーツ姿の男たちが大勢そろっていた。このホテルのコーヒーショップで食事をしていたら、ホセ・ガルシアが顔を出した。もうケニーはデザートに取りかかっていた。すごく大きく切ったチェリーパイにアイスクリームが載っているというものを、ウエートレスは「アラモード」と言っていて、チェリーはあまり好きではなかったが、アイスクリームは絶対に残さなかった。

「あしたは正午に飛ぶってことでどうかな」ガルシアさんが言った。「しばらくデルタ地帯を見てから、北へ向かおう。ケニーは、飛行機に乗ったことある?」

また同じことを言われたと思ったが、一応はしっかりと答えておいた。「ないです」

「空が大好きになるんじゃないかな」ガルシアさんは、母の頬にちゅっとキスしてから、この場を離れていった。男が女の頬にキスをするなんて、ケニーが実際に見たのは初めてだ。父の場合は、部屋を出るからといって、継母にキスしたりしない。そんなのはテレビの男女がすることだと思っていた。

翌朝、ホセ・ガルシアに連れられて、〈パンケーキ・パレード〉というコーヒーショップで朝食をとった。店内の装飾からしてサーカスに来たかと思うような店だ。男二人はワッフルを注文して、ケニーの母はここでも北極圏の雪の家みたいなカッテージチーズにした。食べている間に、身なりのいい家族連れの車が続々とやって来て、店が満席になった。どの家族も日曜日で教会へ行ってきたらしく、父親はスーツ、母親と娘はきれいなドレスを着ていた。ネクタイをして、ケニーと同い年くらいかと思われる男の子も何人かいた。これだけの人数がしゃべったり注文を出したりしていると、まったくサーカスのような騒ぎになった。

ホセと母がコーヒーを飲み終えると――ウエートレスがお代わりはいかがですかと何度でも寄ってきて、ようやく終わった――母は唇の赤い色を塗り直して、また三人がフィアットに乗った。運転したのはガルシアさんだ。ミラーレンズの眼鏡は、金色のメタルフレームが耳にしっかりと掛かるようになっていた。母はスキーヤーみたいなサングラスをしていた。ケニーは座席のうしろのスペースに坐らされたが、ひどく風が来る位置になって、ほとんど耳が聞こえなくなった。乗っている間、大人たちが何を言っているのか全然わからなかった。

でも、この空きスペースにいるのが楽しかった。横向きに坐って、オープンカーが巻き起こす風の流れに両手を突き出し、ぶらぶら揺らした。どっしりしたレンガ造りの家が続く道を通った。どの家も芝生が広々としていた。ゴルフコースのある大型の緑地公園も通過した。車が到着したのは〈エグゼクティブ・フィールド〉という場所だった。これが飛行場であるらしい。だがホセは駐車場には行かなかった。とあるゲートまで進むと、このゲートが開いて、乗り入れた車は、小さい飛行機がならんでいるあたりで停まった。

「さあ、ケン、覚悟はいいか？」ガルシアさんが言った。

「こういうので飛ぶの？」ケニーは駐機されている小型機を指さした。うちにある模型飛行機――

というのは戦闘機やB-17爆撃機みたいなもの——とは違っている。ずいぶん小さくて、機関銃はなくて、エンジンは一つだったり二つだったりするが、どっちにしてもスピードが出るようには見えない。

「コマンチっていうんだ」ガルシアさんは赤い線の入った白い単発機に近づいていった。

飛行機のドアが、車のドアと同じように開いた。しばらくドアを半開きにして、機内に風を通した。ケニーは主翼に乗り上がって操縦席をのぞかせてもらえた。計器やダイヤル、操縦桿、ペダルがあった。どれも同じものが二つずつになっている。また何だかわからないが科学的な感じがするスイッチやコントロールもあった。ガルシアさんは何度か機体を回って歩いてから、折りたたんでドアのスリーブに入れてあった書類を見た。

ケニーの母は、あのピンクのスーツケースを車から下ろして持ってきた。「前の座席に乗りたいでしょ?」母は座席を前に倒して後部へ乗り込み、スーツケースとならんで坐った。

「僕が、ここなの?」前の席にはハンドルがあって、副操縦士になるようだ。

ガルシアさんは、「そう、副操縦士にいてもらわないとね。ママだと操縦桿を持つ手が震えるんだ」と笑ってから、シートベルトの留め方を教えた。ケニーに手を貸して、ストラップをぎゅっと短めに締めてやる必要はあった。またポケットから小ぶりなサングラスを取り出し、ケニーに持たせた。「上空はまぶしいからね」

ガルシアさんの眼鏡のような金色のメタルフレームだった。たいして高級品らしくはないとしても、しっかりと耳に掛かった。十歳直前のケニーには大きいのだが、そうと本人にはわからない。振り返って母にサングラスの顔を見せ、親指を上げて、三人とも笑った。

エンジンが始動して、ものすごい音がした。まだドアを閉めていないせいもあるが、それだけではない。機体が揺れて、ぶるんぶるん回りだしたプロペラが、ちぎれて飛びそうに見える。ガルシアさんはスイッチやノブを動かして、何度かエンジンを吹かしていた。それからヘッドセットをつけて、何かしらの操作をしたので、まだドアの開いている飛行機がいくらか動いていた。そのまま駐機中の他機の前を通過し、文字や数字の標識が立っている幅広の緑地帯も通過して、止まったときには長い滑走路の端にいた。ガルシアさんが手を伸ばして、まずケニー側のドアを閉めて固定し、同じように自分に近いドアも閉めてラッチを掛けた。エンジン音は変わらないが、機体の揺れは小さくなった。

「いいかい?」ガルシアさんが大きな声で言って、ケニーはうなずいた。母もさっと親指を上げたようだ。うしろから手を出した母がケニーの頭を撫でまわしたが、何か言ったのだとしても、よく聞こえなかった。母の大きな笑顔だけはわかった。

速度が上がって、騒音も激しくなった。まったく初めての感覚がケニーに生じた。ぐんぐん加速して、ついに離陸すると、胃袋が沈み込んで、頭のてっぺんが持ち上がるような気がした。地面がすうっと縮んだ。まもなく街路も家屋も自動車も、本物らしくなくなった。ケニーは横の窓から外を見ようとしたが、主翼に視界を遮られるので、身体を前傾して大地と前方の大空を見た。

ダウンタウンの建物が見えた。かつて住んでいた世界がわかった。〈タワー・シアター〉映画館、網の目のような市街地、〈サター砦〉の史跡(つまりサターの製材所だったところに金が発見されて、ゴールドラッシュの発端になった)。そして〈レミントン・ホテル〉も見えた。看板の字が読めた。

初めての飛行は、生まれてから最大の驚くべき出来事になった。頭の中が空気でふくらんだようで、呼吸が速くなった。太陽がこんなに明るいのも初めてだ。サングラスをしていてよかった。ガルシアさんが翼を左に傾けて方向を変えると、河口の巨大なデルタが視野に広がった。いくつもの島があるみたいだ。くねくね曲がる水路や堤防が、陸地を島に分けている。ケニーが生まれた町のすぐ隣に、舟で町へ出るしかない農家がたくさんあった。ちっとも知らなかった！

「メコン川も、こんなようなもんだ！」ガルシアさんがどなった。窓の外を指さしている。ケニーは何となくうなずいたが、返事を求められているのかどうかわからなかった。「アメリカってのは、そういう国なんだ。飛び方を教えてくれる。ベトナムの偵察に行かされる」

ケニーもベトナム戦争のことは知っていた。チコから電波が届くチャンネル12でニュースをやっている。メコンというのが何なのか、そこまでは知らなかった。

飛行機は南西に針路をとった。これだけ高度を上げると、ハイウェーを行く車もトラックも、あれで動いているのかと思うくらいだ。河口の幅が広がって、サンフランシスコ湾の海水と出会うあたりで、水の色が変わっていた。広い川に船が見える。大きな船のはずだが、上から見れば、ケニーがコーヒーテーブルで遊ぶ模型のようでもある。ガルシアさんがまた翼を傾けて、ケニーは腹がぐんにゃり伸びるような気がしたが、ほんの一瞬だけのことだった。

今度は北に向けて飛んでいた。ガルシアさんはヘッドセットの片側だけを耳からはずして、「しばらく代わってくれよ、ケニー」と大きな声で言った。

「そんな、無理に決まってる！」ケニーはぶっ飛んでる人を見るような目になった。

「車の運転だと思えば、見当がつかないか？」

「そりゃ、まあ」

「じゃあ、そのヨークをつかんで」ガルシアさんがヨークと言ったものは、自動車とバイクのハンドルを混ぜたみたいな操縦桿のことだ。ケニーは坐り直してハンドルに手を届かせた。「それが向かう方角に、飛行機は進むんだ。ためしに引いてごらん」

いままでに出したこともないような力を込めて引っ張ると、たしかにヨークが手前に動いて、空ばかりが前方の窓に広がり、エンジンが重くなった。

「ほらね?」ガルシアさんが言った。「じゃ、あわてずに戻して」

もちろん大人の操縦士が飛行を制御しているのだが、上がった機首を水平に戻すことはケニーに体験させた。窓の中に大地が帰った。

「曲がってもいい?」ケニーは叫んだ。

「どうぞ、機長」ガルシアさんが言った。

ゆっくりゆっくり慎重に、ヨークを右に回した。わずかに機体が傾いて、方向が変わる感触があった。それから反対に回し、そうっと直進に戻す。

「もうちょっと身長があったら——」ガルシアさんは言った。「方向舵(ラダー)をまかせてもいいんだが、まだペダルに足が届かないよな。あと一年か。来年はできるかも」

ケニーは空想をふくらませた。十一歳になって、母を後部席に乗せ、一人でコマンチを飛ばしている……。

「さあて、この次の仕事はというと——ほら、前方にシャスタ山が見えるだろ?」どっしりした火山である。渓谷地帯の北端に立ちはだかって、いつでも雪をかぶっていた。よく晴れた日にアイアン・ベンドから見ると、遠くに巨大な山の絵があるようだった。いま飛行機の前部座席から見れば、白い色が三角形になって地平線上に突き出している。「あの山をめがけて進むぞ。いいか?」

「了解!」ケニーは山にぴたりと視線を据えて、機首が向かう目標にした。ガルシアさんは座席の横にあった書類と、ポケットのボールペンを取り出して、何かしらメモのように書いていた。それから地図も見た。ケニーは飛行機をまっすぐ前に飛ばして、どれくらいの時間になるのかわからなくなった。ほんの数分だったのかもしれないし、ほとんど家に帰るまで飛ばしたのかもしれない。ともかく針路を揺るがすことはなかった。シャスタ山が大きく見えてきて、ようやくガルシアさんが地図をたたみ、ボールペンをかちゃっと引っ込めた。

「いいぞ、ケニー」と言いながら、すべての操縦を引き受ける。「パイロットの素質があるみたいだ」

「上手じゃないの」母も後部席から声を掛けた。振り返ったケニーの顔と同じくらいに、母の顔も笑っていた。

窓の外を見ると、ハイウェーの車線が渓谷地帯を走っていた。ウィロウズ、オーランドといった町を抜けて北上し、もっと先へ行けばアイアン・ベンドも越えていく。つい二日前には、母と二人で、あの道を来たのだった。その上空を飛んでいる。

飛行機に乗っていて耳がおかしくなったので、大きく口を開けてから、その口を閉じて、ふんと鼻息を出した。痛くはなかった。もう飛行機は高度を下げている。エンジンの音が大きくなり、だんだん地面が近づいて、アイアン・ベンドの目印になるものが見えてきた。町の南側に材木置き場がある。ハイウェーから横道へ折れてモテルが二軒。いまは穀物の入っていない昔のサイロ。〈モンゴメリー・ウォード〉が入居しているショッピングプラザの駐車場。この町に飛行場があるとは聞いたこともなかったが、ユニオン高校フットボール場の裏に、それらしきものが見えていた。

飛行機は、着陸態勢になって、がくがく揺れた。ガルシアさんが何かの操作をして、エンジンがおとなしくなり、ほとんど音がしなくなったと思うと、もう車輪がコンクリートの滑走路をつかまえて鳴っていた。あとは自動車を運転するように移動して、駐機中の他機にぴたりと隣接して停止した。エンジンが止まって、プロペラも少しだけ回転してから、がくんと動かなくなった。こうなると変に静かだ。シートベルトをはずす音が、かちっと鮮明に聞こえた。〈ステート・シアター〉で見る映画の音のようだ。

「今回も無事に生還」ガルシアさんが、もう大きな声を出すまでもなく言った。

「まったく――」ケニーの母が言った。「そういう言い方しかできないの?」

ガルシアさんは笑って、後部席へ乗り出し、母の頬にキスをした。


飛行場には、ちっぽけなコーヒーショップがあった。客はいないし、店番もいないらしい。ケニーは、サングラスを掛けたまま席について、足元にピンクのスーツケースを置いていた。母は壁に設置された公衆電話にいくつもコインを入れた。ダイヤルをして、しばらく待って、いったん電話を切ってから、出てきたコインをまた入れ直した。ほかの番号を回して、今度は通じたようだ。

「そう、つながらないの」と電話の相手に言う。「だから迎えに来てやってくれない? あたしたち、戻らなくちゃいけないから――。時間かかる? あ、わかった」

母は電話を切って、坐っているケニーに近づいた。「お父さんが、仕事中だけど、来てくれるって。ココアでも飲んでる？　あたしはコーヒーにしようかな」

コーヒーショップのガラス扉から、飛行場の事務所が見えた。ガルシアさんが――やはりサングラスをしたままで――デスクの男に話しかけていた。ぶーんと音が聞こえたと思ったら、ココアを出している機械だった。母が持ってきた発泡スチロールのカップに口をつけたら、やけに水っぽいと思った。全部は飲まなかった。

父がステーションワゴンに乗ってきた。料理人らしいズボンと重そうな靴を履いて、エンジンは切らずに車を降りた。父はガルシアさんと握手をして、母にも挨拶程度の話をして、小さいピンクのスーツケースを車に運んだ。

ケニーは、飛行機に乗ったときのように、前の座席に坐った。駐車場から出ようとして、そのサングラスはどうしたんだと父が言った。

「ガルシアさんにもらった」

ケニーは、シャスタ山に向かって飛んだことを父に話した。動物園に行ったこと、子供用のゴルフをしたこと、昔の家を見に行ったことも話した。

父は「ふうん」と言った。キャレンダーさんが引っ越した話をしたら、また同じように「ふうん」だった。

町に戻って〈ブルーガム・レストラン〉まで来てから、ケニーは車の窓の外を見た。メタルフレームのサングラスで紺色になった目で、空を見上げる。もうガルシアさんは飛行機を離陸させただろう。どこかに見えないかと思った。母は副操縦士の席にいるはずだ。

でも見えなかった。影も形もなかった。

These Are the Meditations of My Heart

古いタイプライターなんて買うつもりではなかった。もう何も欲しくなかった。持ち物を増やす気がなかった。新品でも、中古でも、骨董でも、何一つ要らなかった。いやなことがあったばかりで、この落ち込んだ日々を、スパルタ式に厳しく生きて乗り切ろうと誓ったのだ。一種のミニマリズム。車一台におさまるくらいの生活でよい。

彼女は小さなアパートが気に入っていた。カヤホガ川の西に位置している。彼との暮らしで着ていた衣服は、すべて処分してしまった。バカな男だった。いまの彼女は、ほとんど毎晩、一人で自炊して食事を済ませ、ポッドキャストを聴きまくっている。それなりに貯金はあるので、ぼんやりと気楽な夏を過ごしても、年が明けるまではどうにかなる。一月にはエリー湖が凍って、建物の水道管が破裂するかもしれないが、それまでにはどこかへ行っているだろう。ニューヨーク、アトランタ、オースティン、ニューオーリンズ……。身軽な旅なら、いくらでも候補地はある。

ところが、ミシガン通りとシカモア通りの角にある〈レイクウッド・メソジスト教会〉で、土曜日の駐車場セールをやっていた。地域の奉仕活動にあてる資金を稼ごうというわけで、たとえば無料のデイケアとか、アルコール依存を脱する互助会とか、よく知らないが弱者に食事を宅配するとか、そんな目的があったようだ。彼女は教会へ行く人間ではないし、メソジストの洗礼を受けたこともないけれど、ぶらっと立ち寄るくらいはよいだろうと思った。駐車場にカードテーブルがずらりと並んで、どれもヤードセールの売れ残りみたいな品物を満載している。これを見て歩くのは、信仰の行為ではない。

つい面白がって、冷凍ディナーのアルミ皿セットを買いそうになったが、よく見ると三枚に錆が出かかっていた。おしゃれ用のジュエリーにも、お宝の箱はなさそうだ。すると〈タッパーウェア〉のアイスキャンディメーカーが目に入った。子供の頃は、粉末ジュース（クールエイド）、あるいはオレンジジュースを、型に流し込む作業をまかされた。プラスチックの柄（え）を差して、あとは冷凍庫に入れる、というだけの物理学で、安上がりなアイスキャンディを楽しめた。溶けかかるフルーツ味の氷で手をべたつかせながら、丘陵地帯の夏の風に吹かれていた。あの感触がよみがえるような気がして——値切ることもなく、このセットに一ドルを出していた。

同じテーブルに、タイプライターも載っていた。ポップアート調の赤い色がくすんでしまって、見た目にはよくない。だが見下ろして気になったのは、左の隅にくっついている粘着ラベルの文字だった。小文字ばかりの列に（シフトと6のキーで）下線を引く、というように元の持ち主が打ったのだ。

もう三十年くらい前にタイプされたのだろう。まだ新品だった機械が、箱から出されたばかりで、どこかの女の子が十三歳になった誕生日プレゼント、ということだったのかもしれない。そして、もっと新しい別の持ち主が、「五ドルで買ってください」と印字した紙を、キャリッジに巻き込んでいた。

ポータブル型で、筐体はプラスチック製である。リボンは二段に分かれて、上半分が黒、下が赤。カバーの部分に穴があいているのは、〈スミス・コロナ〉〈ブラザー〉〈オリヴェッティ〉のような商標がついていた痕跡だ。赤みがかった合成皮革のキャリングケースもあった。機械をすべり込ますように入れてから、プッシュボタン式の留め金で閉めるようになっている。ためしに三つのキーをたたいてみた。A、F、P――。どれもパタッと紙を打ってから、しっかり戻った。まだ使える、らしい。

「これって、ほんとに五ドルなんですか?」彼女は手近なテーブルにいた店番らしいメソジストの婦人に言った。

「それ? 動くとは思うけど、いまどき使う人なんていないかもね」

ということを知りたかったのではないが、そこは不問にした。「これ買います」

「買うんなら五ドルよ」

こうしてメソジスト派があっさりと活動資金を増やした。

アパートに帰って、パイナップルジュースを凍らせる準備をした。夜に涼しくなってから窓を開けて、蛍が出てくるのを見ながら、アイスキャンディを二つ三つ食べるつもりだ。それからタイプライターを安っぽいケースから出して、小さなキッチンテーブルに載せると、〈レーザーライター〉に給紙していたプリンター用の紙を一枚抜いて、くるくると装着した。ひととおりキーをたたいたが、あちこちで引っ掛かる。底面に四つあるはずのゴム脚が一つなくなっているので、全体にがたついている。上段からキーを順番に一つずつ強打して、大文字でも同じようにしてみたら、引っ掛かっていたキーがいくらか動くようになった。リボンは古いものだったが、打った字はどうにか読める。キャリッジリターンの行間は、シングルにもダブルにもできるようだ。ただし、ベルは鳴らない。マージン調整のスライダーは、がりがり進んでから、突っかかるように止まった。

よほどに錆落としと潤滑の処理をしないと、使い物にはならないようだ。たぶん二十五ドルくらいかかるかもしれない。だが、もっと困ることがあった。二十一世紀にタイプライターを買う人間の悩みと言ってよかろう。どういう使い道があるのか——。

封筒に宛名を書ける。母に手紙をタイプして、ふらふら生きている娘からの便りで喜ばす。元彼には嫌がらせのメッセージを出せる。「バカな男が、もったいないことをしたわよね！」なんて書いてやっても、eメールみたいな記録は残らない。何かしらタイプして写メしてから、ブログやフェイスブックに上げてもよい。自分用の予定メモを書いて冷蔵庫のドアに貼ることもできる。ということで、もう五つは使い道ができた。新規に古物を所有することの、ヒップでレトロな根拠である。もし心の奥の瞑想でも書くとしたら、しっかりした使い道の六番目ということになる。

彼女は元の持ち主が意図したように打ってみた。

スペースバーがまともに動かない、というのは厳しい。彼女はスマホをつかんで、「中古　タイプライター　修理」と検索した。

その結果、三件の候補が挙がった。一軒目はアシュタビューラの町に近くて、行くとしたら二時間はかかる。その次がダウンタウンの店で、これは電話しても出なかった。ところが、どうかしてるんじゃないかと思うくらいで、歩いて数分の距離に〈デトロイト通りビジネスマシン〉という店があった。これなら知っている。タイヤの店の隣だ。その先には大きなピザ屋があって、もうちょっと先に閉店間際の画材屋があるので、いままでに何度も店の前を通過した。

小さい店である。てっきりコンピューターの店がプリンターの修理もやっているのかと思っていたが、歩いて行ってウィンドーをのぞいてみたら、意外におもしろい店だとわかった。昔の加算機がある。三十年前の留守番電話で、ディクタフォンとかいう機械もある。古めかしいタイプライターもある。ドアの上のベルをちりんと鳴らして、店に入った。

店内の半分は、ただのプリンター屋だった。箱に入った製品のほかに、トナーカートリッジを各種取り揃えている。ところが、もう半分は、「往年の事務機ミュージアム」と言ってよかった。キーが八十一個と引き手のハンドルがついた加算機、テンキー式の単純な電卓、速記用タイプライター、IBMセレクトリック・タイプライター（多くはベージュ色の筐体）などがあった。また壁に作り付けた棚を見ると、何十台ものタイプライターが分類されていて、黒、赤、緑、薄い青の光沢を放っている。いずれも現役ばりばりで使えそうに見えた。

サービスカウンターは店の奥だった。カウンターの向こうに机や作業台があって、書類を見ている老人がいた。

「どんな御用ですかな、お嬢さん」いくらか訛りがあった。ポーランド系という見当か。

「じつは直してほしいものがあって」彼女は合成皮革のケースをカウンターに置いた。留め金をはずし、タイプライターを取り出す。それを見た老人から溜息が洩れた。

「ええ、そうなんです」彼女は言った。「だいぶ傷んでるみたいで、キーは半数くらい動かなくて、打つたびにがたついて、スペースバーがいかれちゃってます。ベルも鳴りません」

「鳴らない――。あー」

「どうにか助けてもらえませんか。これに五ドルつぎ込んじゃったんで」

老人は彼女を見てから、機械に目を戻した。また溜息を洩らす。「お嬢さん、どうにもなりませんよ」

これは困った。彼女の目で見るかぎり、タイプライターの修復をするとしたら、この店のほかにないような気がする。老人の背後の作業台には、分解した機械やら、タイプライターの部品やらがあるではないか。「ああいう部品じゃあ、だめってことですか?」

「こいつに合うのがなくてね」老人は、くすんだ赤のタイプライターと合成皮革のケースの上で、手のひらを揺らした。

「取り寄せられませんか?　待つのはかまいませんけど」

「いや、そういうことではなく――」カウンターの端に寄せて、営業用の名刺を入れた小箱があった。老人は一枚とって彼女に持たせた。「ここに書いてありますでしょう?」

彼女は名刺の文字を読んだ。「デトロイト通りビジネスマシン――プリンター販売、保守点検、日曜休業……。ということは、あしたが休みなんですね。営業時間は午前九時から午後四時。土曜日は十時から三時……。」

　裏面も見たが、そっちには何も書かれていなかった。「いま私の時計も、お店の時計も、十二時十九分を指してます」

「この店の名前ですよ」老人は言った。「読んでみてください」

「デトロイト通りビジネスマシン」

「はい。ビジネスマシンです」

「そう、ですよね」

「いいですか、お嬢さん。マシンの店なんです。でも、これは――」ふたたび老人は五ドルのタイプライターに手をひらひら振ってみせて、「おもちゃですな」と、穢らわしいものを見たように言い捨てた。

「プラスチックで、タイプライターに見せかけて製造してますが、これはタイプライターではありません」

　老人は「おもちゃ」だと言うものの上部カバーに手をかけた。その力でたわんだプラスチックが、ぱんと跳ねるようにはずれると、内部の機構が見えていた。「タイプバー、レバー、リボンスプール――これもプラスチックだ。リボンリバース、バイブレーター」

　そんなものが手動式のタイプライターに入っているとは、彼女はまったく知らなかった。

　老人はキーをいくつか引っぱたき、レバーを弾いて、キャリッジを左右に動かし、プラテンを回して、バックスペースキーを打った。まったく気に入らないらしい。「タイプライターというものは、正しく使えば、世界を変えることができる。そういう道具です。しかし、これは？　ただ場所をふさいで、うるさい音を立てるだけでしかない」

「ちょっと油を差すくらい、できませんか？　それで私も世界を変えられるんなら、やってみたいですよ」

「掃除して、油を差して、あちこち締め直すことなら、できなくもない。ベルも鳴らせる。六十ドルは請求するとして、ちょいちょいと魔法をかけたことにしましょう。でも、それじゃあ素人の弱みにつけこんだ、ぼったくり商売になる。あと一年もしたら、またスペースバーが――」

「いかれちゃう？」

「悪いことは言わないから、持って帰って、花でも挿して飾っときなさい」老人は、死んだ魚を新聞紙に包むように、タイプライターをケースに戻した。

彼女は気まずい思いをしていた。努力もせず、出来の悪い作文を提出して、先生の期待を裏切った子供のような気分だ。もし元彼と別れていなくて、あのバカ男がこの場にいたとしたら、きっと老人の味方をして「だから言ったじゃないか」と言うだろう。「こんなガラクタを買うからいけない。五ドル？　もったいない！」

「ご覧なさい」老人は大きく腕を振って、壁の棚にならんだタイプライターを見せた。「こういうのがマシンですよ。みんなスチール製でね。技術屋の作品なんです。アメリカ、ドイツ、スイスの工場で、そのように作られた。どうして棚に置いているかおわかりですか？」

「売り物だから？」

「ずっと生き続ける製品だから！」もはや老人の声は叫びというに近かった。その中に、彼女は父が叱りつける声を聞いたように思った。「芝生に自転車を置きっぱなしにしたのは誰だ？ ……教会へ行くってのに、どうして俺だけしか着替えてないんだ？ ……一家の父親が帰ったんだから、誰かしら抱きついてきたらどうなんだ！」

彼女は、いま自分が老人に笑顔を向けている、と思った。

「たとえば、これ――」老人が棚に寄っていって、そこから取り下ろした一台は、黒い〈レミントン7〉のノイズレスと称するモデルだった。「白い紙を取ってくれませんか、そこにあるやつ」と言われて、彼女はカウンターの用箋を渡した。老人は紙を二枚まとめて切り離し、そのまま黒光りするマシンに巻き入れると、「聞いてなさい」と言いつつタイプした。

デトロイト通り　ビジネス　マシン

その文字が一つずつ、ささやくように紙の上に落ちていった。

「アメリカは前に進もうとしていた」と老人は言った。「混んだオフィスでも、狭いアパートでも、列車内でも、仕事がなされていた。レミントンは長いことタイプライターを売っていたが、もっと小さくて静かなマシンを作ろう、音を減らそう、という声が社内に出た。そして、やってのけた。プラスチックの部品なんて使ったか？ そんなわけない。設計をやり直して、キーストロークの張力を変えた。ノイズレスと言って売れるくらいに静かなタイプライターができた。ほら、打ってごらん」

老人はくるりとマシンを回した。彼女は向き合った機械を、はたはたと打った。

静かに。いまタイプしてます。

「ほとんど聞こえません。すごいですね」と言ってから、彼女はツートンカラーの一台を指さした。ボーンホワイトと青の二色で、全体に丸みがある。「あれは、どのくらい静かなんですか？」

「ああ、〈ロイヤル〉ね」老人は黒い〈レミントン7〉をしまって、みごとな小型のマシンを下ろした。「これはポータブル型の〈サファリ〉というモデル。なかなかの逸品ですよ」また二枚の紙をそろえて入れると、これも彼女にキーを打たせた。彼女はサファリつながりで映画の題名を打った。

モガンボ
ブワナの悪魔
「アフリカに農園を持っていて……」

さっきのノイズレスよりは大きな音が出て、キーも楽々飛んでくれるとまでは行かなかった。だが、より新しい時代の機能がついていた。数字の1と！を打てるキーがある。ボタンを押すだけでタブ設定ができる。それにツートンカラーだ！

「このロイヤルさん、売り物なんですか？」

老人はにっこり笑ってうなずいた。「ええ。でも、なぜ？」

「なぜタイプライターを欲しがるのか?」

「なぜ、このタイプライターを欲しがるのか」

「あんまり買わせたくないですか?」

「お嬢さん、お気に入りなら、どれだってお売りしますよ。お代をいただいて、さようならと手を振ります。でも、その前にうかがいたい。なぜ〈ロイヤル〉のサファリなんです? 色がお好み? それとも書体ですか? キーが白いから?」

そう言われて考えた。またしても先生の前の子供みたいな気分だ。ちっとも予習をしていないのに抜き打ちテストがあって、どうせ出来が悪いとわかっている……。

「あたし、気紛れだから」と彼女は言った。「おもちゃのタイプライターを買って帰って、ペンや鉛筆じゃなくてタイプで何か書こうと思ったら、おもちゃが頑固に固まっちゃって、そのあとは? 近所の専門店に持ち込んだら、見向きもされないんですよ。ほんとなら、ちっぽけなアパートのちっぽけなテーブルで、手紙みたいなものを書いてるはずなんですけどね。もちろん、ラップトップや、プリンターは持ってますよ。iPadとか、こんなのも——」と、iPhoneをかざして見せた。「現代人の女としては使ってますよ。でも……」

はたと言いさした。どうして五ドルのタイプライター(いいかげんなスペースバーがあって、ベルがない)を買う気になったのか思い返そうとしている。どうして、この店にいて、老人と半ば言い争いになっているのか。きのうまでは、昔の手動式タイプライターのことなんて、まるっきり考えていなかったのに。

「……あたし、手で書くと、子供みたいな丸っこい字になるんです。だから、何を書いても、病院の保健ポスターみたいになっちゃって——。別に、お酒飲んだりタバコ吸ったりしながらタイプするような、そんな人じゃないんですけど——ただ、いままでに思いついて、ああ、そうなんだ、ってわかったことを、少しでも書いておきたくなったんです」

彼女はカウンターに置いたままだった合成皮革のケースに手をかけて、プラスチック製のタイプライターを引っ張りだし、棚の前まで持ってくると、〈ロイヤル・サファリ〉の隣にどかんと置いた。そうしておいて、上面に貼られたラベルに指をさす。

「あたし、まだ妊娠もしてませんけど、将来、子供が生まれたら、その子たちに、心の中で思うことを読んでもらいたいんです。だから、それまでに自分の手で、何枚も紙を使って、その繊維質にタイプの文字を押し込んでおきたいんです。これがほんとの意識の流れっていうものを書いて、靴の箱かなんかに入れて保存します。そのうちに大きくなった子供が読んで、人間とはどんなものかと考えてくれたらいいですね」

自分の声がひどく大きくなっているのがわかった。「子供たちが紙をやり取りしながら読んで、そうか、ママはこんなことしてたんだ、ばたばたタイプの音を立てて、こんなこと書いてたんだ、って言うんです——。あ、すみません！　あたし、どなってますね！」

「あー」

「なぜ、どなってるか、って言うんですね？」

老人は細くした目を若い女に向けた。「長続きするものをお求めのようだ」

「そうかもしれません！」彼女は言葉を止めて、深呼吸するほどの間をおいた。その肺に入れた空気を、頰をぷっくり丸くした溜息で、すべて吐き出している。「じゃあ、このアフリカっぽい名前のタイプライター、おいくらですか？」

店の中が、はたと静かになった。老人は、その口に指を一本あてて、どう答えたものかと考えていた。

「お似合いの品ではなさそうだ」老人はツートンカラーの〈ロイヤル〉を持ち上げ、壁に作りつけた棚に戻した。「これは大学の一年生になろうかというような女の子に向いている。わけのわからんことで頭がいっぱいになって、もうすぐ夢みたいな彼氏が現れると思っている年頃だ。こいつで課題図書のレポートが書けるでしょうな」

それと入れ替わりに下ろした一台は、淡いグリーン系の色をした小型のタイプライターだった。キーだけは、ほんの少しだけ明るい色調になっている。

「これは——」ふたたび老人は二枚の紙を入れてキャリッジを巻いた。「スイス製ですよ。スイスと言えば、鳩時計、チョコレート、精密な腕時計、だけではなくて世界最高峰のタイプライターを製造していたものです。これは一九五九年の製品で、〈ヘルメス2000〉と言います。まさに頂点。もはや芸術の域に達した手動式タイプライターでありまして、他の追随を許しません。タイプライター界のメルセデス・ベンツ、と言ったらメルセデス・ベンツを誉めそやすことになるでしょう。どうぞ、打ってごらんなさい」

彼女は、目の前に据えられた緑色の機器にたじろいでいた。六十年も前のスイスの工芸品で、どういうことが言えるだろう。年代物のベンツをどこへ走らせたらいいだろう。

ジュネーヴを見下ろす山々に

純白の雪が降りつもる
子供らはココア味のクリスピーを
ミルクをかけずに食べている

「これはエポカという書体です」老人は言った。「すらりと伸びた感じでしょう。定規で線を引くようです。いかにもスイスらしい。では、ペーパーガイドの穴をご覧なさい。バイブレーターの両端にある――」

なるほど、これがバイブレーターというものか。

「よろしいかな」老人はシャツのポケットからペンを取り出し、その先端を一方の穴に差し込んだ。キャリッジをリリースして、左右に動かすと、いま彼女が書いた文字列に線が引けた。

ジュネーヴを見下ろす山々に
純白の雪が降りつもる

「インクの色を変えて、さまざまに強調することもできますよ。それから、ほら、うしろにツマミがあるでしょう?」

たしかに裁縫の指ぬきくらいの大きさのツマミが出ていた。なだらかな波形がついているので、指をかけやすい。「キーのアクションを、きつくしたり緩めたりできます」

そうしてみた。キーを押し下げる感触が、相当にきつくなった。ぎゅっと最後まで押し込まないといけない。

鳩時計。

「たとえば手紙のカーボンコピーを、三枚、四枚、欲しいとしたら、きつく設定すれば、一番下の紙まで打鍵する力がかかります」老人は笑った。「スイス人はたくさん記録を残したかったんでしょうな」

このツマミを反対方向に回すと、キーは羽のように軽くなった。

時計。メルセデス　ヘルメス　2000000

「ほとんどノイズレスにもなるんですね」彼女は言った。

「ええ、そうです」老人はマージンの設定が簡単であることも実演した。キャリッジの両端にあるレバーを押すだけでよいのだった。タブも、「タブセット」を押せばよい。「このヘルメスは、私が十歳の年に生まれたんですよ。丈夫ですな」

「どちらも」

老人は若い女に笑顔を向けた。「いずれ生まれてくるお子さんは、こいつでタイプの打ち方を覚えるのでしょう」

すばらしい考えだ、と彼女は思った。「おいくらなんです?」

「そんなことより、ひとつだけ条件をつけてよければ、お売りしますよ。つまり、これを使ってくだされば良い」

「あの、お言葉ですけど——。それって、あたりまえですよね」

「いや、このマシンを生活の中に取り込んでいただきたい。一日の暮らしのどこかに置いてやってもらいたい。何度か使ったあとで、テーブルにあると邪魔だから、ケースに収めて、クロゼットの奥の棚に上げたまま、ということにしてはいけません。そんなことをしたが最後、もうタイプして書いたりはしなくなります」

老人は戸棚のドアを開けていた。古い加算機を陳列した台の下が物入れになっているようだ。手頃なキャリングケースをさがして、緑色のスーツケースみたいなものを引っ張り出した。だいたい正方形で、平たい留め金具がついている。

「ステレオを持っていてレコードを聴かないなんてことがありますか？　タイプライターは使われないとだめなのです。船出をしない船と同じ。飛行機だって飛ばなくてはいけません。弾きもしないピアノがあっても仕方ない。ピアノが埃をかぶるだけで、人生に音楽はなくなります」

老人は〈ヘルメス２０００〉を緑色のケースに入れた。「見えるところのテーブルに出しておいてください。用紙を切らさないように。二枚重ねで紙を入れると、プラテンが傷まなくて長持ちします。封筒や、専用の便箋など、ご注文に応じますよ。ダストカバーは無料でお付けしますが、ふだん家にいるときは外しておいてください。いつでもマシンが使えるように」

「ということは、もう値段の話になってよいのですね？」

「そのようです」

「おいくら？」

「あー。こういうものは、本来、値段をつけられないのです。この前に売った一台は、三百ドルでした。でも若い女性には……五十ドル」

「そっちを下取りってことで、どうにかなりません？」彼女は持ち込んだおもちゃのタイプライターを指さした。まだ値切るつもりだ。

老人はじろりと彼女を見た。妖しげな眼光がある。「いくら出したのでしたっけ？」

「五ドル」

「ぼられたね」老人は口をとがらせた。「じゃ、四十五にしましょう。こんな値引きをしたなんて女房には言えません。離婚されてしまいますよ」

「じゃあ、秘密ということで」


さすがに〈ヘルメス2000〉ともなると、おもちゃとは重みが違っていた。持って帰ろうとする道で緑色のキャリングケースが彼女の脚にばんばん当たった。二度も立ち止まって、マシンを下に置いた。休みたいというのではないが、手のひらが汗ばんでいた。

アパートに帰ってから、老人に言われて約束したとおりのことをした。淡い緑色のタイプライターはキッチンのテーブルに座を占めて、その隣にプリンター用紙の束が置かれた。二枚のトーストにアボカドを載せ、それから梨を切って、ディナーにした。またスマホのｉＴｕｎｅｓを呼び出し、プレイボタンを押した。これを空っぽのコーヒーマグに入れると、音がたっぷり響く。ジョニ・ミッチェルの古い歌、アデルの新曲を流しておいて、ちまちまと食事をすませた。

手についたパンの屑を払って、さあ、いよいよ――。アルプスの山から下ってきた最高水準のタイプライターを所有する喜びに燃えながら、二枚の紙をそろえてキャリッジに入れ込み、キーを打ち始めた。

忘れないようにメモ

用紙――封筒&便箋。
ママに手紙　週に一回?
食料品：ヨーグルト/ハチミツ/ハーフ&ハーフ。
ジュース・バラエティ
ナッツ（バラエティ）
オリーヴ油（ギリシャ産）
トマト&オニオン/エシャロット。きゅうり!
安いレコードプレーヤー/HiFi。メソジスト教会で?
ヨガのマット。
ワックスがけ。
歯医者の予約
ピアノのレッスン（悪くないかも）

「これでよし」一人しかいないアパートで、声に出して言った。「タイプの作業、終了」

彼女はテーブルを離れた。ヘルメスの淡緑色をも離れて、このマシンから抜いたメモの紙を、冷蔵庫のドアにマグネットで留めた。冷凍庫に入れておいたアイスキャンディの型を流しに持っていって、ぬるま湯にくぐらせ、パイナップル味を一つ、するりと取り出した。もう一つ食べたくなることを見越して、〈タッパーウェア〉をとりあえず冷蔵庫にしまう。次の一個を口に入れられるまでの時間稼ぎだ。

居間へ行って、窓を開け、いくらか風を入れた。もう日は沈んでいる。まもなく今夜の蛍が光を放って飛ぶだろう。彼女は窓に腰掛け、ひんやり冷たく固まったパイナップル味を楽しみながら、電話線を伝って走るリスを見ていた。何匹もの身体と尻尾が、完璧なサインカーブの波を連ねている。ここに坐って二つ目のキャンディも食べていたら、さかんに蛍が飛んで、草の地面や舗道の上に、魔法のような光を散らした。

キッチンで、ざっと手を洗って、〈タッパーウェア〉を冷凍庫に戻した。あしたは六個も食べられる。彼女の目がテーブル上のタイプライターに行った。

ふと思いつくことがあった。男と別れた女が一人……と言ったって、がらんとしたアパートでさびしくワインを飲んで、いつしかカウチにひっくり返り、テレビの画面には『リアルハウスワイブズ』か何か知らないけど、そんなものが映ったまま、というように決まっているわけではないだろう。この部屋にはテレビなんかないのだし、いま不摂生なことといえば、せいぜい自家製のアイスキャンディを食べるだけ。ワインで酔いつぶれたことなんて一度もない。

ふたたびテーブルの前に坐って、二枚の紙を〈ヘルメス２０００〉に入れた。マージンを狭くとった。新聞のコラムのような幅だ。行間は1½とした。

彼女はキーを打った。

心の中で思うこと

それからキャリッジを戻して、新しい段落を始めた。ノイズレスに近いタイプの音が、アパート内にやさしく響いて、開いている窓の外にも流れ出し、とうに真夜中を過ぎるまで続いた。

Our Town Today with Hank Fiset

ハンク・フィセイの「わが町トゥデイ」

過去に戻って、また戻る

われらが『トライシティーズ・デイリー・ニューズ／ヘラルド』の発行人である暴君(タイラント)の（あ、いや、巨人(タイタン)の）意向により、なかば休暇のような取材として、女房同伴の出張をすることがある。その行く先は、たとえばローマ（というかオハイオ州ローム）、パリ（ではなくイリノイ州パリス）、ニクソン湖畔に広がる一族の邸宅（妻の実家）などであって、そんな小旅行の記録を千語くらいにまとめると、トップクラスの紀行ジャーナリズム、と社内で言っているものができあがる。

　先週、筆者は有給の出張として、すごい冒険をした。過去にさかのぼる時間の旅である！　とはいえ恐竜の時代へ行ったのではない。皇帝の没落を目撃したのでもなく、タイタニック号の船長にいくらか常識を吹き込んでやろうと思ったのでもない。筆者自身の過去にタイムスリップして、おぼろげな自己の意識への旅をした。ある単純な、しかし魔法のようなマシンに運ばれていったのだ……。

＊＊＊

知らずに行ってみれば冒険が待っている。今回、筆者が書こうとするコラムは、週に一度の不用品交換会がどのようなものかという話なのだ。サンタ・アラメダにあった〈エンパイア・オート・ムービー・ドライブイン〉の跡地で、モンスター級の蚤の市が開かれている。すでに三十九年目となる催しで、会場には郷愁を誘う過去の遺物、中古の品物がひしめいている。昔のキッチン用品、古着、古本、また面白くもありガラクタでもある骨董は数知れず、中古でも新品でも道具類の在庫が途方もなく続いて、おもちゃ、ランプ、半端な椅子があり、まったく未使用の新品サングラスがいくらでも陳列されて、立派に現金収入をもたらしている。かつては車に乗って集まった映画の客が、『ジャワの東』のような作品を、遠くの大看板みたいなスクリーンで見ていた場所だ。映画の音声には、トースターくらいの大きさのスピーカーを、駐車場の各所にある支柱から引っ張って、車の窓に取り付けた。どんな映画もモノラル音声……。

＊＊＊

たとえて言うなら、西洋世界で最大の不用品一掃セールと、〈シアーズ〉の全店一斉店じまい在庫処分が同時進行になったようなもの。そう思えば、大きさのイメージがつかめるだろう。ここへ来る常連は、単に「交換会」と言っている。一日中でも歩きまわっていられそうだ。なだらかな傾斜地にスピーカー用の支柱が残って、仮設の店が何列にも続いている。チリドッグやケトルコーンを食べながら見て歩いて、あれも買いたいこれも買いたいと目移りして切りがないが、ポケットにある現金の量と、帰りの車に積める量の計算だけで、やっと思いとどまっている。赤い木材の自然な形を生かしたテーブル、一九六〇年代の〈アマナ〉の冷凍冷蔵庫、〈マーキュリー〉のモンテゴから取りはずした前部と後部の座席、なんていうものが二百ドルも出さずに買えそうで、その気になれば買ってもよかったが、幸いに、そういうものは、すでに自宅にあるのだった！

＊＊＊

もうスナックバーで休憩してライム味のかき氷でも食べようかと思ったところで、古いタイプライターに筆者の目がとまった。真っ黒な〈アンダーウッド〉のポータブル型が太陽を浴びて、冗談ではなく、スプリングスティーンの改造車のように輝いていたのだった。ざっと見ただけでも、まだリボンは使えることがわかった。いくらかスプールを巻いて動かせば印字ができそうだ。取っ手が壊れたケースの中には、消去可能なオニオンスキン紙の予備が残っていた。はたして現代人にタイプライターが必要なのかというと、木樵の斧を買って帰りたいかどうか、というくらいの話になるが、しかし筆者は店番の若者に「壊れたケース付きで四十ドル」と言っていた。「まあ、いいすよ」と彼は応じた。二十ドルと言えばよかったかもしれない。いや、五ドルか。

＊＊＊

家に帰って、この機械をキッチンのテーブルに載せた。とりあえず全部のキーをテストすると、いくらかDが重くて、Aはかくんと落ち気味だった。数字はどれも大丈夫だ。句読点のキーも、何度か打っているうちに、硬さがとれてきた。そこで試しに打った。「きょうタイプライターを買って、なんとまあ、どうにか使える……」とまで書いたら、行末でベルが鳴り、そのチーンという音を聞いただけで――もう筆者は四次元の旅で過去へ飛ばされていた。ほんの一瞬の旅だったのかもしれないし、この四十九年のあらゆる一瞬をたどり直したのかもしれない……。

＊＊＊

チーン！ まず行った先は、父が営んでいた自動車部品の店だ。ウェブスター通りとアルコーン通りの交差点あたりで、いまでは市営第九駐車場になっている。父の店には大きな古いタイプライターがあった。父が使っているところは見たことがない。子供だった筆者は、週末に、ぽつぽつと自分の名前を打ったものだ。ティーンエージャーになってからは、なるべく店へ行かないようにした。うっかり顔を出すと、その日はずっと在庫品の点検をさせられた……。

＊＊＊

チーン！ 八年生で、『フリッ

ク・ジュニアハイスクール・バナー』という学校新聞（行け、ボブキャッツ！）の編集部員になっている。新入生歓迎のコラムを、ジャーナリズムの担当教諭だったミセス・ケイが、転写用のマスターとしてタイプしてくれるのを見ていた。これが三五〇部の新聞になって、少なくとも四十人の生徒には読まれるだろう。生まれて初めて署名入りで書いた記事が、ともかくも新聞に載るのだと思って、すっかり得意になっている……。

＊＊＊

チーン！ もう高校生だ。ここはローガン・ハイスクールの旧キャンパス。耐震建築ではない校舎（揺れを感じたことはない）の二階で、ある特別教室にいる。ここで教える科目は一つだけ。秘書として実務につくためのタイプ講習、レベル1、2、3――。どうということはない。机がならんで、頑丈なタイプライターが載っていた。先生だって、やる気がなさそうだ。そもそも教える人が来たのかどうか覚えがない。誰かがレコードをかけて、その音声で読み上げられる文字を、生徒がぱたぱた打っていた。レベル1を一学期受けただけでいやになり、あとは視聴覚教育の助手に志願した。もう教室に坐っているのではなく、校内をうろついて映画用のプロジェクターを運んだり、使い方を知らない教師に代わってフィルムを装着したりした。そんなわけでビジネスレターの書式は身につかず、「挨拶文」の定型も知ったことではない。もし秘書になったら、とんでもない結果に終わっただろうが、何にせよ、あれからずっとタイプを打って生きてきた……。

＊＊＊

チーン！ 午前二時。ウォーデル＝ピアス・カレッジの寮。自室でばんばんタイプライターを打っている。あと八時間で修辞学のレポートを提出する。そう、そんな科目があったのだ。テーマは「野球と陸上におけるスポーツ報道の比較論」。こんなものを選んだのは、『ウォーデル＝ピアス・パイオニア』なる学内誌のスポーツ記者をしていたからだ。その週に野球と陸上の試合を取材したばかりだった。同室のドン・ガメルゴーという男が頑張って寝ようとしているのはわかっていたが、締め切りが迫っているのだから仕方ない。また、雨が降っていた夜なので、わざわざ外へ出て学生サービス棟まで行く気にはならなかった。ちなみに、たしか修辞学ではAをとったはずだ。†

＊＊＊

チーン！ オフィスとされていた場所の、デスクとされていたものを前にしている。ここは『グリーンシート・ギブアウェー』の編集室。かつて三つ子都市にあった買い物ガイドの無料誌で、クーポンや広告の類がわんさと載っていた。最後の数ページには地元ニュースの欄があって、一般人が活字になった自分の名前を見て喜んだ。

さて、筆者が昔の市民会館で行なわれたドッグショーに取材した記事をでっち上げようとしていたら（それで報酬は十五ドル！）、それまで口をきいてくれた中では一番の美女が通りかかって、「タイプが速いのねえ」と言った。その通りだ。そして手の早いタイプでもあったから、この女性に言い寄って、夫婦になって、もう四十年以上は連れ添っている。

＊＊＊

過去に戻っていた筆者を現在に連れ戻したのも、この相変わらずのアメリカ女性代表だった。キッチンへ来るなり、そのタイプライターを片付けてよと言った。もうすぐディナーなのだから、テーブルの上を空けなければならない。きょうは孫たちが来る日で、「みんなでタコスを作る夜」になるそうだ。大騒動は避けられない。この〈アンダーウッド〉の機械には不思議な力がある。筆者にとっては夢を運ぶ道具なのだ。ただちにケースにしまって、ホームオフィスの棚に置いた。たぶん夜な夜なきらりと光っているのだろう……。

注† あらためて成績証明書を見たらBマイナスでした。訂正します。

underwood

過去は大事なもの

The Past Is Important to Us

J・J・コックスは、自家用機の内部を特注で改装している最中なので、バート・アレンベリーの〈ウィスパージェット・ビューライナー〉に便乗させてもらってニューヨークへ飛んでいた。

「おい、バート、もうちょっと賢いやつかと思ったぞ」J・Jが声を張り上げている。

この二人は、まだ学生だった二十歳の頃からの仲間だ。当時は〈フェデックス〉の運転手もして、活力旺盛、若い頭脳がアイデアではち切れそうになっていた。二人で稼いだ金をプールして、カンザス州サライナの近郊に仕事場を借りた。この窓のないガレージが生活の場にもなった。三年半の間、週に百二十時間の労働をして、その結果、「シャッフルアクセス・デジタル・バルブリレー」なる機械部品を試作するにいたった。二人にとっては、人類が火を得たのにも等しかった。以来、三十年の事業で、七千五百六十億ドルを積み上げた現在になって、バートがおかしなことを言っている。なんと一回に六百万ドルという代金を、〈クロノメトリック・アドベンチャー〉とやらの企業に支払って、まさかとは思うが、タイムトラベルを楽しんだそうなのだ。

バートの妻であるシンディが、ランチに使った陶器類を片付けていた。これまでにアレンベリー夫人となった中では、四番目で、最も年が若い。皿の片付けは手慣れたものだが、それもそのはず、つい一年前には、この機内でフライトアテンダントという立場だった。まもなく着陸だから、のんびりしてはいられない。ビューライナーという飛行機には、困ったことが二つある。スピードが出る、眺めがよすぎて目が回る——。サライナからニューヨークまで六十四分しかかからない。BBQリブを食べて、その指を舐めたら、もう着きそうになるくらいだ。またフロアに透明な部材を組み込んで、窓もウルトラワイドなのだから、はらはらどきどきして飛ぶことになる。高所恐怖症の人はたまらないだろう。

「麻酔でもかけられたのかと思った」シンディが配膳室から言った。「気がつくと、ひどく頭痛がして、部屋の様子が全然違ってるの。それからまた気を失って、何時間も寝ちゃう」

J・Jは耳を疑っていた。「いや、どんなからくりなのか整理させてくれよ。どこかの部屋へ行って、眠り込んで、いつになったら起きるんだ——？」

「一九三九年」バートが、さえずるように言ってのけた。

「そりゃ、そうなんだろうけどさ」J・Jは渋い顔で笑った。「まず意識がなくなって、目が覚めたら、ほんとに一九三九年だってのか」

「ああ、ニューヨーク市内の一室だ。八番街のホテルの——」バートは機体の底から下界を見た。ペンシルベニアが、ニュージャージーになりかかっている。「一一一四号室」

「で、一日中、ホテルの部屋にいるのか？」J・Jは、自分の頭を、ぺしゃっとたたきたくなった。この友人夫婦の頭には、まともな常識をたたき込んでやりたかった。

「あれは本物の世界だわ」シンディは話を先に進めた。もう着陸にそなえて座席に戻り、ベルトを締めている。「ものに手を出せばさわれるし、食べたり飲んだりもできる。匂いもわかる。男のヘアオイルがつんと鼻をついて、女の化粧は濃すぎて、みんなタバコを吸ってる。歯並びが悪くて白くもなくて」

「コーヒーを焙煎する香気が――」バートが笑っていた。「ニュージャージーの工場から漂ってくる」

「じゃあ、一九三九年に目が覚めて、コーヒーの匂いがしたと言うんだな」

「シンディに連れられて、万国博にも行ったよ。おれの誕生日でね。ＶＩＰパスもあった」

「サプライズだったのよ」シンディが夫にちらりと笑いかけて、その手を握った。「六十の誕生日は一度きりだもの」

Ｊ・Ｊが一つ質問をした。「どうせ時間をさかのぼるなら、独立宣言の署名とか、十字架上のイエスとか、そんなのを見に行ったらどうだ」

「ところが一九三九年にしか行けないんだ。その年の六月八日だけ。クリーブランドにも系列の旅行会社があって、そっちだと一九二七年へ行ける。ベーブ・ルースがホームランを打つ試合を見られるんだが、おれは野球ファンじゃないんでね」

「ベーブ・ルースを、クリーブランドで――」Ｊ・Ｊは吐き捨てるように言った。「なんてこった」

「夫は一人だけで四回も行ってるのよ。私はもういいの。父と娘だと思われてばっかりだから」

「あした、また行くことになってる」バートは、そう言って、にんまりと笑った。

Ｊ・Ｊは笑い出していた。「つまり三千六百万ドルか！　おれだったら、その半額で、エデンの園へ行かせてやるぜ。アダムとイブに会わせよう。裸のリンボーダンスはどうかな。そんなことをどうやって、なんて疑ってはいけないね」

「夫は一九三九年に住み着きたいくらいなんですよ」シンディが言った。「でも滞在できるのは、二十二時間だけ」

「どうして二十二なんだ？」

これをバートに言わせると、「四次元を行く波長は無限に続くのではない。そのエコーに乗っていられる時間も同じように限られる」。

「通貨の用意もしてくれるんですよ」シンディが言った。「紙幣とか古い硬貨——。万博の会場で、金メッキのスペースニードルと丸い玉がくっついたような模型を買ったわ」

「トライロンとペリスフィア、というテーマ館だ」バートが訂正を入れた。

「そう、それ。でも、次に目覚めたら、ひからびたパテみたいになってた」

「分子が不連続になった」バートは着陸前なのにベルトを締めようとしなかった。自前の飛行機である。連邦航空局にうるさいことは言わせない。

「過去へ戻って、歴史を変えるなんてのは？」J・Jが聞きたがった。「ヒトラーを殺してやるとか」

「ヒトラーは、当日の万博会場にいなかった」

ジェット機が速度を落としていた。地面がせり上がって迎えに来る。可動式のエンジンが精密な角度をとって、まもなく五番街九〇九番地の屋上に垂直着陸をするところだ。「それに、もともと無理がある」

「なんで？」

「次元の接線は単一なのだ」バートはセントラル・パークを見下ろしていた。この公園は一九三九年以来、たいして変わっていないようだ。「いや、接線は無数にあるのだが、われわれが存在するのは、その一つでしかない」

J・Jは、シンディに目を走らせた。彼女は、だめなのよ、というポーズをとった。この人には何を言っても……ということだ。

「過去へ行って、そこから未来がどう見えるのか知りたいらしいんだけど、私たち、その未来に生きてるんですもの。どこが面白いんだって思いますよね」


さて、十二分後――。J・Jは自家用の高速艇で水上を飛ぶように進んで、ロングアイランド湾に所有する島への航路をとっていた。バートとシンディは、屋上の離着陸場から専用エレベーターで降りた。このビルの九十七階から百二階までが自宅になっている。シンディは、あるクロゼットから新しい衣装を出して、さっさと着替えをすませた。これからキック・アドラー＝ジョンソンの二十五回目の誕生パーティへ行く予定である。ローリングストーンズをホログラムで見せる非公開の演奏会もあるらしい。バートは、キック・アドラー＝ジョンソンという女を好かなかった（その夫のニックはたいしたやつで、世界各地で空気や水の利権を買い漁って大儲けした）。それにローリングストーンズだったら、二〇一九年に会社のクリスマスパーティで実物に演奏させたことがある。あの年には、まだロードリーが三番目の妻だった。きょうはもう出かけたくない気分だが、それではシンディが納得しないだろう。

できることなら、いますぐ時間を前に進んで翌朝へ行き、そこから一九三九年に飛びたかった。万博は未来への可能性にあふれている。その後の世界がたどったかもしれない未来がある。

バートの誕生日として行った初回には、旧式な衣服を着せられて、馬鹿みたいだとシンディは思った。だがバートは時間旅行社がお抱えの仕立屋に特注したダブルのスーツに、すっかりご満悦になっていた。一九三九年のどんな小さな出来事にも、その二十二時間の一秒ごとにも、彼は驚嘆した。ニューヨーク・シティが小さく見えた！　高層ビルが高くない。たっぷりと空が見えていた。舗道に余裕があって誰でも歩きやすい。たっぷり大きな自動車が走っていた。タクシーに乗れば、ネクタイをした運転手が、フラッシング・メドウズ方面は混んでますと困ったように言っていたが、あんなものが渋滞ならば、どうってことはないとバートは思った。

この万博を象徴する建造物が、尖塔のようなトライロンと、巨大な球形のペリスフィアである。どちらも稀に見る建築術の驚異であって、大きく広がる青空にまばゆいばかりの白い輝きを放っていた。大通りには「愛国」、「開拓」といったような名称がついている。これは真剣に見て歩かねばなるまい。鉄道や海運にも大規模な展示場ができていて、エンジンだけで彼の自家用機くらいの大きさを要する新技術が麗々しく飾られていた。また〈アンダーウッド〉の超大型タイプライター、水泳や飛び込みのショー、「エレクトロ」という名前の機械人間も見られた。このロボットは自力で歩行し、スチール製の指を折って数をかぞえることもできた！　時間旅行の〈クロノメトリック・アドベンチャー〉社は、二人分のＶＩＰパスを用意してくれたので、バートとシンディは一度も入場券を買う行列にならばなくてよかった。

会場内は整備が行き届いていた。軽やかに吹く風が、旗やペナントを揺らした。ホットドッグが五セントで買えた。万博を見に来る人々は、しっかりと服装に気を遣って、手袋をしている女の人もいた。男は帽子をかぶっているのが当たり前だ。「あすの世界」と銘打った万博を、バートはそっくり見ておきたかったのだが、シンディはこんな靴で歩いていられない、ホットドッグは食べたくない、と駄々をこねた。会場を出たのは午後三時頃で、次の行き先は〈ホテル・アスター〉だった。タイムズ・スクエアに存在した豪華ホテルである。ここで酒を飲み、ディナーをとった。あの「一一一四号室」に戻るまでには、シンディはすっかり酒が回って、くたびれて、タバコの煙にうんざりしていた。この部屋から「プログレッション」がある。すなわち時間を前に進んで帰還する。

それから二週間後、シンディは女友達の一隊を自家用機に乗り込ませ、モロッコの温泉へ飛んでいったので、バートはふたたび一九三九年の二十二時間へ行けることになった。ルームサービス係のパーシーという男に朝のコーヒーを一人分だけ運ばせ、朝食も一人で〈ホテル・アスター〉のコーヒーショップへ行った。タクシーの運転手は前回と同じで、この日もネクタイをしていた。万博の会場を一人で歩いて、〈あすの町〉や〈電化農場〉のような、見逃していたエリアを見た。〈ハインツ・ドーム〉で昼食をとり、〈宗教の殿堂〉をながめて、労働者の楽園に祝意を表した（ソビエト社会主義共和国連邦のことである）。まわりの話し声に耳をすませ、見物客が真剣に見ている様子を観察した。きたない言葉遣いは聞かれないようだ。衣服には明るい色が目立つ。黒ずくめに装う人を見かけない。会場の従業員は、それぞれの制服を着て、仕事に誇りを持っているらしい。ただし、タバコを吸う人が多いということは確かだった。

シンディのいない二度目の訪問で、彼は緑色のドレスを着た小柄な美人を見つけた。〈ラグーン・オブ・ネーションズ〉という大仕掛けな噴水の池の近くでベンチに坐っていた。これを見下ろすように〈四つの自由〉と名付けられた彫刻の巨体が立っている。彼女はストラップのついた茶色の靴を履いて、その上には慎みを忘れない分量だけの脚が見えた。小ぶりなハンドバッグを抱えて、かぶっている帽子には白い花のつぼみを飾っていた。キャップと言いたくなるような帽子である。女の子が隣にいて、話が弾んでいるようだ。この子は万博というよりは日曜学校にでも行くような服装に見えた。

二人で笑って、手振りを交えたおしゃべりがあって、そっと内緒話をしたりもする。大の仲良しが、うれしい日に、楽しい場所にいる、というようだ。万博の精神が女性の姿をとって現れたら、こんな妖精になるのかもしれなかった。

バートは目を引きつけられて、ベンチを立っていく二人を見送っていた。腕を組んで〈イーストマン・コダック館〉のほうへ行くようだ。この二人を追って、その目が見るのと同じように、もっと万博を見たいものだ、とバートは思った。ところが腕時計は五時に近い時刻を示していた。つまり二十二時間のうち、やっと二時間ほどしか残っていない。まったく心残りではあるが、〈コロナ・ゲート〉北口のタクシー乗り場へ向かった。

やはりネクタイをした別の運転手が、マンハッタンまで連れ帰ってくれた。

「万博ってのは、なかなかのもんでしょ？」

「そうだね」バートは言った。

「〈フューチュラマ〉は見ました？　未来のパノラマで一九六〇年への旅ができますよ」

「いや、見てない」バートは一九六六年生まれである。心の中で、ふふん、と笑った。

「あれは見なくっちゃいけませんよ。〈GM館〉にあります。行列はできてますが、ならんで損はありませんね」

あの緑のドレスのかわいい人も、未来のパノラマを見たのだろうか。そうだとしたら、一九六〇年をどう思ったのか知りたいような気もした。


時間を往復する運動は人体に強烈な負荷をかける。それでもバートは時間旅行社の医療チームから、三度目の旅行にゴーサインを出してもらえた。万博は会場が広すぎて、二度行っただけでは見きれないからね、とシンディには言った。それに間違いはないとして、妻に言わなかったこともある。今度また一九三九年のフラッシング・メドウズに戻ったら、その一日をたっぷり使って緑のドレスの女性をさがす気でいたのだった。

USスチール、ウェスティングハウス、ゼネラル・エレクトリックといった各社が、人間のための大事業を謳い上げた展示館に、彼女の姿はなかった。〈光のプラザ〉、〈労働の大通り〉、〈平和の庭〉、〈コンチネンタル大通り〉のどこかにいるというのでもない。さがした場所のどこにもいなかった。結局、もうすぐ五時という頃合いに、大噴水を目当てに行ってみたら、これは当然とも言えるが、たしかに緑のドレスを着た女がいた。仲良しの女の子を連れて、〈四つの自由〉像の一体の足元でベンチに坐っている。

彼も間近なベンチに腰をおろした。二人の声を聞こうと思えば聞こえる距離だ。万博の何がすごいかと感想を述べ合っているらしい。ニューヨークの土地っ子らしく、この都市を「ヌーヨオク」のように言っていた。もっと暗くなれば、〈光の噴水〉が技術と色彩の驚異を見せてくれるはずだが、それまでどうするか迷っているようだ。

思いきって話しかけてみたくなったが、二人は立ち上がり、おしゃべりして笑いながら、腕を組んで〈イーストマン・コダック館〉の方角へ急いだ。うしろ姿を見送ったバートは、緑のドレスを着た女の身のこなしに、いいものを見ていると思った。女の首筋に髪が揺れた。あとを追いたい気持ちはあるが、もう時間に迫られている。「一一一四号室」へ戻らなければならなかった。

それから何週間も、緑のドレスの女が、心に浮かんで離れなくなった。よく手が動くしゃべり方、また首筋に揺れていた髪を、ちらちら思いついてばかりだった。名前は何というのだろう。たとえ一時間でも、一九三九年に延長時間をとって、彼女に近づいてみたかった。するとシンディがしばらく出かけると言った。キック・アドラー＝ジョンソンと一緒に、キューバで馬に乗って旅をするそうだ。またしても彼は時間旅行社の医療チームに検査の予約をした。

あの大噴水にあるベンチに、彼は坐っていた。四時四十五分。そして、もちろん時間軸は一本なのだから、この日の必然として、緑のドレスの女が、ずっと年下の友人を伴って現れ、ベンチに坐って、おしゃべりを始めた。こうして見ると三十代半ばのようでもある。だが、こういう服装なら誰だって、現代人の目には、実年齢より上に見えるだろう。体重もシンディよりありそうだ。現代の女にくらべれば重くて当たり前かもしれない。一九三九年には、たいしてカロリーを気にせずに食べていた。身体の運動というのは選手や労働者がすることだった。なるほど女らしい身体つきだ。曲線の良さが出ている。

八十年以上もの時を越えて会いたいと思っていた女に、どうやって話しかけたらよいのか、あらかじめ作戦は練っていた。「あの、すみません。きょうは未来パノラマが休業ではないかどうか、ご存じですか？」

「はい、営業してます。ずらっと行列してますけどね」緑のドレスの女は言った。「私たちは、午後からずっとアミューズメント・エリアにいました。おもしろかったですよ！」

「パラシュート、乗りましたか？」女の子が言った。もう楽しくてたまらなかったと見えて、夢中で語りたくなったらしい。

「いやあ、まだなんだ」バートは打ち明けるように言った。「乗ったほうがいいかな」

「心臓の弱い方には向きませんよ」女が言った。

「どんどん上にあがるの」女の子が手を振りながら言った。「ふわふわーっと降りるのかなあと思ってると、ちがうの、どかーんと落ちる！」

「ほんとです」女と少女が笑い合った。

「お二人は、未来パノラマを見ました？」バートは言った。

「あんなに行列してるんですから、ならぶ気にならなくて」

「ああ、それなら」バートは、ダブルのスーツのポケットに手を入れた。「優待パスが二枚あるんですが、私は使いませんので」

バートは二枚のパスを譲った。シンディと来た初回と同じく、時間旅行社が手配したもので、厚手のカードに、トライロンとペリスフィアの図柄、およびＶＩＰという文字が浮き出している。

「斜めの通路がありますので——ええと、ヘリクラインていうんですね、その坂道を上がる手前で係員に見せてください。秘密の入口へ案内してくれます」

「まあ、それはご親切に。でも、私たちなんか、ちっともＶＩＰじゃありません」

「いや、私だって、そんなものじゃないですよ。これから市街へ戻る用事がありましてね。どうぞお使いください」

「だめかな、カルメンおばさん？」女の子が言った。というよりは、せがんだ。

カルメン。緑のドレスの女はそういう名前だった。カルメン。ぴったりだ。

「なんだか、ずるいことするみたい」カルメンは言い淀んだが、「ま、いいか！　行っちゃお――。ありがとうございますっ」。

「ありがとう！」と、姪も言った。「あたしヴァージニアっていいます。叔母はカルメンです。あの、どなたなんですか？」

「バート・アレンベリーっていうんだ」

「あ、はい、ありがとうございます、アレンベリーさん」ヴァージニアは言った。「おかげで未来へ行けそうです！」また腕を組んだ二人が、未来パノラマのある〈ＧＭ館〉をめざして、〈コンスティテューション・モール〉という広い道を進んでいった。遠ざかる姿を見ながら、来てよかったとバートは思った。すごくうれしい。一九三九年に戻ったことに幸福感があった。

　それから何カ月も、ずるいことするみたいと言った美しきカルメンを夢に見るような心地で、毎日が過ぎていった。バートの身体だけはサライナの本社にあり、東京での役員会にあり、ミコノス島沖の船にあったのだが――しかし心はさにあらず、一九三九年の六月初旬、フラッシング・メドウズの会場で、〈四つの自由〉像が見下ろすベンチに坐った、あの一日に飛んでいた。株主総会でヌーヨオクへの出張があったのを機に、彼はまた六百万ドルの旅をする時間を都合して、一一一四号室へ行った。

事の進行は前回と同じだった。カルメンとヴァージニアにＶＩＰパスを譲って、おかげで未来へ行けるという二人が離れていった。だがバートはもう少しだけカルメンと会っていたかった。長くなくていい。せめて三十分くらい。そう思って、未来パノラマの出口で待ちかまえた。すると二人が出てきたので、手を振った。

「いかがでした？」と声を掛ける。

「アレンベリーさん！」カルメンが言った。「ご用がおありじゃなかったんですか？」

「いや、自営業なんで、きょうは予定を変えちゃいました」

「え、社長なんですか？」ヴァージニアが言った。「どんな会社？」

「何というか、社員はたくさんいますよ」

「じゃあ、こちらはＶＩＰが二人ですので」と、カルメンが笑いながら言った。「パイか何かご馳走させてもらえますか？」

「いいですね。好物なんですよ」

「だったら〈ボーデンズ〉に行きましょ！」ヴァージニアが言った。「牛のエルシーちゃんがいる店」

三人でパイの店に坐った。一切れ十セントのパイが、きっちり測ったような楔形をしていた。カルメンとバートは一杯五セントのコーヒーを飲んだ。ヴァージニアはミルクのグラスを前にして、おおいに未来を語った。パノラマが予言するような未来になるのだとしたら、一九六〇年にはどんなすごいものが世の中にできているのかと言いたいのだった。

「一九六〇年になって、まだブロンクスに住んでたらいやだなあ」ヴァージニアはパークウェーに面したアパートに両親と住んでいるという。母親がカルメンの姉である。父親は肉屋だそうだ。いま五年生で、無線クラブの部員で、もし大学へ行けたとしたら、将来は学校の先生になりたいと思っている。

カルメンは東三十八丁目の、エレベーターなしのアパートの四階に、二人のルームメイトと住んでいる。どちらも保険会社で秘書をしているが、カルメン自身はダウンタウンのハンドバッグ工場で帳簿の管理をまかされている。一九三九年の万博は、ニュース映画で見るよりも、実際に来てみるともっとすごい、ということで全員の意見が一致した。

「アレンベリーさんは、奥さんもニューヨークにいらっしゃるんですか?」とカルメンに言われて、なぜ既婚だとわかったのだろうと思ったが、旅行社が用意した服装には結婚指輪もあったことを思い出した。いつもの癖で、つい指にはめていた。

「あ、いや……シンディは、いま友人と一緒に、キューバへ行ってます」

「それって、パパとママが新婚旅行に行ったところ」ヴァージニアが言った。「すぐに、わたしが生まれました」

「ヴァージニア!」この姪が何を言い出すのかとカルメンは思った。「はしたない!」

「ほんとだもの」ヴァージニアは、もうパイの中身だけ食べてしまって、クラストを最後の楽しみに残していた。

「あなたは、ご結婚されてる? ええと、カルメン……何とおっしゃるんでしょうね」

「ペリーです。どうも失礼しました、カルメン・ペリーといいます。結婚はしてません」

未婚であることはわかっていた。左手に指輪が見当たらない。

「ママが言ってるのよ」とヴァージニアが言った。「そろそろお相手を見つけないと、ずっと見つからなくなっちゃう。おばさん、もうすぐ二十七だもんね」

「うるさいわね」カルメンは叱るように言って、フォークを持った手を伸ばし、パイのクラストの一番いいところを刺すと、ぱくっと自分の口に入れた。

「やだ、ひどーい」ヴァージニアが笑った。

カルメンは、ナプキンで口をぬぐいながら、にこっとバートに笑ってみせた。「ほんとですけどね。ちゃんと売れ残ってます」

このカルメンが、まだ二十六なのか。もっと上だろうと思っていた。

パイを食べ終えて、この店の「牛のエルシー」を見てから、〈スポーツ・アカデミー〉を見物した。水上スキーの曲芸が上映されていた。そのあとでバートが年代物の腕時計を見ると、もう六時に近かった。

「こりゃいけない。そろそろ失礼しないと」

「あら、残念。これから噴水で光のショーがありますのに。きれいだって評判なんです」

「花火も、毎晩あるんだって」ヴァージニアも声を大にして言いたがった。「夏の間ずっと独立記念日になってるみたい」

「私たち、よく見える場所をさがしておいたんです」カルメンの目がじっとバートを見ていた。

「ほんとにお時間がないんですか？」

「あればいいんですが」バートは、つくづくそう思った。カルメンほどに愛らしい女は見たことがない。唇は薄すぎることなく、はっきりした笑顔に茶目っ気がある。いわゆるヘーゼルという薄茶色の目は、エメラルドグリーンに茶色を添えたようにも見える。

「きょうは楽しかったです」とヴァージニアが言った。「VIPになっちゃいました！」

「ほんとうに、ありがとうございます、アレンベリーさん」カルメンが手を差し出した。「すっかりご親切にしていただいて、楽しく過ごすことができました」

バートはカルメンの手をとった。左手だ。まだ結婚指輪のない手だった。「私にもすばらしい一日になりましたよ」

マンハッタンへ帰っていくタクシーの中で、まだカルメンの香水の匂いが残っているような気がした。バニラの香りをつけたライラック――。


ホログラムのローリングストーンズが、やり過ぎるくらいのアンコールに応じて、ようやくキック・アドラー＝ジョンソンの誕生パーティが終わったのは明け方の四時だった。まだシンディはベッドで眠っている。ドアは閉めて、きっちりと下ろしたシェードが日射しを遮っていた。だがバートは一人で起きて、すでにシャワーを浴び、着替えをして、コーヒーを手にしていた、というのが八時である。「混合ジュース」と「総合プロテインロール」を朝食としてから、エレベーターで地上階まで降りたのだが、その途中で「ソロ・カー」を一台来させるように手配した。

目的地は〈クロノメトリック・アドベンチャー〉であると指示すると、まもなく自動運転の車が五番街を走り出した。時速十七マイルが安全走行というアルゴリズムで動いている。五十二丁目で折れてから、〈タイムズ・スクエア・ドーム〉を通過して、三度の左折のあと、西四十四丁目と西四十五丁目の中間で、八番街に停車した。

バートが車を降りた地点のビルは、以前には〈ミルフォード・プラザ〉であり、もっと前は〈ロイヤル・マンハッタン・ホテル〉で、一九三九年までさかのぼると〈ホテル・リンカーン〉だった。現在では隣接する〈ドーム〉のサービスエリアであり、また〈タイムズ・スクエア・オーソリティ〉関連のオフィスビルでもある。

時間旅行の会社は、このビルの九階から十三階にあった。ここが気に入ったから、便利だから、というのではない。歴史の偶然、科学の奇跡から、そうでなければならなかった。まず建物の全体として、ホテルだった時代の構造が、充分に保全されている。さらに、ある一つの部屋が、というのは一一一四号室のことだが、一九二八年の創業以来、再三の改装を免れて、奇跡的に当初の姿を保っていたのである。部屋の寸法がまったく変わらないということで、この室内には「三次元空間としての正統性」があった。さもなくば四次元の波動にピンポイントで共鳴することができない。そして、ここで共鳴できる波が弧を描いて接しているのが、一九三九年六月八日だったのだ。かつて〈ホテル・リンカーン〉だった建物に、大がかりなパイプ、ケーブル、またプラズマグリッドが張りめぐらされて、上下から挟みつけるように一一一四号室まで伸びていた。そして、この装置には、バート・アレンベリーが発明した「シャッフルアクセス・デジタル・バルブリレー」という部品が、百万個ほども詰まっていたのである。

エレベーターで九階まで上がって、女性の声が〈クロノメトリック・アドベンチャー〉と案内したところで、ドアが開いた。会社の標語で「過去は大事なもの」という文字が壁に刻み込まれている。その下で、ハワード・フライが待っていた。

「アレンベリーさん、いつもありがとうございます」これまでもバートが時間の冒険に出るたびに、このハワードが世話役を務めていた。「お元気そうですね」

「ばっちりだ。そちらは？」

「風邪が抜けたばかりです。うちの息子が学校から背負ってきましてね」

「なるほど、子供がいないと、そういう目には遭わずに済む」バートは言った。シンディは子供が欲しいなどと言ったことがない。その前のロードリーは、伴侶としてもひどかったが、もし母親になったら、さぞかしひどかったことだろう。メアリ＝リンはやたらに妊娠したがっていたが、バートには精子の数が少ないので生物学的な可能性が低いと医者に言われると、ほかの男から満足を得ようとした。その後、再婚して、女の子二人と男の子一人を、ぱぱっと産んだようだ。彼が最初に結婚した女はバーブといって、そのときは娘が一人生まれた。だが、さんざんいがみ合った末の離婚だったから、その娘との接触も絶えた。娘が十八になってから、たまにロンドンで食事をしたことはある。彼からの養育費が届くロンドンで、娘はまったく気楽に生きていた。

「では、準備室へご案内しましょうか」ハワードが言った。

「あまり時間がない」

「おもしろいことをおっしゃいます。時間なら、たっぷりありますよ」ハワードが、ふふっと笑った。

出発の前に、準備室と言われるところで、あらためて医療チームの検査を受けた。血液その他の検査があって、心拍が記録されて、さらに十二項目のチェックがあった。いずれも時間内を往復する際に影響される身体機能に関わっている。分子レベルで肉体を強化する注射を五本受けた。一九三九年に到着した直後には乗り物酔いに似た症状を起こすことがあるので、酔い止めの薬も処方されている。そして衣服を脱ぎ、指輪、腕時計、首に巻いた細い金のチェーンもはずした。現在の品物を過去に持ち込むことはできない。旅の過程で分子の不適合が生じる可能性がある。彼は全裸になって、旅行社のロゴの入ったローブをまとい、法律上の形式として、注意事項を聞かされることになった。

まずビデオが流れて——すっきりと要領のよいもので——旅には危険が伴うことを承知させ、どういう進行になるのかを説明する。それから書面を読ませる手続きもあり、たったいま言われたことを一字一句まで念押しする。時間を逆行すれば命に関わることもあるが、いままでに死亡例はない。もうバートにとってはわかりきっていることだ。この冒険で行った先では、体験できることのオプションがある。つまり一日の過ごし方には自由がある。ただし、いくつかの重要事項は絶対に守らねばならず、その点でのオプションはない。バートは拇印を押して、今回もまた、すべて理解し承諾したことを認証した。するとハワードが大きなミルクセーキのような飲み物を持って準備室に来た。一九三九年前後の病原菌から消化管を保護する薬剤なのである。

「では、いつもの手順を踏もうか」バートは乾杯するように飲み薬をハワードに向けた。

「もう暗記してしまって、ご自身で言えるのではありませんか」ハワードは、ひとつ咳払いをして始めた。バートがブルーベリー味の液体を飲んでいる前で、もはや了解済みの条件を明快に述べていく。「当社はお客様の意志により、一九三九年六月八日における現在地を終点とする時間の逆行を提供いたします。滞在は標準時による二十二時間として、短縮、延長はありません。一九三九年六月八日の午後七時に、同一の三次元空間を起点として時間を順行し、本日における現在地へ戻ります。以上、よろしいでしょうか？」

バートはうなずいた。「いいですよ」

「当社は、過去への旅に危険がないという保証を一切いたしません。この冒険は、既知の物理特性、法則、作用によって支配されます」

「もし転んだら脚の骨が折れる。鼻を殴られたら鼻骨が折れる」

「そういうことです。この二十二時間に、お客様の行動が監視されることはありません。当社と打ち合わせた予定を厳守されることを推奨いたします。たしか、また万博へ行かれるんでしたね？」

「あれは行ってみるといいよ」

ハワードが笑った。「いいえ、アフリカ系アメリカ人なもので、一九三九年のニューヨークへ行っても、さほど楽しいことはないでしょう」

「なるほど」バートが過去の世界で見た黒人の顔は、いずれもポーターや清掃員の顔だった。万博には黒人の家族も来ていて、その場にふさわしい服装で、同じように展示を見ていたが、あるべき未来を見ようとする目は、バートとは違っていたのかもしれない。

「もし予定を変更されたとしても――たとえばショーを見る、公園を散策する、というようなことをなされても、時間旅行の手順を守っているかぎり危険ではありません」

「今回もフラッシング・メドウズの会場へ行くよ。公園の散歩は、また次回にしよう」あのカルメンとセントラル・パークでの一日を過ごすことはできないか、どうしたら実現できるだろう、とバートは考えだしていた。ヴァージニアを回転木馬に乗せてやろう！　昔のままの動物園を見物しよう！

「ああ、はい、次回ですね」ハワードは手持ちのタブレットで、顧客のファイルを呼び出した。「すみません、アレンベリーさん、この営業地点から飛べる回数は、今回で限度に達してしまいます」

「何だって？」バートは、まだグラスに三分の一くらい飲み残していた。

「事前チェックの数字が、前回のご旅行から、ちょっと思わしくないのです。血中のトリリウム値が上がって、細胞の流動性が下がってます」

何のことやら、いやな感じだ、とバートは思った。

「人間の体質は一人ずつ違いまして、当社の旅行プランでは、二、三回が限度だというお客様もいらっしゃいます。六回となると、さすがに上限でしょう」

「どうして」

「分子動力学というものがあるのですよ。一九三九年まで往復するのは、人体の組織にも、蛋白質にも、骨髄密度にも、末梢神経にも、長旅の負担がかかります。ですから万博へ行くのが七回、八回となりますと、それで安全なのかどうか、あくまで理論上は可能かもしれませんが、当社の保険モデルとしては対象外になります。よいお知らせではありませんが」

バートは、カルメンのこと、ヴァージニアのこと、「牛のエルシー」がいるパイの店へ行ったことを考えていた。ああいうことをするのが、この一度だけになる。まったく、よいお知らせではない。

「よいお知らせもありますよ」ハワードが、さえずるような声を出した。「一九三九年のニューヨークだけではありません。ほかにも営業の拠点があります。一九六一年のナッシュヴィルはいかがでしょう。〈グランド・オール・オプリ〉でカントリーミュージックを楽しめます。それからコロラドのガニソンにも新規に開業します。きれいな一九七九年の山荘ですよ。たいした行事はありませんが、景色は抜群です」

　バートは薬品のグラスを持つ手が止まっていた。いま考えているのは、カルメン、あのバニラとライラックの香り、ヘーゼルの色をした目――。

「アレンベリーさん、これは仕方ないことなのです。過去は大事なものですが、長生きしていただくことがもっと大事ですのでね」

「そういうことなら――」バートは言った。「いくらか持ち物を増やしたい」


　バートは、身体に密着したスーツが、さらに締めつけてくるのを感じた。一一一四号室のすべての原子が、もちろん彼自身も一緒に、時間旅行のメカニズムによって、激しく振動している。時間の移動中に慌ててはいけないという要領はつかんでいるが、いまだに寒さには慣れることがない。およそ集中力も平衡感覚もなくなってしまうほどに、ひどく寒くなる。いま身体が横になっていて、その下にあるものは一九三九年にはベッドになっているはずだと思うのだが、とりあえず何もかもが揺れていた。眠るまいと必死になって、この部屋が時間を逆行するプロセスを見届けようとしたのに、やはり今回もまた、すうっと気を失っていた。

　がんがん頭痛がして、もう一度、一九三九年に来たことがわかった。容赦ない痛みだが、一過性という救いがある。ぴったりしたスーツをもがくように脱いだ。ひと回り小さなスキューバダイビングのスーツを着ていたようなものだ。それから素っ裸でベッドに腰かけ、しばらく時間を稼いで、頭蓋骨を金槌でたたかれるような痛みが消えるのを待った。

ダブルのスーツが、いつもと同じく、オープンクロゼットに掛かっていた。靴と靴下も置かれている。針金のハンガーには、ボタン式のシャツとネクタイが吊されていた。下着類は椅子の上のバスケットに入っていた。ナイトスタンドに用意されていたのが、腕時計、結婚指輪、印章つきの指輪、そして財布である。時代考証として正しく、また第二次大戦前の材料で作成された身分証明書そのほか必要なものが、この財布に入っていた。現金は、いまから見るとおかしな紙幣だが、れっきとした通貨として計五十ドル。そのほかに重たいコインもあった。五十セント硬貨には、小麦を持って夕日に顔を向ける女性が浮き彫りになっている。十セント硬貨、いわゆるダイムは、神話のマーキュリーが頭だけの図柄になっていた。ニッケルというのが五セント。また一セント玉もあるが、一九三九年には一セントの価値もなかなかのものだった。

いま脱いだスーツを取りまとめて、荷物スタンドの年代物スーツケースにしまった。あとでまた時間を移動するまでは、この中にロックしておく。それから、この時代の時計を腕に巻いた。すでに午後九時を三分過ぎて、正しく時を刻んでいた。そして印章のある指輪を右手につけた。今回、金の結婚指輪は、あえて置いていくことにする。

机の上に封筒があった。万博のＶＩＰパスが入っているはずだ。これで最後となるだろう一九三九年への旅には、三人分のパスを注文してあった。

八番街に面した窓が、わずかに開いていた。いまだ空調設備のない部屋に、タイムズ・スクエアの街の音とともに、夜気がするすると流れ込む。バートは起きて着替えをして夜の中へ歩きだしたいと思った。カルメンがアパートに住むという東三十八丁目まで行ってみたかった。だが身体が痛くてたまらない。物理学が呪わしい！　これまでと同じく、いま彼は疲れていた。またベッドに伸びてしまって、そのまま眠り込んだ。これまでと同じだ。

目が覚めると、うっすらと窓に光が射していて、街の音は聞こえなかった。身体は正常だ。回復サプリを飲んで、ぐっすりと十時間眠ったあとのように、すっきりしていた。時計を見ると、七時十分前――。一九三九年六月八日の朝である。カルメンとヴァージニアをさがす自由行動に、たっぷり十二時間あるということだ。

彼は重みのある受話器を手にとって、本体に一つしかないボタンを押した。これでホテルの交換手につながる。今回もルームサービスを頼んで、いつものように五分待っていると、ウエーターの制服を着たパーシーという男が現れた。運んできたトレーには、銀色のコーヒーポット、本物のクリームを入れたピッチャー、角砂糖、水のグラス、および『ニューヨーク・デイリーミラー』の朝刊が載っていた。いままで五回の朝には、十セントのチップを渡して、「ありがとうございます、アレンベリーさん」という答えが返っていた。けさのバートは、パーシーの手に五十セント硬貨を握らせた。この男は目を丸くして、「あの、アレンベリーさん、よろしいんですか、恐れ入ります」と言った。

クリームが本物だと、コーヒーはとろりとした天来の美味になる。シャワーの湯の温度が上がるまで、二杯目のコーヒーを楽しんだ。一九三九年の水道設備だと、いくらか時間がかかるのだ。旅の垢を落としてから、服装を整えた。ネクタイをちゃんと締めるように指導されている。もともとネクタイをするのは馬鹿らしいと思っているのだが、それらしく首に巻いた。だが、ほとんど一世紀の時差があって仕立てられたダブルのスーツは、案外、気に入っていた。素材はこの時代のものである。靴下は伸縮性に乏しかった。靴だって、どた靴と言いたいほどに幅が広くて重たいが、履き心地は悪くない。

エレベーターで降りていって、係員のヘアトニックの匂いが気になったが、それほど鼻につくとも思わなくなっていた。

「ロビー階でございます」と言って、エレベーター係が格子状の扉を開けた。

〈ホテル・リンカーン〉に漂う匂いは、もうバートにはお馴染みである。よいものだとも思っていた。葉巻の煙がウールのカーペットにからみつく。黒人の従業員が花を飾り付けている。マンハッタンへ繰り出していく身なりのよい婦人連が、香水の匂いをまき散らしている。八番街へ出ると、タクシーが客待ちをして、バスがアップタウンの方角に走って、排気ガスを吹き出している。

バートはロビーを出てから右へ行き、また右へ曲がって、西四十五丁目を歩いた。吸い込む空気に、コーヒーをローストする匂いが混じっている。ハドソン川を越えたニュージャージー側の焙煎工場から、風に乗って届くのだ。最後の一滴までうまい、という〈マックスウェルハウス・コーヒー〉の香りである。

一九三九年六月八日。今回のこの朝は、有名な時計があって豪華な内装を誇る〈ホテル・アスター〉で朝食をとろうとは思わなかった。それよりは、時間の許すかぎり、近隣のコーヒーショップやカフェをのぞいてみるつもりだ。カルメンが暮らしている住所は、たった七ブロックしか離れていない。まずヴァージニアを迎えにブロンクスへ行くとして、地下鉄に乗る前に、どこかしらの店に立ち寄って、急いで朝食をとっている、ということだってあるかもしれない。いまごろはブロードウェーのダイナーにでも坐って、コーヒーとドーナツを頼んでいたりしないだろうか。もし早いところ出会えたら、〈四つの自由〉像の下のベンチで見つける瞬間まで、この一日を待ち暮らすことがなくなる。

タイムズ・スクエアおよび周辺の横丁を歩きまわり、さりげなくカフェに出入りして、こっそりとダイナーの窓を見たのだが、カルメンの影も形もなかった。これでは埒が明かないと思って、ある七番街の店のカウンター席で二十五セントを出した朝食が、卵、ソーセージ、パンケーキ、ジュースとコーヒーである。

マーキュリーの図柄の十セント硬貨をチップに置いて出ようとしながら、やたらに口紅を塗った制服のウエートレスに声を掛けた。「地下鉄に乗っても万博へ行けますか？」

「あら、お客さん、それが一番いいんですよ」ウエートレスは、すばやく十セントを引き寄せて、エプロンのポケットに落とし込むと、ＩＲＴ線の乗り場を教えてくれた。

地下鉄の運賃は、たったの五セントだった。インディアンの横顔が浮き彫りになった五セント玉ひとつで、初めての地下鉄に乗った。乗客は雑多な集合体だ。何だかわからないが何かの匂いを発散している。プレスしたばかりで糊のきいたシャツの匂いにすぎないのかもしれない。スマホやタブレットを見ている人はいない。たいていは朝刊を読んでいる。大きな紙とインクの四角形、あるいは小さなタブロイド判——。雑誌を読む人もいるが、写真より文字の量が勝っていた。しかし喫煙者が多い。葉巻の人も見かける。パイプをふかす人も二人いた。ガイドブックや案内チラシが目につく、というところから考えれば、かなりの人が、バートと同様、万博へ行こうとしていると思われた。

停車駅のたびに、いったん降りてカルメンとヴァージニアがいないか見回した。いないとは言いきれない。このIRT線に乗ってフラッシング・メドウズへ行こうとしていることも考えられる。もし見つけたら、道を聞きたいことにして近づけばよい。行き先は同じなのだから、ではご案内しましょうと言ってくれるかもしれない。こっちからはVIPパスが三枚あると言えばよい。これを余らせたらもったいない、とか何とか言って、お二人のレディに差し上げましょう、きょう一日、どこへ行っても待たなくていいんです、ということで、いままではカルメンと二時間足らずしか過ごせなかったのに、今度ばかりは一日ずっと付き合っていられよう。

だがカルメンは電車に乗ってこなかった。

「うわ、すごいな」ある乗客が声を上げた。窓の外に、トライロンとペリスフィアが見えたのだ。これぞ万博の象徴。巨大な球体と、すぐ隣に立つ尖塔が、バートにも見えた。朝の空に白く輝いている。電車の客が一人残らず、万博の名物となる建築に、目を走らせていた。

乗客がぞろぞろと電車を降りた。〈ボウリング・グリーン・ゲート〉の前である。ここでバートも七十五セントを払って入場し、十セントのガイドブックを買った。

まだ十時半――。ということは、運命が仲立ちしてくれないかぎり、カルメンと会うまでには、まだまだ時間がある。彼は会場を歩いた。まず〈住宅建設センター〉を見て、〈生活用品館〉のソファベッドに感心し、〈アメリカン・ラジエーター館〉の展示もすごく立派なものだと思ったが、〈RCA〉、〈AT&T〉、〈コミュニケーション館〉、また〈クロスリー・ラジオ社〉の博物館めかした展示では、この時代には輝いていた出品物に笑いを誘われるだけだった。

彼は〈デモクラシティ〉を見る行列にならんだ。これはペリスフィアの館内にあって、社会の仕組みを学ばせてくれる。この場で彼はガメルゴーという名前の家族連れと言葉をかわすことになった。祖父母も含めて六人家族が、カンザス州トピーカから遠路はるばる列車の旅をして、一週間の万博見物に来たという。きょうがその初日だそうだ。この一家のおじいちゃんが、「お若い人はともかく」とバートに言った。「まさか、この年になって、こんなところへ来られるとはね。よく神様が計らってくれたものだよ」と言った。バートは若い人あつかいされて悪い気はしなかった。七千五百六十億ドルの資産にものを言わせて、実年齢より若く見せる方法を、さんざん試してきた。彼は六十一歳なのである。

カンザスと言えば、サライナに知人が多いのです、と彼が言うと、だったらトピーカにお立ち寄りの際は、ぜひ食事にいらしてください、という反応がガメルゴー一家から返った。

午前中ずっと、緑のドレスの女がいれば、カルメンではないかと思って見ていた。〈パワーの庭〉、〈光のプラザ〉、〈労働の大通り〉にある展示館は、どれも見つくした。〈スウィフト&カンパニー館〉では、制服の女性従業員をずらりとならべて、ベーコンを薄く切ってパックに詰める作業を実演させていたのだから、たしかに労働の展示になっていた。

正午に、五セント玉を二つ使って、〈チャイルズ〉のホットドッグを食べた。〈メンズ・アパレル〉では、来たるべき未来の男性服として予言されているものと、いま着ているダブルのスーツとを見くらべた。それから、だいぶ歩いて、「アミューズメント・エリア」へ行った。パラシュート・ドロップの高い鉄塔が目標になる。万博では一番人気のエリアになっていて、お祭り気分の人々が集まって大賑わいだった。この近辺をうろつき回ったバートは、何度もパラシュートの前で立ち止まり、カルメンとヴァージニアがいないかと見ていた。これに乗ったのは間違いない。どんどん上にあがって、どかーんと落ちた、と言っていた。しかし二人はいなかった。もう一度だけ、ゆっくりと巡回してから、また本会場へ向かった。

　そうしたら、いた！　まずカルメンではなく、ヴァージニアが目に入った。水泳ショーをやっている円形劇場の横の橋を渡っていたら、場内を走るミニ電車が通りかかって、ヴァージニアが乗っていた。その隣にはカルメン！　やはり遊園地の乗り物で遊んでいたのだ。そしていま〈光のプラザ〉方面へ行こうとしている。バートは腕時計を見た。あの電車に追いつけば、予定より一時間は早くカルメンに会える！　彼は走った。

　電車を見ながら〈労働の大通り〉を行ったのだが、〈レインボー大通り〉の〈シェイファー・センター〉あたりで見失った。人間の足では追いつけない。電車は〈諸州の庭〉を通過して、〈コンスティテューション・モール〉で停車し、乗客の入れ替えをする。そのあたりに二人がいるはずだ。ダブルのスーツを着て汗だくのバートが、〈ビーチ・ナット館〉、〈ユダヤ・パレスチナ館〉、〈ＹＭＣＡ館〉、〈宗教の殿堂〉、〈雇用促進局〉を見てまわって、くたびれ儲けになった。これも四次元旅行の特性かとあきらめて、やむなく大噴水のベンチへ足を向けたら、すぐ目の前に彼女がいた。

　カルメンは〈ブラジル館〉を出てくるところだった。ヴァージニアと手をつないで、笑い合っている。ああ、よく笑う女なのだ。いい顔で笑っている。うっかり名前を呼びそうになって、まだ出会っていないのだと気がついた。やむなく数ヤードの距離をとって、うしろから歩いた。人工の川を渡る通路である。この川の水が〈ラグーン・オブ・ネーションズ〉という大噴水の池に流れ込む。彼は〈イギリス館〉へ行った二人を追わず、ベンチへ直行した。数分後に、また彼女がいた。もちろんヴァージニアを連れている。時間通りだ。

「あの、すみません」ベンチに坐ろうとしたカルメンとヴァージニアに、すかさず声をかけた。「きょうは未来パノラマが休業ではないかどうか、ご存じですか？」

「はい、営業してます。ずらっと行列してますけどね。私たち、午後からずっとアミューズメント・エリアにいました。おもしろかったですよ！」

「パラシュート、乗りましたか？」

「いやあ、まだなんだ。乗ったほうがいいかな」

「心臓の弱い方には向きませんよ」

「どんどん上にあがるの。ふわふわーっと降りるのかなあと思ってると、ちがうの、どかーんと落ちる！」

「ほんとです」

「お二人は、未来パノラマを見ました？」

「あんなに行列してるんですから、ならぶ気にならなくて」

「私はぜひ見たいと思ってましてね」バートはスーツの胸ポケットに手を入れた。「じつは特別なパスを持ってるんです」

バートは三枚の厚手のカードを見せた。トライロンとペリスフィアの図柄、およびＶＩＰという文字が浮き出している。「これがあると秘密の入口へ案内してもらえるんです。待たなくてすみます。三枚あって、私は一人なんで、よろしければご一緒にいかがですか？」

「まあ、それはご親切に。でも、私たちなんか、ちっともＶＩＰじゃありません」

「いや、私だって、そんなものじゃないですよ。よく手に入ったと思ってるくらいで」

「だめかな、カルメンおばさん?」

「なんだか、ずるいことするみたい。ま、いいか! 行っちゃお——」

「ありがとう! あたしヴァージニアっていいます。叔母はカルメンです。あの、どなたなんですか?」

「バート・アレンベリーっていうんだ」

「あ、はい、ありがとうございます、アレンベリーさん。一緒に未来を見られますね!」

三人で話を弾ませながら、〈コンスティテューション・モール〉を端から端まで歩いた。巨大なジョージ・ワシントン像を見上げ、トライロンとペリスフィアを半周するように通過した。ヴァージニアは、この日に見たものを余さずに語りたがった。アミューズメント・エリアでの乗り物の話が多かった。

「エレクトロという機械人間を見ました?」バートは言った。「金属製の指をかくかく曲げて、数の勘定をするんです」

〈GM館〉の隣には〈フォード館〉もあって、そちらは自動車の製造工程を見せてから、ぐにゃぐにゃ曲がる試走路で実際に運転させるというものだった。一方で、ゼネラル・モーターズは、来館者を未来へと誘った。まず傾斜のある長い通路を上がる。いかにもモダンな道で、ヘリクラインと称している。これを上がりきると、眼下にぽっかり口を開けたように、壮大な未来世界のパノラマが広がっていた。これぞ神が約束した土地への入口ではないかとさえ思わせたのである。この〈フューチュラマ〉を見ようとする人々は長蛇の列をなして、何百万という観客動員数が見込まれていた。

ところが、ＧＭの制服を着た若い女性の係員にＶＩＰカードをちらつかせると、バート、カルメン、ヴァージニアの三人は、ある地上階のドアに案内された。

「いまお疲れではありませんよね」かわいらしい係員が言った。「ちょっと階段を上がっていただきます」

未来の世界を回す内部の仕掛けが、ごとごと唸るような機械音を上げていた。音楽が壁を抜けてきて、ナレーションもぼそぼそと聞こえる。

「サウンドトラックは、見えている景色に、ぴったり合うようになってます」係員が言った。「〈フューチュラマ〉にはＧＭの誇る技術が盛りだくさんで、現代の最先端になっています」

「車を運転することになるんですか？」ヴァージニアが言った。

「さあ、どうでしょうか！」係員がドアを開けて、乗車開始の地点が見えた。陽光と人々が、ぱっと目に飛び込んでくる。「では、お楽しみください」

自動車に乗るのではなかった。ソファのような座席が横に連結して、全体が列車のようにずるずる動く。座席ごとにシェルに収まっているので、乗客はシェルの中に入って坐り、トンネルをくぐって進んで、どこまでも止まらない。

三人が敢然と未来へ旅立った。ヴァージニアを先頭に、カルメン、バートと続いて、シェルに乗り込む。あっと思う間もなく真っ暗闇の中にいた。音楽が聞こえて、ナレーターの声がした。一九六〇年のアメリカへようこそ、と語りかける声が、はっきりと耳に届くので、アナウンサーが同乗しているのではないかと思うほどだ。

眼前に都会が現れた。ミニチュアの世界が地平線まで広がっている。都会の中心部には、トロフィーをならべたように摩天楼が立つ。ビル同士が空中の橋でつながっているところもある。わずか二十年後、アメリカの都市はこうなる、というナレーションがあった。完璧な都市計画に基づいて設計され、街路は整然として、ハイウェーには新時代の自動車が——GM車ばかりだが——まるで渋滞を知らずに淀みなく流れる。航空機が空に飛びかい、ガソリンスタンドなみに配置された発着所に、人間や荷物を運んでいく。郊外に行けば、農場があり、住宅があり、発電施設もあって、一九六〇年のアメリカ人が必要とする食料、居住空間、電力を賄える。

低層、高層の建築、また自動車、列車、飛行機の中には、荒くれた過去の騒乱を取り静めた幸福な人々がいるはずだ。どのような未来を築くかという答えだけではなく、その未来に共存して平和に生きるという答えを出した人々である。

繰り出される未来を目の当たりにして、ヴァージニアは座席に釘付けになったようだった。それを見たカルメンはにっこり笑って、その顔をバートに向けた。いくらか身体を寄せて、そっと小さな声で、「この子は、こういう世界に住んで、そこで見るものに喜ぶんでしょうね」。

この言葉は、やさしいキスが降るように、バートに落ちかかってきた。ちょうどナレーションが止まって、バイオリンやチェロの弦楽だけが高まっていた。カルメンの香水の匂いがした。バニラの混じったライラックの香りが、ふわりと流れる。彼女の唇が、彼の頬のすぐ近くまで来ていた。

「本当にこうなるのかしら」カルメンがそっと静かに言った。「こんなふうに?」

黒い髪が暗い曲線になって囲んでいる耳に、バートもささやいて答えた。「こうなったら、すばらしいでしょうね」

館外へ出ると、もう午後の影が伸びていた。グランド・セントラル・パークウェーを越える〈車輪の橋〉を渡っていると、ヴァージニアが一九六〇年には三十歳になるんだと言った。「もうタイムマシンに乗って、さっさと行ってしまいたい！」

バートは腕時計を見た。午後五時五十六分——。これまでなら、すでにタクシーに乗って、一一一四号室へ戻ろうとしている時間だ。七時までには、衣服を脱いで、指輪、時計、そのほか冒険用に準備された品物をすべて取りはずし、密着スーツに身体を入れて、正確に配置されたベッドに寝そべり、一九三九年から離脱する時間移動を待つことになる。当然、いますぐ立ち去らねばならない。〈クライスラー館〉の裏へ回ってゲートを出れば、すぐにタクシー乗り場がある。ところが彼は、〈光の噴水〉のショーは何時からでしたっけ、とカルメンに言っていた。

「それは暗くなってからですよね」彼女は言った。「じゃあ、こちらはＶＩＰが二人ですので、パイか何かご馳走させてもらえますか？」

「いいですね。好物なんですよ」

「だったら〈ボーデンズ〉に行きましょ！」ヴァージニアが言った。「牛のエルシーちゃんがいる店」

パイとコーヒーのある席で、あらためて姪と叔母の話を聞くことになった。学校の無線クラブのこと、東三十八丁目にルームメイトと住んでいること——。すべて前回と同じだ。と思ったら、過去が方向を変えた。

「アレンベリーさんには、とくに大事な人なんていらっしゃるんですか？」

バートはカルメンの目を見てしまった。〈ボーデンズ・フードコート〉の店内を背景に、その目が緑色の深みを増したようだった。

「奥さんはいますか、ってことです！」ヴァージニアが生意気な口をきいた。

「もう、この子ったら。すみません。べつに差し出たことを言うつもりじゃないんです。ただ、結婚指輪をしてらっしゃらないみたいなんで、アレンベリーさんみたいな方なら、どなたか特別な人もおありだろうにと思って」

「自分でも、よく思うんですよ」バートは、さびしげな言い方をした。「さがし続けてるってことでしょう、たぶん」

「男の人はいいですよね。ぴったりの女性が現れるまで、いくらでも待っていられて、誰にも何とも言われないんですもの」彼女は男性名を次々に挙げた。まだ独身の映画スター、運動選手ということだが、バートには心当たりがなかった。「でも女はどうです？　いつまでも待ってたんじゃ、オールドミスなんて言われるんですよ」

「ママが言ってるのよ」ヴァージニアが、おもしろがって言った。「そろそろお相手を見つけないと、ずっと見つからなくなっちゃう。おばさん、もうすぐ二十七だもんね」

「うるさいわね」カルメンは叱るように言って、フォークを持った手を伸ばし、パイのクラストの一番いいところを刺すと、ぱくっと自分の口に入れた。

「やだ、ひどーい」ヴァージニアが笑った。

カルメンは、ナプキンで口をぬぐいながら、にこっとバートに笑ってみせた。「ほんとですけどね。ちゃんと売れ残ってます」

「アレンベリーさん、おいくつなんですか？」ヴァージニアが言った。「校長のローウェンスタイン先生みたい、なんて思ってるんです。あの先生、そろそろ四十歳かな。もう四十にはなってるんですか？」

「いいかげんになさい。噴水の池に放り込むわよ！　ごめんなさい、アレンベリーさん、しつけの悪い姪でして、ものの言い方がわかってないんです。一九六〇年までには、どうにかなってるでしょうけど」

バートは笑った。「僕だって、カルメンおばさんと同じだよ。ちゃんと残り物になってる」

それで三人が笑った。カルメンが手を出して、バートの手首をとった。「じゃあ、残ってる同士なんですね？」

この時点で、もう失礼すると言わねばならなかった。午後六時を回っていた。いまタクシーを拾えたら、ぎりぎり間に合って、一一一四号室から時間の移動ができるだろう。しかし、きょうはカルメンに会える最後の日だ。この緑のドレスの女とは二度と会えなくなる。

さて、バート・アレンベリーとは、才覚のある男なのだ。天才と言われたりもする。その発明品が世界を変え、熱狂的な信奉者を得た。ダヴォスでも、ウィーンでも、アブダビでも、アイダホ州ケチャムでも、コンファレンスの会場に集まった聴衆が、身を震わせながら聴いている。彼の言うとおりに論陣を張る弁護団がいて、彼の思いつきを現実化する研究開発チームがいる。彼の資産総額は、工場を置いている国も含めて、たいていの国のGNPを上回る。きわめて立派な趣旨の寄付をして、行ってみようとも思わない建物に彼の名前がついている。およそ人間が——大金持ちの人間が——持っている、持つ必要がある、持ちたがる、と思われるものを、すべて持っている。

ただし、時間だけがない。

旅行社は、一九三九年六月八日の二十二時間を、お望みどおりに使えます、と言った。だが、いま彼の望みは、わずかな時間の延長だ。いくらか融通はきくのではないか。時間を抜ける進行は、いや逆行だったか、どっちがどっちか知らないが、ともかく彼の身体がなければ始まらないだろう。彼の原子であれ分子であれ、すべてそろって八番街の〈ホテル・リンカーン〉の一一一四号室に戻っていなければならない。この旅行にごちゃごちゃと細則ができているのは、いざとなったら客に責任をおっつける会社側の作戦だ。ぴったりしたスーツを着込んで、寸秒の誤差もなくベッドに寝ていなければならないとはどういうことか。舞踏会のシンデレラとでもいうのか。だったら真夜中にでも舞い戻って、あのゴムのスーツに身体を入れて、びゅーんと飛んでいけばよさそうなものだ。あわてることはない。

「タイムカプセルは見た？」彼はヴァージニアに言った。

「あ、そういう話を授業で読んだことがある。五千年くらい埋めておくんでしょう」

「その中に入れるものを、〈ウェスティングハウス館〉で展示してるんだ。エレクトロっていうロボットもいるけどね。テレビってどんなものか知ってる？　あれは見ておいたほうがいいよ」バートは腰を浮かしていた。「〈ウェスティングハウス館〉へ行ってみるかい？」

「行きましょ！」ふたたびカルメンの目が笑っていた。

タイムカプセルには他愛もないものが満載だった。ミッキーマウスの漫画、シガレット、マイクロフィルムに保存した全集本。

タイムカプセルとエレクトロもさりながら、ヴァージニアが夢中になったのはテレビだった。叔母とアレンベリーさんが小さな白黒の画面に映ったのだから、まるで映画スターを見るようだ。それにしても画像は小さかった。画面が収まっているキャビネットは、うちにあるラジオと変わらないくらいの大きさだ。とはいえ、その二人は別の部屋にいて、見たこともないようなカメラの前に立っているのだった。それなのにヴァージニアの目の前にも二人の姿が見えている。この映像にわくわくした。それから場所を交換して、ヴァージニアが手を振りながらマイクに向けて話しかけた。

「えー、こちら、わたしです。こっちからテレビに映ってます。そっちから見えてますね！」

「すごーい」カルメンが言った。「かわいく映ってるわよ。なんだか大人っぽくなった。ね、バート！」と彼に顔を向ける。「こんなことってあるのかしら。でも、あるのよね！」

　バートが見ていたのは、画面上のヴァージニアではない。カルメンだ。「アレンベリーさん」が「バート」になったのだから、もう胸を躍らせていた。

　腕時計を見ると、七時六分になっていた。つまり刻限を過ぎた。規定の二十二時間は超えたというのに、だから何なのだ。ちゃんと融通がきいている！

　さらに〈デュポン館〉〈キャリア館〉〈石油産業館〉を見てまわったが、さっきのテレビに匹敵するほどの刺激はなかった。〈ガラス館〉〈アメリカン・タバコ館〉〈コンチネンタル・ベーキング館〉は、時間潰しに行っただけだ。そんなところにいれば、それだけ外が暗くなって、光のショーが近づいてくる。

〈アカデミー・オブ・スポーツ〉で水上スキーの映画を見てから、彼がカップ入りのアイスクリームを買って、三人それぞれに小さな木のスプーンで食べた。

「この場所、とった！」ヴァージニアが、ショー見物の座席として、ベンチを一つ確保した。藍色を濃くしていく夕闇に、大噴水の池からジョージ・ワシントン像まで、ずっと見通しがきいていた。ペリスフィアを背にしてシルエットとなった巨像は、みずから創始した偉大なる国を観望するように立っている。だんだん夜が深まって、会場内の建物が、黒地に明るい描線で輪郭をたどったようになる。遠くの地平線をマンハッタンの摩天楼が照らし出す。会場の木々にはイルミネーションがついて、樹木が自身の内部から発光しているようにも見える。

バート・アレンベリーは、この夜がこのまま永遠に続けばよい、と思っていた。〈ラグーン・オブ・ネーションズ〉という池の端で、ライラックとバニラの香りが一九三九年の暖かい空気をそっと騒がせている。こうして万博の会場にざわめく音を聞きながら、いつまでもカルメンとならんで坐っていたかった。

ヴァージニアがアイスクリームのカップを三つまとめてゴミ箱へ捨てに行った間は、初めてバートはカルメンと二人だけになった。するりと彼女の手をとった。

「カルメン、きょうは完璧な一日だった」いまカルメンの目が彼を見ていた。ああ、このヘーゼル色の目。「未来のパノラマやテレビを見たからではない」

「牛のエルシーちゃんでもない？」と言ったカルメンが笑おうとして、声が引っ掛かりそうになった。

「万博が閉門時間になったら、二人とも車で送らせてもらえるかな」

「いえ、そんなわけには――。姉の家はブロンクスのずっと奥なんで」

「どうせタクシーで行くんだ。まずヴァージニアを降ろしてから、東三十八丁目に回ろう」

「まあ、すごく親切なのね、バート」

このカルメンを抱きしめて、キスをしてしまいたかった。東三十八丁目を行くタクシーの後部座席ならどうだろう。あるいは一一一四号室。いっそ五番街九〇九番の持ちビルの百階なら、なおよかろう。

「きょうは万博に来てよかった」バートは笑った。「あなたに会えたんだから」

「私も来てよかった」カルメンもささやいて応じた。手を離そうとはしていない。

池の周辺に目立たないように設置されたスピーカーから、音楽が流れてきた。ヴァージニアが駆け戻ってきて、まもなく夜空に水が噴き上がった。照明の効果で、水の色彩が列柱になって連なる。会場の客がみな動きを止めて見ていた。ペリスフィアにまで光が反射して、発光する雲の玉ができたように見えた。

「うわあ！」ヴァージニアが大喜びした。

「きれいね」カルメンが言った。

ここで最初の花火が打ち上がり、弾け飛んで、彗星の滝を落としてから、薄らいで煙になった。

このときである。バートは前頭部を金槌でたたかれたような気がした。目が痛いほどに乾いて、がりがり引っ掻かれるようだ。鼻から、耳から、血が垂れてきた。下肢が痺れて、背中と腰がちぎれそうになる。灼熱の痛みが胸を突き抜けたのは、肺を構成する分子がばらけたということだ。落ちていく、という感覚があった。

彼が最後に聞いた言葉は、ヴァージニアの「アレンベリーさん！」という叫びだった。最後に見たものは、カルメンのヘーゼル色の目に浮いた恐怖である。

Olympia

どうぞお泊まりを

Stay with Us

音楽（ＬＬクールＪの「ママ・セッド・ノック・ユー・アウト」）

フェードイン

○屋外　ラスベガス（朝）

よく知られたラスベガスの大通り風景。カジノ、噴水――。だが、水平線上に新しく巨大な豪華ホテルができている。

〈ホテル・オリンポス〉

飛び抜けて大きいホテル。ギャンブル好きが大喜びでオリンポスの神々と戯れる。

○クローズアップ（フランシス・ゼイヴィア・ラスタンの目）
フランシス・ゼイヴィア・ラスタン（以下ＦＸＲ）。緑色の目に金色の斑点がある。見るものすべてを面白がって、踊るように動く目。

○クローズアップ（コンピューター画面）
左画面（詳細な設計図、超大型の太陽エネルギー集積フィールド）
中央画面（広大な未開発地のグーグルアース映像、アメリカ地質調査所の地図、地勢図、環境データの図表）
右画面（浮動画像で、マカジキを釣る男、ハンググライダーの男、ロッククライミングの男、急流を下る男、『ブリット』に出演するスティーブ・マックイーン）

どの男もＦＸＲ（ただしスティーブ・マックイーンだけは本人）。
右画面の下にニュース字幕が流れる。またポップアップウィンドウで、警告、メッセージ、プレイ中の表示。音楽はＬＬクールＪから切り替わって……

音楽（ディーン・マーティンの「マンボ・イタリアーノ」）

テキストボックスが、ポップアップして出る。

マーキュリー「ボス？　朝食はいつもどおりでよろしいでしょうか？」

発信者のＩＤにはミズ・マーキュリー。真っ黒なショートカットの髪。すっと引いたような赤い口紅。

ＦＸＲはキーボードをたたいて返信。

ＦＸＲ「もう頼んだ。ニコラスが持ってくる」

マーキュリー「誰ですって？」

ＦＸＲ「新規のやつ」

場面転換

○屋内　同ホテル　業務用エレベーター（同時刻）

ミズ・マーキュリーは大変な美人で、スーパーモデルなみの威圧感。身長六フィート。きわめて細身。ピラティスで成形された体型。黒ずくめの服装。付け入る隙もない女。

いまのテキストを読んで、思わず口走る。

ミズ・マーキュリー「新規って、どういうことっ？」

ミズ・マーキュリーは、この十二年間、ＦＸＲの補佐官というべき立場で、毎日、毎分、この職務を生きて呼吸しているようなもの。

ボスの朝食を「新規のやつ」に運ばせて、それを彼女が知らないとは、あってはならないことである。

手首に巻いた端末（大型の腕時計コンピューター）をタップして、メモ、テキスト、スケジュールが出たあとで、従業員フォト一覧にたどり着く。画面をスワイプして見つけたのは……

ニコラス・パパマパロス。十九歳。とまどったような目をしているが、生まれて初めて仕事についたということで無理もない。

エレベーターのドアが開くと、ニコラス・パパマパロスが乗ろうとして立っている。〈オリンポス〉のルームサービス係の制服。カバーをした料理のテーブルを押している。

ミズ・マーキュリー（にこにこ笑った顔を見せて）「あら、ニッキー！」

そう呼ばれて、とまどうニコラス。この背の高い女に、どうして名前を知られているのか。ともかくエレベーターに乗る。

ニコラス「新人です」

ミズ・マーキュリー「そのようね。なじまない制服を着て、FXRにご注文の朝食をお持ちする、と」

ニコラス「どこか、まずいことあるでしょうか」

ミズ・マーキュリー「いまは、まだ」

ニコラス「これをラスタン様にお持ちするのが、どうしておわかりです？」

ミズ・マーキュリーは百一階のボタンを押す。ドアが閉まって、エレベーターがゆっくり上昇する。

ミズ・マーキュリー「あのね、このホテルでは、わたしの知らないことなんてないのよ。なぜかわかる?」

ニコラス「いえ、新人なんで」

ミズ・マーキュリー「では、いくらか教えてあげましょう。

（間）

けさの三時まで、わたしが何をしていたかというと、フランシス・X・ラスタン氏がコレクションしているアンティークなオートバイの世話をしていたのです。百三十二台が、すべて残らず、新しい空調完備の倉庫に引っ越して、その持ち主がどれかに乗ってみようという気を起こすかもしれない場合のために、いつでも完璧に維持管理されているよう手配しました。最後に乗ったのは二〇一三年五月でしたね。アンティークの自動ピアノのコレクション、また長年買い集めた〈バーマ・シェーブ〉の道路広告のヴィンテージ物についても、倉庫の保管能力を検証なさりたいようですが、わたしはお構いなしにオートバイを入れてしまいました。二十数名の作業班を動員して、オートバイに保護カバーを掛け、慎重にハイテク・ガレージに収めたんです。ガレージと言っても、ブルース・ウェインがバットマンとして使う秘密基地くらいの大きさがあって、概算としては建設コストも似たようなものでしょう。

（間）

FXRは大金持ちで、みずからの大帝国について何もかも知り抜いているというつもりですが、このつもりというところは、おおいに、徹底して、いくらでも強調したいと思います。彼を奉じる信者みたいな人、コネをきかせよう、すり寄ろうとする人は何百万といますが、その誰一人としてボスのことをわかってません。彼という人は、たとえカイザーロールと、コールドカットと、マヨネーズがあったとしても、どうやってランチを用意したらいいか全然わからないのです。考えることは雲の上に飛んじゃってます。わけがわからないのに、ばっちり採算がとれている、ということばかりを考える頭の中身をしてますね。というわけで、わたしたちがいるのですよ。彼の生活を成り立たせています。わたしは一日に二十二時間勤務で彼の指令を待ち、あなたは彼の食事の支度をして毒見します。なんちゃって毒見は冗談。でも、いいかも」

チーン！　百一階に着く。

○屋内　同・百一階の業務用通路（長い廊下である！）

ミズ・マーキュリー（まだ笑顔のまま）「朝食の用意に抜かりはありませんね。さもないと、痛い目に遭わせてあげますよ」

ニコラス「すべてご注文どおりです。七種の穀物のオーガニックグラノーラ、マンゴーとパイナップルのスライス、トマトジュース、シナモンカフェオレ、なのですが、しかし……」

ミズ・マーキュリー（顔から笑いが消えて）「しかし、何なの？」

ニコラス「三十分前に、厨房にメッセージが入りました」

ミズ・マーキュリー「それ見せなさい！」

腕時計コンピューターを見せるニコラス。

FXRのメッセージ「料理班、ちょっと待った、グリドルケーキ食べたい！」

ミズ・マーキュリー「何ですって！　グリドルケーキ？　だめ、だめ、だめ！」

料理のカバーを上げるミズ・マーキュリー。皿にグリドルケーキ。すなわちパンケーキ。

ミズ・マーキュリー「冗談じゃございませんよ！　ほんとにグリドルケーキじゃないの！」

ニコラス「ボイセンベリーのシロップを添えています」

ミズ・マーキュリー、不安でたまらなくなる。

ミズ・マーキュリー「ああ、やだ、ニッキー――まずいわよ、これ。とんでもない一日が始まったのかも。わたしが大変な目に遭ったら、あなたもただじゃ済まないからね」

ニコラス「グリドルケーキのせいで？　ぼく、何にもしてません！　新人なんで」

ミズ・マーキュリー「うちのボスがグリドルケーキを食べたがるのは、めちゃくちゃな思いつきをして、うずうずしてるって証拠なのよ。きょうは何をさせられるのかしら。三十人のお仲間とアイスランドのフィヨルドへ行って、カヤックで海に漕ぎ出す冒険旅行の準備をせよとか、ウガンダの熱帯雨林の峡谷にケーブルを張って、滑車で渡れるようにしたら、下を行く野生のチンパンジーが見えるだろうとか、〈オリンポス〉の全従業員にこんなものを……

（と、腕時計型のコンピューターを示して）

……くくりつけるように決めるとか。そういうお膳立てをさせられた実績が、わたしにはあるのよ。グリドルケーキが出たってことは、ハムスターの頭では理解できないような業務命令があるってこと。ただでさえ悲惨な労働日が、まったくの破滅に追い込まれたんだわ」

ニコラス「でも辞めない？」

ミズ・マーキュリー「その答えは一つしかないわね。給料がものを言ってる」

ドアの前に来ている。百一階では、ここしか部屋がない。

ミズ・マーキュリー「食事は人工の滝の近くにセットアップ。あなた、名札が曲がってるわよ。顔は笑って。ボスは職務を愛して働く従業員を好むから」

いったん動きを止めるミズ・マーキュリー。深く息を吸って、明るい笑顔の態度に切り替える。恐るべき変身の術である。

ノックして……入室。

○屋内　ペントハウス

とびきりお洒落な空間。人工の滝が流れる。最先端のエクササイズ装置。壁一面がスクリーンで、それを見る座席としてヴィンテージ物の映画館の椅子を一列ならべている。窓からはラスベガスをほぼ一望する。

ミズ・マーキュリー（明るさを振りまいて）「ボスにグリドルケーキをお持ちしました！」

ＦＸＲ、ワークステーションの前から立ち上がる。

ＦＸＲ「早かったね」

ミズ・マーキュリー「いつもそうおっしゃいます！」

ニコラス、テーブルの支度をする。

ＦＸＲ「きみがニコラス？（名札を見て）そうらしいね。わが社へようこそ。きょうはオシェイが担当じゃないの？」

ミズ・マーキュリー「はい、奥さんが出産でしたでしょう？　あ、もちろん送りましたよ。新しいベビーベッド、冷水加湿器。それからフルタイムの保育士を二人派遣してます」

グリドルケーキの前に坐るＦＸＲ。

ＦＸＲ「おお、美しい。フライパンで焼いたらパンケーキ。鉄板(グリドル)ならグリドルケーキ。これはどっちで焼いたんだ、ニコ？」

ニコラス「すみません、社長、そこまで見てないんです。新人なんで」

ＦＸＲ「その社長ってのはよせ。ここでは、ただＦＸでいい。

（間）

どうやらグリドルケーキだな。（ベリーのシロップをかけて）ミズ・マーキュリー、きょうの予定が何だったか忘れたが、全部キャンセルだ」

ミズ・マーキュリー「この前そうおっしゃったときは、わたし、ミシシッピをぐるぐる歩きました。デルタ地帯のケナフ栽培地を買い占めろってことでしたね」

ＦＸＲ「今回は、ソーラー・パイプライン施設の候補地が決まった」

ミズ・マーキュリー「わお。冗談じゃないです。スーパーです」

溜息をついて、どさっとカウチに坐り込む。

腕時計コンピューターをスワイプして、インターネットを見ようとする。

ミズ・マーキュリー（ひとりごとで）「きょうは長くなりそう……」

ＦＸＲ、皿を持ったままコンピューターに近づく。画像を出して、ボイセンベリーの垂れそうなフォークで場所を示す。

ＦＸＲ「シェパートン・ドライ・クリークという。いまは何てことのない土地だ。平べったくて、だだっ広い。砂埃が舞っている。しかし、テイラー・スウィフトよりも陽の当たる大自然の奇跡。フェイスブックでいいねをもらえる土地だ」

ミズ・マーキュリー（テイラー・スウィフトのフェイスブックページで、いいねを押している）「すごいものですね」

ＦＸＲ「八十八号線の旧道が、すぐ近くまで行ってる」

ミズ・マーキュリー「そうなんですか？　わたし、まったく不案内で」

ＦＸＲ「道路沿いの土地を買い占めようという考えもありだな。どうせ交通量が増える」

ミズ・マーキュリー（げんなりして、爪を見ながら）「ああ、はい」

ＦＸＲ「というわけで、出かけるぞ」

ミズ・マーキュリー「出かける、どこへ？」

ＦＸＲ「旧八十八号線のドライブ。楽しいぞ。そう言えばコスタリカのパンアメリカン・ハイウェーもよかったな。蜘蛛の採集に行ったんだ」

ミズ・マーキュリー「はあ、ぶっ飛んでましたね。わたし、咬まれました」

ＦＸＲ「治ったろ」

ミズ・マーキュリー「きょうはニックを連れてってください」

ＦＸＲ「ニックに無理は言えない。組合に入ってる。

（間）

入ってるんだろ？」

ニコラス「はい、社ちょ……ＦＸ」

ミズ・マーキュリー「もう、さっさと結婚して、この役目は奥さんにさせればいいじゃありませんか」

ＦＸＲ「女房はいらない。きみがいるからね、ミズ・マーキュリー。女房だったら、僕みたいな男に、我慢してくれないだろ」

ミズ・マーキュリー「わたしは我慢するんですか？　いくらでも社内に用事はありますのに。それを果たすから、この帝国が立ち行くのです」

ＦＸＲ「車で走れば、すっきりするよ」

お手上げのミズ・マーキュリー。

ミズ・マーキュリー「ほらね、ニコラス。そのグリドルケーキで、こうなっちゃうのよ」

ニコラス「ぼくが何をしたんです？」

ＦＸＲ「ニックが何をしたって？」

ミズ・マーキュリー「わたし、いずれ近いうちに転職して、堂々と立てるような仕事します。プロの水上スキーヤーとか……。（腕時計コンピューターでタイプしながら）ジェット機を出しますね」

ＦＸＲ「大型と小型。きみは小型機で先乗りして、地上の移動手段を確保しておいてくれ。僕はワークアウトをすませてから大型機で行く」

ミズ・マーキュリー「はい、仰せのままに。さすがに産業界の大物は違いますね。では、コレクションに加えるお車は、どんな幻の名車にいたしましょう? モンツァ? サーファー・ウッディ?」

FXR「いや、なるべく目立たなく行って、地元民に溶け込もう。経済が素通りしたような地域だ。(現金をつかみ出して)どんなのでもいいから八百ドルで買えるくらいの車にしてくれ」

ミズ・マーキュリー「八百ドル? 車ですよ? いくら何でもポンコツしか買えません」

FXR、もう少し紙幣を出す。

FXR「八百五十にしよう。(二十ドル札を一枚出して)ニック、これ取っとけ」

受け取るニコラス。

ニコラス「ありがとうございます。ミスターFX」

場面転換

◯屋外　飛行場・どこかわからないどこかの真ん中(昼)

滑走路は一本だけ。くたびれた事務所。こんなところに着陸する飛行機は多くない、と思ったら……

飛んできた大型ジェットが滑走路へ降りて、駐機していた小型機に寄って止まる。どちらの機体にも〈オリンポス〉のロゴ。

ミズ・マーキュリー、あいかわらず黒ずくめの服装。自動車の運転席にいる。一九七〇年代のビュイックのコンバーティブル。屋根は開けている。

大型機の出口がぱかっと開いて、出てくる階段にＦＸＲ。これが庶民的だと思っている服装。ばかみたいなウエスタン調で、やたらにパイピングのあるシャツ。このシャツを、〈ジョーダッシュ〉の古いデザイナー物ジーンズに突っ込んでいる。すごく大きな〈マールボロ〉のバックルをつけたベルト。燃えるように赤いカウボーイブーツ。これ見よがしに使い古した感じがする〈ジョン・ディア〉のキャップをかぶり、カウボーイ風の麦わら帽子を手に持っている。

ミズ・マーキュリー「あーら、デュークだかボーだか誰だか知らないけど、うちのボスもご一緒じゃありません?」

FXR（服装について）「いいだろ、これ？　いかにも本物。それが大事だ」

ミズ・マーキュリー「よかったですね。カジノのショーガールの衣装部屋を、勝手に使わせてもらえたようで」

FXR（車について）「どんな走りだ?」

ミズ・マーキュリー「駐車場から走ってくるだけで、ガソリンが半分になって、オイルが一パイント減りましたが、いいニュースもありますよ。七百ドルまで値切りました」

FXR「剰余金は予備として、ここに入れよう」

釣り銭をカウボーイ・ハットに。

FXR「地元に溶け込む!」

この帽子をミズ・マーキュリーにかぶせる。

FXR（笑いながら）「ほら、いいだろ?」

ミズ・マーキュリー「これだけの資産家が、まるでファッションセンスもなく、地元のコスプレして面白がってるんですね。それでよければ、ずうっとそういうことにいたしましょうか。資金をおまかせくだされば、いつまでも幸せに暮らせるようにしてあげます」

FXR、さっと助手席側へ回って、かっこよく飛び乗ろうとする。どさっと席に落ちて、片足がドアに引っ掛かっている。

ミズ・マーキュリー「では、冒険に出発！」

アクセルを踏むミズ・マーキュリー。飛び出す車が、砂埃を巻き上げ、小石をはね飛ばす。

音楽（ハンク・スノウの「どこへでも行ってやろう」）

○屋外　八十八号線の路上（やや後刻）

おんぼろビュイックがハイウェーを行く。

FXR、風を受けて笑顔。

FXR「あのペントハウスに閉じこもってないで、もっと外に出るのがいいんだな」

ミズ・マーキュリー「二週間前に、グレート・バリア・リーフへ行って、ブギーボードで波に乗ってらっしゃいました」

FXR「いや、もっとアメリカを見ないと。自分が生まれた国を、たいして見ていないんだ。はるかな道、大きな空。アスファルトが長いリボンのように延びている。そこに点線が引かれて、地平線が見えるだけでしかない。ああ、いい国だ！　何だかよくわからないが、この国が好きだ！
（間）
たまには山頂から下界に降りてくるのも、精神のためになるのだね、ミズ・マーキュリー。さもないと山の上しか見えなくなる。これはメモしておいて全従業員に読ませよう」

ミズ・マーキュリー「どうぞ。一同おおいに啓発されます。
（間）
ところで、どちらへお運びなのでしょう？」

FXR、メッセージを相手の腕時計コンピューターに送信しておいて……

FXR「そこだ。小さい町で、名前はフリジア（発音がわからず、適当に三度言う）。人口は百二人」

腕時計への送信（フリジアの写真、統計、資料……）

FXR「以前には八十八号線の宿場町みたいになって、アメリカで一番のおもてなしの町、なんて称したものだ。いまはどうなんだろうな。僕らのような人間がどうもてなされるか見届けたいじゃないか」

ミズ・マーキュリー「その一帯を買い占める前に見ませんとね。（送信されたものを見て）わ、何これ。こんなに時間かかるの！　行くまでに太陽熱でフライになります！」

○屋外　大きな看板

古ぼけた看板は、ネオン管が割れて、ペンキが剝がれそうだが、〈モテル・オリンポス〉と読める。

どうにか判別できるくらいに残っている絵柄で、男と女が手を振っている。いまでは通りかかる車もないが、日焼けした看板の文字は「どうぞお泊まりを！」と言っている。

音楽（アコーディオンで「ケ・テ・バージャ・ボニート」）

スペイン語の歌詞に英語で字幕。

「あなたがいないと死んでしまうかもしれない。たとえ、僕に鋼鉄の胸があったとしても……」

場面転換

○屋外　フリジアの〈モテル・オリンポス〉（昼・同時刻）

名前は同じでも、ラスベガスの〈ホテル・オリンポス〉とは大違い。まるっきり違う……。

看板と同様に、モテルそのものも、すっかり寂れている。現在、せいぜい誉めるとして、清潔なだけが取り柄。

音楽を弾いているのは、ヘスス・ヒルダルゴ。曲の最後の部分を上手に弾いて、アコーディオンだけで立派な音楽に聞こえる。

字幕「こんなに彼女を愛している。そうと知らない人に、この惨めさはわからない」

老夫婦、すなわち（看板の男女である）フィルとビーが拍手する。ヘススは、アコーディオンをしまって、古いピックアップのトラックに積む。

フィル「うまいね。こんな人、見たことない」

ビー「あんたが弾くたびに、心がぽうっとしてくる。すごいねえ、ヘスス」

ヘスス「そんなこと言われたら、うれしくてたまんないよ。こちらこそ、ここへ来ると、家に帰ったような気になれる」

ビー「そりゃ、帰ってたってことだから。あたしらの家にいたんだから」

フィル「じゃあな、チェスタトンでうまくやってくれよ。あっちのフロントガラス工場は、いろんな割増手当があるっていうじゃないか」

ヘスス「ありがとう。また、できるだけ来させてもらうよ。きっと来る」

ビー「そのときは、あんたが作ったフロントガラスを、お土産にしてもらおうね」

ヘスス、運転席に乗る。トラックがクラクションを鳴らし、モテルの駐車場を出て行く。走り去るまで見送るフィルとビー。静かな一瞬ができる。

フィル「一人しかいない客がいなくなった。ベッドメーキングの手間もなくなったか」

ビー「ほんとに、アコーディオンを思い出しちゃうだろね」

フィル「週に六十二ドルもなくなった。どうして小さい天国みたいな居場所を捨てて、チェスタトンなんていう、つまんねえ町に住みたくなるんだろうな」

ビー「すっぱいリンゴなんて出すからだよ。雑草も抜いときなよ」

フィル、連れ添ってきた女を、いまさらのように見る。この年になっても、惚れぼれする女房だと思っている。

フィル「そう人使いの荒いことを言うなよ。（間）そんなお洒落な格好しやがって、おれを誑し込んで、こき使おうってのかい」

ビー「じゃあ、草刈り機を出して、よれよれになった筋肉の体操でもしてくれたら、いい女がその気になってもいいんだよ」

フィル「おお、そう来たか。二十分もあれば、敷地の南側をすっかり片付けるから、あとで十号室へ行ってくれ。おれは素っ裸でシャワーを浴びてればいいかな」

ビー「じゃ、そういうことで」

ビュイックのコンバーティブルが道路を走ってくる。こっちへ来そうな方向指示が出ている。

ビー「ちょっと待って。お客さんらしいよ」

フィル「しょうがねえな。（大声で）あと一時間したら、また来てくださいな！」

車がモテル前に停車。乗っているのは、ＦＸＲとミズ・マーキュリー！　屋根を開けたまま走ってきた。

にこにこ顔のＦＸＲ。ミズ・マーキュリーは、屋根を開けたオープンカーで三時間の運転をして、くしゃくしゃの顔になっている。この車がフィルとビーに近づく。

ＦＸＲ「あ、どうも！」
フィル「はい、どうも」
ビー「はい、はい、どうも」
ミズ・マーキュリー「あ、はぁ、はい、ども」
ＦＸＲ（庶民的なつもりで）「いやもう、走りっぱなしの長旅で、くったくたに疲れちゃって」
ミズ・マーキュリー「日焼け止めクリームもなしで」
ＦＸＲ「旅の疲れをいやしたいんだけど――ええと、おもてなし、ってやつね」
ビー「だったらモテルみたいなとこは、いかが？」
ＦＸＲ「このへんに、よさそうなモテルありますす？」
ビー「さあ、あったかしらねえ。このへんにモテル。さがしてるんでしょ……」
フィル「世界一のモテルが、すぐ近くにあるんですよ。フリジアの町はずれ。オリンピックだったか、オリンピアンだったか、そんなような」

ＦＸＲ、薄らいだ看板の文字を見る。

ＦＸＲ「モテル・オリンポス！」
フィル「はい、正解」

ＦＸＲ「ミズ・マーキュリー！　あったぞ、モテル・オリンポスだ。運命だな！」

ミズ・マーキュリー、さっさと車を降りてシャワーを浴びたくてたまらない。

ミズ・マーキュリー「ですよね。この駐車場から運命の叫びが聞こえます」

ビー「いらっしゃいませ。ビーといいます。この人はフィル。どうぞお泊まりを！」

二人の愛すべき老人が、背後の看板にある図柄と同じく、ぴたりと静止する。ちゃんと手を振った姿勢になっている。

ＦＸＲ、ミズ・マーキュリー、顔を見合わせる。

フィル、ビー、動かない。看板どおりの静止画になっている。そのままで、一呼吸、二呼吸。もう一呼吸。

ミズ・マーキュリー「では、部屋は空いてるんですね？」

ビー（動きだして）「はい、それはもう」

場面転換

○屋内　〈モテル・オリンポス〉のオフィス

（クローズアップ）古ぼけた五十年前の写真。まだ若いフィルとビーが、同じポーズをしている。看板が新調された際には、これを原画にしたらしい。

オフィスはさっぱりして心地よい。ＦＸＲ、じっくり写真を見る。ビーは宿泊の手続き。

ビー「なんだか貸し切りみたいだと思うでしょうね。ごもっとも」

ＦＸＲ「あんまり景気よくない？」

ビー「アイゼンハワーが大きな高速道路を通しちゃったからね」

ＦＸＲ「そんな昔から営業してるの？」

ビー「ええと、まあ、フリジアという町が〈オートクラブ〉に三つ星をつけられたストップ地点だった頃からは、夫婦でここにいるんですよ」

宿泊用の登録カード、安っぽいボールペンを、ＦＸＲに持たせる。

○屋外　〈モテル・オリンポス〉（同時刻）

ミズ・マーキュリー、車を駐車スペースに入れている。エンジンから、わけのわからない音。フィルが来る。

フィル「リスが死にそうだね」

ミズ・マーキュリー「オイルを飲ませてやれば、がりがり噛まなくなるんですけど」

ボンネットの下から煙。

フィル「こりゃ、山火事だ。

（間）

止めなよ、お嬢ちゃん」

いま、お嬢ちゃん、と言った――

ミズ・マーキュリー「はい、はい、止めますよ」

エンジンを止めると同時に、どかんと大きな音がする。止まってからも、ぶるんと車体が揺れる。

フィル「こいつ、生き物なんじゃないのか。ボンネットを開けてみな」
ミズ・マーキュリー「それって、どうすればいいの？」
　　手に触れたレバーを引く。ボンネットがぽこんと開いて、煙が立ち上る。

○屋内　モテルのオフィス
　　ＦＸＲ、立ち上った煙を見る。ビーは記入させたカードを点検している。

ビー「ＦＸＲ？」
ＦＸＲ「はい」
ビー「クレジットカードは、持ってない？」
ＦＸＲ「ないです。昔は、ありました。ミシガン州フリントのデパートで作ったカード。未払いがかさんじゃって、町から逃げたんですよ」
　　もちろん、作り話である。
ビー「そういうこともあるわよ。
　（間）

じゃあ、現金でね。初めてのお客さんだから、前払いで頼むわ」

ＦＸＲ「いくら？」

ビー「二部屋だったら、三十八ドル五十セント」

ＦＸＲ、ウエスタン調の財布を取り出している。これは自分で見つくろった小道具。

ＦＸＲ（不安顔で）「ううううむ……」

ビー「一部屋でダブルベッドなら、二十二ドル五十セント」

ＦＸＲ（財布の中をかき回して）「え、そんなに？」

ビー「シングルの部屋に、ダブルベッドで、十六ドル五十セント」

ＦＸＲ「どうやら、いま……十二ドルしかないみたいで。あとは小銭」

ビー「うーん……しょうがないね、ほかにお客さんがいない日の特別サービス」

○屋外　〈モテル・オリンポス〉

ミズ・マーキュリー、車のエンジンルームをのぞいている。フィルがレンチを手にして何やら作業中。

ミズ・マーキュリー「車のことなんて、ちっとも知りませんよ。ガソリン入れて走るだけ」

フィル「それでいいんだと普通は思うよね。（オイルポンプを取り出して）これ何だかわかる？」

ミズ・マーキュリー、死んだネズミを見るような顔。

ミズ・マーキュリー「死んだネズミ？」

フィル「これはキャルシトラント・オクシスポイラーがついたデハイポクシファイド・フュージョン・アクセレレーター」

ミズ・マーキュリー「ふざけてない？」

フィル「交換できるよ。トミー・ボイヤーって男に電話する。大急ぎで修理に来てくれるだろう」

ミズ・マーキュリー「ああ、よかった。大助かり」

フィル「ちゃんと直しといてやるさ。あすの夜明けには走り出せるよ」

ミズ・マーキュリー「夜明けなんて、あと三時間寝ようみたいな時刻だけど、とにかくお願いするわね」

大きな声が聞こえる。

ＦＸＲの声「ミズ・マーキュリー！」

そっちへ振り向くとＦＸＲがいて、ビーに部屋のドアを解錠してもらっている。

FXR「こっち来て、見てごらんよ。こういう部屋だ」

○屋内　モテルの部屋

ビーとフィルが立ち会って、FXRはベッドの具合を確かめ、ミズ・マーキュリーはバスルームを点検している。

FXR「うるさい客にはなりたくないんだけども、アルバータの森で伐採の仕事してたら、転んで椎間板を痛めちゃって」

ミズ・マーキュリー、ちらりと目を走らす。そんなことをする男ではない。

FXR「このマットレスじゃ、痛くて眠れないだろうな」
ビー（考えて）「たしか三号室のマットレスのほうが新しかったよね」
フィル「つい何カ月か前には新品だったものな。さっそく取り替えるよ」
FXR（シーツの手ざわりを見ながら）「これが、シーツ？　ざらざらだよ。おれ、肌が弱いんだけどなあ」
ビー「新品を出してもいいけど」

FXR「じゃあ、一回洗ってもらえる？　おろしたてのシーツってのは何より悪い」
ビー「心臓病より悪い――。やわらかくしときますよ」
フィル（気を揉んで）「枕も見たらどうです。あんまり硬いと、背中によくないでしょう」
FXR「あんまり硬いと、朝起きてから首が動かない。（ためしに寝てから、首筋を押さえて）あ、痛っ！　だめだ、こりゃ」
ビー「あたしら、ダウンを入れた枕で寝てるんだけど、あれのカバーを交換して、今夜だけ使ってもらいましょうか」
FXR「あと、もう一つ。ベッドの上に掛かってる、この絵が――」

さらさら流れる小川と農家の風景。

FXR「里子に出されて、さんざん暮らした家を、思い出しちゃうんだよね。ほかに掛けるような絵はないの？」

ミズ・マーキュリー、里子に出されて、という言葉を口の形だけで真似する。

フィル「十二号室には、アヒルの絵があるよ」
FXR「水鳥に恐怖心がある」
フィル「八号室には、馬車の車輪の絵」

ミズ・マーキュリー「車輪？　そんなものが絵になるの？　どういうこと」
フィル「十三号室には、ピエロの顔」
　　これは論外。ＦＸＲ、考えただけで、ぞっとする。
ビー「じゃあ、いっそ絵は片付けるということで？」
ＦＸＲ「一件落着」

場面転換

○屋内　モテルの部屋
　　やや時間がたって、いまフィルがマットレスを入れ替えている。ミズ・マーキュリー、バスタオルがやわらかいことに驚喜する。ビーは、きょうだけ貸し出される枕にカバーを掛けている。
ミズ・マーキュリー（すっかり感激して）「こんなにふっくらしてる。どうしたらタオルがこういう仕上がりになるの？　ミンクみたい！」

ビー「洗ってるだけなのよ、お嬢ちゃん。あとは干すだけ」
ミズ・マーキュリー「ああ、早くシャワーを浴びたい！」
ビー「浴びる前に、しばらくお湯を出してね。熱くなるのに時間かかるから」
FXR「さて、ようし。では最後に——このあたりで人間はどのように栄養をとったらいいのでしょうね？」
フィル「昔は道路向かいにカフェがあってね。〈トルーマンズ〉という店で、うまいパイを食わせたし、ポットローストなんて最高だったが、一九九一年に店じまいした」
ビー「チェスタトンまで行けば、ファーストフードの店があるわよ。ここからだとカラスが飛ぶみたいな直線距離で三十六マイル」
フィル「そうまでしてファーストフードを食うくらいなら、カラスを食らうほうが苦労がない」
ミズ・マーキュリー「どうせ行きたくても行けないんですから。車のオクシスポイラーってのが吹っ飛んでます」
フィル（はたと思い出して、大急ぎで）「トミー・ボイヤーに電話するんだった！」

フィルが去ろうとして……

ミズ・マーキュリー「ルームサービスなんてのはあります？」
ビー「ご自分の手がちょっと汚れるけど、それでよければ」

場面転換

○屋外　モテルの裏手（やや後刻）

ミニ農場。鶏小屋と菜園もある。

みごとな管理。ビーは玄人なみの眼力で野菜を見ている。ミズ・マーキュリー、トマトをもぎ取ろうとしている。

ミズ・マーキュリー（バスケットに入れながら）「これでいいわね。トマト、ラディッシュ、なんだか緑色の長いやつ――。わたしの爪も、半分もげそう」

ビー「アボカドなんて、いい出来になるだろうね。アボカドの木も植えないと」

ミズ・マーキュリー「あれは木になるものなんですか？」

ビー「そうよ。でも二本ないとだめ。雄の木と、雌の木。さもないと実らない」

ミズ・マーキュリー「木にも……性がある？」

ビー「あるわよ、週に一度。あたしら夫婦とおんなじ」

ビーが笑う。鶏もココッとふざけて鳴く。

ミズ・マーキュリー「それは大変なことを伺いました……」

場面転換

○屋外　プールの周辺（夕暮れ）

フィル、古くなったグリルでバーベキューの準備中。痩せた鶏が一羽、串刺しになって回る。プールには水がない。

FXR「で、子供は持たなかった？」

フィル（首を振って）「持てなかった。だからどうってこともなくてね。昔は、いつだって子供が来ていた。ほれ、プールがあったから。高速ができて車の流れを持ってかれちまったが、その前は、八十八号線沿いに十何軒かモテルがあってさ。プールがあったのは三軒だけだ。二十マイルごとに看板を出したよ。オリンポスの山にプールあり、ってことでね。そうなると子供が親にせがんで泊まりたがるのは？」

FXR「このモテル」

フィル「おもてなし業界で働いたことある？」

FXR「ない、と言うのが正しいかな」

フィル、ＦＸＲの顔を見る。

フィル「この商売は、覚えようとして覚えるもんじゃない。向き不向きがあるよ。人間を受け入れる気持ちがなくちゃ。といって、いかれた目つきで空き部屋あるかなんて言うやつが来たら、うまいこと嘘でごまかすけどな。それは方便てもんで、ちっとも悪かないさ」
ＦＸＲ「モテルの仕事が好きなんだね」
フィル「このモテルが好きなんだ。もうちょいと流行ってくれるといいんだが」

音楽（フロイド・クレーマーの「ラストデート」）

場面転換

○屋外　日没の風景

ちょうど太陽がきらりと光って、地平線の彼方に消える。

場面転換

○屋外〈モテル・オリンポス〉全景（夜）

看板そのものは光っていない。安っぽいガーデンライトが一つ、光を投げている。プールの近くに、経営者二人と、客が二人。野外ディナーを終えたところ。

フィル「ところで、もう一緒になって長いの？」

ミズ・マーキュリー「はあ？」

フィル「あんたらのことだよ。いい仲の二人組なんだろ？」

ビー「ちょっと、そんなこと聞かなくたっていいよ」

ミズ・マーキュリー（目を丸くして）「わたしたちが、いい仲？　二人組？」

フィル「男と女が来たんだぜ。おんなじ車に乗って、同時にチェックインして、一つの部屋におさまった。いままでにも何度あったかわかんないけどさ……」

ミズ・マーキュリー、たまげたような目つき。それから首を振り、一人で笑う。

ミズ・マーキュリー（ＦＸＲを指さして）「この人がそういう片割れだなんて、へそが茶を沸かして、尻でトースト」

ビー「よく言うね。それ、いただき」

FXR「そう、ミズ・マーキュリーが言うとおり、僕らは雇用者と被雇用者というだけで、どこをどう見ても、まっとうな間柄なのです」

ミズ・マーキュリー「もし彼がカウチに寝たことなんてないからカウチに寝たくないと言うなら、わたしは何が何でもカウチに寝ます！」

フィル「ああ、そう。

（間）

じゃ、あんた、レズビアンなんだね」

ミズ・マーキュリー「いえいえ、そんなにファッショナブルじゃありません。ただの独身女です」

ビー「男は、いない？」

ミズ・マーキュリー「では……ご説明いたしましょう。たしかに親切ではありますが、よく知っているとまでは言えないお二人に、そっち方面のわたしについて申し上げます。

（間）

いま現在、わたしに男が必要かというと、ここの鶏小屋にパラボラアンテナが必要かというくらいです。いまのところ、どこの誰とも接続されておりません。いずれは、それまでの一切を振り捨てて、はい、さよならと会社を辞めて、好きな男と、子供と、手作りのハロウィン衣装とかそんなようなものに走っていく日も来るでしょうが、それまでは幸福な独身として、この人のために働いてます……

（FXR、うなずく）

とんでもない上司ですが、冗談は通じます。いい給料が出て、世界をあちこち見られます。タスマニアから、この可愛らしいモテルまで――。わたくし、ボーイフレンドなんて、持ってる余地がありません」

ふと静まる一瞬。

ビー「じゃあ、あたしからの答えを」

ふたたび沈黙。すべてを覆いつくす美しき静寂である。

FXR「聴いてごらん」
ミズ・マーキュリー「聴く？　何にも聞こえませんけど」
FXR「ちゃんと聴いてないからだ」
ミズ・マーキュリー「そんなことないです」
ビー「静けさなのよ。静寂に耳をすませなさい、ってこと」
ミズ・マーキュリー「ああ。（そのようにする）頑張ってるんですが……やっぱり、だめ」
FXR「ここの静けさみたいな時間があるとしたら、ただ一つ……（だが何なのかは明かさず）それも長続きはしなくて」
フィル「ここのは続くよ」

ビー「そう、すっぽり包み込むみたいでね。すごいものだと思ってるの。どんなに困っても、悩んでも、夜の静けさには安らぎがある」

フィルが妻を見る。FXRも目を向ける。ミズ・マーキュリーだけは夜の外界を見る。

ミズ・マーキュリー「ああ、聞こえる。無なのね。無の音ってことよね。（耳をすまして）あああぁ、あー」

遠くからクラクションが響く。ヘッドライトが見える。パネルトラックが駐車場に入ってくる。

FXR「終わったね」

ビー「トミー・ボイヤーの車だわ」

フィル「独身女性ナンバーワンの車を直しに来た。（ミズ・マーキュリーに）あんたはファッショナブルじゃないんだから、トミーを気に入るかもしれないよ」

ミズ・マーキュリー（大慌ての目つき）「あらやだ、髪の毛、直さないと……」

フィル（声を上げて）「トミー！」

トラックから降りるトミー・ボイヤー。

地球で一番いい男。

ミズ・マーキュリー「あの人が、トミー・ボイヤー？　（ぽうっとして）あら、どうしよ……」

あたふたと髪の毛を気にする。

ミズ・マーキュリー「ああ、やだ、どうしよ……」

ビー「料理も好きな人よ」

ミズ・マーキュリー（髪を撫でつけて）「いま、ふざけて、ません？」

いい男のトミー・ボイヤーが近づく。エンジンの部品を持っている。

トミー・ボイヤー「こんばんは、ビー。あ、どうも」

ビー「もう食事したの？」

トミー・ボイヤー「ええ、大丈夫です。――古いＧＭの燃料ポンプって話でしたよね？」

フィル「そう。このお嬢さんの車にね」

ミズ・マーキュリー、トミーに一目惚れ、と誰の目にも明らか。

トミー・ボイヤー「ども」
ミズ・マーキュリー（しどろもどろに）「あ、あの、はい、こんばんは」
トミー・ボイヤー「車で、困ってるんですね？」
ミズ・マーキュリー「そうなんです。しょうもない、はい、おかしくなっちゃって、あの車」
トミー・ボイヤー「あっちの、あれですか。ビュイック」
ミズ・マーキュリー「あら、ビュイックだったの？　そうです、みっともない、ぶっこわれビュイック……」
トミー・ボイヤー「見てみましょうか。うまく直せるといいけど」
ミズ・マーキュリー「はいはい、行きましょ。いまボンネット開けますね……。（ビーにささやいて）わたし、六歳の子供みたいにしゃべってる。どうしましょ」
ビー「トミーは三年前に離婚したよ。女の子が一人いる。去年の夏にタバコをやめた。けっこう本を読んでる」
ミズ・マーキュリー「あ、そうなの。ありがと」

トミー・ボイヤーと連れ立って出ていく。

フィル「かくして〈モテル・オリンポス〉に魔法の力がよみがえった」
ビー（立ち上がって）「じゃ、あたしは片付けるよ。男同士でぶらぶらしてなさい。女が片付けようとすると、いつも男は遊んでるだろ」

フィル「ああ、そう。（ＦＸＲに）外のパトロールに出ようか？」

場面転換

○屋外　〈モテル・オリンポス〉敷地の外縁（夜）

フィル、ＦＸＲ、敷地の境界に沿って歩く。

フィル（指さして）「あのあたり、十エーカーばかりの土地で、何かしらできないかと思ってたんだが、結局どうにもならなかった。蛇の小屋を建てる気にもなりかかったが」

ＦＸＲ「蛇の小屋？」

フィル「そう。八十八号線に看板を出せばいいと思った。『蛇の小屋――あと百四十マイル』『蛇の小屋――あと六十二マイル、エアコンつきで展示中』なんてね。だけど、そんなもの素人には飼育できないだろ、ってなことをビーに言われて、モテルだけにしておいた」

ＦＸＲ「しゃれたモテルですよね。おもてなしの場所になってる。名前がいいじゃないですか」

フィル「でも、こんなとこに年がら年中いられるもんじゃないよ。気が狂っちまう。だから週に一回、どっちか一人がチェスタトンへ出るんだ。銀行の用事とか、いくらか買い物とかね。〈シオズ・コーヒーハッチ〉っていう店へ行けばＷｉＦｉが使えるんで、週に二時間ばかりは外の世界と交信できる」

ＦＸＲ（物思うように）「なるほど、そんなことをするんだな。（地元の庶民らしさを復活させて）おれもラップトップってやつがあれば、やってみようかなあ」

フィル、歩きながらＦＸＲを見る。

フィル「Ｘっていう字で始まるミドルネームなんてあるのかい？　ゼイヴィアのほかに。

（間）

フランシス・ゼイヴィア・ラスタン、だね」

ＦＸＲ、足を止める。やられた、と思う。

フィル「名前を書いてもらったときに、ビーが感づいたよ。ＦＸＲ。ペンネームみたいなもんだろ」

ＦＸＲ（地元の真似を捨てて）「すみません。ごまかしてました」

フィル「ごまかしってこともないよ。大金持ちの有名人が、貧乏くさい車で来たってだけのことだ。

（間）

お忍び旅行なんてやつ？」

ＦＸＲ「いや、そうじゃないんだ」

フィル「うちのモテルを訴える？　オリンポスは商標だとか何とかで」

ＦＸＲ「そんな商法はしない」
フィル「めずらしい人だね」
ＦＸＲ「土地と陽光をさがしてるんですよ」
フィル「だったら、いくらでもある。土地には値段がつくが、太陽はただ。（それから指をさして）あっちからこっちまで、うちの所有地。まあ、ここでの商売も長くないだろう。医者が考えても、常識で考えても、そうだと思う。ここの暮らしもよかったが、ほかにいいとこがあれば、そっちで余生を過ごしてもいいんだ」
ＦＸＲ「じゃあ、ビジネスの話に入ってもいい？」
フィル（手で制して）「そういうことはビーに言ってくれ。あいつがボスだから。（間）そろそろ戻るよ。一杯飲むんだ。麦芽飲料（オバルチン）」

ＦＸＲ、老人の後ろ姿を見送る。

場面転換

○〈モテル・オリンポス〉駐車場（夜）

ビュイックのボンネットが上がっている。ミズ・マーキュリー、照明灯をかかげて、トミー・ボイヤーに道具を渡す係になっている。

ミズ・マーキュリー「へーえ、ミリ工具とインチ工具は違うってこと?」

トミー・ボイヤー「そうなんだよね。

(間)

よし、いいだろ。エンジン、かけてみな」

ミズ・マーキュリー、運転席へ飛び込む。

ミズ・マーキュリー「ようし、行くわよ」

キーを回す。ビュイックが、ぶわんと音を立てて生き返る。

ミズ・マーキュリー「わ、すご! 修理の本もいっぱい読んでるんでしょうね」

FXR、近づいてくる。

ミズ・マーキュリー「ボス! これからトミー・ボイヤーとひとっ走りしてきます……テストドラ

イブ」

トミー・ボイヤー「そうなの？」

ミズ・マーキュリー「八十八号線の長い走りをどうこなすか見てきますよ。しばらく戻りませんから、さっさと寝ちゃってください。どっちみち起きて待ってたりしませんよね。わたしが、テストドライブから、帰るまで、なんて……。（ようやくトミーに向けて）乗ってくよね？」

トミー、助手席に乗ってシートベルトを締める。ミズ・マーキュリー、ラジオのボタンをひっぱたき、まずギアをリバースに。それから、ぎゅーんと夜の闇に走り去る。

音楽（カーペンターズの「愛のプレリュード」）

○屋内　モテルのオフィス（夜）

タイプを打つ音。ＦＸＲがオフィスに来ると、ビーが机に向かってキーをたたいている。〈オリンピア〉製のタイプライター。

ＦＸＲ「麦芽飲料があるんだって？」

ビー「自分で温めて」

FXR、ミルクの鍋、カップ、ジャーをさがして、この飲み物を作る。

ビー「ちょいと吹っかけた売値にしてあげるね。どうせ何でも取り壊しちゃう気だろ。このあたりの土地を買い占めるんだってね？」

FXR「できることなら」

ビー「じゃあ、ここが買収の第一号になるのね。名誉なことだわ」

FXR、ビーとフィルの写真を見る。古ぼけた看板の原画になった写真。

FXR「この当時、何歳くらいだったの？」

写真を見ているFXRが、ビーの目に映る。

ビー「あたしが十九、フィルは二十三だった。ハネムーンなのよ。ギリシャへ行った。あったかくて静かな島でね、帰りたくなくなっちゃった。そうもいかないけどさ。フィルは空軍に入った。あたしは学校を出た。あるとき昔の八十八号線を走ってきて、ここを見たら、貯金をはたいてもいいと思った。それが案外うまくいってさ」

タイプライターから紙を引き抜いて、ＦＸＲに渡す。

ビー「あとで弁護士さんがべたべた指紋くっつけて直したがるだろうけど、とりあえず叩き台にどうぞ。いやなら、なかった話にしてよ」

ＦＸＲ、これを見ようともしない。

ＦＸＲ「またギリシャへ行ったりした？　休暇みたいに」

ビー「あたしらモテル屋だからね。毎日が休暇みたいなもんだ」

場面転換

◯屋外　フリジアの〈モテル・オリンポス〉駐車場（やや後刻）

ＦＸＲ、タイプで印字された紙をたたんで胸ポケットに入れ、自室へ戻っていく。その背後でオフィスの明かりが消え、古ぼけた看板のぼやけた光も消える。

ＦＸＲ、静かな夜にたたずむ……

フェードアウト

音楽（「ぼくの女王様、ぼくの宝物」）

字幕「いまはわかる、彼女を心から愛していた……」

フェードイン

○屋外　フリジアの〈モテル・オリンポス〉（夕刻）

日が沈みかかって、昼の光は薄らいで藍色を帯びる。

字幕「がんばって彼女の心を得るように……」

パーティが進行中。駐車場に電灯を吊った線が張られて、深まる夜に魔法をもたらしている。

ヘスス・ヒルダルゴがいる。そのバンドが音楽を奏でて、カップルが何組も踊っている。ヘススは心から女王様を愛すると歌う。その身内がわんさと集まって、水を入れたばかりのプールで泳ぐ子供もいる。

トミー・ボイヤーが小さい娘を連れてきている。娘の友だちもいて、縄跳びをしている。一緒に遊ぶミズ・マーキュリーは様変わりして、ジーンズにホールタートップという格好。何台ものトラックの周囲に、大勢の作業員。もう道具を片付けて、きょうの仕事を終えようとしている。

ルームサービス係のニコラス、食事の準備に最後の仕上げ。豪華客船のプールサイドに出てくるような極上のディナーである。

この一帯の住人が、チェスタトンあたりからも集まり、自前のローンチェアを持参して盛大なパーティに参加しようとしている。

FXR、上質だがカジュアルな服装。数名の建築家と図面を見ながら相談中。

椅子が二つ。これが主賓席で、フィルとビーが坐っている。どちらも目隠しをされているので、まわりの様子がどうなっているかわからない。

ビー「ああ、よかった。アコーディオンの人、また来てくれたんだね」
フィル「こんな物音からすると、あとでびっくり、サーカスみたいになってる、なんてのじゃないか」

ビー、メキシカンの音楽に身体を揺する。現場監督のコリンズが来て、何やら知らされたFXRは、これでもう建築家を引き取らせる。

FXR「ミズ・マーキュリー、準備はいいぞ！」
ミズ・マーキュリー（縄跳びの縄を回しながら）「あら、それって誰です？」
FXR「お、しまった、いつもの癖が出た。（あらためて呼び直して）ダイアン、準備はいいぞ！」
ミズ・マーキュリー「はい、FX！　いま行きます！　（トミーの娘に）さ、行こ、リジー。ショーが始まるわよ」

ヘスス、しゃれた格好をつけて音楽を終える。
バンドに拍手。
FXR、フィルとビーに近づく。

FXR「ほんとは見えてたりしない？」
フィル「見えないよ」

ビー「目の前に銃殺隊がならんでるんじゃないよね？」
FXR「ダイアン、暗さは大丈夫か？」
ミズ・マーキュリー「よさそうです」
FXR「よーし。コリンズ！」

コリンズ、主電源スイッチの操作をする。

コリンズ「シャットダウン！」

コリンズ、駐車場に設置した照明をすべて落とす。あたりは真っ暗に。

FXR「さあ、それでは目隠しをはずしていいですよ」

フィルとビー、目隠しをはずす。だが真っ暗である。

フィル「おい、さっぱり見えんぞ」
ビー「どっちを見ればいいの？」
フィル「まったく、サーカスはどこなんだ？」
FXR（大きく呼ばわって）「光あれ！」

コリンズ、別のスイッチを入れる。駐車場の全体、その場の人々が、一斉に光を浴びる……赤、青、金色のネオン。

ミズ・マーキュリーの顔が、すばらしく美しいものを見る。すぐ隣に、娘を抱いたトミー・ボイヤーがいる。

トミー・ボイヤー「うおお……」

集まった人々が、一人残らず輝いて、夜空に感動の目を向ける。

ミズ・マーキュリー「ああ、すごい。天国の光みたい！」

○クローズアップ（フィルとビーの顔）

二つの顔に、天国のマジックショーのように光が戯れる。二人に言葉はない……。

看板

大きなフィル、大きなビー、くっきり明るく夜空に照らし出されて、双子の巨人が世界に顔を向けたようだ。

「どうぞお泊まりを！」二人が言っている。大きく手を挙げて、明るくて、もてなす心があって、若々しい。

看板は美しい。本当に美しい。

ビー、手を出して、夫の手を握る。

二人、見つめ合う。

ビー「なんだか、ずっとここに暮らすみたいな気がしてきた」

これがＦＸＲにも聞こえる。看板を見上げるＦＸＲ。その顔にも色彩が揺れる。

場面転換

○屋外　〈モテル・オリンポス〉全景

〈モテル・オリンポス〉の映像。看板が大きくそびえている。

そして……

この風景が徐々に変容して……

交差道路。ひっきりなしに車が行き交う。

何もなかった砂漠地帯に、整然とビルが建ちならぶ。いずれも建築術の粋を凝らしている。

建設を完了した〈オリンポス・太陽エネルギー集積フィールド〉が、はるか遠くまで続いている。

フリジア、しゃれた小都市に発展していて……

土地の名物となる看板は残って……

ビーとフィルが看板に残って、ずっと先の未来まで、この二人が町へ来る誰にも「どうぞお泊まりを！」と言うことになる。

黒にフェードアウト。

コスタスに会え

Go See Costas

イブラヒムが言ったことに嘘はなかった。ジョニー・ウォーカーの赤ラベルを二本、その一本分の値段で調達してきて、アッサンに持たせた。おそらく盗品なのだろうが、この際、どちらにとっても構うことではない。アメリカの酒は金よりも値が張るという時代だった。アメリカの煙草よりも、なお高価だったのは酒である。

アッサンは、ほぼ新品と言えそうな青いピンストライプのスーツを着て、二本の酒がかたかた揺れるナップサックを背負い、港町ピレウスに何軒あるのかわからないタベルナを歩き回り、ベレンガリア号の機関長をさがしていた。この機関長にはジョニ赤の味わいがよく効くということだ。またベレンガリア号はアメリカ向けの貨物を載せて出港が近いのでもあるらしい。

アッサンが見つけた機関長は、〈タベルナ・アンソリス〉という店で、朝のコーヒーを味わおうとしていた。「機関士なら間に合ってるぜ」

「これでも船には慣れてます。いろんな言葉もわかりますし、手先も器用です。えらそうな口はきかない」ちょっとした冗談のつもりでアッサンは笑ったが、相手はにこりともしなかった。「デスポティコ号に乗ってる誰にでも聞いてみてくださいよ」

機関長はボーイに手を振った。コーヒー、もう一杯、ということだ。「おまえ、ギリシャ人じゃねえな」

「ブルガリアです」

「どういう訛りでしゃべってるんだ?」機関長は戦争中にブルガリア人と仕事の関わりが多かったが、目の前の男はおかしな音調で話していた。

「山地の出でして」

「ブルガリアの、イスラムか?」

「いけませんか?」

機関長は首を振った。「いや。ああいう連中は、じっと黙って我慢強い。戦争でひどい目にあったろう」

「ま、戦争では、誰だって」とアッサンは言った。

機関長に二杯目のコーヒーが運ばれた。「デスポティコ号には、どれくらい乗ってた?」

「六カ月になります」

「とりあえず雇われて、アメリカに着いたら逃げる気だな」機関長も馬鹿ではない。

「油で動く船に乗りたいだけですよ。油送管の空気玉を見てればいいんでしょう。シャベルで石炭を入れなくてすむ。シャベルを振るってばかりだと、それだけの人間になっちまう」

機関長は煙草に火をつけたが、アッサンに一本どうだとは言わなかった。「人手は足りてる」

アッサンは足で挟んでいたナップサックに両手を突っ込み、ジョニ赤を一本ずつ摑んで、朝のコーヒーが載っているテーブルに二本とも置いた。「どうぞ。こんなのを背負って歩くのも荷物でしてね」

海に出て三日目、乗組員の中には、機関長から見て面倒くさいやつが目立ってきた。炊事係のキプロス人は片方の足が悪くて、食後の片付けの要領も悪い。ソリアノスという船員は平気で嘘をつくやつで、見てもいない排水孔について点検済みだと言った。ただでさえ気の短いイアソン・カリメリスは、またしても女房に出て行かれたということで、なおさら火がつきやすくなり、人と口をきけば言い争って、ドミノで遊んでいても喧嘩になった。そこへ行くとアッサンは手間のかからない男だった。くわえタバコでぼんやりすることもなく、いつでもバルブを拭ったり、ワイヤブラシで錆を落としたりしていた。カードやドミノでも静かに遊ぶ。そして何より助かると思うのは、船長の目につかないように立ち回ってくれることだった。あの船長をごまかすことは難しい、と機関長も心得ているのだが、アッサンだけは目を付けられていなかった。

ジブラルタル海峡を抜けると、大西洋の荒海だった。機関長は海に出てから毎日早起きをして、頭痛の種になるようなものはないかと見張りながら、船内を歩きまわっていた。この日も、いつものように、まず船橋へ上がった。ここに来ればコーヒーがある。それから徐々に下へ降りていった。どこも異常なし、と思っていたら、燃料タンクの付近でブルガリア語の話し声が聞こえた。

アッサンが膝をついた姿勢になり、隔壁に寄りかかった男の脚を揉んでやっている。べたつく油汚れで黒くなった男は、着ているものもじっとり濡れて肌にくっついていた。

「もう歩けそうだ。ちょっと伸ばしてみるかな」むさくるしい男がよろよろ立って、鋼板のデッキを何歩か行ったり来たりした。やはりブルガリア語をしゃべる。「ああ、いい気分だ」男はボトルの水をぐいっと飲んで、バンダナに包まれた分厚いパンの一切れをむさぼり食った。

「もう地中海を出たぞ」アッサンが言った。

「らしいな。船の揺れが違う」男はパンを食べてしまって、また水を飲んだ。「あとどれくらいだ？」

「十日、かな」

「もうちょい早くなってほしいぜ」

「じゃあ、そろそろ戻れ」アッサンは言った。「ほら、次の缶だ」

アッサンが男に空き缶を渡した。もとはビスケットの缶らしい。引き替えに男から受け取った缶は、もとはコーヒーの缶で、いまは下水管の代用であることが臭いでわかった。アッサンはバンダナを缶にかぶせて、コルク栓をした水のボトルを男に持たせてやった。むさくるしい男が穴にもぐり込んでいった。穴といってもデッキの鋼板を一枚ずらした隙間である。男がもぞもぞと身体を押し込んで見えなくなると、アッサンは棒を梃子(てこ)にして鋼板を動かし、パズルのピースのように隙間を埋めた。

機関長は見たことを船長に報告せず、ただ自分の船室に戻って二本のジョニ赤をながめた。一本はアッサンの分だ。もう一本は、鋼板でふさがれた五十センチほどの空間に隠れている仲間のためだった。アメリカ航路の船であれば、密航しようとするやつもいる。だが、よけいなことは見ざる聞かざる。そうしておけば面倒がない。もちろん空箱ではない棺を船荷として下ろす結果になることもある。

どうせ、この世はでたらめだ。しかし、まず一本、口開けの瓶から飲むだけで、でたらめの度合いが少しは下がる。むさくるしい男が船底近くの真っ暗な床下を這っているとして、もし見つかったら、ただではすまない。船長だって届出の処理に追われるだろう。そうなったら悪いのはアッサンだ。もし船長にわからなければ、わからずじまいになるだけだ。

二度の嵐があって船足を鈍らされたベレンガリア号が、今度は停泊したまま二日間待たされることになったが、ようやく小型船で近づいた水先案内人が梯子(はしご)伝いに船橋へ上がって、ついに船は入港を果たした。埠頭に係留されたときは、もう夜になっていた。そういう船が何隻も来ている港だった。機関長は手すりに向かっているアッサンを見た。遠くの町の地平線を見ているようだ。

「あれはフィラデルフィアだ。ペンシルベニア州。もうアメリカに着いた」

「チーカーゴ、どこです?」ブルガリアの男は言った。

「ここからシカゴまでは遠い。カイロとアテネよりも距離がある」

「そんなに? 何てこった」

「フィラデルフィアも楽園みたいだろ? だがニューヨークに着いたら、これぞアメリカの町だと思うさ」

アッサンは煙草に火をつけ、機関長にも一本勧めた。

「アメリカには、いい煙草があるぞ」機関長はブルガリアの男に目を向けた。いままで世話を焼かせなかった男だ。一度もなかった。「あすは船の査察がある」

「どんな？」

「アメリカのお役人だ。船内をくまなく見てまわる。密航者がいないか、共産主義者がいないか」

共産主義者と聞いて、アッサンは手すりの向こうへ唾を吐いた。

「乗ってる人間を数えるんだ」機関長は話を続けた。「頭数が合わないと面倒だが、何事もなければ、ここで荷下ろしをして、ニューヨークへ向かう。上陸したら、ひげを剃りに行こうぜ。トルコの床屋よりさっぱり剃ってくれる」

アッサンは一瞬遅れて返事をした。「もし共産主義者が乗ってるなら、見つかっちまえばいいですよ」また手すりの先へ唾を吐いていた。


ほかの乗組員が就寝前にうろついている時間から、アッサンは寝棚で横になって空寝（そらね）していた。午前四時、手早く着替えてから、するりと通路へ出て、曲がり角のたびに人目がないことを確かめながら進んだ。タンク室まで来ると、鉄の棒で鋼板を一枚持ち上げ、ずらして開けた。

「おい、いまだ」アッサンは言った。

イブラヒムがもぞもぞ這い出した。ほとんど船底と言ってよい床下の、高さのない真っ暗な空間で暮らしていた。すでに肘といい膝といい、すり剝けて血が出ている。そうやって何日が過ぎたろう。十八日か。二十日か。そんな数字に意味があるか。

「缶を置きっぱなしだ」イブラヒムが喉から声を絞った。

「いいから放っとけ。急ぐぞ」

「すまん、ちょっとだけ頼む。脚が――」

アッサンは焦る気持ちを限界まで抑えて、イブラヒムの脚を揉んでやってから、どうにか立たせた。一日に数分間しか立っていなかった脚である。背中もひどく痛んで、膝もがくがく揺れていた。

「じゃあ、行くぞ」アッサンは言った。「二メートル離れてついてこい。曲がり角では様子を見る。おれが人に話しかける声がしたら、どうとでも隠れろ」

イブラヒムはうなずいて、小刻みに足を運びながら、アッサンについて歩いた。

梯子を上がると、ハッチがあって、その先の部屋に別のハッチがあって、別の通路に出て、別の梯子があった。これを上がると、また通路があって、また梯子があったが、今度は階段と言えるものに近かった。アッサンが重い鉄の扉に力をかけると、扉は手前に開いて、ある角度で止まった。

イブラヒムが外気の匂いを嗅いだのは二十一日ぶりのことだった。ベレンガリア号がピレウスを出港し、イブラヒムが鉄のデッキの下へもぐり込んでから、それだけの時間がたっていた。

「よし、いいぞ」アッサンが小声で言った。

イブラヒムは扉を出た。ようやく外の世界だ。まだ暗いが、慣れようとする目には、天の恵みとも言える。外気があたたかい。夏の空気だ。いまは左舷の手すりの前にいて、埠頭とは反対方向を見ている。海面までは十二メートルの高さだが、この船に乗り組んでいるブルガリア系の機関士が、もう何時間も前に、手すりの最下段にロープを結びつけておいた。ロープなど甲板上にあって目立つものではない。「これを伝って降りろ。埠頭側に泳ぎついたら、どこか上がれそうなところをさがせ」

「まだ泳げるといいんだがな」イブラヒムは、しゃれた冗談を飛ばしたように笑っていた。

「そこらに木が茂ってるはずだ。しばらく隠れていろ。一日おいて行ってやる」

「犬でもいたらどうする？」

「仲良くなってればいい」

それでまた笑ったイブラヒムが、ロープをつかんで手すりを越えた。


機関長は操舵室の右舷側にいて、船長と二人で朝のコーヒーを飲んでいた。もう積荷はあらかた陸揚げされてしまった。どこの埠頭もトラックやクレーンや作業員が忙しそうだ。

「ウォルドーフ・ホテルにしようか」船長は言った。このとき機関長はアッサンが下船しようとするのを見ている。ジョニ赤を運んできたナップサックを背負って、タラップを降りようとしているのだった。小脇に抱えた荷物もあるようだ。船員は荷物を持ち帰ってくるものだ。アメリカでしか買えないものを買い、しこたま抱えて船に戻る。だがアッサンは荷物を持って出かけようとしている。

「こんなでっかいステーキをな」船長は指先を広げて、どれだけ分厚いステーキを食べる気なのか見せた。「ウォルドーフ・アストリア——。ステーキと言えば、そこだ」

「いいホテルですね」と機関長は言い、アッサンは木の茂みに消えていった。


イブラヒムの姿がないので、アッサンは不安に駆られた。まさかアメリカのお役人が、共産主義者や書類のない員数外の渡航者をさがして、こんなところにまで来たのだろうか。大きな声で呼びたくないので、犬の鳴き真似をしてみた。すると吠える声の返事があって、枝葉を分けて出てきたのはイブラヒムだった。上半身は裸になり、油のこびりついた靴を手に持っている。

「でかい犬は、どなたかな？」と笑った顔が言った。

「一晩どうだった？」

「葦を集めて寝床にした。やわらかいぞ。寝冷えをしない夜だ」

アッサンは持参の荷物を開けて、衣服、石鹼、食品、ひげ剃り道具を見せた。また新聞を折りたたんで紐で括ってきた。イブラヒムの取り分として、ギリシャの紙幣を突っ込んである。さんざん半端な仕事をして稼いだ金だ。イブラヒムは勘定もせず現金をポケットに突っ込んだ。「チーカーゴまで、運賃はどれくらいかな」

「アテネからカイロだったらいくらだろう。ともかく両替しないと切符も買えないぞ」

アッサンは、腹ごしらえをして顔を洗ったイブラヒムを、適当な石の上に坐らせ、その顔に剃刀を当てた。いまは鏡がないのだから、仲間が剃ってやるしかないのだった。


船橋の右舷側から、機関長は双眼鏡で観察をした。揺れる木の枝の隙間に、見慣れない男のひげを剃るアッサンが見えた。これで船長を煩わすことなく、面倒が一つ消えた。棺桶の必要もなさそうだ。あのアッサンというやつ、なかなか機転がきくらしい。

イブラヒムが濡れた髪を櫛でなでつけた。アッサンは靴の汚れを落としてやったが、「これ以上は無理だな」と言いながら靴を返した。

イブラヒムは、さっきポケットに入れたドラクマ紙幣を一枚取り出し、アッサンの手に押しつけた。「取っとけ。文句なしの靴が文句なしにぴかぴかだ」アッサンはありがたくお辞儀をして、二人の男が笑った。

埠頭の区域を突っ切って歩いた。もう往来する人々と混じっていられた。えらく大きな自動車が走って、家屋かと思うような大型トラックがギアをがりがり噛ませながら貨物を引いていた。入港している船は多くて、ベレンガリア号よりはるかに大きく新しい船があれば、錆びたバケツとしか言いようのない船もあった。キオスクでソーセージをはさんだロールパンを食べている男たちがいた。店の看板に――アッサンもアメリカの文字を覚えつつあるので――ホットドッグと書いてあるのだとわかった。いま二人のブルガリア人が、食いたい、と思いながら、どっちもアメリカの通貨を持っていなかった。区域の終点まで来たら、ゲートがあって、警備員の詰所もあったが、通行するアメリカ人は足を止める気配もなかった。

「じゃ、アッサン、いずれチーカーゴで会おうぜ」イブラヒムが言った。それから英語を使ってみせた。「てんきゅー・べり・まち」

「なに、缶入りの糞を始末してやっただけさ」アッサンは煙草を一本抜いて、あとは箱ごとイブラヒムに譲った。その一本を吸いながら、相棒だった男を見送った。その男はゲートの方角に歩いていくと、ちょこっと首をうなずかせて詰所の前を通過し、フィラデルフィアの地平線に続く道に消えた。

船に戻ったアッサンは、午前中なるべく忙しく働いた。調理室に行ったのは、ほとんど食事時が終わり、人がまばらになってからである。まだ残っていたパン、野菜、スープを取りまとめて、テーブルに向かった。足の悪いキプロス人がコーヒーを出してくれた。

「アメリカは初めてかい?」

「ああ」

「アメリカは一番だ。ニューヨークには何でもある。行けばわかる。ニューヨーク、ニューヨーク」

「ところで役人てのは、いつ来るんだ?」アッサンは言った。

「何のことだ?」

「船の査察に来るんだろう? アカがいたりすると面倒だからな」

「わけのわかんねえこと言うなよ」

「船員の頭数が合ってるか調べるっていうじゃないか。機関長に聞いたぞ。船内くまなく、なんて言ってた」

「くまなく何をさがすんだ?」キプロス人は自分でもコーヒーを飲むつもりで調理室に戻った。

「書類の検査とか? ずらっと並ばされて、書類を出せなんてのかな」そういうことがアッサンには何度もあった。アメリカでもあると考えておかしくはない。

「書類なんてのは船長にまかせときゃいいんだ」キプロス人はコーヒーを一気に半分飲んだ。「あのな、ニューヨークで、いい宿を知ってるんだ。あすは金を忘れるなよ。女を抱けるようにしてやる」


以前、アッサンが住んでいた村では、白壁に映画を投影して見せることがあった。白黒の映像がちかちか動いた。アメリカの映画もあって、馬に乗ったカウボーイがピストルを撃つと煙が長い尾を引いた。アッサンがおもしろがったのは、工場や建設現場がたくさんあって、新築のビルが天まで届きそうだったニュース映画である。それがシカゴという都市だった。シカゴには高層建築が立ちならんで、道路に黒塗りのセダンがひしめいていた。

だがニューヨークへ来てみると、まるで都会に際限がなかった。町全体が夜空に靄を投げるようで、低い雲は黄金色に染められ、水面は着色した煙のように光っていた。川に吹く風が熱かった。船は大きな川をゆっくりと遡って、きらびやかな宝飾のカーテンになった都会が行き過ぎる。百万の明るい窓の集合体、城の高塔のように輝くビル、二つずつライトをつけて無数の虫がぶんぶんと散るように走る自動車の群れ——。アッサンは手すりの前に立って、衣服を風にはためかせ、ぽかんと口を開けて、目を見開いていた。

「何だ、こりゃあ」彼は言った。ニューヨーク、ニューヨーク。

朝になって、機関長はタンク室にいたアッサンに言った。「おい、たしかストライプの背広を持ってたな。あれに着替えろ。ひげ剃りに行くぞ」

「ここいらの片付けが残ってまして」

「いいよ、そんなの。機関長がいいって言うんだから、いいんだ。自分の金は置いていけ。初日にスリにでも遭ったらいやだろう」

車が市街を流れていた。車体が黄色で側面に文字が出ている乗用車がよく走っている。それが街角でききっと停車して、人が出てきて、また別の人が乗り込む。箱型の容れものに収まった電灯が棒の先に掲げられ、赤、緑、オレンジ色に光って、その同じことを繰り返す。どこにでも看板が出ていて、支柱も壁もウィンドーも文字だらけだ。これだけあると解読しようという気がなくなる。金を持っていそうなアメリカ人がすたすた歩く。金のなさそうなアメリカ人も急ぎ足になっている。三人の黒人が、筋肉ではちきれそうなシャツを汗まみれにしながら、大きな運送用の木箱をビルの階段に押し上げようとしていた。どなり声、音楽、エンジンの音、ラジオの声が、どこからでも聞こえてくる。

アッサンと機関長が広い街路を渡ろうとしたら、自転車にエンジンをつけたような二輪に乗った若者が猛然と突っ走るので、あやうく衝突されるところだった。ニュース映画で見たのは大型の二輪に乗った警官だったが、いまの若いやつはそんなものではない。アメリカでは誰でもああいうのに乗るのだろうか。

キオスクの前を通ったら、新聞、キャンディー、飲み物、煙草、雑誌、櫛、ペン、ライターを売っていた。二分も歩いたら、またキオスクがあって、同じようなものを売っていた。こんな店はどこにでもあるらしい。自動車、人間、満員のバス、トラック、また荷車を引く馬もいて、まるで川の流れのように途切れない。そんな街路が視野の限界まで続いていた。

機関長は足早に歩いた。「ニューヨーク、ニューヨーク。ここでは大事な約束に遅れそうだという歩き方をする。さもないと泥棒に目をつけられる」二人は次から次へと街路を渡って、いくつもの角を曲がった。アッサンは青いピンストライプの上着を脱いで、腕に掛けていた。じっとり汗ばんで、目が回りそうだ。もう頭の中がアメリカだらけになっている。

ある街角で、機関長が立ち止まった。「ええっと、どこだったかな」

「わかんなくなったんですか？」

「いや、どう行ったら一番いいのかと思ってるんだが」あたりを見回した機関長が、ふと目にしたものに笑った。「おい、見てみろ」

そう言われて首を傾けると、あるビルの上階の窓に、看板を貼り出したように旗が見えた。青と白のギリシャ国旗だ。十字は教会を表している。青と白の線は、海と空。その窓に、ネクタイを緩めたシャツ姿の男が見えて、どなって電話しながら、葉巻を揺らしていた。

「われらギリシャ人、いずこにもあり、だろ?」また笑った機関長が、手のひらを上向きにした。「いいか、ニューヨークってのは覚えやすい町なんだ。手みたいな形をしている。何番街ってやつは指先から手首にかけて長く伸びる。何丁目ってのは手のひらを横切る。ブロードウェイは生命線で、いくぶんか曲がって伸びてる。真ん中の指二本分くらいがセントラルパークだ」

アッサンは自分の手をしげしげと見た。

「ああいう標識で——」機関長は二枚の街路標識を指さした。交差するように柱に取り付けられている。「ここが二十六丁目と七番街の角だとわかる。つまり、このへんだな」機関長は手のひらの地図で現在地を示した。「二十六と、七だ。わかるか?」

「手を見るように、なんてね」アッサンにもわかるような気がした。そのまま七番街の日陰になった側を歩いて、角を一つ曲がった。機関長が足を止めたのは、ある階段の前だ。その先の地下が床屋になっている。

「ここだ」機関長は店の入口へ降りた。

男の客だけ、というところは故国の床屋と似ていなくもない。機関長とアッサンが入ると、一斉に振り向く目があった。ラジオが鳴っているが音楽ではない。ざわつく群衆に説いて聞かせようとする男の声だ。群衆はどっと騒いだり喝采したりした。店の棚には色とりどりの液体の瓶がならんでいた。さかんに煙草が吸われている。二カ所にスタンド式の灰皿があるのだが、どちらも吸殻が満杯でこぼれそうになっていた。

機関長は年配の理髪師に英語で話しかけてから——もう一人いる若いのは、どうやら息子らしい——脇へ寄った椅子に腰をおろした。その隣にアッサンも坐って、まわりの英語に聞き耳を立て、銃を持った悪漢やタイトスカートの女が表紙になっている雑誌に目を向けていた。すでに待っていたアメリカ人の先客が三人いたが、そのうちに一人が立って、若いほうが担当する座席についた。大きくて坐り心地のよさそうな革とスチールの椅子だった。ある客が支払いをすませると、何かしら笑わせるようなことを言ってから、店を出て、道路へ上がっていった。また別の客が用事を終えて、また笑わせることを言って、いくらかのコインを床屋に渡して出ていった。

それで機関長が大きな椅子に坐る番になったが、アッサンを指さしながら、あらかじめ説明をしているようだった。床屋がアッサンを見やって「いいとも」と言った。床屋は機関長に白い布を掛け、首筋できつく留めて、ひげ剃りを始めた。三度の手間をかけて、熱いタオル、シャボン、剃刀で、きっちりと剃る。これならコンスタンチノープルでトルコ人の床屋が剃るのにも負けない。それから機関長の散髪をして、耳のうしろと襟足にもシャボンと剃刀を当てた。客と床屋が冗談を飛ばして笑い合うので、あれだけ言葉が出てくるとは、さぞ機関長は英語がうまいのだろう、とアッサンは思った。アメリカ人たちが笑ってアッサンを見たのだから、冗談の種にされたのかもしれなかった。

さっぱりしてコロンの匂いを放つようになった機関長が、床屋に紙幣で支払いをして、何やら英語で言いながらアッサンを指さした。するとまた床屋が「いいとも」と言って、アッサンを椅子に坐らせようと手を振った。

布を掛けられているアッサンに、機関長がギリシャ語で言った。

「ひげ剃りの代金は要らない。もう払った。それから、これも取っとけ」たたんだ紙幣を気前よくアッサンに持たせる。アメリカの金だ。「おまえみたいに気の利いたやつなら、アメリカでやっていけるだろう。じゃあな、グッドラック」アッサンに見える機関長は靴だけになった。靴が道路への階段を上がって、それきり機関長に会うことはなかった。

顔がつるんとして、コロンの匂いがする、と思いながらアッサンは晩夏の夜が落ちかかる街を歩いた。ニューヨーク、ニューヨーク。都会の明かりが、また違った暖かみを帯びた。びっくりするようなものを次々に見た。ウィンドーの中でチキンが自動回転してローストされている。おもちゃ屋がねじ巻き式の自動車を箱の上で走らせて売っている。箱の上部に木の柵をつけて、自動車が落ちないようになっていた。一方の壁を全面ガラスにしたレストランがあって、店内のテーブル席にも、長いカウンター席にも、坐っているアメリカ人が見えた。ウエートレスがくるくる動いて、しっかりした料理の大皿、ケーキやペストリーの小皿を運んでいく。

長い階段の前を通りかかった。街路の地下へもぐっていく階段は、飾りのある鉄のフェンスみたいな囲いがついて、大勢の人が上がったり下りたりしていた。みんな急ぎ足で、スリに目をつけられそうではなかった。

ビルの連続が途切れて、大きく空が見えた。にぎやかな通りの反対側に、びっしりと木立が続いている。これが真ん中の指二本分なのだろう、とアッサンは思った。セントラルパークに来たのだ。広い街路をどうやって横切るのか迷ったが、ほかの人が歩き出すのを見て自分でも渡った。低くて丸みのついた壁際に、ホットドッグを売る屋台が出ていた。アッサンはいきなり空腹でたまらなくなった。機関長にもらった紙幣を引っ張りだし、数字の1が書いてある一枚を見つけた。これを屋台の男に差し出したら、なんだかんだと質問されたのだが、もちろん答えようはない。どうにか聞き取れた言葉はコカコーラだけだった。それしか英語を知らない。

男に持たされたのは、赤と黄色のソースが滴りそうで、じっとり濡れた細切りのタマネギがこぼれそうな、ソーセージのサンドイッチ、およびコカコーラ一本である。それから大きさの違う三種類の硬貨で釣銭が返ったので、これを自由になる片手でポケットにねじ込んだ。アッサンはベンチに腰をおろして、つくづくうまいと思う食事をした。コカコーラを半分飲み残したところで、また屋台へ行って男に硬貨を見せると、男は薄っぺらい一枚を取って、さっきのような具だくさんのサンドイッチを作ってくれた。

もう日が暮れていて、空は暗くなり、アッサンが最後までコカコーラを飲みながら歩きだした美しい公園の通路には、街灯が明るい光を放っていた。噴水や銅像がある。男女が組になって手をつなぎ笑い合っている。金持ちらしい女の人が、やけに小さい犬を連れて歩いていた。アッサンが見たこともない珍妙な犬だった。あの犬に吠えてみようかと思ったくらいだが、うっかりふざけた真似をして、警官にでも苦情を持って行かれたら困る。おい、書類を見せろ、と言われるような事態は、何よりも望ましくない。

横手に壁を抜けるゲートがあった。公園と道路をつなぐ出入口だ。この先でまた都会が始まる。

もう遅い時刻になって、いま街路を渡ってくる人々は、毛布や枕を抱えて公園に入ろうとしていた。犬を連れた金持ちとは違う、ということはアッサンにもわかる。白い人、黒い人、茶色の人が家族連れになって、子供がきゃっきゃと騒いでいた。また一日の仕事にくたびれたらしい男や女がいた。なんだかアッサンにもどっと疲れが出た。ある家族のあとから公園に入り直したら、広い原っぱに出た。毛布を敷いて寝支度をする人がいる。暑苦しい夏の夜に、野外で寝てしまおうというらしい。すでに眠っている人もいた。もう子供をおとなしくさせて、原っぱの端の木陰を寝場所とする人もいる。

アッサンも草がやわらかそうな場所を見つけた。靴を脱ぎ、上着をたたんで枕にした。遠くから届く交通の音、静かに語り合う夫婦の声——そんなものが聞こえていて、いつの間にか寝入った。

石造りの建物に公衆トイレがあったので、顔を洗わせてもらった。ズボンと上着を手ではたいて、なかなか結構なシャツもばさばさ振って埃を払う。これを着直してから、きょうはどこへ行こうかと思った。

ひょっこり思い出したのが、電話にどなっていた男だった。機関長は笑ったが、とにかく窓にギリシャ国旗が出ていた。あれはどこだったろう。アッサンは手のひらを見た。ここに地図がある。たしか機関長は、二十六丁目、七番街、と言っていた。行けばわかるような気がする。

二十六丁目と七番街の角に立って見上げると、窓には人の気配がなかった。国旗だけはある。入口が見つかった。小さな看板があって、ここにも小さな国旗と〈ギリシャ国際協会〉というギリシャ文字が出ている。アッサンはドアを抜けて階段を上がった。

すでに暑い日になっていた。いくらかドアを開けたままで、窓からも風が抜けるようにしているのに、オフィス内は暑苦しい。音楽が流れていて、ゆったりした調子に、同じ言葉を繰り返す声が重なる——。a…a…a…スペース…s…s…s…スペース。繰り返しのたびに、ぱたん、とタイプライターを打つ音がした。d…ぱたん…d…ぱたん…d…ぱたん。オフィスの入口からは、ひどく散らかった机と、坐りやすそうな椅子が何脚か見えるだけだった。

f…ぱたん…f…ぱたん…f…ぱたん…スペース…がちゃん。アッサンは足を踏み入れた。奥に仕切った区画があって、若い女が坐っていた。小型のテーブルの上に小ぶりな緑色のタイプライターを置いている。いまは左手の練習に夢中で、レコードから流れる指示に合わせてキーを押し下げていた。その邪魔をしたくないと思って、アッサンは静かに立つままだった。

「はい、こんちは(ティカーニス)」

アッサンは振り返った。きのう電話にどなっていた男が小さな紙袋を持って入ろうとしている。ギリシャ語で「どちらさん？」と言った。

「アッサン・チェピクです」

「ギリシャ人ではない？」

「ブルガリア人ですが、ギリシャから来ました。あの、国旗を見たもので」

男は紙袋からコーヒーらしい匂いのする紙コップを出した。真ん中に穴のあいた丸いケーキも出てきた。「きょう来るって言ってくれたら、朝食くらい用意したんだがな」男は笑い声を上げた。「ドロシー、ちょっと頼まれてくれ、もう一つコーヒーが要る」

l…l…l…スペース。「この練習、始めたばっかなのに」

「針を上げればいいだろ。ブルガリア人てのは、腹が空っぽだと、わけわかんなくなるぞ」と言うと、男はアッサンに顔を向けた。「いまドロシーが持ってきてくれるからな。少なくとも、ここいらではコーヒーと言われるものだ」

アッサンは、この温かい飲み物に口をつけた。だいたいはミルクと砂糖の味だが、コーヒーの風味もなくはない。ドロシーはまたタイプの練習に戻って、レコードの音に合わせて打っている。u…u…u…スペース…i…i…i…スペース。

デメトリ・バカス、という名前である男が、アッサンにいくつか質問をした。アッサンはベレンガリア号に乗り組んでいたが、きのう下船したのだと言った。イブラヒムを船底近くに隠していて、フィラデルフィアという町で逃がしたとは言わなかった。

戦争が終わってからの四年間のことも、アッサンは黙っていた。ブルガリアから国境を越えてギリシャに出ようと何度も企てたことを黙っていた。兄が湯を沸かそうとして、うっかり火を焚いた早朝のことも言わなかった。山中で岩の隙間に隠れて寝たあとで、さっさと移動するつもりだったのだが、アッサンのポケットには少量のコーヒーが入っていた。兄は一杯だけ淹れようと言った。元気が出るじゃないか、というのだったが、寒い朝に熱いコーヒーを味わいたいという気持ちが勝っていた。その焚火の煙を、賞金稼ぎのように追ってきた共産派に見られた。アッサンは雑木林に隠れて用便中だった。その隠れた位置から、兄が抵抗して頭を撃ち抜かれるのを見た。

人を殺すしかなかったことがあるのだとも言わなかった。小道に沿って流れる川で水を飲んでいたら、いきなり土地の男が出てきて、ほとんど鉢合わせになった。男は着古した上着に党の記章をつけていて、その目の表情を見れば、もうアッサンにはわかりきっていた。どこかしら近くの村へ駆け戻って、国境に向かう反逆者がいると通報するのだろう。これを追いかけ、石で殴り殺して、死体は峡谷へ落とした。

ついにアテネにたどり着いたときのことも語らなかった。知り合った男に、これこれの家へ行けば、似たような難民が暮らしていると教えられた。その行った先でたたきのめされ、正体不明のトラックに放り込まれて、同じ罠にかかった者同士が手錠でつながれたまま、国境を反対に越えてブルガリアへ戻されていた。党側の隊長だった男のことも、アッサンは言わなかった。椅子に鎖で縛られたアッサンを威嚇して尋問し、答えが気に入らないと、鉄拳を浴びせながら、さらに特殊な道具を使いながら、何度でも激しい尋問を繰り返した。アッサンは収容所へ送られたことを言わず、収容所で銃殺ないし絞首される者を見たことも言わなかった。

釈放されてから出会った女のことも言わなかった。短命な恋があった。いつも二人で腹を空かせていた。女はナデジダという名前で、子を宿し、正式に結婚してから男の子を産んだ。ペタルという名前の息子ができた。だが若い妻が難産に苦しみ、助産婦には出血の止めようがなかったことも、アッサンは言わなかった。乳をくれる母のいない子が、一カ月だけ生きた。アッサンにペタルという息子がいたことを、デメトリは聞かされなかった。

空き瓶を盗んだとして逮捕されたことも、アッサンは言わなかった。実際には盗んでいないのに盗んだことにされた。前歴があったので、また収容された。脱走を企んだ四度目のあと、強制労働の一年があって、その収容所でイブラヒムと出会った。逃げた夜には、ちょうど列車が通過して、二人とも線路の反対側にいた看守と分けられたので、シャベルを放り出し、川に飛び込んだ。何マイルも離れてから、ずぶ濡れで凍えそうだったところを助けてくれた農夫がいる。村の共産党にご注進してもよかったはずだが、そんなことはせず、囚人服が乾くまでの間に、あたたかいものを食べさせて、二十レフずつの現金もくれた。

アッサンとイブラヒムは、バスの切符を買った。ギリシャ国境に近い山地へ行こうとしたのだ。乗客の書類検査として警察が来たが、そんなものの持ち合わせはない。だが、囚人の制服は、兵卒の軍服にそっくりだった。認識票や階級章の類がないだけだ。アッサンは、これから陸軍病院へ行く、と出まかせを言った。チフスの保菌者として出頭を命ぜられていることにしたら、警官は目を丸くして、逃げるようにバスを降りていった。

山を登って国境の尾根を越えた。アテネに着いてから、ほぼ一年間、つるはしやシャベルを振るい、手と背中に無理をさせて金を稼いだ。そのうちにアッサンはデスポティコ号という船の仕事にありついた。ピレウス港とギリシャの島々を往復するフェリーで、ボイラーに石炭をくべる缶焚き(かまた)になったのだ。

そんなことの一切を、アッサンは言わなかった。ベレンガリア号の機関士として、送油管の気泡を見張っていた話をしただけだ。その船から離脱して、いまアメリカの地を踏んでいる。

デメトリにしても、それだけの話ではあるまいと思っていたが、だからどうだとも言わなかった。

「この協会がどういう支援をするものか、わかってる?」

「タイプを教えてくれるとか?」

いまドロシーは大文字(キャプ)キーの練習をしていた。キャプ…がちゃん…Q…ぱたん…スペース…がちゃん…キャプ…がちゃん…W…ぱたん…スペース…がちゃん。

デメトリは大きく笑った。「支援に協力してくれる人は多い。ちょいと時間はかかる。まず一つ言わせてもらうが、もし法律に逆らったら――つまり何にせよ警察の厄介になるようなことをしたら――えらく困ったことになる。よろしい？」

「ええ、それはもう」

「ではオーケー。とりあえず英語の勉強をしてもらう。ほら、この住所で無料講習をやっている。授業は夜だ。ともかく行って、名前の登録をして、しっかりやってくれ」

アッサンは住所のメモを受け取った。

「売ってもいいような貴重品はあるかい？　故国から持ち出した金製品とか、そんなような」

「いえ。持ち物は船に残したままで」

「うちの親父もそうだった。一九一〇年に同じことをした」デメトリは上着のポケットから葉巻を取り出した。「また何日かしたら来てくれ。着替えを用意しておくよ。ドロシー、寸法を測ってやってくれないか。ズボンは二本もあればいいな。あとはシャツも何枚か」

「いま、これが終わったら」ドロシーは打っているタイプライターから目を上げなかった。キャプ、T、スペース、キャプ、G、スペース。がちゃん、ぱたん、がちゃん、ぱたん…。

「何か考えてるような仕事ある？」デメトリは、大きなマッチの先に出た火の玉のような炎で、葉巻に火をつけた。

そんなものはなかった。

「じゃ、ここへ行くといい。ダウンタウンにある」デメトリは別のメモ用紙に何やら書いて、アッサンに渡した。「コスタスに会いたいと言うんだ」

「コスタスですね」アッサンが出て行こうとすると、ちょうどレコードが終わって、ドロシーが盤を裏返し、レッスン2をかけようとしていた。

住所は手のひらの地図の下端に寄っていた。もう何丁目という数字がなくなり、てんでな方角に道が走っていた。おかしな形になった区画を、ほとんど一日がかりで次から次へ見てまわり、ぐるぐる歩くうちに同じ地点に出ていたことも何度かあった。ようやく見つけたのは小さな料理店だった。〈オリンピック・グリル〉という看板にギリシャの連続模様で縁取りがある。四つしかないテーブルがいずれも壁にくっつけられて、革張りのベンチが置かれていた。ほかにカウンターの高い椅子で八人まで坐れる。そういうカフェが満席で、店内は暑かった。カウンターの奥にいた女はてんてこ舞いの忙しさで、なかなかアッサンに気づかなかったが、アッサンが一カ所に突っ立っていると見て、ギリシャ語でどやしつけた。「馬鹿だね。待つんなら、店の外で待っとくれよ」

「あの、コスタスという人に会いたいので」

「何だって?」女がどなった。

「コスタスに会いに来たんです」アッサンもどなり返した。

女はアッサンに背中を向けて、「あんた!」と声を張り上げた。「どっかの馬鹿が会いたいってさ」

コスタスは背の低い男で、ブラシのような口ひげを生やしていた。アッサンと話している暇はないのだが、どうにか口をきいた。

「何の用だ?」

「コスタスさん？」

「何の用だってば」

「仕事をもらえないかと」アッサンは笑って言った。

「へ、冗談じゃねえ」コスタスはそっぽを向いた。

「デメトリ・バカスの紹介なんですが」

「誰の？」コスタスは皿を片付けながら、客の支払いを受けていた。

「デメトリ・バカスです。ここへ来れば雇ってもらえるかもしれないというので」

コスタスは手を止めて、アッサンの目をまじまじと見た。背が低いので、やって来たブルガリア人をにらみつけるとしたら、そっくり返らないといけない。

「とっとと失せろ」

ギリシャ語のわかる客は食事中の目を上げた。アメリカの言葉しかわからない客は、そのまま食べ続けた。

「もう来るな！」

アッサンは、くるりと回って、とっとと失せた。


真ん中の指二本分のセントラルパークへ戻る道は、ひどく時間がかかるように思えた。暑気がみっしり淀んでいた。シャツが背中にべとついて、ちっとも乾かなかった。何番街なのやら歩きづめに歩いていると、点滅する光が降りそそぐような場所で、九本の道がぶつかり合い、歩行者、バス、黄色の自動車、また騎馬の兵隊か警官か知らないが、そんなものまでが嵐のように渦巻いていた。

こんな人混みに紛れ込んだことはない。誰もがどこにでも行こうとしていた。

とある大きなカフェテリアで、また硬貨を使ってホットドッグと紙コップのジュースを買った。甘い飲み物がよく冷えていた。いままでに飲んだどんなものよりも——コカコーラとくらべても、うまい、と思った。アッサンは店内にいる多くの客を見習って立ち食いをしていたのだが、すぐに何をしたいかというと、靴を脱ぎたくてたまらなくなっていた。街路と人間が三角形をなしている向こうに、映画館と思しきものが見えた。光が連鎖になって、ぐるぐる追いかけっこをしている。値段を見ると、四十五セント。ということはポケットにある硬貨の中では、小さいのが四枚、大きくて厚みがあり片面に野牛の図柄が浮いているのが一枚。アッサンは、いい椅子に坐りたい、靴を脱ぎたい、映画を見たい、という思いにとらわれた。シカゴが出てくる映画なら、なお結構かもしれない。

映画館は大聖堂のようだった。制服を着た男女の係員が、人の流れを座席に案内する。おしゃべりなカップルも、若者グループもいた。誰もが大はしゃぎで笑っていた。アテネのパルテノン神殿みたいな列柱がある。壁には金色のエッチングで現代風の天使像が描かれている。たっぷりした深紅の幕は、三十メートルも垂れているようだ。

アッサンが靴を脱ぐと同時に幕が開いて、ベレンガリア号の船体を思わせるほどの大きなスクリーンに、短篇映画が映し出された。音楽が鳴って、しゃれた飾り文字がスクリーンに踊るのだが、出たり消えたりが速すぎて、アッサンには文字をたどることさえできなかった。女が踊って、男が言い合っていた。次の映画では、音楽の量が増えて、また言葉が飛びかった。ボクサーが登場して、空いっぱいに飛行機が飛んだ。三番目の映画では、ひどく深刻らしい女が深刻らしいことを言っていて、泣き出したと思ったら、ある名前を呼びながら街路を駆けていって、その映画は終わりだった。まもなくスクリーンに鮮やかな色彩が弾けて、見た目にはカウボーイという扮装のおかしな男と、髪が黒くて唇がやけに赤い豪勢な衣装の女が、唄を歌って、何かしら言って、大聖堂に大笑いが響いた。それでもアッサンだけは、すぐに、ぐっすりと、眠り込んでいた。

翌日、〈ギリシャ国際協会〉へ行くと、誰の姿も見えなかった。この都会そのものが静かで、地下のトンネルに続く階段から上がってくる人の数も少なく、がらんとして空き家になったようなビルも見受けられる。英語の無料講習をしているという住所へも行ってみたが、四十三丁目のビルだとはわかったものの、英語を教えてもらおうにも、やはり誰もいなかった。

しかし、また指二本分の公園に行ったら、木立にも通路にも遊び場にも、また広々とした緑の草地にも、あたりのビルがこぞって人を吐き出したかのように人がいた。どこにでも家族連れが来ていて、動物園へ行き、ボートを漕ぎ、また車輪つきの靴で滑ったり、音楽のコンサートを聴いたり、あるいは犬を遊ばせていた。ありとあらゆるボールを投げて、受け取って、蹴飛ばす子供がいる。アッサンは犬を見ているのがおもしろくて、いつまでも目で追っていた。

夕方に近くなって、黒い雲が空にかかった。家族連れは帰る支度をして、ボール遊びも終わり、公園に人がいなくなった。まもなく雨が落ちてきたので、アッサンは雨宿りのできるアーチの道へ行って、結局、その場で泊まりになったのだが、何人か同宿することになった者がいる。いずれも箱を寝床にして、上着を引っかぶって寝ていた。アッサンがわかる言葉は聞かれなかった。みじめな顔がそろったものだが、アッサンは降る雨を凌いだこともあるので、いまが悲惨だとは思わなかった。橋の下に隠れ、濡れた服を着たままで、何日も歩き続けた。こんな顔つきの男たちも故国にはいて、そういう連中から逃げ回ったこともある。これが何だ。こんなことは何でもない。

翌朝、目が覚めて、ごほんと咳が出た。


「このズボンで合うはずだけど」ドロシーがギリシャ語をしゃべっている。「ブーツもこれでいいでしょ。廊下のお手洗いで試着してごらんなさいな」

「お手洗い？」アッサンには馴染みのない言葉だった。

「トイレよ。男便所」

ズボンの具合はよかった。中古のブーツも、アッサンの小さめの足に合ったし、うまく履きならされていた。ドロシーが用意したのは、靴下、仕立ての違う着替えのシャツ、丈夫なズボン二本、というところだが、青いピンストライプのスーツだけで何日も過ごしたあとなので、どれも心地よく感じられた。青いスーツは洗濯に出すものとしてドロシーが預かってくれた。

「あのブルガリア人はどうなった？　金曜日に来たやつがいただろう」と言いながら、デメトリが紙袋を持って入ってきた。真ん中に穴のあいた丸いケーキと、甘ったるいアメリカのコーヒーを多めに用意している。「あれ、アッサンか？　見違えたぜ。ジャージーあたりに住んでるみたいだ」

ドロシーはまたタイプライターの前に坐って、別のレコードをかけた。きょうは音楽のテンポが速くなって、キャプ、T、H、E、スペース、Q、U、I、C、K、スペースと、ぱたぱたキーを打っている。

「コスタスには会えたか？」デメトリが言った。

アッサンは、もらったコーヒーを飲んで、丸いケーキにかじりついた。咽(む)せる感じがしたが、味はよかった。「ええ、行くだけは——。とっとと失せろ、だそうで」アッサンは仕切りの奥へ目を投げたが、ドロシーには聞かれずにすんだようだ。

「あちゃあ。見かけで嫌われたかな。もう大丈夫だろう。ホーボーケンから来ましたとか、週末のシナトラですとか見えるぜ」これが何のことなのかアッサンには見当がつかなかった。「コスタスには貸しがあるんだ。また行って、おれの紹介だって言えよ。そうは言わなかったのか?」

「誰の紹介でもだめみたいで」

「いいから、おれの名前を出せ」

ふたたびダウンタウンに向けて、ひたすら歩いた。〈オリンピック・グリル〉は、やっと半分ほどの席が埋まっていた。コスタスは入口から一番奥のカウンター席に坐っていた。コーヒーのカップを前に置いて、新聞を読んでいる。身長が足りないので、子供のように足をぶらぶら揺らしていた。アッサンは近づいていって、相手が新聞から目を上げるのを待ったが、そうはならなかった。

「仕事がもらえるとデメトリに聞きまして」

コスタスは新聞を読むだけだ。「はん?」と言ったものの、メモ帳に鉛筆で単語を書き込んでいた。開いたページに、いくつもの言葉がならんでいる。

「デメトリ・バカスですよ。ここに来るよう言われました」

コスタスは坐ったまま動かず、目の焦点だけは新聞と単語リストからアッサンへと移した。

「馬鹿抜かせ。何なんだ」

「デメトリ・バカスが、ここで雇ってもらえと。貸しがあるからって」

コスタスはまた読んだり書いたりを始めた。「貸しも糞もあるか。店へ来て注文すれば客だが、そうじゃねえんなら出てけ」

「仕事をもらえと言われたんですよ」

コスタスは黒い目に火が燃えたようになって、カウンターの椅子を降りた。「どっから来た?」

「ブルガリアですが、アテネから来ました」

「じゃあ、アテネへ帰れ。ここへ来たって何にもねえよ。おまえがブルガリアの田舎くせえ納屋で、一人でぼけーっと遊んでた時分に、おれが何してたと思う? こっちにいたんだ。アメリカにいて、どうだったと思う? おれの店を持ちたいと考えただけでも、小突き回されるような目に遭ってたんだ」

「でも、コスタスに会いに行けとデメトリが言うから、来たんですよ」

「言ったやつも言われたやつも糞食らえだ。この店には警官だって来るんだぞ。どたまかち割るように頼んでやろうか。今度また来やがったら、どたまのかち割りが待ってるから、そう思え」

アッサンは逃げるように店を出た。どうしようもない。警官と揉めることだけはまずい。

この日もひどく暑かった。自動車やバスが暴風のような音を立てる。仕事があって、ポケットに金があって、先の心配のなさそうな人々の話し声が、アッサンの耳にわんわんと押し寄せる。喉が焼けるように痛みだした。立っている脚が砂の袋になったようだ。

四十三丁目のビルへ行って英語の講習を受けるつもりだったが、いくらか木立のある草地にさしかかって、この小さな三角形の小公園に足を止めた。波をかぶったように急な頭痛に見舞われたのだ。いままでになく、両目のすぐ上あたりを、がんがん打たれるようだった。水飲み場で手に受けた水をすすったが、喉が焼ける痛みは消せなかった。木陰のベンチに二人の男がいるのが目に入った。四人掛けくらいのベンチだろう。いますぐに坐りたいと思った。すると胃袋に目に見えないパンチを食らったような気がして、大きく上体を曲げていた。内臓から苦しさがこみ上げた。

何やら問いかけてくる人がいたが何を言われているのかわからず、また別の人がアッサンの肩を抱えるようにベンチのある木陰に連れていってくれた。口を拭えるようにとハンカチを差し出したのは、たぶん女の人だった。ぬるくなったソーダ水をくれた人もいたが、アッサンは口をゆすいでから吐き出したので、びっくりする声も上がった。しかしアッサンはものが言えなかった。上を向いてベンチにもたれ、目を閉じてしまった。

ほんの数分だけ眠ったつもりだったが、目を開けたら影が長く伸びていて、小さな公園にいる人々も昼間とは違った。ベンチで寝ている男を見て、何とも思わないアメリカ人である。アッサンはポケットに手を入れてさぐった。アメリカの紙幣が消えていた。いくらか硬貨が残っていただけである。機関長の言ったとおりだ。動きを止めたのがいけなかった。まんまと持って行かれた。そのままずっと坐り込んでいたが、まったく頭が痛かった。

もう午後というより夕方になって、いまからセントラルパークまで歩く気もしなかったが、巡回の警官に目を付けられそうになって、仕方なく動きだした。それから一時間ほど後に、アッサンは丸めた着替え用のズボンを枕にして、公園の木の下で寝ていた。

〈国際協会〉には、数人の男が来ていた。いずれも背広姿で、書類の詰まった革のカバンを持っていた。ギリシャ人ではないようだ。デメトリは窓際にいて、アッサンが見た初日と同様、電話に向けてどなっていた。英語である。デメトリが言ったことに背広の男の二人が笑って、ほかの男は煙草に火をつけた。一人が煙の輪を吹き上げた。ドロシーのタイプの音が聞こえた。きょうはレコードの音楽に頼らず、ぱたぱたぱたと打っている。

デメトリは、アッサンが来たのを見て「ちょっと待ってくれ」と言うと、受話器を手で押さえた。

「洗濯、できてるぞ。おい、ドロシー！」

すべての目が一斉にアッサンを見た。いまのアッサンは衣服がぐしゃぐしゃで、無精ひげが目立っていて、また一人、このオフィスに風来坊が流れてきたというだけのことだ。ドロシーがワイヤハンガーに掛かったスーツを持ってきた。上着もズボンもきれいさっぱりとなって戻った。シャツはきちんと四角にたたまれてテーブルクロスかと思うようだ。アッサンは衣類を受け取ると、ありがたく頭を下げながらオフィスを退出した。男たちの目と顔を向けられて、自分が小さくなったような気がした。故国ではよくあったことだ。兵士に身体検査をされ、手荒に扱われ、やけに時間をかけて書類の点検をされた。看守の尋問を受けて立ったまま何度でも答えを言わされたり、収容所で点呼と称して何時間もならばされたり、ということがあった。

階段を下りていると、どっと笑う声がオフィスから聞こえて、ドロシーがまたタイプの音を立てた。ぱたぱたっ、ぱたん。ぱたん。

コスタスがレジの小銭が足りるか数えていたら、小ざっぱりした青いストライプのスーツを着た男がカウンター席に坐った。そろそろランチで忙しい時間になる。これから午後三時過ぎまでは、常連の客が出入りするだろう。紙幣で払う客に釣銭を用意しておかなければならない。そのあとで、ちょっとした暇を見つけて、新聞を読みながら、知らない単語のメモを増やすこともできよう。いつも新聞に気をつけて、ぺらぺらと口数の多いアメリカ人の客に耳を傾ける。そうすれば英語というのは覚えにくい言語ではない。

いま女房がテーブルを拭いておこうとしているので、ぱりっとした青いピンストライプのスーツを着た客に応対したのは、コスタスだった。「らっしゃい、何にします?」

アッサンはわずかな硬貨をカウンターに置いた。もうポケットにはこれしかない。「コーヒーください。アメリカ式の、甘くて、ミルクを入れたコーヒー」

コスタスは、こいつだったか、という顔を真っ赤にして怒った。「ふざけてんのか?」

「そんなことないです」

「デメトリのやつが、また行けって言いやがったんだな」

「いえ、きょうはコーヒーです」

「何がコーヒーだ、それだけで来やがったのか」コスタスは怒りにまかせてマグをたたきつけ、コーヒー沸かしの前でマグがひび割れた。「おい、ニコ!」

コスタスと似たように背の低い若者が、厨房から顔を出した。「え?」

「マグが足らん!」

ニコはマグを載せたトレーを運んできた。この重いマグはアメリカ式のコーヒーに使う。どう見てもコスタスの息子としか思えない若者で、二十歳の年齢差と、十キロの体重差があるだけだ。
コスタスが熱いコーヒーを突き出すので、アッサンの膝にかかるのではないかと思えた。「五セント！」と言って、カウンターから厚みのある硬貨を一つ取った。背中の盛り上がった野牛が浮き彫りになっている。アッサンはミルクと砂糖をマグに入れ、ゆっくりと混ぜた。

コスタスはカウンターから乗り出さんばかりだ。「おれの店へ来れば、アメリカに着いたから仕事をくれなんて言えると思ってんだろう」身長がないので目の高さはアッサンとたいして変わらない。「あのケルキラ島から来やがったやつに泣きつくと、コスタスに会えってなことを言われて、おれが金を出して雇わなきゃいけねえのか？」

アッサンはコーヒーに口をつけた。

「名前は何てんだ？」

「アッサンです」

「アッサン？　ギリシャ人でもねえのに、ここで働こうってのか」

「きょうはコーヒーです」

コスタスは踵（かかと）に体重をかけて揺れていた。いまにもカウンターを飛び越えて、つかみかかりそうな勢いだ。「ひょいひょい人を雇うような余裕があるってのかよ。コスタスさんはお金持ちで、レストランのご主人で、商売繁盛だから仕事の口なんてものはいくらでも尻の穴からひり出せる。アメリカへ来たんなら、あそこで働かせてもらいなさい、ってのか。冗談じゃねえぞ」

アッサンのコーヒーが底を突きかけていた。「もう一杯もらえますか？」

「だめだ。これ以上飲ませねえ」コスタスはアッサンの目をじっくりと見つめた。「ブルガリア、だな？」

「そうです」ついにコーヒーがなくなって、アッサンはマグをカウンターに戻した。

「じゃあ、いいよ」コスタスが言った。「その結構な上着を脱いで、奥のフックに掛けとけ。ニコが鍋の磨き方から教えてやる」

Our Town Today with Hank Fiset

ハンク・フィセイの「わが町トゥデイ」

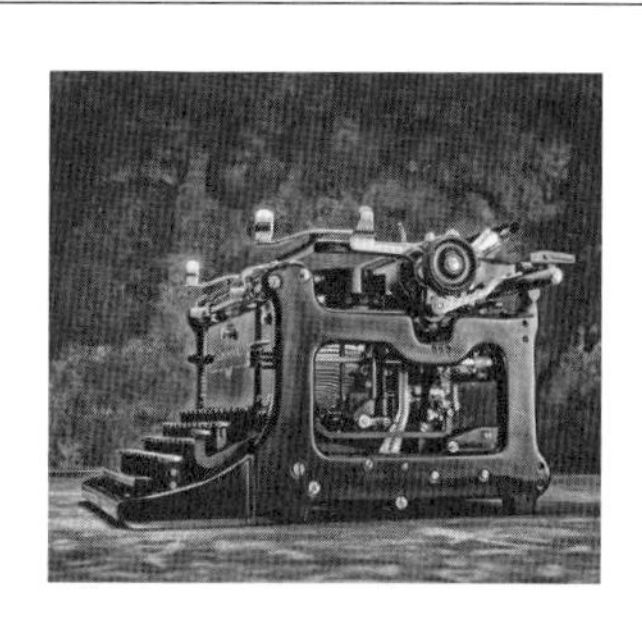

エヴァンジェリスタ、エスペランザ

飲むかい？　もはや中毒！と言ってもコーヒーの話。筆者も聞屋の端くれとして、編集室にコーヒーを切らすようでは、ろくな新聞ではないと言いたい。わが『トライシティーズ・デイリー・ニューズ／ヘラルド』にあっても、社内のコーヒーポットは、どれも満杯に準備されている。それでいて、記者連中は、町のどこにでも名店を求めて出ていく。バリスタがいて、六ドルも出せば各種のフレーバーで飲ませてくれる。われらの三つ子都市で、カフェインのパーラーをめぐって歩くと、うれしい目覚めの一杯が、どれだけ素晴らしいスタイルで、焙煎され、抽出され、蒸気圧をかけて注がれる作品であるのかがわかるだろう。

たとえば〈エイミーズ・ドライブスルー〉。もとはタコスの店だったが、改装して〈ミラクル・マイル〉商店街で営業を続けている。ただでさえ強烈なエスプレッソを、唐辛子でかき回すのだから、客が目を丸くする……。

トライアンフ・スクエアのカール商業ビルにある〈コーカー&スマイス・コーヒーショップ〉は、つい最近になって、やむなくテークアウトも始めたが、本来はカウンターに席をとって、あの店の深い陶器のマグから「黒いネクタイ」を味わうのがよろしい……。

〈カフェ・ボス〉は三カ所に店を出していて――ワズワース通りとセコイア通りの角にも一つあるが――革張りにしたガラス容器で飲ませてくれる。ここでは間違ってもミルクやクリーマーを欲しがってはいけない。コーヒーについては純粋派の店である。なぜかと聞こうものなら、長い話が返ってくる。

　イースト・コーニングの界隈で、二番街がノース・ペイン通りと交差するあたりの〈ジャヴァ・ヴァ・ヴーム〉は、ほかのコーヒー店には真似できないものがある。音がユニークなのだ。もちろんミルクを泡立てる音がする。店員と客のおしゃべりも聞こえる。音楽も、隣の部屋から映画の伴奏が聞こえるように、そっと静かにバックグラウンドで鳴っている。だが、それだけではない。どうかするとタイプライターのキーを打っている音が聞こえるのだ。そんじょそこらのタイピストではない。

＊＊＊

エスペランザ・クルーズ゠バスタメンテ。ほど近いオレンジヴィルに生まれ育った。町の銀行で預金の業務をしているが、そっちは副業だと思われることが多い。代書人（エヴァンジェリスタ）として知られているのである。一分間に何語打てるかという技術を生かして、頼まれた文書を作成する。昔のメキシコでは、尼僧が教養人として重要文書をタイプしていた。さまざまな申請書、領収書、公文書、税金の記録、ときにはラブレターまで、文字のわからない人や、当時は驚異のテクノロジーだったタイプライターに縁のない人に代わって、キーを打ったのである。エスペランザの両親も、よくあることで、ほかの代書人からタッチタイピングの要領を学び、手紙や記録類の代書を引き受けて生計を立てた。それで金持ちになるような商売ではないが、ともかくも紙に文章が刻まれた。

＊＊＊

エスペランザは〈ジャヴァ・ヴァ・ヴーム〉の店内で、テーブル席を一つ使って、Lサイズの豆乳入りドリップコーヒーを置き、タイプライターの横にまっさらな紙の束を用意して、仕事をする。このところ彼女の定席と言ってよい。使用中のタイプライターが発する音とリズムを知らない客は、かたかた鳴る音に慣れるまで、やや時間がかかるだろう。「初めは苦情も出ました」と、エスペランザは筆者に語った。「タイプしていたら、ラップトップで打てばいいのにと言われたんです。たしかに静かで簡単ですからね。警官が二人で店に来たことがあって、あら、通報されちゃった、と思ったんですけど、ただラテを飲みにきただけでした」

＊＊＊

どうしてアナログなことをするのだろう。「eメールをハッキングされた」経験があるとエスペランザは言う。誰の仕業だったのか。「ロシアかしら。それとも国家安全保障会議、ナイジェリアの偽王子……わかりゃしませんけどね。データをそっくり盗まれて、何カ月か生活がめちゃくちゃでした」

いまではインターネットの利用も控えめにして、旧式な携帯電話を持ち歩いているそうだ。もちろんメールはできるが、どちらかというと従来型の使用が多いという。つまり、実際に声のやり取りで電話している。ＷｉＦｉのパスワードを知りたいとも思わない。ではフェイスブックや、スナップチャット、インスタグラムみたいなものは？「やめました」と自慢げな答えが返った。「あのハッキングがあって、ソーシャルメディアからも降りたんですけど、そうしたら一日が、六時間くらい延びた感じでした。しょっちゅうスマホばかり見て、それだけ時間を潰してたんですね。スノーコーンていうゲームで、さんざん遊んじゃいました。かき氷の玉を三角カップにキャッチして点数を取るっていうだけなのに」でも一つだけ困ったのは？「どうしたら私をつかまえられるか、みんなに教えないといけなかったことかな」

では、いったいタイプライターで何を書いているのだろうか。「いろんなこと！　うちは家族が大きいんで、誕生日ごとに甥や姪に手紙を書くんですよ。五ドル札とか十ドル札とか付けて。あとは仕事のメモも書きますね。そのまんま、あるいは書き直して、オフィスでメールします。それから、これなんですが……」と見せたのは、この上なく整然とした書式で仕上がった一枚の文書だった。「食料品の買い物メモです」

＊＊＊

カフェの客には、かつての尼僧のような意味で、エスペランザを頼る人がいる。「子供たちがタイプライターをめずらしがるんですよ。ママが注文のコーヒーを待ってる間に、ぽつぽつと自分の名前を打って遊んでます。もうちょっと年上の子供だと、ラップだか詩だか適当なこと書いてますね」

もちろん大人の用事を頼まれることもある。「いまはタイプライターを持ってる人なんていませんでしょう。あっても使えなかったりする。でも、タイプ文字の手紙って、なんか特別なんですよね。コンピューターで書いた手紙を持ってきて、タイプで打ち直してくれっていう人がいます。それで一つしかない感じに仕上がるんですよ。バレンタインとか母の日の前になると、ここに何時間でも坐って、人の手紙をタイプすることになります。待ってる人が、ずらっと外に行列して――。もし代書の料金を取ったら、そういう日の花屋みたいに儲かるかもしれません」

あくまで好意でタイプするエスペランザに、コーヒーを一杯おごってもよいだろう。昼前にレギュラー、午後にはカフェイン抜きで。

＊＊＊

「**コーヒーを待ってる間に**、タイプライターの話を始めた人がいるんですよ。古いのを捨てちゃったそうなんですが、ずっと持ってればよかったって言ってました。彼女にプロポーズするんだそうで、もしタイプの手紙を書いて申し込んだら、いつまでも記憶に残るだろう、なんて――。そう言われたら、引き受けないわけにいかないじゃありませんか。新しい紙を入れて、口述してもらって打ちましたよ。愛の速記係ですよね。六種類も手紙の原稿を書きました」

プロポーズはどんな文句でした？「内緒です」

で、いい返事はもらえたんでしょうか？「そこまでは知りません。その人、何度も読み返して、文面に間違いがないか見てました。それでもう手紙とバニラ味のカプチーノを持っていなくなりましたが、あれっきり顔を見てませんね」

＊＊＊

タイプライターはポータブル型なので、どこへでも出張サービスができるはずだが、エスペランザは〈ジャヴァ・ヴァ・ヴーム〉に腰を据えている。「この店にいさせてもらえて、心が浮き立つんです。まわりに人がいるのがいいんですね。――それに、なんだか必要とされてるような気もしてきました」

それはもう、自分で思うより、そうなのですよ、エヴァンジェリスタ・エスペランザ！

スティーヴ・ウォンは、パーフェクト

Steve Wong Is Perfect

映像はナノ秒単位の速さで世界を飛びまわるので、ブタが溺れそうな小ヤギを救助して大喝采を浴びることもある。あ、いや、そんなものはインターネットのインチキ動画。ところがスティーヴ・ウォンがやってのけたことは紛れもない事実で、目撃した人がいくらでもいるのだから、たちまち彼はネット上に知れ渡った。

ある晩、僕ら四人がボウリングに行ったと思っていただきたい。するとスティーヴがものすごいファインプレーで球を投げたというか、転がしたというか、つまりボウリングをしたのだが、あり得ないほどの回数でストライクを連発した。プロでもアマでも、およそボウリングをする人なら、その凄さに感嘆することだろう。だが、もし現場に居合わせず、したがってスティーヴの連続技を見逃したという人には、どうせアンナとMダッシュと僕がでっち上げた話だと思われるかもしれない。

スティーヴが成し遂げたことに嘘はない。まぐれでもない。僕らの高校時代に、彼は一年生のボウリングチームのキャプテンとして、〈サーフサイド・レーンズ〉の青少年ボウリングトーナメントで何度も優勝した。すでに十三歳にしてパーフェクトを達成したこともある。つまり、ストライクを十二回連続して、三百点のスコアを出した。それで新聞に名前が載って、ボウリング場からは無料の優待券をもらった。

Mダッシュが正式にアメリカ市民となってから一周年を迎えたので、その記念に僕らは彼をボウリングに連れていった。これはアメリカの偉大なる伝統なのであって、ベトナム、チリ、そのほかの移民たちも市民権を得て一年たつとボウリングをするのだから、そういう先例に倣(なら)おうと言ったら、彼はすっかりその気になった。

スティーヴ・ウォンは、自前の道具を持ってきた。グローブはプロ級だし、シューズも特注品である。僕らはレンタルで間に合わすので、ちぐはぐな紐がついた安物を、フロントデスクの奥のじっとり湿ったような棚から出してもらって履くだけだ。ところが彼は、ほかに見ないような黄色と茶色の靴を履いて、その爪先部分には、スティーヴ、ウォン、という名前が入っていた。左右とも踵(かかと)にXXXという三文字が見える。かつてパーフェクトを達成したスコアの最終フレームを記念する形なのだそうだ。この靴を入れているバッグがまた同じような黄色と茶色のツートンカラー。どうも趣味が悪い。僕らはランプをこすって魔法の精を呼び出すような手つきで、この靴にさわらせてもらった。ビールが来たときに、僕は「おお、願いがかなった！」と叫んでいた。

Mダッシュは、サハラ以南のアフリカの村で生まれて、一度もボウリングをしたことがなかった。そこで僕らは係員に頼んで、彼の専用とした一つのレーンに、子供用のガイドレールを立ててもらった。ガターにならないよう防いでやる仕掛けである。彼が投じた球はバンパーにぶつかりながら進んでいって、投げれば何本かのピンを倒すことになり、スコアは五十八まで伸びた。僕の記録は百三十八だった。〈ローリング・ロック〉のビールをがぶがぶ飲んでいたことを思えば、かなりの数字だったろう。アンナは自己の投法を突き詰めて、僕の最高を六点上回る百四十四を出した。僕に勝ったというので大はしゃぎしたアンナは、ロープが巻きつくような腕でMダッシュに抱きつき、「ああ、アメリカの仲間」と言っていた。

しかし、当夜の驚異となったのは、スティーヴ・ウォンと、そのレーン上の妙技だった。三ゲームのプレーで、二百三十六、二百四十三、最後がベストで二百六十九。もはや別格で、僕ら四人が競争することに意味はなかった。スプリットがきれいにスペアになる、ということに何度も驚いて、驚き疲れてしまった。二つのゲームにまたがって十一回の連続ストライクということもあった。そのグローブ、盗んで燃やしてやる、と僕は言った。

「この次はボールも持ってくるよ」彼は言った。「どこ行ったのか、見つからなかった」

「その憎たらしい靴だけは、すぐ見つかるとこにあったのか?」

翌週、また四人でボウリングに行った。スティーヴ・ウォンの自前の球も見つかった。僕が車で迎えに行ったついでに、あのオクスナードのやたらに大きな家で、探しものを手伝ってやったのだ。ガレージおよび三カ所のクロゼットを捜索すると、ボールを入れたバッグが――これまた黄色と茶色のご立派な革製だが――くたびれたチェック柄のタイプライター用ケースに隠れていた。彼の妹が使っていたクロゼットの、最上段の棚である。すぐ隣には、古いバービー人形の箱があった。空っぽの笑顔を浮かべ、とんでもなく腰のくびれたバービーが、百人ほども収容されていた。ボールも黄色と茶色だが、この色の取り合わせはおかしなもので、びっくりオモチャの人造嘔吐物(げろ)を大きな玉にしたようでもある。三つの指穴の真ん中に、稲妻を意味する中国語の文字が一つ刻印されていた。〈ヴェンチュラ・ボウリング・コンプレックス〉に着くと、彼はボールを機械に入れた。ボール磨きのマシンなのだそうだ。アンナも自分用のグローブを持ってきて、彼に着け方を見てもらっていた。手首を強力にサポートする仕様らしい。

Mダッシュは、この日も僕らのレーンの隣で、ガイドレールつきのプレーをした。その結果は、四ゲームの最高が八十七だった。僕は一回目で百二十六を出してから、もう気乗りがしなくなった。前の週に三ゲームしているのだ。僕の感性で言うなら、ボウリングは一年で四ゲームもすれば立派な数字である。だがアンナは？　またしても熱中した！　最初のゲームでは三度もボールを変えて、結局、元のボールを取りに行っていた。特別仕様のグローブを着用した上で、ストライドとリリースポイントの研究に徹し、ボールリターンの送風機で何度も手を乾かしながら、今夜は絶対に二百点という目標にじゃれついていて、とうとう二百一点まで出した。すっかり上機嫌のアンナは、僕のビールを奪ってぐいぐい飲んでいた。

さて、スティーヴ・ウォンはというと、あの光り輝く球体に精密な加工をした三つの穴に指を入れ、ものすごいショーを見せてくれた。それまでの経験が目に見える形になって表れていた。華麗なるフットワークから、美しいスイングの弧を描き、ボールを離した手の先がコンピューター表示のスコアボードに向けて伸び上がった。バランス感覚はダンサーなみだ。左のシューズの後方へ右足が斜めの線になって回り込み、その爪先だけが堅いフロアを踏む。茶色と黄色がXXXのキスをするようだ。この晩、彼が二百七十を切ることはなかった。最後に出したのは……三百点。

そういうことだ。コンピューターの表示がパーフェクトゲームという文字を連続して光らせ、マネージャーがフロントデスクの奥でじゃらんじゃらんと鐘を鳴らした。ほかの常連客――ボウリングには熱心な面々――が寄り集まって、スティーヴと握手を交わし、その背中をたたいて、僕がどれだけビールを注文しても代金を払ってくれた。なるほど、スティーヴの靴は、魔法のランプみたいなものだった。

それから数日とは置かずに、またプレーした。Mダッシュが行きたがったのだ。ボウリングを夢に見るという。「寝てると、黒いボールが見えるんだ。カーブしながら一番ピンに向かってく。それで全部倒してくれたらいいんだが、思うようにならない。おれだって全部倒したいんだよ!」いまや百点を突破する自己の姿が、Mダッシュには幻の理想像になっていた。彼は、初めてレーンに出てから三度目にして、あえて子供用バンパーを使わず、さっそくガターになって、それが五回まで続くことになった。

「全校チームへようこそ」と言ってやった僕は、自分でも九番と十番のピンを残して、スペアなしの八点になった。アンナは七番ピンを弾いてスペアをとったから、この時点で、もう僕に勝つことは決まったようなものだった。そして最後に登場したスティーヴ・ウォンは、あっさりとストライクを決めた。

ぽつりと石に当たる雨粒も、鉄砲水の予兆になる。わずかな煙が遠くに上がっても、山火事の知らせになる。スコアの第一フレームの隅っこにXが一つ記録されると、それがパーフェクトゲームの可能性をもたらす。そのXが十二個つながれば完成だ。スティーヴ・ウォンが九個まで積み重ねると、その夜の第一ゲームは最後の第十フレームを残すのみとなり――Mダッシュは三十三、僕は百十八、アンナが百四十七だったが――僕らのレーンに見物人が群がって、三十人くらいにはなっていた(すでに第六フレームあたりから、ほかのプレーが中断し、ひょっとしたらスティーヴ・ウォンがしてのけるかもしれない二回連続パーフェクト、つまり二連の虹が出るくらいの珍現象を見ようとする人が寄ってきた)。

その第十フレームは、まずストライクで始まった。見物人の喚声が上がり、アンナも「やるじゃないのっ!」と悲鳴に近い声を上げた。ふたたび静まった中で、スティーヴが悠然と歩を運んで投じたボールは、またもや十本のピンを倒した。これで十一回の連続。あと一回で、再度のパーフェクトになる。「ピンが落ちる音も聞こえそうだ」と言ったら下手な駄洒落にしかなるまいが、現実にそうなっていた。ぴたりと静まりかえって、スティーヴの最後の一投を見守った。ついにコンピューターがスコアボードに「パーフェクトゲーム」の表示をにぎやかに光らせると、もう年末の夜の騒ぎどころか、その一晩で、ブルックリン橋が開通して、ニール・アームストロングが月面を歩いて、サダム・フセインが隠れていた穴から引きずり出されたような大騒ぎになった。ウォンを取り巻いて熱狂が吹き荒れた。僕らがボウリング場を出られたのは、きっかり午前三時である。三時。わかる?

あの晩、もし第二ゲームまでプレーを続けようなどと考えていたら、この物語が書かれることはなかっただろう。スティーヴも二百二十点くらいにとどまって、あとはピンボールでもして遊ぼうということになったかもしれない。だが運命の女神は気まぐれだ。次に行ったのは四日後の晩、彼が「一発で十本」を二十四回続けたことの特典として無料でプレーできることになっていたので、今度はMダッシュを主役にして面白がるつもりだった。ガター連発の三十三点を上回るかどうか見てやろうと意地の悪いことを考えたのだ。ところが、スティーヴ・ウォンが例の稲妻ボールを転がして、またストライクを出してしまったので、夜の雰囲気が一変した。さらに連続でストライク。そしてまた……インド亜大陸のボウリング場なら、聖なる牛（ホーリー・カウ）、と言ってびっくりするだろう事態になった。

　ストライクを続けるうちに、スティーヴ・ウォンは口数が少なくなって集中し、もはや無我の境地に達して、まわりが見えなくなっていた。一言も発せず、一度も坐らず、背後の様子を見ようともしない。ボウリング好きな人々が仲間にメールを出して、すぐに集まれと言っていたのだ。ピザの差し入れがあった。スマホのカメラが、にわかに忙しくなった。六人家族で来た人もいる。小さい子供までパジャマのままベッドから引っ張り出していた。パパとママは今度こそパーフェクトを見たいのに、ベビーシッターがすぐには見つからなかったということだ。スティーヴ・ウォンは、第三ゲームまで行って、まだスコアには大きな黒のX字形しか残していなかった。とうてい信じがたい魔力にかかったような雰囲気の中で、彼は全部のピンをなぎ倒していって、第四、第五ゲームでも最終フレームでの三十点を記録し、ついに第六ゲームまで及んでいた。

　僕らは口を開けたきりで、声が嗄（か）れるほどに叫んでいた。第七、第八レーンの間の小さなデスクに三人でへばりついて、さらに周囲に人が集まり、百四十人か、それ以上にも増えていた。もう僕は自分でプレーする気はなかったし、アンナも第二ゲームの第五フレームから中断して、うろうろ歩くだけになっていた。もし下手なことをしたらレーンの状態が乱れないかと思ったのだ。Mダッシュだけは続行して、ピンに当たる一回にガターが二回くらいの割合で球を転がしていた。

　観客の応援が、どっと高まったと思うと、肺を押し黙らせるように息詰まった。アンナが「やるじゃないの」と叫ぶ声につられて、スティーヴがストライクを出すたびに、みんなで同じような声を上げ、それがまた人道的なことに、ともかくピンを倒したMダッシュへの歓声にもなっていた。S・ウォン、七十二回連続ストライク、六ゲーム連続パーフェクト、というコンピューターの表示が出るに及んで、やり遂げた男はファウルラインの手前に立って、目をこすりながら、観客には背を向けていた。もはや狂乱に歯止めのきかなくなった観客は、わめき散らし、足を踏みならして、ビールのボトル、ソーダのカップを打ち合わせた。誰だってこれだけの偉業に立ち会ったのは初めてだ。たかがボウリングじゃないかと言う人には、つまらない話だろう。だが、しかし！　何にせよ、それがパーフェクトで六回続いたら、いつまでも消えない記憶になるというものだ。

もしインターネットで動画を検索すれば、この夜の無表情なスティーヴが、まるで当選した議員のように、他人にも友人にも祝賀されていたのがわかるだろう。つけられるコメントを見れば、名無しの九十パーセントはインチキ呼ばわりしているが、そんなことはどうでもよい。当日のスティーヴには、コメントや写真やテレビ出演を求めるメディアからの電話が寄せられていた。何度か地元のニュースに出た。第七レーンに立っている姿を、四つのチャンネルがそれぞれに撮影したのだが、スティーヴはかちかちに強ばって、カメラの前で困惑を絵に描いたようになっていた。ほんとうに何度もパーフェクトが出たのですか？　それだけパーフェクトが続いて、どんな気分ですか？どんなこと考えてました？　そこまで続くと思ってましたか？　はい。よかったです。目の前の一回だけ。いいえ。

どの取材班も、では最後に一度投げてもらえますか、と言ってインタビューを締めくくった。これに彼はストライクで応じたので、カメラが回っている前で、また四回も記録されることになった。そうなると話は終わらない。なんとＥＳＰＮから電話があった。全米規模のスポーツ専門チャンネルが、ボウリング番組に出てくれと言っているのだ。出演するだけで千七百ドル。もしパーフェクトの再現となったら、大きな看板みたいな小切手が出てきて、十万ドル獲得ということになるそうだ。

ほんの何日かの間に、目のくらむような出来事が続いて、テレビ出演の誘いまで舞い込んできたのだから、おもしろいことになったと思うのが普通だろう。だが、スティーヴという男は、控えめな一族として長く続いたウォン家の生まれである。ぴたりと寡黙になった。〈ホーム・デポ〉の同僚店員たるMダッシュは、彼が電動工具の売場でじっと動かなくなっているのを見ることもあった。サーベル鋸の替刃を棚にならべているはずなのに、実際にはクラムシェルパッケージの二つを見くらべて、ラベルの文字が外国語で読めないとでもいうように、ぼんやり突っ立っているだけになっていた。へんな吐き気がして夜中に目覚めることもあったようだ。ESPNに出演する予定の日には、僕が箱型のフォルクスワーゲンを運転し、みんなで迎えに行ってやったのだが、彼はモノグラム入りの靴、稲妻ボールという肝心のバッグを二つとも忘れそうになった。

ショーの収録は、ファウンテン・ヴァレーの〈クラウン・レーンズ〉というボウリング場で行なわれる。かなりの距離があるので、フリーウェーを走り出す前に、まず〈IN-N-OUT〉のバーガー店へ行った。ドライブスルーの車線で、ようやくスティーヴはこのところ不安になっていたことを打ち明けた。テレビに出てボウリングをするのは不本意だという。

「楽して金を稼ごうとは思わないってことか?」僕は言った。「おれなんか、十万ドルに届きそうになったのは、宝くじの番号が二桁まで合ってたくらいなもんだ」

「ボウリングは楽しいものであるべきだ」スティーヴは言った。「小さな社会契約として、笑って楽しめるものでありたい。それぞれの順番が来たら転がして、人のスコアをとやかく言わない」

Mダッシュは、できれば銀色のドル硬貨で受け取ってくれないか、と言った。

スティーヴはさらに持論を語り、車はじりじりと進んだ。〈IN-N-OUT〉はいつも混んでいる。「おれ、高校時代に、ボウリングで競争するのはやめたんだ。学校の公認スポーツみたいになっちゃって、優秀なやつは校章をもらえた。そのためには申請書を出したり、スコアシートに署名したりする。もちろんアベレージを下げるわけにはいかない。そんなの面白くないだろ。ストレスになるだけだ。いまだってストレスだ」

「ちょっと、こっち見なさい、スティーヴちゃん」アンナが後ろの席に手を回して、彼の顔を挟みつけた。「力を抜いて！　きょうみたいな日に、できないことなんて何もない！」

「そんなの、どこの待合室ポスターの標語なんだ？」

「きょうという日を、すっごく楽しい日にすればいいって言ってるの。きょうはスティーヴ・ウォンというやつがテレビに出て、面白いことになるんだわ。楽しいのよ、楽しい、楽しい、楽しい」

「そんなことない」スティーヴは言った。「ない、ない、ない、ない、ない」

〈クラウン・レーンズ〉では、全米プロボウラーズ協会のトーナメントが行なわれていた。特別席があって、ESPNのバナーが飾られ、テレビ用の照明と多数のカメラが用意されている。スティーヴは熱烈なボウリングファンで埋まった客席を見て、きつい言葉を吐き捨てた。この男にしてはめずらしい。

くたびれたような女が出てきた。ヘッドセットをつけて、クリップボードを持っている。

「スティーヴ・ウォンていうのは――？」Mダッシュと僕が同時に手を挙げた。「はい、それでは、シャカール・アル・ハッサンとキム・テレル゠カーニーの試合が終わったら、第四レーンで待機してください。その試合の勝者が、キュン・シン・パク対ジェイソン・ベルモンテ戦の勝者との決勝に出ます。それまでは何にもしなくて結構です」

スティーヴは駐車場へ出て行った。すぐあとからアンナも行って、ESPNで仕事したら楽しいでしょうねと話しかけていた。Mダッシュと僕はソーダを手にしてVIP席を確保し、まずキュン・シン・パクが十二点差でジェイソン・ベルモンテを破る試合を見せてもらった。なかなかの熱戦になっていた。その次のゲームになると、Mダッシュはシャカール・アル・ハッサンを盛んに応援した。アメリカへ来る前には、アル・ハッサンという名前の知り合いが多かったらしい。だが勝ったのはキム・テレル゠カーニー（ちなみに女子プロである）で、二百七十二対二百六十九という僅差だった。カメラが第四レーンに向いて、照明の調整が始まると、観客にがやがやと動きが出た中で、アンナが僕らを探しに来た。

「スティーヴが駐車場で吐いちゃってるのよ。テレビの中継車がならんでる隙間で」

「不安症なのかな」

「あんた、バカじゃないの」

Mダッシュは、一人だけ離れていって、シャカール・アル・ハッサンと自撮りさせてもらっていた。

外へ出てみると、スティーヴが入口脇の低い壁に坐っていた。発熱した頭を抱え込んで我慢しつつも、また吐くかもしれない、という姿に見える。

僕は「おい、ウォン」と言って、その肩をぎゅっと押さえた。「きょうの予定を思い出せよ。稲妻ボールをごろごろ転がして、千七百ドルもらって帰るだけでいいじゃないか。すぐ終わるって」

「だめだ、できない」スティーヴが顔を上げた。その目は駐車場を越えて、はるか遠くに飛んでいる。「何が何でもパーフェクトだと思われてるんだよ。すぐに車を出してくれ」

僕も彼の隣に坐った。「ひとつ聞くぞ。ここのレーンは、この地球のほかのボウリング場と違ってるのか？　ファウルラインがあって、木のフロアに矢印がついてるんだろ？　ずっと先のほうに十本のピンが立ってるんだろ？　投げたボールは地下道みたいなのを通って戻ってくるんだろ？」

「よせやい。そんな調子のいいこと言うな」

「ちゃんと答えろよ。識者の意見なんだぞ」

「ああ、そうだな。何てこった。ごもっともだ。そうやってお説教して、おれが言うことときいて、めでたしめでたしなんだよな」スティーヴは棒読みのようにしゃべっていた。「おれには特技があって、やろうと思えばうまくいって、きょうという日をつかんで夢がかなうんだ」

「やるじゃないの」僕は言った。しばらく二人とも動かなくなっていた。くたびれた顔にヘッドセットをつけた女が、大きな声で呼びに来た。そろそろスティーヴ・ウォンの出番らしい。

彼は真っ黒な髪に指をくぐらせ、立ち上がって、ウォン一族らしからぬ下品な言葉を乱発した。両親の前でなくてよかった。


スティーヴが例の悪趣味なシューズを履くと、「おい……あいつじゃないか……」という声が、ざわめく波のように場内を走った。すでにネット上では伝説になっていたのだ。収録が始まり、司会者が彼を紹介すると、もう割れんばかりの喝采になった。プロの選手でさえも第四レーンに目を向けていた。

「スティーヴ・ウォン」と、司会の声が響いた。「六ゲーム連続パーフェクト。すなわち七十二回の連続ストライク。この離れ業については、いまだ疑問が消えていません。うまく編集して、コンピューターで特殊効果をつけた演出ではないかというのですが、そういう批判に対して、どのようにお考えですか？」スティーヴ・ウォンの口元にマイクが突きつけられた。

「そんなものでしょう。ネットは、ネットですから」スティーヴの目が司会者から、観衆へ、僕らへ、フロアへ、また司会者へと動いた。ほとんど瞬間移動だったから、緊張して目を回しそうなのかとも見えた。

「それだけ記録が伸びるのは、テクニックやフォームとして大変な水準ですね。そこまで届くと思っていたんでしょうか？」

「ボウリングは、面白いからやってるだけです」

「公式記録ですと、トミー・ゴリックの四十七回というのがあります。ですが、あなたは二十四のターキーを出されたということですよね。そんなに続くことはあり得ないとの見方も、ボウリング界にはあるようです」

　僕は隣にいた男に話しかけた。〈クラウン・レーンズ〉の大きなロゴをつけたボウリングシャツを着て、この世界の住人なのだろうと思われた。「ターキーってのは、どういうことです？」

「三連続ストライクだろうが。ばーか。それを二十何回なんてことを、あんなやつにできるわけねえだろ」と言った男は、あらんかぎりの声を張り上げて「インチキだ」とも言った。

「えー、お聞きかもしれませんが」と、司会者がスティーヴに言った。「ご自身だけにではなく、そのボウリング場のマネージャーに対しても、疑問の声が上がっているのですね」

スティーヴは観客を見渡したが、おそらく不審の目がぎらついているとしか見えなかっただろう。

「いま言ったとおりで、ボウリングを楽しみたいだけです」

「さて、ボウラーの証明は、ただピンを倒すことのみ、と言ってよろしいでしょう。どうぞお進みください。きょうの支度を願います。では、ここで一言——皆様、ご家族そろって、お近くのボウリング場へお出かけください。すばらしい時間が待っています。一度投げたら、もう止まらない面白さ」

スティーヴは、ボールリターンの位置に進んだ。グローブをつける彼に、僕らは「やるじゃないの」と熱い声援を送った。観衆からは野次も飛んだ。スティーヴは心の底から深々とした溜息をついて、肩を落としたようにも見えた。僕らの席はだいぶ後列に上がっていた。こっちへ背中を向けている彼が、また溜息をついたようだった。あの稲妻ボールを手にして、精密な特注の穴に三本の指を入れたときには、いつものスティーヴ・ウォンを知る僕らには、もう充分にわかっていた。いまの彼はちっとも楽しんでいないのだ。

ところが、それでも彼のフォームは流れるように美しかった。ボールのリリースはなめらかで無理がない。もう何度も見せられたスピンが手首から放たれて、投げたあとの指先は伸びやかに天井へ向かう。右足が左のシューズ後方へきゅっとクロスして回り込み、その爪先が堅い木のフロアに着地して、どちらの踵にもXXの文字がきらめいていた。

ごろごろ、すこーん、ストライク。場内に「ラッキー！」という叫びが響いた。そんな世界に背を向けて、スティーヴは手に風を当てながら、稲妻ボールがせり上がって戻るのを待った。これを手にして、ふたたび投球の体勢に入る。ごろごろ、すこーん、ストライクその2。

ストライクは、その3から6まで続いて、第四フレームの時点でスコアは百二十点に達した。こうなれば観客もスティーヴの味方に回っていた。だが彼は無心だったと思う。客席へ目を走らすこともなかった。

シャカール・アル・ハッサンに、スティーヴの投球フォームをどう思うかという質問が向けられた。「現実離れした凄さだ」という答えが、カメラの前で、ボウリング世界の全住民に言われた。

ストライクが7、8、9まで行って、この場にいた四人のプロが、それぞれの見解を述べだした。バランス、投法、プレッシャーに負けないクールな精神力――。キュン・シン・パクが「トンネル」と言い、ジェイソン・ベルモンテが「運命のライン」と言った状況で、自分を見失うことがない。キム・テレル＝カーニーは、あれだけの完成度なら全米プロボウラーズ協会が放っておかないだろうと言った。

X字形のフレームが十個ならんでモニター画面にスーパーで映し出されると、ぶったまげた司会者が、実際に「ぶったまげました」と言った。「何たるパフォーマンス、あらゆるボウラーに見せたい若手の妙技です！」

観客も総立ちになって、剣闘士を見る古代ローマの群衆もかくやの大喝采だった。スティーヴの十一投目は、もはや超現実の瞬間、夢を踊るバレエ、天空からの自由落下。これが一番ピン三番ピンのポケットを完璧に突破して、どかーん……あとの八本も吹っ飛ばした。

いよいよ最後の一投を残して、これがストライクなら、またしてもパーフェクト、十万ドル、テレビ中継で記録が残る、というところで、スティーヴは音もなくボールリターンに歩み寄って、まるで感情を見せていなかった。期待感、不安感、恐怖感がない。楽しんでいるのでもない。その後頭部を見ていた僕にも、もし正面から見れば、デスマスクが目だけを開けたような顔だろうと思えた。

ワインドアップにそなえて、彼がボールを心臓の前に保持すると、ただ静寂という以上に会場をすっぽりと押し包んでくるものがあった。音の真空地帯――。この場から大気が吸い取られたように、音波が身の置きどころをなくしていた。アンナの指が、Mダッシュと僕の腕にめり込みそうだった。その口には「やるじゃないの」が無音のままで形になりかかっていた。

十二番目にして最後となる投球は、その正確な開始時点を見定めることができなかった。月ロケットがゆっくりと離陸するようなものだ。重量がありすぎるので、ブースターが点火され、猛然と噴射が始まっても、すぐには何も動かない。ついに稲妻ボールが堅い木のフロアに落ちて、その瞬間、そのナノ秒のうちに、わっと音声が炸裂し、ボウリング世界の住民がすべて同時に、愛の交歓の絶頂にさしかかる叫びを上げたかに思われた。次世代のセイバー・ロケットエンジンも、これよりは静かだろう。天井をぶち破りそうな大音響は、茶色と黄色の球体が急回転して軌道を進むにつれ、いやが上にも高まった。ボールがピンと衝突する数インチ手前まで達すると、もう音が壁になって会場にのしかかるようだった。

ボールは一番と三番のピンの間、いわゆるポケットに突入したが、百マイル先の雷鳴とでも言おうか、どこか遠いところの出来事にも感じられた。僕らの目に映ったのは、白い色の閃光だ。完璧な歯並びをした巨人の笑顔が、瞬時に壊滅したようなもの。十本のピンがなぎ倒され、ぶつかり合って、あとに残ったのは虚無の空間――。十人の兵隊が討ち果たされた。

スティーヴは、ファウルラインに立って、レーンの先の虚無を見ていた。そこへ自動装置がまっすぐに立つピンを再現させる。司会者がヘッドセットに向けて「スティーヴ・ウォンは、パーフェクト！」と叫んでいたが、このときスティーヴは片膝をついて、彼の考える神が何であれ、その神に勝利を感謝しているように見えた。

ところが実際には、左のシューズの紐をほどいていただけだ。左の靴にはスティーヴという名前が書かれている。これを脱いで、その爪先がファウルラインに接するように置いた。ウォンと書かれた右の靴にも同じことをする。特注品のボウリングシューズが、きっちりと左右そろって、XXXの文字がテレビに映った。

靴下だけの足になって、彼は音を立てずにボールリターンへ戻り、すでに届けられていたものを手にとった。稲妻ボールを両手で支えたところは、舗装用の石を持ち上げたくらいにしか見えない。これをシューズの上に置いた。アンナ、Mダッシュ、そして僕から見れば、何が言いたいのかわかっていた。「もうボウリングはやめた。二度としない」

彼はグローブを客席に放り投げてしまって――記念品を欲しがる連中が群がっていたが――その彼にキム・テレル＝カーニーが駆け寄り、抱きついて頬にキスした。ほかのプロも握手を求め、髪に手を出したがった。

すっかり彼のファンになって歓呼する群衆を縫うように進みながら、もうアンナは涙を止められず、スティーヴ・ウォンに抱きつくと、ううっと泣き声を絞り出したので、このまま気絶するのではないかとさえ思われた。Mダッシュは生まれ育った国の言葉で何やら言っていた。最上級の讃辞だったに違いない。僕はTVカメラの横にあったクーラーボックスからビールをいただいて、スティーヴに乾杯した。そして彼のボウリング用具をまとめてバッグに突っ込んでやった。
彼の言葉を聞いたのは、僕ら三人だけだったろう。「終わってよかった」

それから何カ月か、僕らはボウリングをしなかった。何となく行かなくなっていた。僕は脚に十セント玉くらいの腫れ物ができた。ふくらんで気色悪いので、外科の外来に予約して、ポテトの皮剝きみたいに薄切りで取ってもらったが、悪性のものではなかった。Mダッシュは転職した。〈ホーム・デポ〉での将来には見切りをつけ、〈ターゲット〉という別の店に移ったのだ。とはいえ、だだっ広い共通の駐車場を突っ切った先でしかない。そっちへ行って、新しいポロシャツを着て、もう振り返ることはなかった。アンナは、市の公園管理課が運営している施設で、フライフィッシングの講習を受けた。〈スタンレー・P・スウェット市営投げ釣りポンド〉というのだそうだが、そんな池があったとは聞いたこともなかった。グーグルマップでさがして、やっと見つかるかもしれない。僕も一緒に申し込もうと誘われたのだが、僕から見れば、フライフィッシングなど、リュージュで滑降するのと同系のスポーツだ。どっちも全然やる気がしない。
スティーヴ・ウォンは、もう落ち着いて暮らしていた。テレビでもらった報酬は、税引き後にいくらなのか計算して、しっかり使い道を考えた。売り場で仕事をしていると、しばらくは客の自撮りに付き合わされたりしていた。職場を変えるMダッシュには、あっちの店へ行くなんて、サハラ以南の故国から北朝鮮へ移民するようなものじゃないかと言った（そんなことを、こっちの店の経営者も、競争の謳い文句にしていた）。だがスティーヴは、ボウリングの話だけは、口にすることがなかった。

ところが、ある晩、また無料のボウリングに行っていた。常連客がスティーヴに寄ってきては、握った手を出して、ストライクを連発した手と打ち合わせようとした。この日は、四人のうち僕とスティーヴが先に着いた。まず僕が車で迎えに行ったのだが、なんと彼は手ぶらで家を出てきた。

「ばかだな！」箱型フォルクスワーゲンの助手席に乗ろうとする彼に、僕は言った。

「え？」

「道具を取ってこいよ。シューズ、バッグ、稲妻ボール」

「わかった」長い間合いがあって彼は言った。

それからアンナが着いて、さらにMダッシュも来た頃には、僕は〈ローリング・ロック〉のビールを飲んでしまって、スティーヴはモトクロスのビデオゲームに大量の二十五セント玉を投入していた。僕らは彼の道具を運び、割り当てられたレーンへ行って、レンタルの靴を履いて、ボールを見つくろった。アンナは一つずつこだわって見ていたようだ。もう準備はいいぞ、とスティーヴを呼んだら、彼はまだゲーム機でレースを走らせていて、僕らには目もくれず、いいから始めてくれと手を振った。結局、三人だけで二ゲームをして、アンナが連勝、僕が連敗。そしてMダッシュは、僕より上の二位になって、銀メダルだ、と大威張りしていた。

スティーヴも、レーンの近くへ来て、第二ゲームの終盤を見物した。だが、もう一回やるかというところで、意見はまとまりを欠いた。だいぶ遅くなっていたし、木曜日で平日の夜なのだ。僕は帰ってもいいと思った。Mダッシュは今度こそアンナを破って金メダルと意気込んだ。するとアンナが、どっちも夢みたいなこと言わないでよ、一晩で三連勝してやるわ、と採決を強行した。しかしスティーヴはおかまいなしで、もし次の一戦があるんなら、そのへんでビールでも飲んで待ってると言った。

「あたしたちとはボウリングしないの？」アンナはまさかの面持ちになった。「いつから、そんなお高くとまるようになったのさ？」

「おい、頼むよ、スティーヴ」と、Mダッシュも言った。「おまえのボウリングは、おれにとってはアメリカなんだぜ」

「シューズを履けって」僕も言った。「さもないと車で送ってやらないぞ」

スティーヴは坐ったまま聞いていたが、少しだけ間を置いてから、おまえらバカかよ、と言うなり、それまでの靴を脱いで、あの悪趣味な色のボウリングシューズに履き替えた。

まず僕が転がして、たったの四本しか倒せず、二投目も数ミリの誤差で目標をはずした。Mダッシュが死にそうに笑って、自分では第一投で三本だけ残し、これをスペアで飛ばした。

「今夜こそ」彼はアンナに向けて息巻いた。「命はもらったぜ！」

「えらそうに、よく言うわ」アンナも負けていない。「トルネードでも来ないかぎり、ボウリング中に死ぬ人なんかいないわよ」彼女が倒したのは九本。第二投をきれいに決めて、どちらもスペアでならんだ。

いよいよスティーヴ・ウォンの番になった。溜息をつきながら特注のバッグから取り出した特注のボールは、もはや伝説となった絶技の球体である。ここで場内のボウラーがみな手を止めて名人芸を見ようとした、と言いたいところだが、どうだろうか。ぴたりと静まり返ったボウリング場で、稲妻ボールがストライクを出して、そこからの連鎖反応でまたパーフェクトが達成され、スティーヴ・ウォンこそターキーの神だという証明になる……。そんなことは、たぶん僕の頭の中の妄想だった。

彼は、レーンに向かって、じっと立っていた。ふたたびボールを心臓の前に保持して、ずっと先で楔(くさび)形にならんだ十本の白いピンに目をこらしている。それから腕のスイングが始まって、ファウルラインの直前までステップ、ステップ、ステップ。稲妻ボールが手を離れ、その手は上空まで届きそうに伸びる。左足の踵の後方で、右足の爪先がフロアを踏んで、合計六個のX字が誰の目にも見えていた。ボールはカーブする軌道をとって、艶やかな堅い板材が継がれたレーンを回転し、あの一番と三番のポケットへと突き進んで、もうストライクは間違いない。

謝辞

たくさんの感謝を、アン・ストリングフィールド、スティーヴ・マーティン、エスター・ニューバーグ、ピーター・ゲザーズに――ここで結婚させた言葉と縁続きの四人。

E・A・ハンクスの功績にも特別の感謝を。彼女の青鉛筆と、鋭敏で正直な眼力に。

そして、ゲイル・コリンズとデボラ・トリースマンに、帽子をとって、お礼の気持ちを。

また、ペンギン・ランダムハウスで、この作品を点検して、評価して、改良して、刊行できるまでに仕上げてくれた全員に感謝を。

訳者あとがき

二〇一七年の秋、ある熟年の作家が、遅いデビューを果たした。初の単行本となった短篇集が、アルフレッド・A・クノップフ社から刊行された時点では、すでに著者は六十一歳になっていた。しかし、それまで素人だったのではない。映画の脚本を書いたことはある。また監督をしたこともある。いや、何よりも俳優としてハリウッドの有名人……ということで、この作家はトム・ハンクス……あのトム・ハンクスである。

全部で十七篇が収められているが、普通の意味での短篇は十二篇。あとは脚本のような体裁で書かれた一篇と、わが町の自慢をしたがる地方紙のコラムニストが書いたという設定の短文が四篇ある。一見してヴァラエティに富んでいながら、案外、細かい部分で連関していることもあるので、やはり順序どおりに読むのがよいのだろうと訳者は思っている。

その中で最初に書かれたのは、いつもの仲間が月旅行に出る「アラン・ビーン、ほか四名」だった。これは『ニューヨーカー』の二〇一四年十月二十七日号に掲載された。月に着陸するのではなく、ぐるっと一周して帰ってくる、ということであれば、トム・ハンクス主演の映画『アポロ13』を思い出す人も多いだろう。映画は緊急事態が続発するサスペンスだったが、この短篇ではくるりと趣向を反転させて、愉快なアマチュアのおとぼけ旅行に仕立てた。とはいえ、映画でハンクス自身がしゃべったセリフが、さりげなく取り込まれていたりもする。

この作品に目を付けたクノップフ社からの誘いがあって、一冊の本ができるほどの分量が書かれることになったのだが、著者は本業での多忙なスケジュールの合間を縫って、移動先のホテルでも、移動中の機内でも執筆を続け、雑誌の掲載からきっちり三年後に短篇集を出すにいたった。そのタイトルが『変わったタイプ（*Uncommon Type: Some Stories*）』。原題にあった Some Stories の部分は邦題には含めていない。これが「いくつかの話」という数量だけの意味なのかどうか、あまり断定はしたくない。なかなかの話、それなりの話、ちょっとした話……。Some の意味領域は案外広い。ときに皮肉にもなる。そのあたりを勘案しつつ、こんなの書いてみたけど、どうかな、と言いたげな著者の顔を思い浮かべるのも、ちょっとした楽しみかと思う。

さまざまなタイプの人間が出てくる短篇集にあって、どの作品にも多かれ少なかれタイプライターが登場する。それを考えれば「変わったタイプ」は「めずらしい書体」でもあるだろう。著者は年代物のタイプライターを大量に所有する蒐集家なのだそうで、またｉＰａｄにタイプライター風の打鍵感覚をもたらすアプリ「ハンクス・ライター（Hanx Writer）」を開発したマニアでもある。だが、タイプライターを共通モチーフにするというアイデアは、当然かもしれないが、一冊の本を構想することになってから出たものだろう。『ニューヨーカー』に載った短篇には、まだタイプライターは登場していなかった。つまり、司令船を調達するにあたって、売り主となった未亡人が領収書をタイプするという段落（本書一六九ページ）は、あとから追加された部分なのである。（ここは無理に押し込んだ感がなくもないとして）ともかく著者はこの仕掛けにこだわった。もちろん遊び心と言ってしまえばそれまでだが、タイプライターという品物は、たしかに作品全体を代表するにふさわしいのかもしれない。その特性は「心の中で思うこと」の老店主が熱く語るとおりで、技術屋の作品として長く生きるものである。もはや実用性を失ったとはいえ、しっかりした実在感は揺らがない。

　そのような機械に共感を持てるタイプの人には、この一冊を楽しんでいただけることだろう。おそらく、俳優として築いた芸風と同じように、作家としてのトム・ハンクスも、時代遅れの野暮と思われることを恐れていない。どの作品も、どこかしら健全な読後感を残す。まともであることに堂々としている。いまの世の中では「変わったタイプ」に見えるだろうか。著者が描こうとしたのは、現実よりもいくぶんか理想化されて、それだけノスタルジアを帯びて（アメリカの外から見ても）こうあってほしいと思うような仮想のアメリカなのだろう。現実に依拠しつつも、そのまま転写したのではなく、いくらか「変わった書体（タイプ）」でアメリカ人の型（タイプ）を書いた（訳者が業務として知る範囲で言えば、O・ヘンリーの感触に近いものがある）。

　だが、単純にノスタルジアに浸って、昔はよかったと言っているのではない。そのように言いたそうな懐旧派のコラムニストは、あくまで愛すべき戯画として、これもまた一つの型として描かれている（と訳者は解する）。また、どれだけ「過去は大事なもの」であっても、そういう題名のストーリー自体が、いまさら過去には戻れないという悲劇を語っている。一九三九年の万博は明るい未来を謳い上げたが、それから間もなく世界が戦争に突入したことも、現代の読者は知っている。仮想であるということには、現実への批判となる強さも、現実にならない悲しさもあるだろう。

もともと著者は仮想の世界を生きてきた。いくつもの仮想体験が、この作家には職業上の実体験として、最高度のレベルで存在する。だから実年齢としてはヨーロッパ戦線を知っているはずがないのに、『プライベート・ライアン』の撮影現場をくぐり抜けたことはあるので、戦場や軍装について、いわば仮想の実感がある。それがあってこそ「クリスマス・イヴ、一九五三年」での迫真の戦闘シーンがある。そういう形で、小説の取材源として普通にはあり得ない「経験」を重ねてきた(所詮は仮想ではないか、と言ってしまったら、そもそも小説も映画も否定することになる)。もちろん作家の個人史から取り込まれた材料もあるようで、たとえば両親が離婚して、父親は料理人だったというのは「特別な週末」の設定そのものだし、妻(リタ・ウィルソン)の父親がギリシャ移民だったという事情は、「コスタスに会え」に生かされているだろう。ハンクス自身も『ターミナル』の主役としては東欧移民らしきものになっている。経験から書くタイプの作家でありながら(あるからこそ?)これだけヴァラエティ豊かな短篇集ができあがった。

映像制作の経験は、素材であるほかに、技法としても生かされている。あまりに例が多すぎて、どれを挙げたらよいか迷うくらいだが、巻き上がるようにサーファーに迫る大波も、グリーン通りから見る夜空の木星も、軽飛行機の前方にそびえるシャスタ山も、レーンを転がってピンに炸裂しようとするボウリングの球も、さすがに絵作りはお手のものだ。どの作品も文字で読んだはずなのにスクリーンで見たように、ある現場と、そこにいた人物のイメージが鮮やかに視神経を刺激する。

こういうタイプの作品は、訳者の仕事をいつもより楽しくしてくれる。

また小説の翻訳は、声帯模写のように、作品の声をつかまえる芸でもある。元の声とそっくり同じではなくても、声の特徴をつかまえたい。こちらの地声とかけ離れた声は出しにくい。今回はトム・ハンクスの吹き替えをするようなつもりで作業したが、さほど苦しいと思うことなく、まずまず順調に進められた。とはいえ細かな疑問は残ったので、いくつか箇条書きの質問を編集部からエージェント経由で(一縷の望みをかけて)送ったところ、その糸を逆にたどって著者自身からの回答が戻ってきた。些末な質問を誠実に受け止めてくださった著者に、深くお礼を申し上げたい。

訳者も生まれた年だけは著者と同じなので、かつて手動のタイプライターを打った覚えのある世代である。そう言えば紙は二枚重ねで入れることになっていた。プラテンというゴム製の筒っぽみたいな部品を傷めないためのお約束だ。作中でもタイプライターに慣れた人はそのようにしている、ということに年配の読者は気づかれたかもしれない。

二〇一八年六月

小川高義

Uncommon Type

Some Stories

Tom Hanks

変わったタイプ

著 者

トム・ハンクス

訳 者

小川高義

発 行

2018年8月25日

発行者　佐藤隆信

発行所　株式会社新潮社

〒162-8711 東京都新宿区矢来町71

電話 編集部 03-3266-5411

読者係 03-3266-5111

http://www.shinchosha.co.jp

印刷所

株式会社精興社

製本所

大口製本印刷株式会社

乱丁・落丁本は、ご面倒ですが小社読者係宛お送り下さい。

送料小社負担にてお取替えいたします。

価格はカバーに表示してあります。

ISBN978-4-10-590151-6 C0397